# A Hora da Morte

*Petros Markaris*

# A Hora da Morte

TRADUÇÃO DE
*Lucilia Soares Brandão*

EDITORA RECORD
RIO DE JANEIRO • SÃO PAULO
**2008**

CIP-Brasil. Catalogação-na-fonte
Sindicato Nacional dos Editores de Livros, RJ.

Markaris, Petros, 1937-
M297h    A hora da morte / Petros Markaris; tradução de Lucília Maria Soares Brandão. – Rio de Janeiro: Record, 2008.

Tradução de: Nychterino Deltio
ISBN 978-85-01-08060-8

1. Romance grego. I. Brandão, Lucília Maria Soares. II. Título.

                    CDD – 889.3
08-2547                   CDU – 821.14'06-3

Título original grego:
NYCHTERINO DELTIO

Copyright © 1995 by Petros Markaris
Copyright © 2002 by Diogenes Verlag AG, Zürich

Projeto gráfico: Glenda Rubinstein
Ilustrações: César Lobo

Todos os direitos reservados. Proibida a reprodução, no todo ou em parte, através de quaisquer meios.

Direitos exclusivos de publicação em língua portuguesa somente para o Brasil adquiridos pela
EDITORA RECORD LTDA.
Rua Argentina 171 – Rio de Janeiro, RJ – 20921-380 – Tel.: 2585-2000
que se reserva a propriedade literária desta tradução

Impresso no Brasil

ISBN 978-85-01-08060-8

PEDIDOS PELO REEMBOLSO POSTAL
Caixa Postal 23.052
Rio de Janeiro, RJ – 20922-970

EDITORA AFILIADA

para Sofia
para Ránia
para Fílipo

ainda que tarde

# Capítulo 1

Todos os dias, às nove horas da manhã, nos olhávamos. Ele ficava de pé na frente da minha mesa com o olhar fixo em mim, não exatamente na altura dos olhos, um pouco acima, mais ou menos entre a base da fronte e as sobrancelhas. "Sou uma besta", dizia.

Não dizia isso com palavras, mas com o olhar. Eu ficava sentado em minha mesa e olhava-o exatamente na menina-do-olho, nem mais alto, nem mais baixo. Isso porque eu era o chefe e podia encará-lo, ele não podia. Eu sei que você é uma besta, eu dizia. Da minha boca também não saía sequer uma palavra, era meu olhar que falava. Mantínhamos esse tipo de diálogo durante dez meses por ano – se deixarmos de lado nossos dois meses de férias –, cinco dias por semana, de segunda a sexta, sem que disséssemos uma só palavra, somente com o olhar. "Sou uma besta/Eu sei que você é uma besta."

Em cada força policial cabe uma cota de fracassados. Não se pode ter só espertos, temos que carregar nas costas alguns imbecis. Atanásio pertencia a este último grupo. Entrou para a Escola de Oficiais da Polícia, mas abandonou o curso no meio. Com um tremendo esforço, conseguiu chegar a sargento e aí estacionou. Nenhuma ambição para nada mais elevado. Desde o primeiro dia que chegou ao distrito, tratou de deixar bem claro para mim que era uma besta. E eu assim o classifiquei. Sua sinceridade salvou-o das tarefas difíceis, dos horários noturnos, das blitze, das perseguições. Mantive-o no escritório. Alguma investigação fácil, arquivamentos, contatos com os médicos-legistas, com o ministério. Entretanto, como temos uma falta crônica de homens na polícia – por mais que nos esforcemos, não damos conta de tudo –, ele estava sempre me lembrando de que era uma besta, para que eu não esquecesse e o colocasse, por engano, em alguma patrulha.

Passei os olhos em minha mesa e vi que o café e o croissant não estavam sobre ela. Esta era a única tarefa diária que ele tinha: trazer, a cada manhã, o café e meu croissant. Levantei a cabeça e olhei interrogativamente.

– Cadê o meu café, Atanásio? Você se esqueceu?

Quando entrei para a polícia, comíamos rosquinha de gergelim. Limpávamos a mesa com a palma da mão para tirar os farelos e, diante de nós, sentava-se um Dimo, um Mênios ou um Lâmbros, um assassino, um ladrãozinho ou um batedor de carteiras.

Atanásio sorriu.

– O diretor ligou dizendo que quer falar urgentemente com o senhor, achei melhor trazer seu café depois.

Provavelmente queria falar comigo sobre o albanês. Ele tinha sido visto rondando a casa do casal que fora encontrado esfaqueado na terça-feira ao meio-dia. Durante toda a manhã, a porta da rua ficara aberta, mas ninguém entrara. Quem entraria em um barraco sem pintura, com uma janela sem acabamento e uma outra fechada por tábuas? Até os ladrões virariam a cara. Finalmente, por volta do meio-dia, uma vizinha que, durante toda a manhã, vira a porta aberta e nenhum movimento, entrou para dar uma olhada. Levou uma hora para nos avisar, pois desmaiou. Quando chegamos ao local, duas mulheres ainda tentavam fazê-la voltar a si salpicando-a com água, como se faz com os peixes para parecerem frescos.

O colchão estava sem lençol, pousado sobre o cimento. A mulher deitada sobre ele de barriga para cima tinha cerca de 25 anos. A garganta estava aberta pela facada, como se alguém lhe houvesse aberto uma segunda boca um pouco abaixo da verdadeira, para facilitar a saída do sangue. A mão direita apertava com força o colchão. Não sei qual tinha sido a cor de sua camisola, já que naquele momento estava totalmente vermelha. O homem a seu lado podia ter cerca de cinco anos a mais do que ela. Estava de bruços com a parte superior do corpo para fora do colchão. Os olhos pareciam fixos em uma barata que, naquele instante, passava calmamente diante deles. Ele levara cinco facadas nas costas, três horizontais que começavam na altura do coração e terminavam na omoplata direita, e outras duas que desciam verticalmente sob o corte do meio. Parecia que o assassino quisera riscar a letra t, de término, em suas costas. O restante da casa era igual às de todos aqueles que fogem de um inferno para terminar em outro: uma mesa dobrável, duas cadeiras de plástico e um fogareiro a gás.

Dois albaneses esfaqueados só despertam o interesse dos canais de televisão e, mesmo assim, só se o massacre for fotogênico e revirar o estômago dos telespectadores durante o jornal da noite, antes que todos se sentem à mesa para jantar. Antigamente, tínhamos rosquinhas de gergelim e gregos. Agora, temos croissants e albaneses.

Levamos quase uma hora para encerrar a primeira fase, isto é, fotografar os dois cadáveres, tirar as impressões digitais, lacrar as poucas coisas que encontramos em sacos plásticos e, por fim, lacrar a porta. O médico-legista não se deu ao trabalho de vir. Preferiu receber os cadáveres no necrotério. A busca era inútil. O que procurar? A casa nem armário tinha. Os poucos trapos da mulher estavam pendurados em um gancho na parede e os do homem estavam a seu lado, no cimento.

– Não vamos procurar dinheiro? – perguntou o inspetor Sotiris, que é um chato perfeccionista.

– Se achar alguma coisa, pode ficar para você, mas acho que não vai encontrar nem um tostão, ou porque eles não tinham ou porque o assassino levou. Mas isso não quer dizer que o casal foi morto pelo dinheiro. Mesmo quando se trata de vingança, o assassino leva o dinheiro. Em geral, o criminoso sempre leva o dinheiro.

Sotiris procurou e acabou encontrando um buraco no colchão. Nada de dinheiro.

Ninguém da vizinhança tinha visto nada. Pelo menos é o que diziam. Mas podia ser que estivessem escondendo o que viram para contar diante das câmeras de televisão e terem seu dia de glória. Só nos restava voltar para o distrito para a segunda fase – uma investigação que nos levaria diretamente aos arquivos. Afinal, procurar quem os tinha matado seria trabalho perdido.

Senti seu perfume enquanto lacrávamos a porta. Tinha rosto de lua cheia, usava uma blusa fosforescente que os seios ameaçavam romper, uma saia apertada e mais curta atrás porque sua bunda impedia um caimento perfeito, e tamancos lilases. Eu estava sentado na radiopatrulha quando a vi se encaminhando aos dois homens que selavam a porta. Sussurrou-lhes alguma coisa, e eles apontaram para mim. Deu meia-volta e veio em minha direção.

– Onde posso falar com o senhor? – perguntou, como se esperando que eu marcasse um encontro com ela.

– Aqui mesmo, fale.

– Nestes últimos dias, vi um homem rodeando a casa. Batia, batia, mas a mulher sempre lhe fechava a porta na cara. Era um homem de estatura média, louro, com uma cicatriz na bochecha esquerda. Usava um suéter azul, calças jeans remendadas no joelho e tênis. A última vez que o vi batendo à porta foi anteontem à tarde. Mas a mulher lhe bateu, de novo, com a porta na cara.

– E por que a senhora não contou isso ao policial que a interrogou?

– Queria pensar melhor. Não tenho a menor vontade de ser levada a delegacias e tribunais.

Quanto tempo ela ficara sentada à janela observando a rua, os vizinhos e os passantes? Evidentemente, tinha arrumado a casa de manhã, posto a panela no fogo e, depois, assumido seu posto na janela.

– Muito bem. Se precisarmos da senhora, mandaremos chamar.

Quando voltei para o distrito, minha primeira reação foi arquivar o caso. Terroristas, ladrões, traficantes, quem tem tempo para se preocupar com albaneses? Se tivesse sido um dos nossos, um grego – um desses que agora comem hambúrgueres ou crepes –, seria diferente. Os albaneses que façam, uns com os outros, o que bem entenderem. Já fazemos muito deixando que as ambulâncias os transportem.

Quem disse que nossos erros nos ensinam alguma coisa? Eu, pelo menos, nunca aprendi nada com os meus. No início, digo que não vou fazer nada, mas depois o remorso começa a me incomodar. Talvez porque me sinta sufocado dentro do distrito, ou talvez porque ainda reste em mim um pouco do instinto policial que a rotina não conseguiu devorar, o fato é que ainda me domina a vontade de fazer alguma coisa. Mandei uma mensagem aos distritos policiais com a descrição que a gorda dera do albanês. Aliás, nem é preciso uma longa busca. Basta percorrer as praças. A praça Omônia, a praça Váthis, a praça Kotziá, a praça Kumundurou, a praça do Ilektrikoú, em Kifisiá, as praças... O mundo se tornou um jardim zoológico às avessas. Fechamos os homens em jaulas e levamos os animais para passear nas praças para que nos observem. Sabia que minha tentativa estava condenada ao fracasso. Não tinha a menor esperança de encontrá-lo. Entretanto, três dias depois, recebi-o embrulhado para presente, vindo de Loútsa.

A corpulenta veio vestida exatamente com a mesma roupa que usava quando nos procurou. Porém, desta vez, usava sapatos, uns sapatos fora de moda, de saltos altos que entortavam para o lado por causa do peso, e os saltos escorregavam, um para dentro e outro para fora, pareciam que iam se abraçar, mas, logo em seguida, se arrependiam e se separavam, tomando, cada um deles, seu próprio caminho.

– É ele! – gritou, assim que viu o albanês.

Acreditei nela e agradeci a Deus por não tê-la como vizinha, exercendo, dia e noite, sua vigilância sobre mim. Ele era exatamente como ela havia descrito. Nada tinha escapado de sua vista.

E era por isso que, agora, o diretor estava me chamando. Para me perguntar como andava a investigação. E Atanásio não trouxera o meu café porque tinha certeza de que, assim que ouvisse que o diretor queria falar comigo, eu abandonaria tudo como estava e subiria correndo.

– O seu trabalho é trazer o meu café e meu croissant. A decisão sobre o momento em que vou subir para falar com o diretor é só minha – disse-lhe zangado e mergulhei ainda mais fundo na cadeira para mostrar a ele que não tinha a menor intenção de abandonar a minha sala durante toda a manhã.

O sorriso desapareceu imediatamente dos lábios dele. Toda a sua segurança foi por água abaixo.

– Sim, senhor – murmurou.

– Você ainda está aqui?

Ele deu meia-volta e voou para fora da sala. Esperei alguns minutos e me levantei para ir ao gabinete do diretor. Era possível que Atanásio espalhasse por aí que tinha me dito que o diretor queria falar comigo e que eu, bancando o teimoso, não tivesse ido. E, como o diretor conhece todas as artimanhas, nunca se sabe o que poderia fazer comigo. Além de tudo, é um complexado.

# Capítulo 2

Minha sala ficava no terceiro andar, número 321. A sala do diretor ficava no quinto. A média de tempo de espera pelo elevador era de cinco a dez minutos, dependendo da vontade que ele tinha de implicar com você. Se você se irritava e começava a apertar seguidamente o botão, podia ser que levasse quinze minutos. Você o ouvia vindo, está no segundo andar, parece que está subindo e, de repente, se arrependia e tornava a descer. Podia também acontecer o contrário. Descia até o quarto e, ao invés de continuar, subia de novo. Às vezes me irritava e subia as escadas de dois em dois degraus, muito mais para me acalmar do que por estar com pressa. Outras vezes, teimava e dizia a mim mesmo: já que ninguém está com pressa, por que correr? Não sou doido nem nada. Até a porta automática foi regulada para abrir bem devagarzinho e pôr nossos nervos à prova.

Todos os chefões ficavam no quinto andar. Foram colocados lá, todos juntos, para que pudessem pensar em conjunto ou, quem sabe, para que ficassem longe de nós e não nos atrapalhassem, depende do ponto de vista. A chefia de polícia ficava na sala 504, mas a porta não tinha número porque o chefe mandara arrancar. Ele considerava uma desvalorização ter número na porta, como se fosse porta de hospital ou de hotel. No lugar do número, colou uma plaqueta: Nikoláo Guikas – chefe de polícia.

– Nos Estados Unidos, as portas não têm número. Apenas nome – dizia, furioso. Durante três meses, disse e tornou a dizer até que, por fim, ele mesmo arrancou o número e colocou o seu nome. E tudo isso porque seguiu um programa de instrução no FBI durante seis meses.

– Entre, ele está lhe esperando – disse Kúla, a policial que executava as tarefas de secretária e servia de manequim para os uniformes.

O escritório era grande e iluminado, com carpete no chão e cortinas nas janelas. Inicialmente, tinham a intenção de colocar cortinas em nossas salas, mas o dinheiro não deu e, por isso, ficaram limitadas ao quinto andar. Ao lado da porta, havia uma mesa de reunião retangular com quatro cadeiras. O chefe sentava-se com as costas para a parede, sua mesa media cerca de 3 metros. Era uma dessas mesas modernas com aplicações de metal nos cantos. Se você quisesse pegar algum documento na ponta da mesa, precisaria de uma pinça; com a mão, era impossível.

Levantou os olhos e olhou para mim.

– Novidades do albanês? – perguntou.

– Nada de novo, senhor diretor. Ainda estamos investigando.

– Indícios importantes?

Perguntas cortantes, respostas cortantes, apenas as indispensáveis para mostrar que: em primeiro lugar, estava cheio de trabalho; segundo, que era eficiente; e, terceiro, que era indispensável e preciso. Coisas de americano, como disse.

– Não, mas temos uma testemunha ocular que o reconheceu, como lhe disse.

– Isso não é obrigatoriamente um indício importante. Viu-o rodeando a casa. Não o viu nem entrar, nem sair. Impressões digitais?

– Muitas. A maior parte, do casal. Entretanto, nenhuma do suspeito. A arma do crime não foi encontrada. – O imbecil me influenciara e, também eu, falava em linguagem telegráfica.

– Muito bem. Diga aos jornalistas que, por enquanto, não temos nenhuma declaração a fazer.

Não precisava ter dito. Se houvesse alguma declaração a fazer, ele mesmo a faria. E mais ainda, pediria que eu a escrevesse para decorá-la e dar a sua entrevista. Não estou me queixando, não me importava nem um pouco com isso. Os repórteres me enchiam o saco. Acontecia aqui exatamente o que tinha acontecido com as rosquinhas de gergelim e o croissant. Antigamente, existiam jornalistas e blocos, hoje existem repórteres e câmeras.

Saindo da sala da secretária, pedi que me trouxessem o albanês para interrogatório. Os interrogatórios eram feitos em uma sala de paredes nuas, com uma mesa e três cadeiras. Quando entrei, o albanês estava sentado em uma cadeira com algemas nos pulsos.

– Devo soltá-lo? – perguntou o policial que o tinha trazido.

– Não, deixa como está, vamos ver. Vai depender do comportamento dele. Ele pode se portar como um ser humano ou como uma fera.

Olhei para o albanês. Suas mãos estavam sobre a mesa. Duas mãos calosas com dedos grossos e unhas compridas e negras nas pontas, o luto da infelicidade. Tinha os olhos fixos nelas. Olhava para elas como se as visse pela primeira vez, e se espantasse. O que o espantava? O fato de essas mãos terem matado? Por serem elas tão grossas e sujas? Ou pelo fato de Deus tê-lo criado com mãos?

– Você vai me dizer por que os matou? – perguntei-lhe.

Ele levantou lentamente os olhos das mãos.

– Ter cigarro?

– Dê-lhe um dos seus – disse ao policial.

O policial me olhou surpreso. Provavelmente achando que eu o estava sacaneando, e não foi além disso. Ele fumava Marlboro enquanto eu continuava com o Karélia. Mandei dar um Marlboro ao albanês para paparicá-lo. O policial colocou-lhe um cigarro na boca, e eu acendi. Deu duas tragadas profundas, cheias de satisfação. Segurou a fumaça nos pulmões como se a quisesse aprisionar, depois a deixou sair o mais devagar que podia, para não desperdiçar. Levantou as duas mãos e apertou o cigarro entre o polegar e o indicador da mão direita.

– Eu não matar – disse e, neste mesmo instante, suas duas mãos, num rápido movimento, colaram o cigarro em sua boca enquanto seu peito se estufava para dar lugar à fumaça. Seu instinto lhe dizia que, como não tinha dito o que eu queria ouvir, eu poderia tirar-lhe o cigarro e, por isso, apressava-se a tragar tanto quanto podia.

— Você está me enganando, seu albanês de merda! — gritei furioso. — Vou acusá-lo de todos os assassinatos que os vagabundos albaneses cometeram nos últimos três anos e que ainda estejam pendurados nos arquivos, você vai pegar prisão perpétua, seu filho-da-puta.

— Eu três anos não aqui. Eu veio — ele parou porque não sabia dizer "no ano passado" e procurou outra palavra. — Eu veio noventadois — completou satisfeito, já que tinha resolvido seu problema lingüístico. Agora, suas mãos estavam escondidas sob a mesa, evidentemente para que eu, não vendo o cigarro, me esquecesse dele.

— Como você vai provar? Com o seu passaporte, seu veado?

Lancei-me subitamente sobre ele, agarrei-o pelo colarinho e coloquei-o de pé. Ele não esperava por isso, suas mãos bateram com força na parte de baixo da mesa e o cigarro caiu no chão. Ele lançou um rápido olhar, cheio de agonia, ao cigarro que lhe caíra das mãos e, em seguida, inquieto, virou-se para mim. O policial estendeu a perna e pisou no cigarro enquanto sorria, satisfeito, para o albanês. Rapaz inteligente, entrou logo no jogo.

— Você entrou ilegalmente na Grécia, não está inscrito em lugar nenhum, não tem visto, não tem carimbo, não tem nada. Posso fazê-lo desaparecer e ninguém vai se interessar em saber que fim você levou. Nunca te vi, não te conheço simplesmente porque você não existe, ouviu? Você não existe!

— Eu foi pra mulher — disse amedrontado, enquanto eu o sacudia com toda a força.

— Você gostou da mulher, hein? — deixei que ele caísse de novo na cadeira.

— Sim.

— Era por isso que você ficava rondando a casa dela o dia inteiro. Você queria entrar e comer a mulher, mas ela não abriu a porta para você.

— Sim — disse de novo, e sorriu satisfeito por me ter feito cair no seu conto.

— E como ela não abriu a porta, você ficou com raiva e, à noite, entrou e os matou!

— Não! — gritou, agora apavorado.

Sentei-me na cadeira diante dele e o olhei bem nos olhos. Fiquei em silêncio, deixando o tempo passar. Ele não conseguia entender o meu silêncio, o que fez aumentar ainda mais sua agonia. Ainda bem, porque, angustiado como estava, não percebia que eu estava num beco sem saída. O que fazer com ele? Deixá-lo em jejum? Não iria adiantar nada. De qualquer jeito, ele comia apenas de três em três dias, e assim mesmo quando estava com sorte. Jogar em cima dele dois mastodontes da polícia para dobrá-lo a poder de pancada? Ele já apanhara tanto na vida que se submeteria à tortura sem nem piscar.

— Ouça — disse-lhe calma e docemente. — Vou escrever tudo o que dissemos em um papel, que você vai assinar para, finalmente, descansar.

Ele não disse nada, apenas me olhou com um olhar indeciso, cheio de dúvidas. Não é que tivesse medo da prisão, mas simplesmente aprendera a desconfiar de tudo. Não acreditava que, num dado momento, o mal pudesse terminar para ele, enfim, respirar. Receava que, se confessasse um crime, poderia cair em cima dele um segundo e um terceiro, este sempre tinha sido o seu destino. O homem precisava de ajuda para poder acreditar.

— Afinal de contas, a prisão não vai ser tão ruim assim — eu disse amigavelmente, como numa conversa. — Você vai ter sua própria cama, três refeições por dia, tudo pago pelo Estado. Você vai simplesmente ficar lá e vão tomar conta de você, como se faz com as crianças em sua terra. E, se você for inteligente, em cerca de dois meses vai entrar em algum dos grupos e vai, ainda por cima, fazer algum dinheiro. A prisão é o único lugar onde não existe desemprego. Se você tiver um pouco de cabeça, vai sair de lá com um bom pé-de-meia.

Ele continuava me olhando absolutamente mudo. A única diferença era que, agora, seus olhos brilhavam, como se a idéia lhe agradasse. Entretanto, não disse nem uma palavra. Eu sabia que ele queria pensar um pouco. Levantei-me.

— Você não precisa me responder agora — disse. — Pense no assunto e amanhã a gente conversa.

Enquanto me dirigia para a porta, vi o policial tirar seu Marlboro e oferecer um ao albanês. Rapaz inteligente! Eu realmente tinha que pedir a sua transferência para que viesse trabalhar comigo.

Encontrei-os, todos, reunidos diante de minha sala. Alguns tinham microfones nas mãos; outros, gravadores. Todos eles com um olhar guloso e impaciente, um batalhão de famintos que esperavam a notícia como o soldado espera o rancho. Os cameras, ao me verem chegar, jogaram suas máquinas nos ombros.

– Entrem, rapazes.

Abri a porta do meu escritório enquanto dizia a mim mesmo: "Por que vocês não vão para o inferno e me deixam em paz, seus desgraçados?" Agruparam-se atrás de mim e colocaram sobre a minha mesa os microfones com o logotipo do seu canal de televisão, cabos e gravadores. Em um minuto, minha mesa se transformou numa barraca de camelô da rua Athinás.

– Você tem alguma novidade sobre o albanês, policial? – pergunta Sotirópoulos, com sua camisa Armani quadriculada, sua gabardine inglesa, seus mocassins Timberland e seus óculos de armação metálica redonda, como aqueles que Hitler usava e que, agora, são moda entre os intelectuais. Há muito que não usava o "senhor" comigo; dizia apenas "policial". E sempre começava com "você tem alguma coisa a dizer" ou "o que você tem a nos dizer", para criar o sentimento de se estar diante de uma banca de examinadores que vão dar uma nota a tudo o que você disser. Sabe como é, ele parte do princípio de que expressa a opinião pública. E a opinião pública é absolutamente imparcial. Foram cortados o "doutor" e o "senhor", que criam uma hierarquia entre os cidadãos. Seus olhos estão colados em mim, vivos, sempre prontos a me censurar. É o moderno Robespierre com microfone e câmera.

Ignorei-o e me dirigi a todos, em conjunto. Já que ele queria igualdade, teve.

– Não tenho nada a declarar, rapazes – disse com um sorriso e uma expressão amável no rosto. – Ainda o estamos interrogando.

Olharam para mim, decepcionados. Uma repórter baixa, de pele ressecada, com meia-calça vermelha, tentou extrair de mim mais alguma coisa, simplesmente pela honra da firma.

— O senhor tem indícios de que seja ele o assassino? – perguntou.

— Já lhes disse, ainda o estamos interrogando – respondi novamente e, para mostrar que a conversa tinha terminado, peguei o croissant que Atanásio havia trazido, tirei-o da embalagem e dei uma mordida.

Começaram a juntar toda a sua parafernália, e minha mesa voltou a parecer uma mesa, era como aquele doente que, por ter escapado do perigo, é desligado das máquinas.

Yanna Karayióryi foi a última a se dirigir para a porta. Foi-se deixando ficar até que todos os outros tivessem saído. A antipatia que sentia por ela era ainda maior do que a que eu dedicava aos outros. Era assim porque era, não havia nenhuma razão especial para eu antipatizar mais com ela do que com os outros. Ela não parecia ter mais de 35 anos e sempre estava elegantemente vestida, mas sem afetação. Calças largas, casaquinho e, no peito, uma corrente de ouro com uma cruz ou um medalhão. Não sei por quê, mas achava que era lésbica. Era uma mulher bonita, porém o cabelo curto combinado com a roupa que usava dava-lhe um aspecto meio masculinizado. É lógico que podia não ser nada disso, e sim obra de minha mente doentia. Ela estava de pé ao lado da porta. Deu uma olhada para ver se os outros já tinham se afastado e fechou a porta. Eu continuava a comer o meu croissant como se não tivesse percebido que ela ainda estava na sala.

— O senhor sabe se o casal assassinado tinha filhos? – perguntou repentinamente.

Virei-me para ela e olhei-a surpreso. O olhar altivo estava lá mesmo e ela sorria ironicamente para mim. Pronto, como me irritavam essas perguntas bobas que me lançava sem mais aquela e que sublinhava com um sorriso irônico dando a impressão de que sabia alguma coisa da qual eu não tinha a menor idéia. É lógico que perguntava só para me torturar. Ela não sabia de nada, apenas jogava verde para colher maduro.

— Você acha que tinham filhos e não os vimos?

— Talvez não estivessem lá quando o senhor foi.

— O que você quer que eu diga? Se foram estudar nos Estados Unidos, ainda não descobrimos – disse sarcasticamente.

Ela sabia alguma coisa e estava brincando de gato e rato comigo. Decidi lidar cuidadosamente com isso, bem amigavelmente, quem sabe não poderia chamá-la às falas. Apontei para a cadeira na frente da minha mesa.

– Sente-se para conversarmos – disse.
– Impossível, tenho que ir para a emissora. Talvez um outro dia.
- De repente ficou com uma pressa danada. A filha-da-puta fazia de propósito para me deixar irritado.

Ao abrir a porta para sair, esbarrou em Atanásio que, exatamente naquele momento, entrava com um documento. Olharam-se e Karayióryi sorriu para ele. Atanásio afastou rapidamente o olhar, mas o dela continuou fixo nele, intenso e provocativo. Parecia que tinha gostado dele. Aliás, não deixava de ter razão, porque Atanásio era um belo rapaz. Alto, moreno, com o corpo malhado. Decidi juntar os dois para esclarecer duas dúvidas: se era verdade que sabia alguma coisa a respeito dos albaneses e se era realmente lésbica.

Ela acenou amigavelmente para mim, como se estivesse se despedindo, mas, na realidade, era como se me dissesse "pode esperar sentado, imbecil". Fechou a porta atrás de si. Atanásio se aproximou e me deu o documento.

– O relatório do médico-legista sobre os dois albaneses – disse. O sorriso trocado com Karayióryi o tinha transtornado, sua mão tremia ao me estender o papel. Estava em dúvida se eu tinha percebido e de como eu reagiria.

– Muito bem – disse-lhe. – Pode deixar o documento e sair.

Não estava com disposição para lê-lo naquele momento. E, além disso, o que ele podia me revelar? Tudo o que tinha que ser descoberto a respeito dos cadáveres estava lá, totalmente aparente. Só restava saber a hora do assassinato, mas isso não tinha a menor importância.

"Cuidado, o albanês pode vir a fabricar um álibi que vamos ter que desmontar. E Karayióryi não sabe de nada. Está blefando, como todos os repórteres. Quer provocar minha curiosidade para que eu seja o primeiro a falar e lhe dê informações em primeira mão. Filhos? Não existem. Se existissem, e não os tivéssemos visto, os vizinhos nos teriam contado", pensei.

# Capítulo 3

Adriana estava sentada diante da televisão. Já haviam se passado cinco minutos desde que eu entrara na sala, e ela nem tinha notado. Sua mão segurava com força o controle remoto, o indicador apoiado no botão, pronto para mudar de canal assim que começassem os anúncios. Na tela, um policial de cabelos crespos urrava com uma loura. Todas as tardes, interrogava alguém, ou morria de remorsos. E, nas duas circunstâncias, sempre berrava. Se os policiais fossem assim, morreríamos todos de infarto aos 40 anos.

– Por que este cretino está sempre gritando? – perguntei. Acrescentei "cretino" porque sei que ela ficava irritadíssima quando me referia de maneira desdenhosa aos heróis de suas novelas preferidas. Queria irritá-la para que ela prestasse atenção em mim, mas errei o alvo.

– Sssh! – ela disse com raiva enquanto mantinha os olhos colados no policial de cabelos crespos e de uniforme. – "O que você está olhando, seu imbecil! Fala!" –, teria gritado o meu pai e me tascaria uma bofetada. Gostaria de ver o que ele faria agora quando o falar se transformara em ver, quando todos olham e ninguém fala. Felizmente o velho morreu porque, senão, ele se desmantelaria.

Como fazia todas as tardes, me refugiei em meu quarto e tirei da biblioteca o *Dicionário do Dimitrákou*. A biblioteca, na verdade, era apenas um console com quatro prateleiras ao qual dávamos esse nome para que adquirisse uma certa dignidade. Na prateleira de cima estavam todos os dicionários: o *Grande dicionário da língua grega*, de Lidell-Scott, o *Dicionário ortográfico e hermenêutico da língua neo-helênica*, de Dimitrákou, o *Dicionário onomástico da língua neo-helênica*, de Vostazóglou, o *Dicionário etimológico da língua neo-helênica*, de N. P. Andrioti, e o *Dicionário grego*, de Tegópoulou-Fitráki. Este era o meu único hobby – os dicionários. Não me interessavam nem os estádios, nem o artesanato, nada. Se alguém examinasse o conteúdo da biblioteca, ficaria impressionado. A prateleira de cima estava cheia de dicionários. E isso impressionava. Iria percorrer as outras prateleiras e cairia sobre heróis e heroínas, um Viper, uma Nora, um Bel, um Arlequim e uma Bianca. Guardei a cobertura para mim e deixei os andares inferiores para Adriana. Em cima, o conhecimento superficial, embaixo, a degradação. Toda a Grécia em quatro prateleiras.

Abracei o *Dimitrákou* e me deitei na cama. Abri-o no verbete *ver*. Ver = possuir o sentido da visão. A mente vê e a mente ouve, dizia meu pai. Todas as noites, meia hora antes de ele voltar para casa, eu me sentava à mesa da cozinha e mergulhava nos livros, para mostrar-lhe que me dedicava aos estudos. Ele entrava com seu uniforme de policial do interior, parava perto da porta e me olhava. Eu ficava absolutamente mudo. Estava tão absorvido nos estudos que minha percepção das coisas tinha desaparecido, como diz o *Dimitrákou*. Subitamente, meu pai se aproximava, me pegava pela orelha e começava a me levantar da cadeira.

– Você tirou quatro de novo em matemática, seu imbecil – dizia.

Eu ainda não sabia de nada, só no dia seguinte o professor me daria a nota. Mas meu pai sempre sabia de véspera.

– Como é que você sabe? – eu perguntava, espantado.

– A mente vê e a mente ouve – era sempre a sua resposta.

Até que um dia, em que, por acaso, eu estava em sua sala, assim que tocou o telefone, percebi que a mente nem vê nem ouve. Algum tempo atrás, meu pai tinha quebrado um galho para o meu professor de matemática, ajudara-o a tirar uma licença de caça, ou alguma coisa no gênero, e o professor, assim que examinava minhas provas, telefonava para ele para dar a nota. Era uma maneira de retribuir o favor prestado. O mais estranho era que, na maioria das vezes, eu achava que tinha ido muito bem na prova, no entanto, pegava um 4 ou um 5. Mas na prova final o professor me lascou um 8, para alegrar meu pai e para mostrar-lhe que eu não tinha fracassado.

– Você está de novo com os sapatos em cima da cama? – ouvi a voz estridente de Adriana e pulei da cama. Pronto, aqui terminou o meu devaneio. Quanto tempo pode durar um sonho? O tempo de um capítulo de novela. Termina a novela, termina o sonho.

– Você acaba de chegar em casa, enfia o nariz nesse livro besta, em vez de conversar um pouco comigo que fico o dia inteiro sozinha. E como se isso não bastasse, suja minha cama com esses sapatos imundos.

– Como posso conversar com alguém que está grudada na televisão e não diz nem um boa-tarde?

– Porque estava no momento mais emocionante da novela. O que custava esperar cinco minutos? Mas você usa isso como pretexto para se agarrar com suas traças! – Ela chama de traças as letras do dicionário. – Há vinte anos que lê sempre as mesmas palavras. Será que ainda não se cansou? Se fosse eu, já as teria aprendido de cor e teria pesadelos com elas!

– E o que você quer que eu faça, mulher? Que me sente para ver essa besta desse tira que, se trabalhasse comigo, seria mandado para contar balas no almoxarifado! Ou, quem sabe, que eu esperasse o segundo tempo onde aparece aquela galinha choca que faz as vezes de juíza e que, depois de sessenta capítulos, ainda não decidiu se vai ou não trepar com o marido!

– É lógico – disse desdenhosamente. – Você é um joão-ninguém, não pode gostar de *glamurous*.

Deu meia-volta e saiu majestosamente do quarto, assim como Sofia Vembo quando cantava "Inverno", uma cantora deixando o palco. Entretanto, conseguiu me espicaçar, porque eu não sabia o que significava *glamurous*, nem tampouco onde ela tinha aprendido a palavra que agora me jogava na cara.

Fui até a prateleira e peguei o Oxford English-Greek Learner's Dictionary, o único dicionário de inglês que tenho. Comprei-o em 1977, quando estava lotado na Divisão de Narcóticos. Um dia nos trouxeram, para interrogatório, alguns estrangeiros que tinham ido à Índia, supostamente para procurar um guru, e tinham voltado de sári, com um monte de colares e meio quilo da branquinha enfiada na bunda. Foi quando decidi aprender algumas palavras em inglês, por medo de que me caísse nas mãos alguma ruiva que, havia muito, não tomava banho e que me lançasse um "fuck you" na cara e eu não soubesse se ela estava me xingando ou me pedindo um salgadinho de queijo.

Procurei o verbete *glamurous*, mas não achei. Procurei em *glamourus*, também não encontrei nada. Esses cornos desses ingleses escrevem os dois – o e ou – só para me dificultar a vida. Muito bem, *glamourous* quer dizer cheio de brilho/esplendor, quase mítico, fascinante. *Glamourous film stars*: astros cinematográficos cheios de brilho e esplendor. Era isso o que ela estava me dizendo – que não me agradavam as coisas cheias de brilho e esplendor porque sou um burguesinho. Tinham sido necessários trinta anos para que passássemos da rosquinha de gergelim para o croissant e ela vinha me chamar de burguesinho só porque eu não suportava essas malditas vendetas idiotas.

De repente, veio-me uma idéia que me fez sentar diante da televisão. Passava das oito e meia e eu queria assistir ao jornal para ver se iriam dizer alguma coisa sobre os albaneses. Metade do jornal foi dedicada à política, à Bósnia, a dois viciados que morreram de overdose, a um homem de 80 anos que violentou e matou a cunhada de 70. Quando comecei a me alegrar pelo fato de não termos despertado a curiosidade da imprensa, eis que o apresentador assumiu um ar extremamente triste. Seu rosto se ensombreou, ele levantou um pouco as mãos da mesa em sinal de desalento por saber que iria despertar um sentimento de tristeza nos telespectadores e deixou escapar um imperceptível suspiro. As palavras saíram uma a uma de sua boca, bem separadas uma das outras, como se fossem os últimos clientes de um botequim que eram jogados na rua pouco antes de baixarem a porta. Usava sempre um lenço no bolsinho do paletó. E eu ficava esperando que o tirasse do bolso para enxugar uma lágrima. Entretanto, até o momento, isso ainda não tinha acontecido. Quem sabe, talvez este fosse seu último trunfo para quando sua performance não surtisse mais o efeito desejado.

— Em relação ao outro crime, senhoras e senhores — disse —, o bárbaro massacre de dois albaneses em Rendi, não houve nenhum progresso.

Imediatamente após, apareceu Yanna Karayióryi com um microfone na mão e o mesmo conjuntinho que vestia de manhã, o que, aliás, era muito natural, pois falava no corredor com as costas voltadas para a porta de minha sala.

— A polícia não possui nenhum elemento novo em relação ao assassinato além da prisão de um albanês, que se encontra no Quartel Central da Polícia. Como declarou o delegado Kostas Xaritos, chefe do Departamento de Homicídios, o albanês ainda está sendo interrogado. A polícia suspeita de que o casal tivesse um filho que, entretanto, até hoje não foi encontrado.

Lancei-me sobre a televisão para arrancá-la da tela. Mas ela escapou de mim e, em seu lugar, apareceu a gorda, que se apossou do microfone e começou a falar sobre o albanês e de como nos tinha avisado. Era a terceira noite que mostravam exatamente a mesma cena: a gorda que falava exatamente as mesmas coisas vestida com a mesma blusa fosforescente e a mesma saia que escalava sua bunda, nada *glamourous*. Vá você explicar, amanhã, ao diretor que a história do filho é pura invenção de Karayióryi, que nada disso existe.

— Quem está colado agora na televisão, eu ou você? — ouvi a voz triunfante de Adriana que vinha da cozinha. — Anda, vamos comer.

Isso era apenas força de expressão, porque ela não comia nada. Sentou-se na minha frente e olhou para mim.

— Tenho novidades — disse, assim que levei à boca o garfo com um pedaço de *pastitsio*.

— Que novidades?

— Katerina telefonou hoje — disse sorrindo.

— E por que você demorou tanto para me dizer?

– Queria dizer na hora do jantar para abrir seu apetite.

Besteira! Escondeu de mim de propósito, porque não me sentei a seu lado para ver televisão. Sabia que meu ponto fraco era minha filha e se vingava a seu modo.

– Finalmente, vem passar o Natal aqui – disse e continuava a sorrir satisfeita.

Katerina estudava Direito na Universidade de Salônica. Estava no segundo ano e nunca fora reprovada em nenhuma matéria. Quando se formar, quer ser juíza. Interiormente torço para que, quando isso acontecer, eu ainda esteja na ativa para mandar-lhe acusados. E depois me sentar no meio do público e admirá-la quando ler o termo de acusação, quando interrogar as testemunhas e pronunciar sua sentença.

– Tenho que lhe mandar dinheiro para a passagem de avião.

– Não precisa. Ela disse que vem de ônibus junto com o Pano.

Ah, sim, havia também esse cara. Eu tinha me esquecido dele ou, antes, tentava me esquecer dele. No fundo, ele não era má pessoa, estudava engenharia agrícola. Entretanto, me chateava o fato de ter os braços musculosos, de ser um tipo atlético, de só usar camisa de malha, jeans e tênis Adidas porque os tipos como este que tínhamos no corpo policial, todos eles, eram burros. Mas o que fazer? Também ele era da geração de cinqüenta. Não da geração pós-Primeira Guerra Mundial, e sim da atual. Eu dizia que pertenciam à geração de cinqüenta porque todo o vocabulário que tinham não ultrapassa cinqüenta palavras. Se você tirasse o foda-se, o veado e o imbecil, restavam exatamente 47 de renda tributável, como dizem os fiscais do Imposto de Renda. Lembro-me do período entre 1971 e as passeatas dos alunos da Escola de Arquitetura, das greves das universidades, do slogan "Pão, Educação, Liberdade" e de nós, que éramos mandados para refrear ou dissolver essas manifestações. Dos embates corpo a corpo, das perseguições pelas ruas, das cabeças quebradas, eles nos xingavam e nós os reprimíamos com violência. Como poderíamos saber, naquela época, que toda essa briga era para que chegássemos, hoje, às cinqüenta palavras. Todos nós deveríamos ter ficado em casa porque, realmente, de nada valeu tudo isso.

– Você tem o dinheiro para a passagem aérea ou pretendia pedir emprestado? – perguntou com um ar ingênuo, mas eu via a esperteza em seus olhos.

– Não, não ia pedir emprestado, eu tenho o dinheiro – respondi. – Economizei alguma coisa do pagamento dos atrasados.

– Já que você não vai precisar do dinheiro para comprar a passagem, bem que podia me dar para eu comprar aquelas botas de que lhe falei. – Lançou um sorriso que julgava sedutor, mas que saiu cheio de malícia.

– Vamos ver. – Eu ia lhe dar o dinheiro, mas deixei-a no ar de propósito para torturá-la e tirar, eu também, a minha vingancinha. Da primeira fase da vida em família faz parte a alegria da vida em comum. Da segunda, o filho. Da terceira e mais longa fase, as vingancinhas. Quando você chega a esta última fase, lança âncora, isto é, nada muda nunca mais. Seu filho, daqui a pouco, vai tomar o próprio rumo e você vai voltar toda noite para casa sabendo que estão lhe esperando: sua mulher, a comida e as vinganças.

– Por favor, Kostas querido, eu não tenho nenhuma bota elegante!

– Vamos ver! – eu disse secamente, cortando a conversa.

À noite, na cama, ela se aproximou e colou o corpo no meu. Passou a mão em volta da minha cintura e começou a me beijar na orelha, no pescoço. Eu permaneci imóvel. Pôs a perna sobre meu joelho e começou a fazer um movimento ritmado de subida e descida pela minha perna até o pênis, e vice-versa.

– Quanto você quer para comprar as botas? – perguntei.

– Vi um par muito bonito, mas um pouco caro. Trinta e cinco mil. Mas vou poder usá-lo por quatro anos.

– OK, vou dá-las para você.

Sua perna desceu pela última vez, assim como desce o elevador do terceiro andar ao térreo, e parou. Tirou a mão de minha cintura, beijou-me na bochecha e deu marcha a ré de volta às suas águas territoriais.

– Boa noite – disse aliviada.

– Boa noite – respondi, também eu aliviado, e abri o Lidell-Scott que tinha pegado na prateleira antes de cair na cama.

Entretanto, não conseguia me concentrar. Meu pensamento estava com Karayióryi e com a sua história da criança. Não era possível que ela tivesse dito isso, assim, sem mais aquela. Ela sabia de alguma coisa que escondia de mim. Resolvi perguntar ao albanês, podia ser que ele soubesse de alguma coisa. Primeiro ia perguntar a ele e, depois, me entender com Karayióryi. O melhor era fazer o que eu tinha planejado pela manhã, botar Atanásio colado nela, quem sabe ele descobriria alguma coisa?

Sonhei que estava na casa dos dois albaneses. Só que os dois cadáveres não estavam mais lá e o colchão estava coberto com um cobertor. Sobre a mesa dobrável, tinha um moisés. Inclinei-me sobre ele e vi um bebezinho. Não devia ter mais de três meses e rebentou num grande choro. De pé diante do fogareiro a gás, vi Karayióryi esquentando a mamadeira.

– O que você está fazendo aí? – perguntei surpreso.

– *Baby sitter* – respondeu.

# Capítulo 4

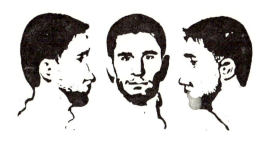

Tinha engolido o primeiro pedaço do croissant e ia tomar o primeiro gole do café quando Atanásio abriu a porta e entrou. Olhou-me nos olhos e sorriu. Esta foi uma das raras vezes que não me disse que era uma besta. Isso acontecia uma vez a cada ano, talvez duas.

– Isto é para o senhor – disse, e me estendeu o papel que tinha na mão.

– Tudo bem, pode deixá-lo aí.

Com o passar do tempo, adquiri um princípio totalmente estável: nunca pegar os papéis que me são dados. De modo geral, ou eram ordens, ou proibições, ou corte de salário, enfim, algo que iria arrasar com meus nervos. Por isso eu os deixava sobre a mesa enquanto me preparava psicologicamente para lê-los. Atanásio, no entanto, não deixou o papel que tinha nas mãos sobre a minha mesa. Continuava a colocá-lo sob meus olhos enquanto dizia triunfantemente:

– É a confissão do albanês.

Fiquei estarrecido. Estendi a mão e peguei o depoimento.

– Como você conseguiu? – perguntei, sem esconder que aquilo me parecia inacreditável.

– Blásis me disse – respondeu rindo.

– Blásis?

– É o colega que trabalha na cadeia. Nós estávamos tomando café na cantina e ele me disse que o senhor queria convencer o albanês de que ele ficaria melhor na cadeia. Sentei-me, bati um depoimento à máquina e levei para o albanês. Ele assinou imediatamente.

Olhei a terceira página. Dois dedos logo abaixo do fim do depoimento cuja forma fazia lembrar um desenho infantil. Era a assinatura do albanês. Li rapidamente o depoimento pulando as formalidades. Estava tudo lá, exatamente como ele me tinha dito na véspera durante o interrogatório: que tinha conhecido a moça na Albânia e que tinha gostado dela, que rodeara a casa durante vários dias, mas ela sempre o rejeitava. Ele se ofendeu e resolveu entrar na casa para violentá-la. Soltou uma tábua da janela e entrou. Ele pensou que o marido não estava em casa. Apavorou-se quando o viu deitado ao lado da mulher. E, quando o homem se lançou sobre ele, sacou da faca e matou primeiro o marido e, depois, a moça. Tudo claramente exposto, limpo, sem omissões ou dúvidas.

– Muito bem, Atanásio – disse-lhe com admiração. – Perfeito.

Ele estava olhando para mim e seus olhos brilhavam de alegria. Exatamente nesta hora, o telefone tocou. Tirei o fone do gancho.

– Xaritos!

Isso também estava dentro das reformas do tipo FBI que nos foram impostas pelo Guikas. Não dizíamos alô, ou pronto, ou oi, mas sim: Xaritos, Sotiriou, Papatriandafilópoulos. Não tinha importância se, no meio do Papatriandafilópoulos caía a linha, era preciso persistir.

– O que você sabe em relação à criança? – Sempre cortante e preso ao essencial.

– Essa criança não existe, senhor diretor. Tenho diante de mim a confissão do albanês. Não há qualquer referência a nenhuma criança. São bobagens de Karayióryi. Ela ainda vai se dar mal por causa da vaidade.

Falei isso de propósito, para irritá-lo, porque sei que tinha um grande respeito por Karayióryi.

– Confessou? – perguntou. Parecia que não acreditava.

– Confessou. Foi crime passional. Quanto à criança, totalmente inexistente.

– Muito bem. Mande-me seu relatório e um resumo para que eu faça uma declaração. – Desligou o telefone sem mais palavra.

Agora eu tinha que escrever um relatório de estudante do ensino médio para que ele o decorasse.

O caso, normalmente, terminaria aqui. O albanês confessara, o inquérito seria aberto, ficara comprovado que a suposta criança era mentira, o chefe da polícia ia se colocar de pé diante das câmeras e recitar para os repórteres o seu poeminha – tudo resolvido.

Entretanto, eu não me satisfazia com pouco. Começava a procurar e sempre acabava pagando o pato.

– Escuta aqui, Atanásio, ele falou alguma coisa a respeito de uma criança?

– Criança? – ele repetiu meio perdido. Isso acontece com pessoas como Atanásio. De repente, inesperadamente lhes vêm uma idéia brilhante e são bem-sucedidos em algo que, para alguém como ele, é quase um milagre. Porém, se você subitamente lhe pede algo que ele não esperava, sua segurança desaparece devido à carga exagerada e eles mergulham na escuridão.

Olhei meu relógio. Ainda eram onze e meia. Faltavam duas horas para que os jornalistas aparecessem. Tinha tempo de sobra para escrever o relatório para Guikas.

– Diga para trazerem o albanês para interrogatório.

Atanásio olhou para mim, e toda a sua alegria se desvaneceu.

– Mas ele confessou – sussurrou.

– Eu sei, mas essa Karayióryi nos deixou petrificados ontem durante o jornal da noite quando disse que havia uma criança. Guikas ouviu e agora me faz perguntas. Sei que não há criança nenhuma, mas prefiro me certificar para que fiquemos formalmente certos. Peça que o tragam e venha você também. – Levei-o comigo para mostrar-lhe o quanto o considero, e isto lhe agradou. Saiu da sala com um sorriso de orelha a orelha.

O albanês estava sentado no mesmo lugar, entretanto não tinha algemas nas mãos, como na véspera. Quando entramos, olhou-nos amedrontado. Tirei meu maço e ofereci-lhe um cigarro.

– Eu contei tudo – disse enquanto dava a primeira tragada. – Este aqui veio e eu contei. – Mostrou Atanásio.

– Eu sei. Não tenha medo, sossegue. Só quero lhe fazer uma única pergunta, apenas por curiosidade. Você sabe se aqueles dois que você matou tinham filhos?

– Filhos?

Olhou-me como se fosse a coisa mais impossível do mundo um casal de albaneses ter filhos. Não me respondeu, apenas seu olhar se voltou lentamente para Atanásio. Este, subitamente, avançou, levantou o albanês pelo suéter e o tirou da cadeira enquanto gritava com violência.

– Diga, seu imbecil! Os albaneses tinham filhos? Diga logo antes que eu te arrebente!

Deus me livre do preguiçoso quando o morde o bichinho da ação, dizia minha mãe. Como conseguiu uma confissão, Atanásio se liberou e agora se fazia de durão. Libertei o albanês das mãos de Atanásio e sentei-o de novo na cadeira.

– Calma, Atanásio. Se o rapaz souber alguma coisa, vai nos dizer tranqüilamente. Não é verdade?

Esta última parte era destinada ao albanês. Agora, todo o seu corpo tremia. Por quê? Não se sabe. Afinal de contas, era uma simples pergunta, não havia nada a temer. Por excesso de zelo, Atanásio interferiu e o aterrorizou.

– Não – disse. – Pakizé não ter criança.

Pakizé era o nome da moça que ele matou.

– Muito bem, isso é tudo – disse amavelmente. – Não quero mais nada de você.

Olhou para mim profundamente aliviado, como se lhe tivesse sido retirado um grande peso das costas.

Voltei à minha sala para escrever o relatório de estudante do ensino médio para Guikas. Ele não queria muita coisa. Uma prova de uma página com a minha letra, que é grande e redonda. Apenas os fatos, resumidamente. O molho ele mesmo colocaria. Terminei e passei à exposição analítica. Esta iria consumir mais tempo; terminei, porém, em uma hora. Mandei as duas juntas para Guikas.

Voltei para terminar o meu croissant e o meu café que, agora, mais parecia uma água suja. O gato se estendeu ao sol na varanda do apartamento do outro lado da rua. Deitou-se com a cabeça encostada no piso e se deixou cozinhar pelo sol. É uma das poucas criaturas que gostam do enorme calor. A velha apareceu na varanda com um pratinho. Colocou-o diante do gato. Ficou esperando que ele abrisse os olhos para ver a comida, mas o gato não lhe deu a menor importância. A velha esperou pacientemente, acariciou a sua cabeça, falou com ele com palavras doces, mas o gato continuou sem dar a menor importância. Finalmente, a velha perdeu as esperanças, deixou o prato e entrou no quarto. Olhei a arrogância do gato a quem traziam comida e, diante de mim, apareceram os dois albaneses deitados sobre o colchão nu, a mesa dobrável, as duas cadeiras de plástico e o fogareiro a gás. Isso não queria dizer que simpatizasse com os albaneses, mas eu raciocinava. Era essa droga de tempo que não parecia querer chover.

Repentinamente, a porta se abriu e entrou Karayióryi, como se entrasse em sua própria casa, sem sequer bater. Precisava me lembrar de lhe dar uma chave. Naquele dia, ela estava diferente. Vestia calça jeans e blusa de malha. A jaqueta estava pendurada na bolsa que pendia do seu ombro. Fechou a porta e sorriu para mim. Eu olhei para ela sem uma palavra. Bem que eu queria começar com os xingamentos, mas tinha ordem superior de pegar leve com os repórteres. Antigamente, com os jornalistas, nosso comportamento era diferente.

– Meus parabéns. Soube que o albanês confessou. Vocês encerraram o caso. – Seu sorriso irônico e sua expressão pretensiosa me gozavam.

– Esclarecemos o caso – corrigi-a friamente. – Esta é a expressão usada na linguagem policial. Você já deveria ter aprendido, depois de tanto tempo.

Decidi atacar primeiro porque não estava disposto a brincar de gato e rato.

– Por que você mentiu ontem à noite durante a sua reportagem? – perguntei. – Você sabia muito bem que não havia criança nenhuma, nem mesmo desconfiávamos de sua existência.

Ela começou a rir.

– Não faz mal – disse com indiferença. – É só você me desmentir.

– Por que você jogou isso no ar ontem?
– O quê?
– Essa história de criança. Como lhe veio a idéia? Você jogou verde para colher maduro?

— Já disse, porque gosto de você – disse, repentinamente falando com intimidade comigo. – Sei que você não me suporta, mas tudo bem, eu gosto de você, apesar disso. Como você vê, tenho minhas fraquezas.

Sua maneira direta de falar me deixou sem jeito.

— Nem gosto nem desgosto de você – eu disse, achando que uma atitude neutra seria a mais convincente. – Vocês me irritam e eu irrito vocês, isso faz parte do nosso trabalho. Mas não desgosto de você mais do que de qualquer outro colega seu.

— Certamente você tem maior antipatia por mim – ela disse ainda rindo. – Talvez com uma única exceção, Sotirópoulos.

Era muito esperta a sem-vergonha, nada lhe escapava.

— E por que você simpatiza comigo? – perguntei para escapar da situação difícil em que ela tinha me colocado.

— Porque você é o único aqui que pega alguma coisa no ar. Mas não fique muito cheio de si porque isso não quer dizer muita coisa. Há sempre um caolho entre os cegos. Mesmo que você tenha torcido tudo desta vez.

Abriu a porta e saiu para não me dar a oportunidade de continuar a conversa.

Mais uma vez, me deixou em dúvida. Estava me gozando ou escondendo alguma coisa? Se realmente sabia de alguma coisa que, mais tarde, publicasse, cairiam todos em cima de mim. Promotores, juízes, o chefe de polícia, todos. Por mais que fizesse, não daria conta. E se pensam que eu tinha muito tempo à minha disposição, estão muito enganados – não tinha. Daí a pouco, Guikas ia dar sua entrevista; na manhã seguinte, o dossiê iria para o juiz; o albanês ainda iria curtir dois dias de cadeia antes de ser levado para o interrogatório regulamentar. A partir daí, o caso escaparia totalmente de minhas mãos e, se estourasse alguma bomba, só nos restaria juntar os caquinhos.

Tirei o fone do gancho e pedi a Sotiris, o suboficial, que viesse à minha sala. Foi ele que dera a busca no barraco dos albaneses, podia ser que tivesse notado alguma coisa.

— Diga-me, Sotiris, quando você deu a busca no barraco dos albaneses, notou alguma coisa infantil?

– Infantil? Como infantil? – perguntou surpreendido.
– Qualquer coisa. Desde chocalhos e babadores até macacões e brinquedos.

Ele me olhou como se eu fosse louco. E tinha razão.

– Não, não vi nada. – Pensou um pouco e acrescentou: – A não ser uma caixa de fraldas.

– Fraldas? – gritei e me levantei de um pulo.

– Sim, eles a utilizavam como armário. Dentro tinha açúcar, café e meio pacote de feijão.

O gato tinha acordado e agora comia, como os policiais de novelas que tomam o café-da-manhã às onze horas. A velha estava de pé perto dele e o admirava. Certamente estava contente por ele ter apetite e não ter que tomar ferro e vitaminas. As folhas dos vasos estavam inclinadas olhando para o chão, para o piso, como virgens pudicas. A pobre da velha as tinha regado no dia anterior e, hoje, estavam murchando. Vá você agora se meter num automóvel, respirar ar poluído, sentir o plástico do assento esquentando e sua bunda ir ficando úmida.

– Diga para prepararem uma patrulha, vamos sair. Apenas nós dois.

– E aonde vamos? – perguntou curioso.

– À casa dos albaneses. Vamos dar nova busca.

Ele olhou para mim. Parecia que ia dizer alguma coisa, mas se arrependeu e saiu da sala. Em cinco minutos, avisou-me que a patrulha estava pronta.

# Capítulo 5

Levamos cerca de uma hora para chegar a Rendi, embora Sotiris tivesse acionado a sirene da patrulha. Sentado a seu lado, durante todo o trajeto, não dei sossego à janela. Quando a abria, o ar poluído me sufocava. Quando a fechava, o calor me sufocava. Por fim, desisti, deixei-a meio aberta. Talvez o motivo fosse a angústia que arrebentava meus nervos, de repente uma grande impaciência tomou conta de mim, queria chegar logo à casa dos albaneses para darmos mais uma busca e acabarmos com isso. Estava furioso com Karayióryi que, sem mais nem menos, tinha acendido em mim a chama da curiosidade. Estava furioso comigo mesmo por ter entrado no jogo dela, e com os albaneses, por não terem providenciado um garotinho para sentar-se ao lado deles no colchão e chorar porque, nesse caso, nós o teríamos recolhido, mandado para o Juizado de Menores e estaríamos livres de problemas. Sotiris, ao meu lado, dirigia sem uma palavra, com uma cara comprida que ia até o chão. A cara feia era para mim, que o maltratava sem razão, pois poderia estar sentado em sua mesa torturando algum documento e falando com os colegas sobre o chassi do Hyundai Exel que acabara de comprar com o dinheiro de um terreno que tinha vendido em sua aldeia. Era, pelo menos, o que dizia.

Quando entramos na casa, eu estava ainda mais irritado. Um quarto vazio com os poucos farrapos totalmente à mostra. Você abarcava tudo apenas com um olhar. O que eu tinha ido procurar lá? Gavetas secretas, paredes ocas utilizadas para esconderijos? A caixa de fraldas estava sobre a mesa dobrável, exatamente como Sotiris se lembrava. Abri-a e, dentro, encontrei tudo o que ele tinha descrito: um pacote de 100 gramas de café Bravo, um pacote de açúcar e meio pacote de feijão. Eles tinham pegado a caixa na rua e, dentro, colocaram a comida para que os ratos não a comessem.

– O que estamos procurando? – perguntou Sotiris enquanto me seguia.

– Qualquer coisa infantil, será que tenho que repetir tudo de novo? – respondi irritado.

Tirei a roupa da moça do gancho, joguei-a no chão e a espalhei com o pé. Quem sabe, poderia ter alguma coisa escondida que nos tivesse escapado. Mas tudo que encontrei foi uma calça comprida, uma blusa e um par de meias. Olhei a roupa do homem, que ainda estava jogada ao lado do colchão. Também ali tinha uma calça comprida, uma camisa e um par de meias. E os sapatos. Os escarpins dela e os sapatos de amarrar dele. Mas eles não tinham roupas de baixo?, perguntei-me surpreso. Nem uma muda? Dizem que eles vêm com a roupa do corpo mas, quando constata que isso não é força de expressão, você desconfia. Olhava para as roupas e me perguntava o que isso poderia significar.

– Ajude-me a levantar o colchão – disse a Sotiris.

Pegamos cada um em uma ponta e o dobramos. De sob o colchão saíram três baratas que correram apavoradas pelo cimento nu. Uma delas era um tanto vagarosa, e consegui matar. As outras duas fugiram. E essa foi toda a colheita de nossa busca: uma barata morta e duas fugitivas.

– Vamos embora – disse, aliviado, a Sotiris, e larguei o colchão no chão. O fato de não termos achado nada significava que não havia nada a ser encontrado.

– Um minuto, quero ir ao banheiro.

– Cuidado para não encostar seu pinto em nada, porque você pode pegar uma infecção urinária e me pedir dispensa por motivo de doença.

Abri a porta e saí. A gorda estava de pé na minha frente e me olhava.

– O senhor ainda está procurando, hein? – perguntou-me com toda a intimidade, pronta a nos oferecer café para saber o resto.

– E o que a senhora tem com isso? Vamos, vá para casa, senhora – disse-lhe asperamente porque estava irritado só de pensar na volta ao centro de Atenas.

Depois das gentilezas e dos elogios que tinha feito quanto ao seu poder de observação, quando fora ao distrito, essa minha reação lhe pareceu surpreendente. Lançou-me um olhar furioso, deu meia-volta e começou a se afastar com toda a velocidade que poderia atingir uma jamanta com excesso de peso.

Subitamente eu tive uma idéia.

– Por favor! – gritei.

Ela parou por um instante, indecisa, com as costas voltadas para mim, mas depois deu outra meia-volta e se aproximou. Entretanto, mantendo uma expressão ofendida.

– Diga-me uma coisa, a senhora sabe se os dois tinham filhos?

– Filhos? – repetiu. Com a pergunta, esqueceu completamente a ofensa que tinha recebido. – Não... Em nenhuma das vezes que vieram para cá vi qualquer criança.

– O que a senhora quer dizer com isso? – perguntei surpreso. – Que eles não moravam aqui?

– Vinham, ficavam uns dois dias, iam embora, e só tornavam a aparecer uma semana depois. Quando perguntei à moça aonde iam, uma vez ela me disse que tinham ido visitar a sogra em Yanema; outra vez, que tinham ido à Albânia porque o pai dela estava doente...

Era por isso que eu só tinha encontrado aquelas roupas, eles ficavam uns dias aqui e outros em qualquer outro lugar, eram verdadeiros ciganos. Estava tentando imaginar o que isso poderia significar, quando ouço a voz de Sotiris me chamando:

– Senhor comissário, pode vir aqui um instante?

Entrei de novo na casa. Sotiris estava de pé no meio do quarto. Assim que me viu, sem uma palavra, entrou no banheiro. Encontrei-o de pé na frente da privada. Instantaneamente, minhas narinas pegaram fogo por causa do fedor, e comecei a espirrar. A privada não tinha assento nem o tampo plástico. Tinha um monte de merda ressecada em forma de cone exatamente no meio. Na borda da privada, vi marcas de sapatos. Quem estivera aqui para fazer suas necessidades agachara-se na borda da privada. Cagada árabe. O depósito de água era daqueles redondos; no meio, tinha um botão que você empurrava para cima.

— Eu quis dar a descarga, mas o botão não funcionou — disse Sotiris.

— O que você quer que eu faça? Que chame o bombeiro?

— Tente o senhor — insistiu.

Estava a ponto de realmente brigar com ele, mas alguma coisa em sua expressão me fez voltar atrás. Apertei o botão, que não subiu, tinha alguma coisa que não o deixava subir. Tentei de novo com mais força, nada.

— O mecanismo quebrou.

Sem uma palavra, Sotiris pôs a mão dentro do depósito, que estava aberto na parte de cima. Tirou, primeiro, uma pedra, que colocou de volta. Mas, desta vez, sua mão trouxe um maço de notas de mil dracmas enroladas e presas com um elástico. Olhei as mil dracmas totalmente surpreso.

— Eu lhe disse que havia dinheiro, mas o senhor não acreditou em mim. — Vai me virar pelo avesso e não esconde sua satisfação.

— Se você procurou e não encontrou, quer dizer que não procurou direito. Quando lhe disse que não encontraria dinheiro, queria dizer no colchão, e não na casa toda. Se você tivesse procurado de modo metódico, teria encontrado naquele dia.

Seu sorriso murchou e o entusiasmo se dissolveu como um sorvete. Bem feito. Quis me culpar e agora eu jogava o erro em cima dele, embora, na realidade, devesse elogiá-lo. Era para ele aprender que só os subalternos erram, os superiores, nunca.

— Conte-as.

Começou a contar e nada de chegar ao fim.

— Quinhentas mil.

Olhei o monte de dinheiro sem uma palavra e, exatamente naquele instante, apareceu em minha mente o relatório que tinha feito. Procurei algum espaço vazio que me permitisse introduzir, *a posteriori*, a nova descoberta sem que Guikas descobrisse e começasse a gritar que não fazemos o nosso trabalho direito.

# Capítulo 6

Alguém condenara as famílias da rua Karadima a morarem juntas e sós. Isso porque a rua não tinha mais de 3 metros de largura e as casas estavam colocadas dos dois lados da rua. Quem olhasse pela janela veria a outra casa, falaria com a outra, viveria dentro da outra, mesmo que não quisesse. A localização das casas era ilógica, arbitrária: três casas coladas umas nas outras, um caminhozinho, uma casa com um jardinzinho e, ao lado, mais duas casas coladas como irmãs siamesas. De um lado da rua, havia um bazar de miudezas e, do outro, um armazém. A maior parte das casas tinha apenas um andar, mas, aqui e ali, via-se uma de dois andares. No telhado, umas tinham antena de televisão e, em outras, elevavam-se vergalhões, uns de pé e outros deitados, sinais da esperança de que, um dia, seria construído um segundo andar. No decorrer do tempo, a esperança morrera. Muitas dessas casas eram tão estreitas que não se precisava nem do metro para medir a largura, bastava a palma da mão. As casas mais pobres possuíam as mais belas portas. Eram portas de madeira pintadas de azul, de vermelho, de verde. As outras, as mais abastadas, tinham portas de ferro forjado cor de telha com desenhos que lembravam fósseis de flores ou de galhos de um bosque queimado.

A casa onde tinha morado o casal de albaneses ficava no fim da rua, ao lado de um depósito de madeira abandonado. Nem nisso tínhamos dado sorte. Enquanto as janelas de quase todas as outras casas abriam para a casa vizinha, a casa dos albaneses não tinha vista para nenhuma das outras. Sotiris e eu estávamos de pé do lado de fora da porta de frente para o caminhozinho do outro lado da rua, e eu amaldiçoava a hora em que tinha decidido fazer essa nova busca. Estávamos de volta ao início de tudo: novas perguntas, novas buscas de porta em porta, um vai nos contar toda a história da sua vida, e o outro quase nada, e o resultado? Quociente zero, como dizia meu pai.

— Você pega um dos lados da rua que eu pego o outro – disse para Sotiris. Ele entendeu e se dirigiu ao bazar de miudezas, enquanto eu fui para o armazém.

O dono do armazém cortava no meio um queijo graviera que tinha em cima da geladeira. Cortou os cantos e comeu. Levantou um pouco os olhos e me viu. Lembrou-se de mim imediatamente.

— É o caso dos albaneses o que o traz de volta? – perguntou, enquanto colocava a metade do queijo na geladeira.

— Você sabe se eles moravam aqui? Ouvi dizer que só vinham de vez em quando e que iam logo embora. – Aquilo que a gorda tinha dito me impressionara muito mais do que as 500 mil dracmas.

— Sei apenas que a mulher só veio fazer compras duas vezes. Da primeira vez, comprou um pacote de macarrão e margarina, da outra, um quilo de feijão.

— Puxa vida, que memória! – disse-lhe, para puxar seu saco e fazê-lo falar.

— Não é questão de memória, é falta de trabalho. O pessoal aqui compra tão pouco que sempre me lembro de quem e do que comprou.

— Mas, se eles morassem aqui, teriam comprado mais vezes.

— Desculpe por lhe dizer, mas não tenho certeza. Esse pessoal vive dez dias apenas com uma panela de feijão.

— Você viu algum estranho entrar e sair da casa deles?

— Que estranho?

— Qualquer pessoa que não fosse da vizinhança.

Ele estava começando a se desinteressar, eu via isso em seus olhos.

— Escuta aqui, senhor comissário — disse. — O senhor conhece o seu trabalho, lógico, mas por que se dar a tanto trabalho por causa de dois albaneses? Afinal de contas, com dois albaneses mortos e um na cadeia, a Grécia só tem a ganhar.

— Se pergunto é porque existe uma razão para isso. Você acha que estou a fim de brincadeira? — Dei meia-volta e estava me dirigindo para a porta quando o ouvi dizer:

— Uma noite, há cerca de um mês, vi um caminhãozinho parado na frente da porta deles.

Parei imediatamente.

— Que caminhãozinho?

— Um desses caminhõezinhos fechados. Como é o nome deles mesmo? Van... Mas, como estava escuro, não posso lhe dizer a marca.

Tudo isso ele me disse enquanto arrumava a geladeira. O que ele estava arrumando? Estava tão vazia quanto a geladeira do apartamento de um solteiro. Um salame defumado, uma mortadela, a metade do queijo e alguns potes de iogurte. E na parede, onde um solteiro teria colocado uma prateleira com livros, ele tinha colocado dezenas de pequenos vidros de picles mistos.

— Pode ser que isso não tenha a menor importância, que seja apenas uma coincidência — continuou —, mas lhe contei porque não gosto de deixar ninguém sair da minha loja com as mãos vazias.

— Aqui se comem tantos picles? — perguntei.

— Imagine! Comprei porque estavam em liquidação. Mas ninguém gosta.

— Então, por que você se encheu de um picles que ninguém compra?

— Se eu não cometesse esse tipo de erro, não seria dono de armazém em Rendi, teria um supermercado — respondeu, fechando minha boca.

A última casa do lado direito da rua, a que se situava diagonalmente à casa dos albaneses, tinha porta verde e uma janela retangular, tão pequena que deixava passar apenas uma cabeça para observar a rua. Mas, por dentro, tinha uma cortininha de linho branquíssima bordada com pequenos losangos. Ela se abria no meio, fazendo duas ondas e se prendendo dos dois lados da janela. Se a janela não fosse vermelha, faria lembrar o palco de um teatro.

– Posso lhe oferecer um pouco de doce de laranja? – perguntou a velha. Ela devia ter mais ou menos 80 anos, baixa e tão magra que parecia que a pele estava colada nos ossos e os pés no piso. Usava um robe estampado com trevos e seu rosto era tão enrugado que parecia um papel que tivesse sido amassado e, de novo, desamassado, por ter alguma coisa anotada.

– Não, muito obrigado, não vou me demorar – disse para que desistisse.

– Apenas uma colher, é feito em casa – insistiu a velha.

Satisfiz seu desejo, apesar de os doces me enjoarem, e engoli, de um só gole, um copo de água para lavar o gosto e não deixá-lo colado à minha garganta.

– Minha filha me manda sempre de Kalamata. Que Deus a abençoe, me manda, todo ano, azeitonas e azeite. Ano passado, no ano-novo, deu-me de presente a televisão.

E me mostrou uma televisão de 17 polegadas que estava sobre uma mesinha. Entre a mesinha e a televisão havia um paninho, também ele branco, mas bordado com florzinhas. Sempre que vejo esses bordados me lembro de minha mãe. Ela não deixava nenhuma superfície da casa descoberta e, depois, perseguia meu pai e a mim para que não os sujássemos. Meu pai, com suas cinzas, e eu, com minhas mãos sujas.

– Só não me quer por perto – continuou a velha, já então se queixando. – Não é ela, é o marido. Ele não quer nem ouvir falar de ter a sogra por perto. Quando você é moça, sua sogra não te quer por perto. Quando envelhece, é o genro que não te quer. A melhor idade é entre 40 e 50. Nessa idade, eles te querem, você é que não os quer.

– E quanto aos albaneses, você pode me dizer alguma coisa, Sra. Dímitra? – Apressei-me a cortar a conversa, antes que chegasse aos primos.

– Não sei o que dizer, senhor comissário. Eram pessoas tranqüilas que não tiveram sorte na vida. Do jeito que o mundo está, chamamos de tranqüilos aos que têm medo.

— E eles, eram tranqüilos ou tinham medo?

Olhou-me e sorriu. À medida que sua boca se repuxava, as rugas se juntavam nas bochechas como agulhas de pinheiro.

— E eu, o que você acha? – perguntou. – Sou tranqüila ou tenho medo?

— Tranqüila.

— Isso é o que você acha, mas não sou tranqüila. – Sentou-se na cadeira e me olhou nos olhos. – Você está vendo o telefone? – Mostrou-me o aparelho que estava colado à televisão. – Foi instalado no ano passado. Até o ano passado, eu estava sozinha e sem telefone. Se morresse, os vizinhos só saberiam pelo cheiro. Na verdade, eu deveria bendizer a minha filha, que Deus a abençoe, que me deixa sozinha neste buraco. Não estou dizendo para me levar para junto dela, já que não pode, mas minha neta veio estudar em Atenas e compraram um quarto-e-sala para ela. O que eles perderiam se tivessem comprado um maior para eu morar com ela? Eu tinha que lhe dizer tudo isso, mas faço o sinal-da-cruz e me calo. Sabe por quê? Porque tenho medo que ela se zangue e não me mande mais o azeite, que não me mande mais as azeitonas, que não me mande mais os 80 mil que me dá... todo mês, diz ela, mas, digamos, a cada dois meses. Você acha que sou tranqüila porque tenho medo. Entretanto, por dentro, estou explodindo.

— Está querendo dizer que eles pareciam tranqüilos, mas que talvez estivessem com medo?

— Não sei. Mas os via indo e vindo e tinha minhas dúvidas.

— Por que você tinha dúvidas?

— Porque saíam como fugitivos e voltavam como ladrões. Sempre alta noite. A gente acordava de manhã, e eles estavam aqui. Uma noite, eu tinha apagado a televisão e estava na janela. Eu, meu caro, sento-me diante da televisão às três horas e vejo tudo. Apenas quando começam com a política e com os filmes românticos, aborreço-me e desligo. Não gosto dos programas políticos porque não entendo nada do que eles falam, e os filmes românticos só dizem mentira e me irritam. Vejo-os batendo um no outro, sofrendo, brigando, me chateio e desligo a televisão. Eu vivi quarenta anos com meu marido, brigávamos por causa da comida, por causa do dinheiro, por causa da criança, mas em relação ao amor, nunca brigamos. Você acha que minha filha se casou com o Kalamatianós por amor? Ela queria se dar bem e ele a queria em sua cama. O problema é que a sem-vergonha não deixava nem que ele tocasse em sua mão. Por fim, ele insistiu e, para tê-la, casou-se com ela.

— E o que isso tem a ver com os albaneses?

— Não se preocupe – disse-me –, tudo isso está relacionado porque, se naquela noite não estivesse passando um filme romântico na televisão, eu não teria me sentado à janela e não os teria visto chegar na caminhonete.

— Que caminhonete? – perguntei, e me lembrei do que me tinha dito o dono do armazém a respeito da van.

— Eu é que chamo de caminhonete porque não entendo de carros. Seja como for, era um carro muito grande, fechado, um desses carros que levam cerca de dez pessoas. De dentro do carro, saíram o albanês e a moça. Correram e se enfiaram em casa e o carro foi embora imediatamente. Daí a pouco, a casa é iluminada pelo lampião, já que eles não têm luz. Tudo isso não durou mais de três minutos. Eles não tinham nada, nem mala. Apenas a moça carregava uma trouxa nos braços. – Olhou-me e o sorriso trouxe de volta as agulhas de pinheiro às suas bochechas.

Visualizo de novo a merda seca na latrina e as 500 mil dracmas no depósito de água. A comida que estava dentro da caixa de fraldas e a van que os trouxera para casa à noite. E, no meio de tudo isso, um albanês assassino pronto para ser levado ao interrogatório regulamentar. Vá agora você casar tudo isso de modo a fazer sentido.

Saí da casa da velha xingando baixinho os novatos que acham que podem confundir as pessoas com cinco perguntas lançadas rapidamente, e se livrarem. Se, quando fizemos a primeira busca, alguém tivesse tido a paciência de se sentar ao lado da velha e ouvir suas queixas, teríamos sabido de tudo isso ainda antes do transporte dos corpos para o necrotério. Afinal, vale também para nós o que os homossexuais dizem a respeito de si mesmos. Uma coisa é ser efeminado; outra, veado. Uma coisa é ser policial; outra, tira.

# Capítulo 7

– Fala, seu veado sem-vergonha, senão vou fazer picadinho de você. Vou te passar duas vezes pela máquina e te mandar de volta para Koritsá para que vocês aprendam a comer! – O albanês tremia porque estava passando exatamente por tudo aquilo que temia. Tinha confessado para ficar em paz e agora lhe pedíamos o troco.
– Onde esses malandros encontraram as 500 mil? Diga.
– Eu não saber... Nada não saber – disse e lançou um olhar amedrontado para Atanásio, que estava de pé na frente dele.
Atanásio pegou-o pelo suéter e o levantou. Os pés do albanês, sem controle, balançavam no ar. Atanásio fez uma rápida meia-volta e o colou à parede. Manteve o albanês ali, a meio metro do chão.
– Cuidado com o que você vai dizer, você vai morrer, imbecil! – gritou com o rosto tão colado ao rosto do outro que não se sabia bem se iria beijá-lo ou mordê-lo. – Você não vai sair vivo daqui!
E, de repente, largou-o. O albanês ficou pendurado durante um instante e, quando seus pés tocaram o piso, se enroscou todo no chão de medo.
– Levanta! – berrou Atanásio antes mesmo que ele tivesse realmente tocado o chão. O albanês se colou de novo à parede, voluntariamente desta vez, e começou a se arrastar como uma larva. Conseguiu se firmar e sua escalada terminou. Atanásio o agarrou de novo e o fez sentar-se na cadeira.

– Agora fala! – gritou com selvageria. – Diga.

– Eu não saber nada – insistiu o albanês. – Eu foi para Pakizé.

Agora olhava, cheio de medo, apenas para Atanásio, eu era totalmente ignorado. Fizera muito bem de tê-lo trazido comigo. Fora um erro tê-lo interrompido de manhã; quando começou a aterrorizar o albanês, eu devia ter deixado. Talvez, então, tivéssemos sabido a verdade e não teria sido necessário mandar um relatório mutilado para Guikas.

– Que negócios você tinha com o marido de Pakizé? – Agora era eu que estava furioso. – Roubos? Narcóticos? Vocês brigaram por causa da partilha e você o matou! Mas você não encontrou o dinheiro porque estava escondido em lugar seguro!

Ele se agarrou no que eu tinha dito e me lançou um olhar malicioso.

– Mexmét, marido Pakizé, talvez roubos, talvez narcóticos – disse. – Eu, não. Eu trabalhar construção, trabalhar Rendi, verduras. Eu não saber Mexmét. Saber só Pakizé.

– Você estava havia tanto tempo rondando a casa, como é que não sabia que eles tinham vindo numa van?

Atanásio me olhou surpreso. Não lhe tinha contado este detalhe, ele o ouvia pela primeira vez.

– Uma vizinha viu uma van deixá-los na porta de casa. Na calada da noite, secretamente – expliquei-lhe e me voltei de novo para o albanês. – Quem os trouxe na van? Como ele se chama? Onde mora? Diga.

– Eu quando foi, Pakizé casa – disse tremendo. – Eu não ver van. – Subitamente, teve uma idéia e disse: – Pakizé limpar casas, tomar conta crianças. Pode ser patrão dela trazer ela com van.

Atanásio, mais uma vez, avançou e pegou o albanês pelo colarinho.

– Você está pedindo – disse ameaçadoramente. – Fala só por meias palavras, você vai entrar pelo cano.

– Não, não – disse o albanês apavorado. – Eu matar Pakizé e marido dela. Não saber mais nada.

Atanásio deixou-o cair de novo na cadeira. Se continuarmos assim, vai amanhecer e não vamos tirar nada dele, pensei entediado. Ele confessou que matou; até aqui, tudo claro. Isso não significava que ele soubesse das 500 mil dracmas e a respeito da van. O mais provável era que estivéssemos lidando com um crime passional e que, ao fazer nossa busca, tivéssemos caído sobre outra coisa que nenhuma relação tinha com o primeiro crime. Afinal de contas, encontramos as 500 mil, mas não achamos nem narcóticos, nem produtos de roubo, nem armas. Eles certamente tinham um outro ponto. Essas viagens a Yanena e à Albânia eram pura mentira. Mas vá você descobrir quantas trapaças ainda estavam escondidas sob esse manto das viagens. Aliás, nada disso nos interessava. A partir do momento em que os albaneses morreram, todas as perseguições pararam.

— É verdade, ele não sabe nada — ouvi a voz de Atanásio a meu lado no elevador, parecia querer confirmar os seus pensamentos. Ótimo, até Atanásio, a besta declarada, concordava, e eu me entrincheirava atrás dessa conveniente explicação e me sentia aliviado. O único problema que ainda restava era o da correção do meu relatório.

Deixei Atanásio no terceiro andar e continuei até o quinto. Lá chegando, observei a placa: Nikoláo Guikas — chefe de polícia. Li a tabuleta cerca de 10 vezes enquanto tentava achar uma maneira de pegar de volta o relatório sem levantar suspeitas. Em benefício próprio, usei o meu melhor sorriso e abri a porta.

— Oi, Kúla — disse alegremente à manequim de uniforme que estava sentada em sua mesa. Esta abriu rapidamente a gaveta da mesa e jogou lá dentro um espelhinho e a pinça com a qual estivera tirando a sobrancelha.

— Bem-vindo, Sr. Xaritos! — disse. Tinha esquecido a fria expressão de manequim e me fazia agrados porque a pegara com a boca na botija. — Infelizmente o senhor não pode entrar, ele está ocupado — prosseguiu com ar de pesar.

— De novo? Ah, Kúla, não sei como você consegue trabalhar com toda essa confusão.

— Nem me fale, não tenho tempo nem para respirar.

Quase lhe disse que tinha percebido que não tinha tempo nem para tirar a sobrancelha, mas em vez disso falei:

— Não sei o que faríamos sem você. Não apenas ele, mas nós. Tudo passa por suas mãos.

— Sabe a que horas saí ontem? Às nove!
— O que você acha se eu pedir sua transferência para o nosso setor? Poderíamos trocar você por dez homens do setor? Sim, porque você vale por dez.
— Ele não vai deixar — respondeu rindo, lisonjeada.
— Ele não é louco de te deixar sair. Onde vai arranjar alguém tão esperta? — Ela se derreteu toda com tantos elogios. Debrucei-me sobre sua mesa, baixei o tom de minha voz e disse: — Kúla, posso lhe pedir um favor?
— Lógico — disse rapidamente, porque ainda estava em estado de gozo e queria me agradar.
— Quero pegar de volta o relatório que deixei para ele porque esqueci de botar uma coisa. Mas não quero que ele perceba.
— O relatório ainda está na mesa dele. Vou pegar junto com outros papéis que entraram depois. Ele não vai perceber nada.
— Contanto que ele não lhe peça o relatório enquanto ainda estiver comigo.
— Se isso acontecer, vou dizer que mandei tirar xerox e ligo para o senhor trazê-lo de volta. — Lançou-me um sorriso cúmplice e entrou na sala.

Muito bem, a raposa fez um acordo com a galinha e quem vai nos pegar?, pensei. Em um minuto, voltou com um maço de papéis debaixo do braço. Com a outra mão, folheou os papéis e me deu o relatório.

— Você é um tesouro — disse-lhe radiante.

Não tive paciência para esperar o elevador, desci pelas escadas.

— Estou cheio de trabalho, não estou para ninguém — gritei para Atanásio, e me fechei em minha sala.

Sentei-me e comecei a passar as páginas do meu relatório. Graças a Deus, ele não o tinha lido ainda porque não vi nenhuma anotação. Ele leu o resumo que lhe enviei para aprendê-lo de cor e repetir para os repórteres, e deixou o relatório para mais tarde, como é de seu costume. Cheguei ao fim do relatório e me certifiquei de que aquele era o meu dia de sorte. A última página tinha só cinco linhas. Podia, tranqüilamente, tornar a escrevê-la acrescentando, no fim, as informações que tínhamos obtido havia pouco. É lógico que corria o risco de ser questionado por que não tinha feito nenhuma referência às 500 mil em meu resumo. Mas podia perfeitamente dizer que fora exatamente por isso que tinha enviado junto o relatório com todos os detalhes, e fazer com que ele se chamasse de burro por não ter lido o relatório a tempo. Dessa forma, trocava os *points* negativos pelos positivos. Porque uma das inovações que Guikas tinha trazido do FBI foi o *point system*. Quando você era bem-sucedido no esclarecimento de um caso, ganhava *points* positivos mas, quando entrava pelo cano, ganhava *points* negativos. Tudo isso era copiado em sua ficha e, quando o Conselho se reunia para decidir sobre as promoções, estudava sua ficha, contava os *points* positivos e os negativos e, por fim, cada governo indicava os seus apadrinhados e você permanecia no mesmo posto com seus *points* de reserva.

Para não me atrasar, comecei a escrever febrilmente a última página quando, subitamente, estaquei porque algo tinha me vindo à cabeça. A velha me tinha dito que a mulher trazia uma trouxa nos braços. O fato de levá-la nos braços significava que a trouxa era grande. O que teria dentro, roupas? Não encontramos roupa nenhuma. Jóias, ouro, antiguidades? Era o mais provável. Pois como poderiam ter conseguido as 500 mil, esses ciganos de exportação? Ou roubavam ou davam uma de mensageiro e ganhavam comissão. E o barraco da rua Karadima era o esconderijo deles. Ficavam lá até entregar a mercadoria e receber o dinheiro. Depois disso, trocavam de lugar. Essa teoria era boa porque deixava o albanês de fora porque, se os tivesse matado pelo produto do roubo, não teria, é lógico, colocado o dinheiro no depósito. Não, o albanês estava fora do contexto, matara por causa de Pakizé. Portanto, o caso do albanês estava resolvido e poderíamos enviá-lo embrulhado em papel de presente para o juiz. E, quanto ao resto, era deixar Guikas ler o relatório e decidir se iria, ou não, continuar com as buscas e quem ele iria colocar no caso. Eu ganharia meus *points* e continuaria colecionando-os.

Entretanto, subitamente, Karayióryi me veio ao pensamento. Tudo não tinha começado com ela? Não fora ela que despertara minhas desconfianças com a história da criança e, por isso, eu começara a procurar? Não encontramos criança nenhuma, é lógico, mas a velha tinha visto alguma coisa que lhe pareceu uma trouxa. E se não fosse uma trouxa, e sim um bebê embrulhado em cobertores? Como ela poderia distinguir um do outro na escuridão?

Peguei o interfone e pedi a Atanásio que viesse à minha sala. Enquanto esperava, completei o relatório com as últimas informações e entreguei a ele.

— Dê o relatório para Kúla e, depois, volte aqui porque quero falar com você – disse, de propósito, para ganhar um pouco de tempo e decidir o que fazer.

Onde é que estou me metendo? Por que não deixo o caso, se é que existe um, seguir o seu rumo? Já levantei milhares de vezes o serviço para, no fim, não dar em nada e, em vez de ganhar *points*, ganhei bofetões. Por causa disso, nunca consegui ser designado para qualquer estágio, nem falo no FBI, mas nem mesmo para qualquer curso na faculdade.

Daí a pouco, Atanásio voltou. Estava desconfiado de que eu iria lhe dar algum trabalho e, por isso, me olhava com aquela expressão que usa para me dizer que é uma besta. Eu sei que você é uma besta, respondi, sempre com o olhar, mas preciso de você.

— Escute aqui, Atanásio – disse em voz alta –, você gosta de Karayióryi, não é? Ou será que estou enganado?

Ele não esperava por isso e ficou atordoado. Olhou-me com uma expressão de surpresa e de medo.

— Mas que idéia, comissário – murmurou porque não sabia mais o que dizer.

— Se estou perguntando é porque percebi alguma coisa. A maneira como ela olhou para você, o sorriso que lhe lançou... Pelo amor de Deus, não vai me dizer que você não percebeu.

— Não, é impressão sua – disse. – Por que ela iria gostar de mim?

— Depende... Pode ser que tenha gostado de você porque você é bonito e forte. Pode ser que lance olhares para você porque quer ter acesso ao serviço e receber as informações em primeira mão... Pode ser que sejam as duas coisas juntas...

— O senhor acha que eu falo? – disse ofendido, até parece que seria o primeiro.

— É exatamente o que eu quero, que você fale. Quero que você ligue para ela dizendo que tem algumas informações e, quando vocês se encontrarem, quero que pergunte o que ela sabe a respeito da criança.

Olhou-me afônico. Esperei que tivesse digerido, porque, como sabemos, ele era uma besta e, por isso, demorava a entender.

— Escute, quero que você saiba — disse-lhe, depois de deixar algum tempo para ele pensar — que, há dois dias, Karayióryi me perguntou se os albaneses tinham um filho. E ontem, no jornal da noite, disse que estamos procurando uma criança. Era mentira, mas deve haver uma razão para ela dizer essas coisas. Hoje, uma velha, vizinha dos albaneses, me disse que viu o casal sair da van e que a moça estava abraçada com uma trouxa. A trouxa poderia ser uma criança que a velha não viu por causa da escuridão. Logo, quero que você descubra o que Karayióryi sabe e por que está sempre cheia de subentendidos quando fala comigo.

— Não faça isso comigo — murmurou, tenso.

— O que eu estou fazendo com você, seu imbecil? — Não o chamei de besta porque este é o adjetivo que usamos em nossos diálogos silenciosos. — Você está aqui fazendo corpo mole há tanto tempo, e eu finjo que não vejo. E, depois de tantos anos, a primeira vez que lhe dou uma missão e pago as despesas de representação e ainda dou uma namorada como companhia, você se faz de gostoso!

— Não quero me meter em confusão. Se alguém me vir e for reportar aos nossos superiores, vou ter problemas.

— Por que você vai se meter em confusão? Se alguém vai se meter em confusão, esse alguém sou eu, que estou te mandando em missão. Ou será que você tem medo que, se alguém souber, eu vá fazer boca-de-siri e deixar que a culpa caia em cima de você?

— Não — respondeu mais que depressa, mas hesitava ainda. — Tem também a minha garota. Se ela souber que eu saí com outra, vou ter problemas, e vá alguém convencê-la de que foi por razões de serviço!

— Mande ela falar comigo, vou dar-lhe por escrito que você estava a serviço. Saia agora e não me volte aqui sem as informações.

Ele ainda estava de pé na minha frente e me olhava como um passarinho amedrontado.
– Saia! – gritei com ele e ele correu.
Estou cagando para os *points*.

# Capítulo 8

Antes de voltar para casa, passei pelo banco para tirar as 30 mil que Adriana tinha me pedido. Não tinha a intenção de lhe dar o dinheiro naquele dia, mas estava de bom humor porque tudo tinha saído muito bem. Em primeiro lugar, assegurei-me de que o albanês falava a verdade. Assim, não corria o risco de ser derrubado. Além disso, corrigi meu relatório sem que Guikas tivesse percebido nada. Lógico, o golpe que armara para Karayióryi podia falhar porque Atanásio não era nenhum gênio e, se ele deixasse escapar que fui eu que o mandara tentar tirar alguma coisa dela, Karayióryi ia botar a boca no trombone e eu iria navegar em águas revoltas. Mas não podemos sempre nos defender de tudo e de todos, algum risco eu tinha de correr.

Eu tinha uma conta bancária com cartão. O cartão fora idéia de Adriana, que tinha segundas intenções, mas acabou sendo conveniente para mim. No início, ela encheu os meus ouvidos para que abríssemos uma conta conjunta, mas cortei-a imediatamente. Ainda não estava tão maluco a ponto de colocá-la como sócia do meu dinheiro para, um dia, constatar que não tinha mais nada e arrancar os cabelos de desespero. Não quero dizer que ela jogasse dinheiro fora, mas é comendo que vem o apetite, assim, melhor seria deixá-la de dieta. Quando viu que desse mato não saía cachorro, mudou a ladainha e me convenceu a abrir uma conta com cartão. Ela achava que ia descobrir a senha e que me tomaria o cartão para tirar dinheiro, mas nem isso funcionou. Nunca soube a senha, nem botou a mão no cartão. Dava-lhe 30 mil por semana para as despesas da casa e, quando me pedia mais, fazia-a esperar alguns dias antes de concordar. Eu sempre me rendia, mas não facilitava a sua vida de propósito para que não se entusiasmasse. A única coisa que ela conseguia de mim, às vezes, era que eu fizesse as compras da casa. Ela fingia que estava sem tempo e ficava com o dinheiro.

Coloquei o cartão na máquina. "Aperte aqui para falarmos grego", disse a máquina para me mostrar que ela era civilizada e eu burro. Mas a peguei pelo pé e apertei o segundo botão, aquele que dizia: "Aperte aqui para falarmos inglês." Eu não entendia tudo o que a máquina me dizia em inglês, mas tinha aprendido a localização dos botões, que apertava às cegas, e não me importava. Parecia estar reproduzindo aqui a conversa muda que mantinha com Atanásio, apenas com os olhos: "Sou uma besta, eu sei que você é uma besta." A única diferença era que a besta, naquele momento, era eu, porque a máquina me dava tudo mastigadinho para o caso de eu não entender e fazer besteira.

Retirei 50 mil e fui para casa. Adriana estava sentada no mesmo lugar, na poltrona, com o controle remoto na mão. Entretanto, naquele dia, não caí sobre o tira, mas sobre uma outra personagem, alguém que tinha se casado com a mãe e queria transar com a filha e esta última não queria. Fiquei de pé ao lado da poltrona e ela, como todas as noites, ou nem tomava conhecimento de mim, ou me via e não dava a mínima. Tirei do bolso as 30 mil, que havia separado, e, sem uma palavra, deixei-as cair em seu colo. Assustou-se porque estava totalmente absorta no padrasto e na filha, que o xingava enquanto ele lhe dizia palavras melosas, o masoquista. Por um instante, Adriana afastou os olhos da tela e olhou para seu colo. Sua mão esquerda rapidamente mergulhou sobre as 30 mil, a direita largou o controle remoto, ela deu um salto e o controle remoto caiu no chão.

– Meu Kostinha querido! – gritou cheia de alegria. – Obrigada, meu tesouro! – Apertou-me contra seu corpo e colou os lábios nas minhas bochechas.

Na tela, a filha deu uma bofetada no padrasto e a cena é cortada. E eis de novo o tira que começou a urrar. Mas Adriana tinha se esquecido de tudo isso e me abraçava bem apertado, até parecia que já estava abraçando as botas novas. E, quando se descolou de meus braços, abaixou-se e pegou o controle remoto.

– Vá pro inferno, já me cansei, é sempre a mesma coisa! – disse indignada e apertou o botão de desligar com raiva, enquanto me olhava com um sorriso malicioso como se dissesse: Está vendo? Se você me der um par de botas todos os dias, não vou ver mais televisão!

E o resto da noite, até a hora do jornal, ficou colada em mim falando sem parar. O que me dizia? Como a vida estava mais cara, que um par de sapatos, cinco anos atrás, custava entre 5 e 6 mil e que, agora, custava 20, que o supermercado do outro lado da rua era caríssimo e que, por isso, ia ao Sklavenítí, distante três quadras, mas que tinha um preço bom, que estava muito contente porque Katerina viria nos visitar porque estava morrendo de saudades dela. Todo o resto era besteira, cinzas em meus olhos, com exceção de Katerina. Realmente, assim como eu, Adriana morria de saudades da filha. Quando Katerina foi para Salônica, ela murchou de tristeza e vivia apenas esperando as visitas da filha, o Natal, a Páscoa, as férias. O resto do tempo era um espaço vazio de espera que ela enchia com o trabalho caseiro, com a televisão e com as pequenas vinganças diárias em mim.

Às oito e meia, liguei a televisão para ver o jornal e, na tela, apareceu Guikas. Ele não era baixo, mas como estava sentado atrás daquela mesa imensa, só a cabeça aparecia, como a cabeça de um afogado que tentasse se manter fora da água. Porém, não conseguia porque os microfones o escondiam e ele afundava mais ainda. Tinha decorado lindamente o resumo que escrevi para ele e o recitava sem nenhum tropeço. Kúvelos, nosso professor de história do primeiro grau, teria lhe dado 10 com louvor. Não disse nada nem sobre as 500 mil, nem sobre a van, sinal de que ainda não se tinha dado ao trabalho de ler meu relatório. Se os repórteres descobrissem e, no dia seguinte, fizessem perguntas, ele remendaria dizendo que as buscas ainda continuavam e que não poderia fazer qualquer declaração.

Arrastamo-nos ainda por duas horas; primeiro, o jantar, depois, a televisão com um pouco de filme e muitos anúncios, uma conversinha aqui e outra acolá. Às onze horas, entediados, fomos dormir. Eu já estava deitado e me preparava para apoiar o Lidell-Scott no estômago, quando Adriana veio para a cama. Estava vestida com uma camisola azul transparente com renda no peito e, por baixo, brilhava sua calcinha branca. Estava pronta para pegar o Arlequim na mesinha-de-cabeceira, quando, largando o Lidell-Scott me debrucei sobre ela. Puxei-a sobre mim com uma das mãos enquanto a outra se esgueirava sob a camisola e começava a acariciar sua perna esquerda. Surpresa, inicialmente ficou como que congelada, depois também ela esticou a mão e começou a acariciar as minhas costas como se eu estivesse com dor e ela me fizesse massagem. Eu não estava exatamente com uma vontade enorme de fazer amor, mas alguma coisa ela precisava fazer em retribuição às 30 mil que eu lhe tinha dado para as botas e o fato de tê-la libertado da necessidade de fazer valer seu egocentrismo. Minha generosidade merecia uma retribuição. Minha mão foi subindo até alcançar o elástico da calcinha, que puxei para baixo. Ela dobrou um pouco a perna para me facilitar, mas, em seguida, esticou-a de novo e manteve as duas pernas fechadas porque sabia que eu gostava de enfiar a mão entre suas pernas para abri-las e para me encaixar entre elas.

Mas, num dado momento, me arrependi e tive vontade de parar, como quando se deixa o cinema no intervalo de um filme chato. Também contribuíram para isso os mugidos e os gritos de Adriana que tornavam as coisas mais difíceis. Uma vez em duas, a sem-vergonha fingia o orgasmo e achava que me enganava. Se eu a agarrasse e a levasse para a cadeia, ela seria condenada à prisão perpétua por fraude. Quando olho para Katerina, pergunto-me como um orgasmo pirata pode produzir uma filha como aquela.

Assim que cheguei ao fim, os mugidos de Adriana pararam, como que cortados por uma faca afiada. Levantou-se de um salto e saiu do quarto. Não sabia que, apenas por isso, eu percebia perfeitamente quando ela fingia e quando não fingia o orgasmo. Quando terminávamos e ela ficava na cama esperando a respiração voltar ao normal, significava que tivera orgasmo. Quando corria para o banheiro para se lavar como se eu tivesse blenorragia, é porque tinha fingido.

Apoiei o Lidell-Scott no meu estômago e, antes mesmo de abri-lo, ouvi o telefone que tocava na sala. Essa era mais uma das loucuras de Adriana. Não aceitou que fosse instalada uma linha telefônica no quarto para não ser acordada quando, às vezes, me telefonavam do serviço. Assim, eu era obrigado a me levantar da cama e correr para a sala, e isso sem contar que dormia sempre com medo de não ouvir o telefone tocar.

O telefone já tinha tocado cerca de dez vezes quando, finalmente, cheguei e levantei o fone do gancho.

– Alô – disse ofegante.

– Vá imediatamente para o Xélas Channel – ouvi a voz seca de Guikas do outro lado da linha. – Quero que você vá pessoalmente, não mande ninguém em seu lugar.

– É grave? – perguntei como uma besta, pois sabia perfeitamente que para mandar que eu fosse pessoalmente só podia ser por alguma coisa muito grave.

– Mataram Yanna Karayióryi. – Fiquei petrificado, incapaz de dizer nem uma palavra. – Quero que você esteja em minha sala amanhã às nove com todos os detalhes. Antes de comer o seu croissant. – Acentuou o detalhe do croissant para me mostrar que sabia de tudo que acontecia no serviço, que nada lhe escapava.

Ouvi o telefone ser desligado, mas fiquei pregado no mesmo lugar com o fone colado na palma da mão.

# Capítulo 9

Encontrei-a sentada na frente do espelho de maquiagem. Mas não estava olhando para o espelho. Suas costas estavam apoiadas na cadeira, tinha a cabeça jogada para trás e olhava para cima, para o teto, como se tivesse sido morta exatamente quando se espreguiçava. Seus braços sem vida estavam pendurados dos lados da cadeira. Usava um vestido esverdeado com botões dourados e tinha um lenço em volta do pescoço. Foi a primeira vez que a vi de vestido. Fiquei olhando para ela porque estava curioso para saber o que lhe caía melhor: calça comprida ou vestido? Como se isso agora tivesse a menor importância. Tinha acabado de se maquiar: rímel nos cílios, blush nas bochechas e, nos lábios, um batom vermelho-arroxeado, como o sangue que o bife deixa na grelha. Não havia nenhum sinal de violência em seu rosto e a maquiagem estava intacta. Ao que parecia, tinha se preparado para apresentar o jornal da meia-noite. E isso era muito estranho, porque as reportagens ao vivo normalmente eram apresentadas no jornal das oito e meia. O jornal da meia-noite era gravado.

A haste de ferro tinha atravessado seu lado esquerdo, embaixo do pulmão e, como tinha saído meio de lado e voltado para cima, prendera-a na cadeira. A cena lembrava um pouco os duelos dos cavaleiros da Idade Média que se furavam com a lança, Ivanhoé ou Ricardo Coração de Leão. Não que eu algum dia tenha lido a história, leio apenas dicionários, mas, um dia, meu pai botou na cabeça que deveria me educar e comprou toda a coleção *Clássicos em Quadrinhos*. Foi aí que aprendi, com a forma impressa de televisão.

— Que haste é esta? – perguntei a Stelio, do Departamento Forense, que fotografava o corpo para que a ferramenta assassina pudesse ser retirada e Markidis, o médico-legista, fizesse seu trabalho.

— Um tripé de luz – respondeu, e o flash de sua máquina acendeu e apagou quatro vezes consecutivamente. Ele mudou de lugar e mais quatro flashes.

Quando entrei, lancei um rápido olhar em volta, mas minha atenção estava concentrada em Karayióryi. Agora olhava de novo em volta de mim. O camarim era grande. Ao longo da parede, ao lado da porta, tinha sido construído um banco, como aqueles dos serviços públicos, só faltavam os guichês. No lugar dos guichês, um enorme espelho retangular cobria toda a parede. Em frente do banco, havia três cadeiras colocadas uma ao lado da outra. Na primeira, estava sentada Karyióryi esperando o médico-legista. As outras duas estavam vazias. A terceira estava voltada para o espelho, mas a segunda estava virada para Karayióryi. Se a pessoa que descobriu o corpo, com o susto, não deslocara a cadeira, sua posição poderia ser um elemento importante. Alguém estava sentado ao lado de Karayióryi e conversava com ela. Se fosse o assassino, isso significava que ela o conhecia e tinha negócios com ele.

No lado oposto do camarim, estavam empilhados projetores e spots, algumas luzes ainda presas nos tripés. Alguns estavam encostados na parede. Ele não veio para matá-la, pensei, veio para conversar com ela. De repente, alguma coisa o atormentou e ele pegou um tripé e enfiou na moça. Mas o que o tinha angustiado tanto? Paixão amorosa? Ciúmes profissionais? Vingança de alguém a quem ela teria exposto? Vai com calma, Xaritos, ainda é cedo. Mas pelo menos eu tinha uma bússola para orientar a investigação, se ficasse comprovado que a cadeira sempre estivera naquela posição.

— Vocês terminaram aqui? – perguntei a Dimitri, o outro perito forense.

— Terminamos. Estamos arrumando as coisas.

Na parede do meio tinha um armário fechado. Fui até lá e o abri. Ternos masculinos e modelitos femininos, desses que as lojas de modas oferecem para os apresentadores usarem e terem seus nomes nos créditos para publicidade. Coloquei uma gravata pela primeira vez quando fui para a Escola de Polícia. Ganhei o uniforme e a gravata. E tive meu primeiro terno quando me formei. O terno foi comprado no Kápa-Maríussi; era um modelo semipronto. Trouxeram-me um cor de café, cheio de costuras inacabadas, no qual cabiam dois Xaritos.

– Não se preocupe – disse-me o vendedor. – É por isso que ele é vendido semipronto. Para ser terminado exatamente com as suas medidas e cair como uma luva. – Quando, ao fim de dois dias, pude levar o terno, o pronto dançava em meu corpo da mesma forma que o semipronto. – É impressão sua – o vendedor teve a audácia de me dizer. – Ele ainda não assentou em seu corpo, é isso. – Mas o Kápa-Maríussi pegou fogo enquanto eu subia socialmente e me mudava para o Varda, que fazia negócio com roupas de segunda mão.

Rapidamente, procurei entre as roupas, mas não encontrei nada. As roupas das mulheres não tinham bolsos e os bolsos das roupas dos homens estavam vazios.

Voltei para o banco, para junto de Karayióryi, que já não estava mais com o arpão. Markidis estava debruçado sobre ela e a atormentava. Peguei sua bolsa e a esvaziei sobre o banco. Batom, pó, rímel, os mesmos produtos de maquiagem que estava usando. Ninguém mais vai tirar sua maquiagem, é mascarada que vai ser enterrada. Um maço de cigarros Ro-1 e um caríssimo isqueiro Dupont de prata. Um chaveiro com as chaves do automóvel e, muito provavelmente, as de casa. E sua carteira. Dentro da carteira havia três notas de 5 mil, quatro de mil, um cartão de banco e um cartão Diners. A fotografia de sua identidade mostrava uma moça de cabelos longos e olhar severo que não parecia ter mais de 17 anos. Olhei o ano de seu nascimento, 1953. Não aparentava de jeito nenhum os 40 anos que tinha. Peguei as chaves e coloquei todo o resto de volta na bolsa para ser levada pelo pessoal da Identificação.

Markidis terminou seu trabalho e veio até mim. Era um homem baixo, careca, com óculos de lentes grossas, e usava a mesma roupa havia vinte anos. Ou ele nunca se sujava ou arranjara um jeito de mandá-la para a lavanderia aos domingos. Tinha sempre no rosto uma expressão de cachorro batido ou pelo serviço, ou pela mulher, não sei. A mim, ele irritava profundamente.

– Estou cansado de ver cadáveres – disse. – Tem dia que vejo três, quatro cadáveres ao mesmo tempo. Eu deveria ser laboratorista.

– Que culpa tenho eu se, em vez de xixi, você escolheu cadáveres? – disse-lhe. – Vamos lá, diga qual foi o resultado, fale rápido para ver se sobra tempo para a gente dormir um pouco.

– O ferro entrou abaixo do tórax do lado esquerdo com uma inclinação de cerca de 15 graus. Furou o coração e saiu pela omoplata. O assassino estava de pé atrás dela.

– Por que atrás dela?

– De frente, não poderia perfurá-la com tanta força sem derrubar a cadeira. Olha, foi mais ou menos assim. – Pegou a haste de ferro. Segurou-a com as duas mãos um pouco acima do meio. Ficou de pé atrás da cadeira. Levantou o ferro e o abaixou com força. – Ele deve ser bastante alto e ter muita força nos braços.

– De onde você tirou esta conclusão?

– Se ele fosse baixo, ou a teria furado mais para cima ou não a teria furado de jeito nenhum porque, se se curvasse, perderia força.

Ele poderia parecer triste e mal-humorado, mas conhecia seu trabalho.

– E quanto ao tempo, você pode dizer alguma coisa?

– Duas ou três horas. Não mais do que três horas e não muito menos do que duas. Talvez eu possa dar maior precisão depois da necropsia.

Foi-se embora sem se despedir.

– Senhor comissário – disse Sotiris, a quem eu tinha mandado avisar e que chegou enquanto eu fazia minha busca –, vários jornalistas estão reunidos do lado de fora e querem falar com o senhor. E o Sr. Sperantzas, o apresentador, está reclamando porque o fazem esperar.

– Estou cagando para eles! Quero falar, primeiro, com aquele que achou o corpo.

– Não foi aquele, foi aquela. Uma moça da oficina.
– Traga-a aqui!

Como o assassino conseguiu se aproximar por trás de Karayióryi com um ferro na mão e ela não tê-lo visto pelo espelho? Ela o viu, mas não pensou nada de mau porque o conhecia, era conhecido dela. Portanto, temos que procurar um homem alto, de braços fortes, conhecido de Yanna Karayióryi e que, no momento do assassinato, encontrava-se no prédio do canal de televisão.

A moça que entrou não tinha mais de 22 anos, incolor e inodora. Tinha, no máximo, 1,50m de altura. Usava jeans, blusa e botas. Ainda estava tremendo por causa do choque e seus olhos estavam inchados de tanto chorar. Sotiris colocou-a de pé diante de mim e, bom tira que era, segurava-a pelo braço para que não fugisse, em vez de sentá-la numa cadeira para que relaxasse e terminássemos logo com isso.

– Venha, sente-se – eu disse suavemente, fazendo-a sentar na terceira cadeira, a única disponível. Ela se sentou com os pés juntos, as mãos fechadas sobre os joelhos e me olhou sem uma palavra.

– Como você se chama?
– Dímitra... Dímitra Zumadáki...

Ficou um instante em silêncio, tentando se concentrar no que ia dizer. Não era fácil para ela, por isso, abriu as mãos e começou a esfregá-las em seus jeans.

– Tínhamos entrado no jornal da noite, quando vimos que um dos spots estava queimado e o Sr. Manísalis me mandou pegar outro.

– Quem é o Sr. Manísalis?
– O nosso diretor... Eu sou sua assistente...
– Muito bem, vamos em frente...

– Entrei correndo e não notei nada de anormal. Estava com pressa de levar o spot. Entretanto, quando me virei para sair, de repente, vi o... – Ela parou de falar e cobriu o rosto com as mãos, como se quisesse expulsar a imagem de sua mente.

– Você viu o ferro que saía pelas costas dela – disse, tentando ajudá-la. Ela sacudiu a cabeça com força e começou a soluçar.

— Abra os olhos — disse-lhe, mas ela continuava com os olhos fechados. — Abra os olhos. Não tenha medo, não há mais nada aqui.
— Ela os abriu e, primeiro, olhou para mim e, depois, hesitantemente, em volta. O local estava vazio. O corpo estava na ambulância a caminho do necrotério, os rapazes da Identificação já tinham ido embora. Apenas Sotiris estava discretamente em pé num canto, fora do seu campo de visão.

— Tente se lembrar, Dímitra. Esta cadeira aqui estava nesta mesma posição ou em posição diferente, de frente para o espelho, por exemplo.

Ela olhou para a cadeira e pensou um pouco.

— Devia estar assim mesmo porque eu não toquei em nada, estou certa disso. Dei um grito e saí correndo. E o Sr. Manísalis, que veio depois de mim, nem chegou a entrar no camarim. Olhou da porta e correu para o telefone.

— Enquanto você estava vindo para pegar o spot, viu alguém no corredor? Alguém que estivesse saindo do camarim ou indo embora?

— Não vi, ouvi.

— O que você ouviu?

— Passos. Alguém corria. Mas não dei importância porque tem sempre alguém correndo aqui. Todos nós estamos sempre correndo.

— Muito bem, você foi ótima. Você vai ser avisada de quando deve dar seu depoimento oficial, mas não há pressa. Amanhã ou depois, quando se recuperar. Vá para casa agora para descansar. Mas peça a alguém que a acompanhe, não vá sozinha.

Ela sorriu para mim um tanto aliviada. Assim que abriu a porta para sair, empurrei-a para trás e fechei a porta com todos dentro do camarim. Eu tinha deixado um policial de sentinela do lado de fora da porta, mas também ele estava agora dentro do camarim. O cabeça era o Sotirópoulos, o chefe da queda da Bastilha.

— É realmente trágico o que aconteceu — disse tristemente.

Isto é, apenas o tom da voz era triste porque não havia nenhuma expressão no rosto, barbado como estava, e quanto aos olhos, por trás dos óculos, eram duas contas redondas que só reagiam diante de luz forte.

— Yanna Karayióryi era a personificação do jornalista ético e consciente que perseguia a verdade com paixão, sem medo. Sua morte deixa um imenso vazio.

Ouço o seu blablablá sem dizer uma palavra. Ele levantou o tom da voz, não porque eu não tivesse dito nada, mas porque a elevaria de qualquer maneira, ele estava preparando alguma coisa.

— E, enquanto todo o mundo jornalístico está chocado, a polícia se mantém em um provocador silêncio e não dá declarações. Exigimos que nos diga o que sabe sobre este horrendo assassinato de nossa colega Yanna Karayióryi, policial.

— Não vou lhes dizer nada, Sr. Sotirópoulos. — Minha expressão fez com que desse um passo atrás, porque sempre me dirigi a ele com intimidade e, de repente, assumia um ar absolutamente profissional.

— Isso é inaceitável, Sr. policial — disse também ele em um tom oficial. — O senhor não pode agir conosco desta maneira a partir do momento em que pagamos a verdade com a nossa própria vida.

— Não posso dar declarações nem fornecer elementos de nossa investigação antes de interrogá-los.

— Nos interrogar? — Inesperadamente, instalou-se no meio deles uma sombra com três ingredientes: dúvida, inquietação, protesto. Duas xícaras de água, quatro xícaras de farinha de trigo e meia xícara de açúcar, diz Adriana quando dá a receita de seu famoso bolo, o qual, cá entre nós, é horrível.

— Existem indícios de que a vítima conhecia o assassino. Todos vocês eram conhecidos de Karayióryi. É muito lógico que queiramos interrogá-los.

— O senhor nos considera suspeitos?

— Não posso lhes revelar elementos antes de interrogá-los, e isso é tudo. Quero-os em minha sala amanhã pela manhã, e não para declarações.

— Todo mundo é inocente até prova em contrário. Esta é a regra básica do direito, a não ser que o senhor não a tenha aprendido na escola.

— É isso o que dizem os advogados. Para a polícia, todos são culpados até prova em contrário. — Empurrei-os e saí para o corredor.

Atrás de mim, levantou-se um murmúrio de protesto e de indignação, mas estou muito satisfeito. Sem dúvida, amanhã Guikas vai ficar furioso por eu ter estragado suas boas relações com os repórteres, mas já passei por coisas muito piores.

# Capítulo 10

Sperantzas estava sentado no mesmo lugar que ocupava quando dava as notícias, atrás da mesa oval. Estava só porque, no jornal da meia-noite, aparecia sem comitiva. Ele não era o jornalista que usava o lenço no bolsinho do paletó para secar uma lágrima, era o outro, aquele que dava as notícias como se vendesse melancia na feira. Aproximei-me enquanto ele me olhava, sem ter ainda decidido se ia se mostrar aborrecido por tê-lo deixado esperando tanto tempo ou aniquilado pelo assassinato da colega. Por fim, adaptou-se às circunstâncias com um profundo suspiro que expressava os dois sentimentos. Sentei-me a seu lado, no lugar da moça que apresentava as notícias esportivas.

— Como todos esses jornalistas souberam do assassinato e se reuniram aqui? — perguntei, referindo-me aos repórteres que estavam no corredor e cuja falação chegava até nós.

— Eles devem ter ouvido no jornal

Aquilo me pareceu inacreditável.

— Vocês deram a notícia da morte de Karayióryi durante o jornal, antes de nos avisarem?

— A Grécia inteira ficou abalada – disse com entusiasmo. – Nunca houve algo assim ao vivo. Os telefones tocavam sem parar. Quando eu me preparava para apresentar as novas medidas econômicas, tiraram-me do ar e jogaram anúncios. Nem cheguei a perguntar o que tinha acontecido e eis que Manísalis, o nosso diretor, entrou correndo e me disse que tinham matado a Yanna. Jogaram mais um anúncio e eu gritei para que mandassem uma câmera para a sala de maquiagem. Quando entrei de novo no ar, estava arrasado. "Senhoras e senhores", eu disse, "neste exato momento ocorreu uma tragédia em nossos estúdios. Yanna Karayióryi, nossa repórter policial, nosso perdigueiro, como era chamada pelos colegas, está morta na sala ao lado, brutalmente assassinada. Ainda não sabemos quem foi o autor desse abominável assassinato. Infelizmente, a verdade tem muitos inimigos. Entretanto, o Xélas Channel, o canal dos grandes acontecimentos jornalísticos, o canal número um em notícias, não poderia deixar de informar primeiro aos seus telespectadores. Senhoras e senhores, estamos lhes informando sobre o trágico fim de Yanna Karayióryi quase no mesmo instante em que ocorreu esta fatalidade, antes mesmo de avisarmos à polícia." E, imediatamente, lanço o plano para a sala de maquiagem com Karayióryi exatamente como o senhor a encontrou. Muito bem, estamos falando de um documento. Temos o vídeo, se o senhor quiser ver.

Por que não o enchi de tabefes? Por que não enchi sua cara de bofetadas? Por que não o amarrei entre duas cadeiras, não tirei seus sapatos e meias e não enchi a sola de seus pés de pancada? O policial que não bate mais é como o fumante que abandonou o cigarro. Mesmo que a lógica diga que você fez muito bem em parar, por dentro você fica louco para dar umas bofetadas, assim como o ex-fumante que morre de vontade de dar uma tragada.

— Sabe o que eu deveria fazer com você? – disse-lhe. – Eu deveria arrastá-lo para a delegacia e jogá-lo na prisão junto com assassinos, guarda-costas e aviõezinhos para que eles jogassem no chão e brincassem de papai e mamãe na sua bunda! – Palavras, gritos, ameaças vazias. Larguei o cigarro e me engano com chicletes.

— Como o senhor ousa falar comigo nesse tom? Quem lhe deu esse direito? Vamos reclamar pública e vigorosamente com seus superiores. Ao que parece, o senhor vive em outro tempo. – Sua voz tremia como se ele estivesse com frio.

— Em primeiro lugar, é contra a lei divulgar um assassinato antes de avisar à polícia. Nós é que temos que decidir quando ele sairá a público e que tipo de detalhes pode ser divulgado. Em segundo lugar, se for divulgado o momento em que o corpo foi descoberto, isso pode ajudar o assassino a escapar e, mesmo sem querer, vocês podem se tornar cúmplices. Se você se queixar, a única coisa que vai conseguir é fazer com que meu chefe me dê um grande sermão por eu não ter enchido você de pancada.

– Eu sou um jornalista, cumpri o meu dever. Se a Yanna estivesse viva, me cumprimentaria.

Não apenas o teria cumprimentado, ela teria esfregado as mãos de contentamento por nos ter fodido. Sei que ela reagiria mesmo dessa maneira, logo, não faço nenhum comentário.

– Por que Karayióryi apareceria no jornal da meia-noite? Pelo que sei, não havia nada de urgente no boletim policial.

– Ela daria uma notícia-bomba.

– Que notícia era essa?

– Não sei, ela não me disse.

Zanguei-me de novo.

– Preste atenção, Sperantzas, não esconda de mim uma notícia-bomba para botá-la no ar e colher mais um sucesso porque vou colocá-lo para correr como muçulmano na Bósnia.

– Não estou escondendo nada do senhor. Estou lhe dizendo a verdade.

– Qual é a verdade, afinal de contas? Que ela avisou que ia dar uma notícia-bomba sem dizer que notícia era essa e sem pedir licença a ninguém? Você está querendo me dizer que neste canal cada um pode dizer e fazer o que quer?

– Qualquer um, não. Apenas Yanna Karayióryi – respondeu baixinho enquanto olhava para o lado onde estavam as câmeras, como se temesse que alguém estivesse gravando.

– O que você quer dizer com isso?

Ele hesitou de novo antes de responder. Agora estava tenso, falava com dificuldade.

– Yanna decidia sozinha. Não prestava contas a ninguém. – Inclinou-se para a frente e baixou o tom de voz. – Ouça, não queira saber tudo por meu intermédio. Eu não posso lhe dizer mais nada.

Sob o terno de segunda mão, escondia-se o homem pequeno. Medroso, inseguro. Inesperadamente, senti-me íntimo dele, o que me tirou a vontade de pressioná-lo ainda mais.

– Quando ela lhe falou sobre a notícia?

– Eu estava na redação dando mais uma olhada no boletim. Faltava cerca de meia hora para eu entrar no ar.

– A que horas você entrou no ar? À meia-noite?

– À meia-noite e três minutos. O episódio que passava antes do jornal teve três minutos de atraso, e não o cortamos. Deixamos que terminasse.

– Ela estava sozinha?

– Naturalmente – respondeu surpreso. – Com quem estaria?

– É isso o que eu também gostaria de saber. – Levantei-me. – Onde fica a redação?

– Ao lado da sala de maquiagem. – Senhor Comissário. – Eu já estava quase na porta, e voltei. – Poucos aqui dentro vão chorar a morte de Karayióryi. Pergunte a Marta Kostarákou, a que faz as reportagens sobre medicina. Ela sabe mais do que eu.

Falou e começou a juntar rapidamente os papéis que estavam sobre a mesa, evitando o meu olhar.

– Venha comigo até a redação.

– Já lhe disse tudo o que sei. Se o senhor precisar de mim para qualquer outra coisa, estarei sempre na emissora. Porém, agora, deixe-me ir para casa porque estou esgotado.

– Venha.

Sua expressão deixou claro que gostaria de me dar uma bofetada. Mas controlou-se. Pegou seus papéis e me acompanhou.

O corredor estava vazio, os jornalistas tinham ido embora. Encontramos o Manísalis, o diretor, nem foi preciso procurá-lo. Seja como for, não sabia nada de importante. Num determinado momento, quando o jornal começou, veio a moça e disse-lhe que tinha encontrado Karayióryi morta. Chegou até a porta, viu-a e percebeu que era inútil entrar na sala. Jogou mais um anúncio no ar, mas não correu para o telefone, como me tinha dito Zumadáki. Primeiro, informou a Sperantzas. A nós, informou-nos quando mandou a câmera para a sala de maquiagem, por volta da meia-noite e dez.

Eu ainda não sabia por que a tinham matado, mas sabia, pelo menos, como e quando ocorrera o assassinato. Entre onze e meia e quinze para a meia-noite, Karayióryi foi se encontrar com Sperantzas na redação e disse-lhe que queria se apresentar durante o jornal. À meia-noite e três, Zumadáki a encontrou morta. Portanto, o crime ocorrera durante essa meia hora. Ela conhecia o assassino. Ele estava sentado a seu lado na sala de maquiagem, e conversava com ela. Levantou-se, provavelmente ainda conversando, e começou a brincar com o tripé de luz enquanto se aproximava dela, sempre conversando. Ela olhava para ele pelo espelho enquanto se pintava, nem de longe desconfiou de nada. E, quando ele chegou atrás dela, levantou rapidamente o ferro e enterrou-o nela. Se existirem impressões digitais na haste, talvez encontremos também as dele. Se não encontrarmos, quer dizer que a limpou antes de abrir a porta e desaparecer. Se o assassino for de fora, pode ser que alguém o tenha visto entrar ou sair. Se for da casa, estaremos à deriva.

A sala da redação era enorme. Tinha dez escrivaninhas situadas em três filas de três e uma de quatro. As paredes estavam nuas. Ninguém tinha pensado em pendurar um quadro ou um calendário, sinal de que aqui era só um lugar de passagem; sentavam-se nas mesas apenas o tempo necessário para fazerem o trabalho, e depois iam embora para o estúdio ou para a rua. No fundo da sala, havia um cubículo fechado por uma vidraça onde só cabiam uma escrivaninha, duas cadeiras e uma mesinha entre elas.

– É a sala do diretor de redação – disse Sperantzas.

– Qual era a mesa de Karayióryi? – Ele me mostrou a mesa dela, era a segunda da segunda fila. Peguei suas chaves, procurei a que abria as gavetas e abri-as. – Não preciso mais de você – disse a Sperantzas, enquanto começava a vasculhar as gavetas. Ele pareceu hesitar. Agora estava curioso e queria ficar. – Você não disse que estava esgotado? Vá embora. – Ele tinha dito e não podia voltar atrás. Deu meia-volta e foi embora.

A mesa era pequena, tinha apenas duas gavetas à direita. Na primeira, encontrei dois blocos, um pequeno, desses que os jornalistas usam, e um grande, de correspondência, e algumas esferográficas, dessas que os empresários distribuem ao pessoal da empresa. Abri a segunda gaveta. Logo na frente, uma bolsinha com balas coloridas. Aparentemente gostava de chupar balas quando estava escrevendo algum artigo difícil, para ter idéias. Um conjunto de abridor de papéis e tesoura dentro de um estojo de couro bastante caro, mas ainda no envelope plástico, muito provavelmente um presente que não chegou a abrir. E, no fundo, um calendário de mesa com o logotipo de uma companhia de seguros. Folheei o calendário. Também ele estava vazio, nada anotado.

Fiquei em pé diante das gavetas, pensativo, porque estava faltando alguma coisa. Pelo amor de Deus, ela não tinha uma agenda? Onde já se viu um repórter sem agenda? É lá que eles anotam tudo: telefones, os dados pessoais, os empréstimos e as dívidas, amores e ódios, amizades e inimizades. Agenda, o evangelho do moderno cristão. Karayióryi não tinha evangelho? Impossível. Então, onde é que estava? Geralmente os jornalistas levam sempre a agenda com eles, logo, ela deveria estar em sua bolsa, mas não estava. Poderia tê-la trancado em sua mesa. Mas aqui também não estava. O mais provável é que o assassino a tenha pegado, ou porque procurava alguma coisa, ou porque tinha algum dado que o condenava, e por isso a fez desaparecer.

— Delópoulos, o dono do canal, quer falar com o senhor na sala dele — disse Sotiris, que botou a cabeça para dentro da sala e me olhava.

— Muito bem. Diga-lhe que daqui a pouco eu vou.

— O senhor ainda precisa de mim, ou posso ir embora? — perguntou apreensivo.

— Não, fique — disse-lhe com severidade. — Vá procurar o segurança que estava de plantão na porta de entrada por volta das onze horas e diga-lhe que me espere porque quero falar com ele.

— Sim, senhor — respondeu e saiu de cara feia. Eu poderia ter tratado disso telefonicamente via Delópoulos, mas não acho certo o chefe ficar acordado a noite toda e o subordinado roncar em sua cama. Essa juventude é muito mole, querem ficar ancorados em suas mesas conversando sobre seus Hyundai Exel ou seus Toyota Starlet. Se pudessem, fariam uma circular determinando que os crimes só poderiam ser cometidos em horário de trabalho, entre nove da manhã e cinco da tarde, com exceção dos domingos e feriados.

# Capítulo 11

O escritório de Delópoulos era constituído por três salas, 70 metros quadrados, com um living-sala de jantar, quarto, hall e banheiro, todas as peças contíguas, com exceção do banheiro. O próprio Delópoulos estava sentado numa mesa que, se comparada à escrivaninha de Guikas, esta seria uma mesa de pingue-pongue e aquela, um campo de basquete. Na sala do meio, onde normalmente seria o living-sala de jantar, havia uma enorme mesa retangular com dez cadeiras de encosto alto. A cadeira na cabeceira era diferente das outras, o encosto era mais alto do que o das outras e tinha braços, enquanto as outras eram aleijadas. Uma televisão cuja tela era cinco vezes maior do que o normal estava colocada em diagonal em relação à escrivaninha do Delópoulos. Como estava apagada, a tela refletia nossos rostos.

Pensei: já que, mesmo que por vias tortuosas, entrei na televisão, talvez devesse representar o tira que urra, mas o problema é que o corno grita com toda a segurança, mas só com mulheres e alguns joões-ninguém, enquanto eu tinha diante de mim Delópoulos.

Ele era um homem alto, descarnado, com cabelos ralos e uma expressão rude. Naquele momento, sua expressão denotava tristeza, porém, devido à forma do seu rosto, mesmo a tristeza era rude.

– Estou muito abalado, Sr. Xaritos – disse, e repetiu para que não restasse nenhuma dúvida. – Muito abalado. Yanna Karayióryi era uma pessoa excepcional e uma excelente jornalista. Seus colegas chamavam-na de perdigueiro. Eu considerava isso um título de honra, que ela bem merecia. – Fez uma pausa, olhou para mim e acrescentou, sublinhando bem as palavras: – Além de trabalhar na emissora, era minha amiga pessoal.

Tive vontade de perguntar se era também sua amante porque, para fazer o que bem entendia na emissora, Karayióryi tinha que ter o apoio de alguém importante, mas calei a boca.

– O senhor tem algum indício? Algum elemento, ou mesmo suspeita?

– É muito cedo ainda, Sr. Delópoulos. Entretanto, sabemos exatamente quando ocorreu o assassinato, e que o assassino provavelmente era conhecido dela porque, antes de matá-la, ficaram conversando na sala de maquiagem.

– Então, certamente é alguém que ela, sem nenhuma misericórdia, expôs, alguém prejudicado por suas revelações, que resolveu se vingar. É nessa direção que o senhor tem que orientar sua investigação.

Ele agora quer me dizer como devo fazer minha investigação, foi algo bem diferente o que Guikas me colocou na cabeça.

– O Sr. Sperantzas me disse que Karayióryi pediu para apresentar o jornal da meia-noite porque queria dar uma notícia-bomba.

– Sperantzas também me contou isso, mas eu não sabia de nada. Aliás, eu não precisava saber, tinha total confiança nela.

– O senhor sabe se ela estava fazendo alguma investigação nesses últimos tempos?

– Não, mas mesmo se estivesse, repito, eu não saberia. Karayióryi não revelava nem o assunto nem os elementos que tinha juntado. Mas nunca se enganou. Foi por isso que dei ordens para que a deixassem tranqüila para fazer o seu trabalho. – Ele parou, inclinou-se para a frente e me disse: – O senhor terá toda a ajuda possível de nossa parte. Amanhã de manhã, vou mandar dois dos meus repórteres começarem uma investigação. Eles ficarão em contato direto com o senhor.

– Sim, que investiguem. Qualquer ajuda será muito bem recebida. – Tudo isso com uma boa vontade exagerada que parecia lhe agradar. – Apenas não vamos apostar quem vai chegar primeiro, nem vamos nos atrapalhar mutuamente.

Puxei o tapete sob os pés dele com o que tinha dito porque, subitamente, ele ficou extremamente frio comigo.

– O que o senhor quer dizer? Fale claramente. Imagino que tenha percebido que Yanna Karayióryi era uma das estrelas do nosso departamento de jornalismo e que seu assassinato nos interessa diretamente.

– Eu entendo, Sr. Delópoulos. Mas, esta noite, o Sr. Sperantzas anunciou no jornal o assassinato de Karayióryi antes de nos avisar. Não estou dizendo que isso nos tenha causado um grande problema, mas poderia ter causado. Por isso, seria melhor que seus homens nos consultassem antes de tomar iniciativas.

– O trabalho do jornalista é informar o público, Sr. Xaritos – disse-me, com a mesma frieza polar. – Com rapidez e exatidão. Quando rouba a prioridade dos outros, ou mesmo da polícia, é uma grande vitória para a emissora. Tenho que dar meus parabéns ao Sr. Sperantzas e não ameaçá-lo, como o senhor fez, e com expressões bastante pesadas.

O que eu estava esperando? Se Sperantzas botou Kostarákou na geladeira, que era seu colega, não faria o mesmo comigo?

– Queremos colaborar com a polícia. Porém, o assassinato de Karayióryi é, para nós, um caso de família. Exijo, pois, que o senhor nos informe sobre o andamento das investigações com exclusividade, e não junto com todas as outras emissoras. Nessas circunstâncias, não valem nem a objetividade, nem a igualdade de condições. – Fez silêncio, olhou-me e, bem lentamente, continuou: – Senão vou ser obrigado a comunicar todas as informações que obtivermos ao seu superior, o ministro, que por acaso é meu amigo, e os senhores serão informados por ele.

E, para todos os efeitos, acrescentou um olhar cheio de significado. Como pensa que todos os policiais são do Terceiro Mundo e subdesenvolvidos a ponto de não entenderem por mais claro que você lhes fale, acha que é preciso acrescentar olhares e gestos para, quem sabe, compreenderem.

– Tenho certeza de que nossa colaboração vai ser extremamente proveitosa – disse, de novo animado, e me estendeu a mão.

Enquanto apertava sua mão, pensava que estava inaugurando a colaboração do FBI com a CNN e que não iríamos pegar o assassino nem no final dos tempos, a não ser que tivéssemos a sorte de encontrar alguma boa cartomante.

Saí com o rabo entre as pernas.

Sotiris me esperava na saída. Ao lado dele estava um rapaz de uniforme, desses usados por aqueles que "vendem" segurança. Olhos azuis, cabelos cortados curtos, pés e braços meio abertos para ocupar mais espaço. Fuzileiro rechonchudo de Petrálona. Garoto de sorte. Se pertencesse a alguma dessas quadrilhas que vendem segurança, talvez o tivéssemos capturado. Mas ele trabalhava em uma empresa, ganhava 14 salários e me olhava como colega.

– Você conhecia Karayióryi? – perguntei-lhe.

– É lógico que sim. Conheço todo mundo. Tenho uma memória de computador.

– Deixe os computadores sossegados e diga-me, a que horas chegou Karayióryi hoje?

– Onze e quinze. Eu sempre verifico.

Ele estava brincando com fogo. Não sabia que estava pronto a desabafar em cima dele.

– Estava sozinha?

– Absolutamente só.

– Será que ela veio com alguém que a deixou na rua e foi-se embora?

– Se a deixou na rua, não posso saber, porque daqui não se vê a rua. Entretanto, quando chegou à emissora, estava sozinha.

– Você viu algum desconhecido saindo da emissora? Alguém que você ainda não tivesse visto?

– Não, ninguém.

– Você se ausentou algum momento do seu posto?

Não respondeu imediatamente. Ficou em silêncio, parecia que estava pensando em alguma coisa. Por fim, disse, meio tenso:

– Apenas por dois minutos. Vangelis, o colega que faz plantão na sala do patrão, veio até aqui e me disse que tinham encontrado

Karayióryi morta. Corremos os dois até lá porque pensei que, como o pessoal não tinha experiência com essas coisas, poderiam fazer alguma besteira.

– E você, que é tão experiente, o que fez? Você a ressuscitou? – perguntei, furioso. Parecia que o computador dele não estava instalado com o programa certo porque não soube o que responder, ficou em silêncio. – Anote os dados dele e diga-lhe que venha ao distrito para prestar depoimento – eu disse a Sotiris.

Quando saí para pegar o carro, que tinha deixado na calçada, começou a chover. Pelo menos isso.

# Capítulo 12

Karayióryi morava em Likavitos, a dois passos do Doxiadis. Acordava de manhã, olhava o bosque e vivia a ilusão do campo. Também era de manhã quando fui lá, nove horas, e chovia a cântaros. Os limpadores do pára-brisa do Mirafiori estavam com defeito e trabalhavam devagar, quase parando. Até que expulsassem uma onda de água e recomeçassem o seu trabalho, o pára-brisa ficava, de novo, inundado e me deixava quase cego. Enquanto tentava manter distância do carro que se arrastava na minha frente, quase perdi o prédio. Já o tinha praticamente ultrapassado quando vi a patrulha estacionada na frente. Freei de repente.

– Onde você tirou a carteira, seu cretino? – gritou o motorista do carro de trás. – Frear assim tão de repente com o chão molhado? Você devia dirigir carroça, não um carro. – Dizia tudo isso apertando a buzina, gritando, com pausas e todos os sinais de pontuação. Eu fingia que não estava ouvindo. Atrás da patrulha tinha uma vaga, entrei nela e estacionei.

O prédio era antigo, de dois andares, amarelo com venezianas grená e uma porta de ferro com folhas de ferro forjado. Lembrava as boas casas da rua Akrita, todas paramentadas. Desliguei o motor, mas fiquei no carro. Tinha dormido apenas duas horas e acordado com uma tremenda dor de cabeça. Tomara um analgésico antes de sair de casa, mas não tinha adiantado nada. Minha cabeça estava pesada e um alicate apertava minhas têmporas. Olhei a porta do prédio, que estava meio aberta. Meu carro estava a três passos da porta, mas com aquela chuva, parecia-me uma enorme distância, e não ousava me mexer.

Devo ter despertado as suspeitas dos dois policiais que estavam na patrulha porque um deles saiu do carro e se aproximou de mim. Abri a porta e saí do carro.

– Comissário Xaritos – gritei, enquanto passava correndo ao lado dele. Quando entrei no prédio, estava encharcado, assim como minhas meias dentro dos sapatos. Tempo de merda.

O hall era pequeno, com piso de mármore, e tinha duas portas, uma à direita e outra à esquerda. No fundo, havia uma escada estreita, de madeira, com balaustrada brilhante, que levava ao segundo andar. Abri a porta da direita e entrei no escritório de Karayióryi. Dimitris, que trabalhava no laboratório, estava de pé diante de uma pequena estante embutida e procurava uma pasta.

– O que temos aqui?

Ele me olhou e balançou os ombros.

– Achamos um computador – disse.

Vi a tela do computador virada para a cadeira da escrivaninha e entendi o que queria dizer. Eles tinham que levar o computador e os disquetes para o laboratório a fim de começarem a busca: para lerem o que estava escrito, para esclarecerem um pouco as coisas, para imprimirem tudo e nos mandarem para exame. Com a velocidade de trabalho do laboratório, teríamos de esperar, na melhor das hipóteses, de dois a três dias. Lá se foram os bons tempos quando lidávamos com manuscritos, com páginas datilografadas, com anotações em pedaços de papel, em maços de cigarros, atrás de contas antigas. Levávamos tudo isso para o distrito e tirávamos nossas conclusões a partir do talhe das letras ou da máquina de escrever que estava gasto de um lado. Mas, agora, ver Ben-Hur ou ler um contrato de compra e venda é tudo a mesma coisa, vá alguém dar conta de tudo isso.

– Deixa comigo e vá fazer outra coisa – disse. Isso era exatamente o que ele queria; assim, saiu antes que eu me arrependesse.

A sala era retangular, como a de todas as casas antigas. A escrivaninha, de madeira com pés trabalhados. Parecia uma antiga escrivaninha de advogado que ela teria herdado do pai ou de um tio qualquer. Quando se sentava na escrivaninha, via-se, pela janela, a rua que circunda o Likavitos. Ainda chovia muito e os carros continuavam a circular colados uns nos outros e buzinando como loucos. A janela era pequena, a sala devia ser escura mesmo com sol. E naquele dia, como estava chovendo, se não se acendesse a luz, seria preciso andar às apalpadelas. Dos dois lados da janela estavam colocadas duas poltronas antigas de couro, que faziam conjunto com a escrivaninha.

A parede da direita estava coberta por prateleiras até o teto. Os livros, uns apertados e outros muito afastados uns dos outros, pareciam estar organizados por tema. Mas a estante embutida da parede em frente me interessou muito mais porque, na última prateleira, vi classificadores, envelopes empilhados e muitos outros papéis espalhados ou dentro de pastas de plástico.

Olhei para eles e pensei que eu seria realmente uma besta se perdesse meu dia vasculhando todas essas pastas. No fundo, o trabalho do Departamento Forense era desembrulhar tudo isso e levar para a minha sala. Em seguida, parecia até que estava querendo provar que era mesmo uma besta, pois estendi a mão e desci o primeiro classificador. Folheei-o rapidamente e o abandonei com mais rapidez ainda, estava cheio de contas de luz, de telefone, de água. Peguei o segundo e caí sobre suas declarações de imposto de renda. No último, havia uma declaração de 12 milhões de dracmas de renda líquida. A quantia redonda, os 8.400, deveria ser o salário da emissora. Fiz as contas rapidamente e constatei que ela tirava 600 mil por mês. Seiscentas mil para tirar informações de mim e apresentá-las na tela. E eu, que as dava mastigadas, tive de penar vinte e cinco anos para conseguir a metade. Com um abismo desses a nos separar, como ela poderia não me olhar de cima e como eu poderia não chamá-la de lésbica?

O resto de sua renda vinha do aluguel de um apartamento de duas peças que tinha em Ambelokípos e de um livro que publicara. Vi, anexada à declaração, uma cópia do recibo da editora. O livro se chamava *Um homem tranqüilo*. Fui até a estante maior, retirei-o da terceira prateleira e constatei que o tema do livro era sua vitória sobre Kolákoglou.

Petros Kolákoglou era um contador que, havia três anos, tinha sido condenado por ter violentado duas meninas menores de idade. A primeira era sua afilhada, tinha 9 anos. Kolákoglou, uma tarde, levou-a para passear e comprar roupas. A garota disse mais tarde à mãe que seu padrinho a tinha levado para casa. Lá chegando, despiu-a, com o pretexto de experimentar as roupas, e começou a acariciá-la. Os pais da garota, imediatamente, foram ao distrito policial da área e o denunciaram. Mas parece que, durante o inquérito, entraram em acordo com Kolákoglou, porque, inesperadamente, a garota voltou atrás no que tinha dito, os pais retiraram a queixa e o caso foi arquivado. Foi exatamente neste momento que apareceu Karayióryi com sua notícia-bomba: havia uma segunda criança. Era a filhinha da assistente de Kolákoglou no escritório. A moça levava a filha para o trabalho nos feriados escolares porque não tinha com quem deixá-la. Kolákoglou demonstrava um grande amor pela menina, comprava-lhe doces, presentes, e a pequena o chamava de tio. Mas, ao que parece, existiam alguns pontos obscuros, descobertos por Karayióryi, que convenceu a mãe da menina a procurar a polícia. O segundo caso levou ao primeiro. Os pais da afilhada voltaram atrás e reapresentaram queixa. Kolákoglou foi condenado a oito anos, os quais, no Tribunal de Apelação, foram reduzidos para seis. Essa primeira notícia-bomba tornou Karayióryi famosa. A segunda levou-a ao túmulo.

Larguei o livro porque me lembrei do motivo que tinha me levado, tão cedo, à casa da Karayióryi: encontrar sua agenda. Os dois lados da sala estavam cheios de armários, como acontece com a maioria dos escritórios antigos. Abriam-se os armários e apareciam as gavetas, três de cada lado. Na primeira gaveta da direita vi uma máquina fotográfica Nikon, caríssima, com todos os seus acessórios, até mesmo uma teleobjetiva. Olhei o conta-giros da máquina, estava no zero. Não devia ter filme mas, pelo sim, pelo não, deixei a máquina em cima da escrivaninha para que o pessoal da Identificação a pegasse. Na última gaveta da esquerda encontrei uma fotografia colorida de um casal abraçado sentado num sofá. A moça era Karayióryi, exatamente como eu a tinha conhecido. O rosto do homem estava irreconhecível porque alguém o desfigurara com marca-texto preto. Colocaram-lhe barba e bigode, aumentaram seu nariz até parecer uma berinjela e ainda lhe puseram um chapéu.

Na primeira gaveta da esquerda encontrei um envelope amassado. O resto da gaveta estava vazio e o envelope está só, esquecido ali. Retirei-o da gaveta e o abri. Achei seis cartas para Karayióryi. A mesma caligrafia em todas as seis, uns garranchos que, se eu, como aluno, os tivesse escrito, meu professor teria me batido com uma régua. A última carta tinha sido escrita havia duas semanas, a mais antiga era de 1992, dois anos e meio antes. Todas começavam com o mesmo tratamento seco: Yanna. Na primeira o remetente falava de sua surpresa por tê-la encontrado inesperadamente após tantos anos e pedia-lhe que se encontrasse com ele para conversarem. Mas parece que Karayióryi não o atendeu porque, depois de um mês, ele tornou a escrever pedindo a mesma coisa. Depois da terceira, entretanto, as cartas começaram a ficar mais interessantes porque o remetente queria alguma coisa de Karyióryi, alguma coisa que ela tinha e que não queria lhe dar. A pessoa nunca chegou a dizer o que era, falava sempre de maneira subjetiva, como se fosse alguma coisa que tivessem em comum, sobre a qual já tivessem conversado milhares de vezes: *quero ver, quero que você me mostre, eu também tenho direitos sobre isso*. No início, pediu, suplicou. Mas parece que Karayióryi zombava dele porque ele foi se tornando cada vez mais insistente até que, na última carta, chegou a ameaçá-la:

*Há muito tempo faço o que você me pede e sempre espero que você mantenha a sua palavra, mas você sempre me engana. Já me convenci de que você não tem a menor intenção de me dar o que quero, mas me deixar para sempre esperando para que você possa me chantagear e obter o que quer. Porém, agora, chega. Desta vez, não vou mais dar para trás. Não me force porque você vai se dar mal e a culpa vai ser toda sua.*

Nenhuma das cartas estava assinada, apenas um N maiúsculo. Sentei-me e fiquei olhando para essa letra. Que nome esse N está escondendo? Seja como for, esse N a conhecia e a estava ameaçando. E Karayióryi estava conversando com o assassino antes de ser morta.

As outras gavetas estavam vazias. A agenda não estava em lugar nenhum. Aliás, eu nem tinha esperanças de encontrá-la. Como não estava nem em sua bolsa, nem em sua mesa, muito provavelmente o assassino a tinha levado. Mas não existia nada, mas nada mesmo, em relação a crianças, com exceção do livro sobre Kolákoglou. Nem envelope, nem papel, nada. Então, por que ela me enchia a paciência com aquela história sobre os albaneses? A não ser, é lógico, que encontrássemos alguma coisa nos arquivos do seu computador.

Peguei o envelope com as cartas, assim como as fotografias, e saí do escritório dela. Por causa da chuva, iria demorar uma hora para chegar, com meu calhambeque, à delegacia. Tinha todo o tempo do mundo para pensar.

# Capítulo 13

Sobre minha mesa, encontrei meu croissant, meu café e três recados de Guikas pedindo para eu ir falar com ele com a maior urgência. O trajeto da casa de Karayióryi até a delegacia não me tinha feito bem algum, eu estava me sentindo pior ainda. Tirei duas aspirinas da gaveta e as engoli com o café gelado, o que me provocou ânsias de vômito. Recostei-me na poltrona e fechei os olhos com a esperança de que o martelamento nas minhas têmporas me abandonasse. Esforço inútil. Era como se eu fosse um barco no estaleiro e que os martelos batessem no meu casco. Desisti, peguei o envelope e as fotografias e me dirigi para a sala de Guikas.

Assim que abri a porta, vi-os diante de mim. Eram liderados por Sotirópoulos. Agora que Karayióryi tinha morrido, ninguém poderia mais duvidar de sua posição de chefia.

— O que vai acontecer, comissário? — perguntou, com expressão de quem diz que já me suportou por muito tempo e que, agora, estava pronto para me colocar na guilhotina.

— Não saiam, quero falar com vocês.

A maneira que usei para dizer isso, generalizada e indefinida, poderia significar que os queria por perto para interrogá-los ou que queria fazer alguma declaração. Como não queriam perder a segunda, se arriscariam a passar pela primeira. Deixei-os com sua dúvida e me encaminhei para o elevador. Parece que este último, percebendo como eu estava mal, teve pena e veio logo.

Kúla já estava sabendo de tudo e apenas me esperava para me pegar pelo pé.

– Puxa, cara, o que foi isso com Karyióryi? Eu soube hoje de manhã.

Ela, mesmo sem saber, fez meu humor melhorar. Pensei logo que a bomba de Sperantzas tinha sido, afinal de contas, apenas um estalinho, porque a maior parte das pessoas, à meia-noite, está se preparando para dormir e não quer ter pesadelos com assassinatos, estupros, pestes, terremotos e naufrágios.

– Foi crime passional, o senhor vai ver – continuou Kúla, cheia de autoconfiança.

– Outra vez isso? De onde lhe veio esta idéia?

– Pode estar certo disso, eu a estudei. Ela sabia que os homens ficavam doidos por ela. Ela os desprezava e eles corriam atrás dela como cachorrinhos. Mas, um dia, um deles perdeu a cabeça e matou-a. Não lhe chamou a atenção o fato de ela ter sido furada com uma haste de ferro?

– Não, por quê?

– Porque simboliza o pênis – disse, com ar de triunfo.

– Ele está na sala? – perguntei mais que depressa, antes que ela começasse a me analisar também.

– Sim, e está esperando pelo senhor.

Assim que fechei a porta, Guikas levantou a cabeça, apoiou as costas na cadeira e cruzou as mãos no peito. Pela sua expressão, percebi que ele está esperando que eu me aproxime para me dar a bronca. Não tive tempo nem de chegar perto de sua mesa quando ele passou ao ataque.

– Disse-lhe que queria falar com você aqui na minha sala às nove horas. Desde a manhã, já dei milhares de telefonemas.

Não disse nada. Fiquei de pé diante dele com o envelope embaixo do braço e olhei para ele.

– Temos uma famosa redatora assassinada, o primeiro nome da reportagem policial. Jornais, estações de rádio, canais de televisão, todos vão cair em cima de nós. Nessas circunstâncias, o FBI trabalharia na base de 24 horas.

— Estou trabalhando na base de 20 horas, só me faltam quatro para atingir a norma – respondi-lhe calmamente. – Saí da emissora às cinco da manhã, dormi três horas e, às nove, estava na casa de Karayióryi.

— Por que você foi à casa de Karayióryi? Isso é trabalho para os rapazes da Identificação. Eu o quero aqui.

Sem dizer uma palavra, coloquei o envelope na frente dele e o abri. Eu havia colocado as fotografias em cima de tudo.

— Quem é este? – perguntou, assim que viu o cara desenhado.

— Ainda não sei.

— E por que você o trouxe para mim? Será que estamos no carnaval?

Deixei-o na dúvida. Ele sabia que o caso não podia ser resolvido telegraficamente, em apenas cinco linhas, e decidiu ler as cartas.

— Muito bem – disse, de má vontade, quando terminou. – Um certo N ameaçava Karayióryi. Concordo que seja um indício. Mas como encontrá-lo? É preciso procurá-lo entre a metade da população masculina da Grécia.

— A não ser que N seja o mascarado da fotografia.

— É uma possibilidade. Procure-o! – disse-me com a certeza de que tinha me aberto os olhos pois, sozinho, eu jamais teria pensado nisso. – Nenhum outro indício? Não me diga nada sobre o crime, sei como ocorreu. Sotiris me contou.

— Está faltando a agenda dela. Não foi encontrada em lugar nenhum. Muito provavelmente, está com o criminoso.

— Alguma relação com os albaneses?

Eu estava esperando esta pergunta. Seria muito conveniente se algum albanês a tivesse matado. Os jornais estão colocando o crime na primeira página, com títulos inimagináveis, tão negros como o luto, os canais de televisão estão organizando debates sobre a criminalidade que vem de fora e, durante o fim de semana prolongado, o luto vai acabar e Karyióryi vai ser esquecida.

— Até agora, nada foi encontrado, mas ainda resta o computador ela. Daí pode sair alguma coisa.

– Quero que você me mantenha diariamente informado. E, quando digo que quero estar informado, significa que quero que você me diga tudo. Não quero que escreva só metade das informações em suas mensagens e que encaixe a outra metade em seu relatório, como fez em relação aos albaneses.

– Em minhas mensagens, escrevo o que considero que pode ir a público. O restante coloco no relatório. É por isso que mando os dois juntos para o senhor – disse, enquanto pegava o envelope e as fotografias.

Saí com a satisfação de estar por cima.

Eles ainda estavam na frente da porta da minha sala me esperando. Assim que me viram, barraram-me a entrada. Parei diante de Sotirópoulos.

– Vamos começar com você, que é o mais velho e que a conhecia melhor. – Por fim, a dúvida deles foi solucionada. Entenderam que os mantivera ali para um interrogatório, e não para qualquer declaração. Sotirópoulos olhou-me desafiadoramente. Se o obrigasse a debandar, os outros o seguiriam em bloco.

– Você vem? – disse-lhe friamente. – Ou prefere que lhe envie uma intimação para que se apresente em 24 horas?

Fui até a porta, abri-a e esperei. Ele balançou um pouco o corpo e, depois, entrou na sala.

– Sente-se – disse, e indiquei-lhe a cadeira em frente à minha mesa.

– Já que sou suspeito, não é melhor ficar de pé?

– Escute aqui, Sotirópoulos, você acha que o assassinato de Karayióryi é motivo para piadas e ataques de frescura? Vocês eram colegas, droga. Vocês deveriam ser os primeiros a querer que solucionássemos o crime e, em vez disso, criam o maior caso só porque queremos lhes fazer algumas perguntas.

Meu ataque atingiu-o no meio da testa. Ele podia ter odiado Karayióryi, mas não queria mostrar que estava satisfeito pelo fato de algum novato vir a tomar o lugar dela e de poder dominá-lo. Sentou-se na cadeira.

– Às ordens... pergunte o que você quiser – disse, agora seriamente.

— Não tenho nada a perguntar, você é que vai me dizer. Você é um jornalista muito experiente e sabe perfeitamente o que me interessa saber.

Eu tinha aprendido esta tática com o comissário Kostará, durante o período da ditadura, quando me mandaram por algum tempo para a prisão Bubulina. Sempre que chegava algum novato, ele o colocava por um ou dois dias junto com aqueles que tinham sido torturados, para assustá-lo. No terceiro dia, sentava-o na sua frente e lhe dizia: "Não tenho nada a lhe perguntar, você deve saber o que tem que me dizer. Se gostar do que ouvi, posso ter pena de você." E o pobre coitado, para escapar da tortura, vomitava tudo. Meu trabalho era levar os prisioneiros para interrogatório. Eu ficava de pé em um canto, acompanhava o trabalho de Kostará e admirava sua técnica. Agora sei que tudo aquilo era uma grande besteira, ele não tinha onde se segurar e jogava verde para colher maduro. Boa tática.

Sotirópoulos olhava para mim pensativo. Tentava filtrar o que devia me dizer.

— Não sei de nada — disse finalmente.

Fiquei realmente zangado.

— Escute aqui, aonde você pensa que tudo isso vai nos levar? Você agora vai invocar o segredo jornalístico e outras besteiras como esta? Nós vamos brigar muito seriamente, fique sabendo.

— Não estou invocando nada — respondeu calmamente. — Simplesmente digo a verdade. Não sei. — Ficou pensativo, em silêncio, como se tentasse encontrar uma explicação muito mais para ele mesmo do que para mim. — Karayióryi era uma pessoa fechada — continuou vagarosamente. — Nunca abria o jogo nem em relação à sua vida profissional, nem em relação à vida privada. No fundo, no fundo, nenhum de nós expõe a vida profissional. Ela morava na rua que circunda o Likavitos. *Só.* Estou acentuando o só porque nunca vi ninguém acompanhá-la. Quando às vezes nós, colegas, saíamos para beber alguma coisa, também aí ia sozinha.

O que ele dizia despertou em mim a mesma idéia.

— Escute aqui, cara, será que ela era lésbica?

Ele deu uma gargalhada, seus olhos, porém, me olharam por trás dos oclinhos redondos *à la* Hitler como se quisesse me mandar para a frente de batalha.

— Vocês, policiais, são uns pervertidos, como todos os pequenos burgueses. Assim que ouvem dizer que uma mulher anda sozinha, declaram-na lésbica.

Evidentemente, ele nos distingue — a nós, os policiais — dele mesmo, que não é pequeno burguês. Até aqui, eu posso entender. O que eu não sei é como ele, com sua Armani e os Timberland, classifica a si mesmo entre os esquerdistas ou burgueses. O mais provável é se considerar um esquerdista com estilo de burguês. Antigamente, nos satisfazíamos com um pouco de *yiuvetsi*. Hoje nos alimentamos de saladas.

— Se tomar por base aquilo que várias pessoas diziam a respeito dela — continuou —, eu diria que era exatamente o contrário.

— Isto é, o quê?

— Ninfomaníaca. Uma insaciável. — De repente, percebe a maldade que deixou escapar e corre para consertar. — Mas, como já disse, posso estar cometendo uma injustiça com ela, já que não existe nada concreto. É tudo fofoca.

— E qual era a fama dela?

— Que nunca teve uma relação fixa. Volta e meia se separava e se juntava com outro. Mas escolhia sempre homens com status. Comerciantes... políticos. O agradável depois do útil, como dizem. — Refreou-se de novo um pouco e acrescentou logo depois: — Vamos nos entender. Não sou eu que digo, são os outros.

— Você sabe se ela fazia alguma investigação?

— Só posso lhe dizer que, de maneira geral, ela estava sempre procurando alguma coisa. Era furona e determinada. Enfiava-se em todo lugar e usava de todos os meios possíveis. Mas adorava lançar uma notícia-bomba, que não revelava para ninguém. Nem mesmo ao Delópoulos, que fazia o que ela queria.

— Era uma boa jornalista? Quero que você me dê a sua opinião, sem enfeites.

Ele ficou sério e pensou um pouco.

— Todos nós antipatizávamos com ela, portanto, era boa — responde. — O trabalho do repórter é o de se tornar antipático. Quanto mais antipático for, melhor repórter é.

A explicação que ele deu caía como uma luva tanto para Karayióryi quanto para ele mesmo. Ele conseguiu se fazer simpático com tudo o que falou, o que vem confirmar minha opinião de que não é um bom jornalista. Olhei para ele em silêncio. Ele entendeu que eu não tinha nada mais a perguntar e se levantou.

— O que vai acontecer? Você vai dar alguma declaração para que tenhamos alguma coisa a dizer ao público?

— Que declaração posso dar se não tenho nenhum indício? Tudo o que sei é o que aconteceu ontem à noite, e isso vocês também sabem. Tenham um pouco de paciência por uns dois dias, alguma coisa vai aparecer.

Quando ele estava saindo, o telefone tocou.

— Xaritos — digo, fiel às tradições do FBI.

— Meu nome é Mína Andonakáki, irmã de Yanna Karayióryi — ouvi uma voz quebrada no outro extremo do fio. — Quando posso pegar o corpo de minha irmã para o enterro, e onde devo pegá-lo?

— Dentro de um ou dois dias, no necrotério, Sra. Andonakáki. Porém, temos que conversar antes.

— Agora não. Não estou em condições psicológicas para falar com ninguém.

— Ouça, Sra. Andonakáki. Ontem, alguém matou a sua irmã. Estamos procurando o assassino e precisamos de informações. Entendo que suas condições psicológicas não são boas, entretanto, precisamos vê-la. Se a senhora quiser, posso ir à sua casa. Apenas não podemos perder tempo.

Parecia estar pensando um pouco.

— Venha, vou estar aqui — disse com uma voz muito cansada, e me deu o endereço.

Ainda não tinha os dados da Identificação, nem o relatório do médico-legista, Markidis, mas decidi falar com os outros repórteres para que ninguém ficasse chateado. Ninguém me disse nada além do que já tinha me dito Sotirópoulos. Não sabiam de nada, Karayióryi não tinha confiança em ninguém, nunca abria o jogo.

Quando a última repórter saiu, aquela metida de meia-calça vermelha, tentei colocar ordem em tudo que tinham sabido até aquele instante. Lá fora, a chuva ainda caía com violência. A velha do apartamento da frente estava de pé na porta da sala com o gato no colo e falava com ele. Não sei se estava conversando com ele ou cantando, de qualquer modo, o gato aninhou-se em seus braços, olhou a chuva e parecia estar gostando. Deixei que a felicidade do gato me influenciasse e não ouvi a porta abrir. Uma discreta tosse seca me trouxe de volta.

Uma mulher, de cerca de 30 anos, estava de pé ao lado da porta. Nem alta, nem baixa, nem bonita, nem feia. Estava usando botas e uma capa de gabardine bege cujo cinto apertava sua cintura, talvez numa tentativa de parecer mais sexy, mas o resultado era morno, nem quente nem frio.

— Bom dia, sou Martha Kostarákou — disse, com um sorriso.

De repente, vi-a com outros olhos. Kostarákou era minha única esperança de, finalmente, saber alguma coisa concreta, se é que Sperantzas tinha me dito a verdade.

— A partir de hoje, estou no lugar de Yanna Karayióryi — disse com dificuldade, continuando a sorrir, indecisa. — O Sr. Delópoulos me disse que viesse falar com o senhor. Disse-me também que o senhor me daria pessoalmente as informações sobre o assassinato de Yanna sem a presença dos outros. — Inconscientemente, escapou-lhe um suspiro, parecia ter se livrado de um grande peso. Ela era exatamente o contrário de Karayióryi. Nem altiva, nem agressiva, era uma virgem séria, daquelas que lhe inspiram pena e que você joga um osso para que lambam. Como um país do terceiro mundo que pede ajuda, diz mil obrigados e, assim que descobre algum pocinho de petróleo, te dá uma banana.

— Por que você odiava Karayióryi? O que ela te fez?

Ela me olhou, atônita. O sorriso desapareceu, as mãos se colaram na bolsa que apertava com força. Quando ela pensava que tudo transcorreria como o desejado, de repente eu invertia as coisas e agora, ao invés de dar-lhe alguma informação, ela é que iria me dar.

— Quem lhe disse isso? — perguntou numa voz trêmula. — Yanna e eu éramos colegas. Evidentemente, não éramos amigas íntimas, mas eu não a odiava nem queria fazer-lhe mal.

— Isto é, você quer me convencer que aquilo que ela fez com você não teve a menor importância e que foi facilmente esquecido?
— Assim como Kostará, joguei verde para colher maduro.
— O quê? O fato de ter me tirado da reportagem policial para ficar com o meu lugar e me mandar para os hospitais? Posso lhe dizer uma coisa? Eu estava melhor lá. O trabalho era mais fácil, não precisava correr o dia inteiro. E além disso, eu tinha contato com cientistas e não com ladrões e assassinos.
— Quem conseguiu isso para ela? Pelo que eu soube, você trabalha muito bem. Logo, ela deveria ter alguém importante para te botar de lado.

Ela percebeu que eu a estava colocando em pé de igualdade com Karayióryi e sorriu, desta vez ironicamente.

— Ouça — disse-lhe, agora mais veementemente. Você era a responsável pelas reportagens policiais. Veio Karayióryi, tomou o seu lugar e a jogou no departamento médico. Não venha me dizer que isso não a chateou. Pode ser que você não tenha dito nada mas, por dentro, estava furiosa com ela. E, inesperadamente, uma noite, alguém mata Karayióryi. Já na manhã seguinte você volta ao seu antigo lugar. Você é a que mais tem a ganhar com a morte dela. Sabe o que isso quer dizer?

Ela entendeu o recado porque se levantou de um salto e gritou:
— O que o senhor está querendo dizer? Que eu a matei?
— Não, não estou dizendo isto. Pelo menos por enquanto. Evidentemente não sei o que vou encontrar amanhã, quando começar a investigar. Entretanto, as más línguas vão começar a funcionar a partir de hoje. E, à medida que o tempo passar e a história for aumentando, elas vão funcionar muito mais. Assim, é do seu interesse que resolvamos logo o assunto. Ela se apoiava em quem? Em Delópoulos?

Ela deu uma gargalhada como se tivesse achado muito engraçado o que eu tinha dito.

— Foi isto que lhe disseram? Que ela fazia o que queria porque dormia com o patrão?

Parou subitamente de rir e falou sério.
— O senhor está errado. Yanna tinha cabeça e um método de trabalho. Quando entrou na emissora, ficou encarregada das re-

portagens médicas. Mas isso não lhe interessava muito, porque não havia reportagens emocionantes, nem socos no estômago. Algumas palavras lá pelo final do jornal, e isso dependendo das circunstâncias. Em um mês, ela tinha se envolvido com Petrátos, o diretor de redação. Ainda precisou de mais duas semanas para ficar com o meu lugar. Mas a verdade é que ela não era apenas ambiciosa, era também muito competente, mais competente do que eu. Conseguiu reportagens exclusivas, desenterrou casos, desencavou pessoas. Agarrou-se no caso Kolákoglou e obrigou Delópoulos a deixá-la livre para fazer o que quisesse. Assim que conseguiu isso, Petrátos perdeu o lugar. É lógico que isso o atingiu muito e ele a despediria com todo o prazer, mas já era tarde, não podia fazer mais nada com ela.

Ela se calou e deixou sair um suspiro de alívio, como se estivesse mais leve porque tinha falado.

– Não, Yanna não precisava ir para a cama com Delópoulos para ter as costas quentes. Isso ela obteve com sua capacidade. Usou Petrátos para conseguir uma oportunidade. Todo o resto conseguiu sozinha.

Eu não ia com a cara de Karayióryi e a rotulara de lésbica. Sotirópoulos, que também antipatizava com ela mas que, como um Robespierre, apoiava o povo e alguns marginais, preferiu classificá-la de ninfomaníaca e insaciável. E agora vinha essa mulher insignificante e colocava as coisas em seus devidos lugares. Comecei a sentir respeito por Kostarákou mas meu instinto me disse para me controlar. E se essa sinceridade fosse apenas uma vitrine para esconder outras coisas?

– Onde você estava ontem à noite entre dez e meia-noite?

– Sozinha em casa, como todas as noites – respondeu calmamente, quase com mágoa. – Primeiro, com uma salada, depois, com um uísque e sempre com a televisão ligada. – Parou, olhou-me nos olhos e acrescentou com uma imperceptível ênfase: – Até as onze, quando Yanna me telefonou.

– Karayióryi lhe telefonou às onze horas?

– Sim. Para me dizer que daria uma notícia no jornal da meia-noite que ia causar o maior estrondo.

A quem mais ela teria dito, além de Kostarákou e Sperantzas? Se descobrisse isso, talvez estivesse perto do assassino dela.

– Disse-me ainda uma outra coisa.

– O quê?

– Disse-me para ver o jornal porque, se alguma coisa acontecesse a ela, queria que eu continuasse com a investigação. Para falar a verdade, não levei ao pé da letra o que me dizia. Ao contrário, pensei que fosse por maldade, para me fazer inveja, e desliguei o telefone. Um pouco por solidão, um pouco pela raiva por causa do que Yanna me dissera, de repente, minha casa ficou pequena para mim. Entrei no carro e comecei a dar voltas ao acaso. Voltei para casa por volta de uma hora.

– Ela não disse qual era a notícia?

– Não, disse só para o jornal.

– Muito bem. – Chamei Atanásio e mandei que a acompanhasse para prestar depoimento. – Espere, não vá embora! – disse-lhe quando tinha chegado à porta. Peguei a fotografia de Karayióryi com o mascarado. – Será que você conhece este aqui?

Ela olhou a fotografia e, inesperadamente, começou a rir.

– Por que está rindo, você o conhece?

– Se o conheço? É Petrátos, o diretor de redação do Xélas Channel. Meu superior.

Olhava para ele e morria de rir.

# Capítulo 14

Mína Andonakáki morava na rua Xrisipou, no Zografo. Na rua Oulof Palme, eu parava a cada dez metros e, até colocar de novo o carro em movimento, tinha tempo de tomar um café. Durante todo o trajeto, via diante de mim a irmã de Karayióryi sentada em um sofá, com os olhos vermelhos e um lenço na mão, e ficava de mau humor. A dor de cabeça, que tinha melhorado um pouco com todas as aspirinas que havia tomado, começou a ficar mais forte de novo. A avenida Papandreou estava igualmente engarrafada. Sofri para chegar à rua Gaiou e virar. Entretanto, aqui, minha sorte mudou. Encontrei um lugar livre e estacionei imediatamente.

A mulher que abriu a porta para mim tinha cerca de 45 anos e estava vestida de preto.

– Sr. Xaritos, não é? Entre. Sou Mína Andonakáki.

Poucas vezes eu tinha visto duas irmãs tão diferentes. Se ela não tivesse dito seu nome, eu teria pensado que era um parente que tinha vindo para dar apoio. Yanna era alta, magra e imponente. Mína era baixa, gordinha, comum. Yanna tinha os cabelos castanhos. Sua irmã era morena com cabelos que começavam a embranquecer na raiz. Yanna olhava as pessoas de cima. Esta aqui tinha um olhar humilde, que a desvalorizava, e, quem a olhava, em vez de sentir pena, tinha vontade de gritar com ela.

Fez-me entrar em uma salinha, indicou o sofá e sentou na minha frente. Acertei em cheio. Seus olhos estavam vermelhos e ela apertava nas mãos um lencinho, mas, aparentemente, cansou-se de usá-lo, preferindo fungar o nariz. Sua salinha se parecia com a minha, com a da minha cunhada e com todas as salinhas gregas que já vi nesses 22 anos de polícia: um sofá, duas poltronas, uma mesinha, duas cadeiras e um móvel para a televisão.

Provavelmente percebeu o meu espanto porque me disse, com um pequeno sorriso:

— Yanna não se parece nem um pouco comigo, não é? — Imediatamente se conscientizou de que cometera um erro no tempo do verbo e corrigiu-se com uma voz apagada: — Isto é, parecia. — Fez uma pausa como se tentasse retomar forças, e continuou: — Yanna se parecia com minha mãe. Eu sou a cara do nosso pai. No entanto, éramos muito ligadas. Nos víamos quase todo dia. Porque eu também vivo praticamente sozinha com o meu filho. Meu marido é da marinha e viaja muito.

Vi seus lábios tremerem e falei rápido, antes que ela se despedaçasse e eu tivesse que juntar os caquinhos.

— Queremos algumas informações a respeito de sua irmã, Sra. Andonakáki. Temos que compor o quadro para saber onde procurar o assassino.

Existem missões que aceitamos porque queremos saber alguma coisa ou porque queremos armar uma armadilha para alguém ou mesmo para esclarecer um caso. E existem outras que não têm muita importância, aceitamos para dar trabalho a alguém e para ajudá-lo a ficar em pé. Mína Andonakáki entrava na segunda categoria. Achou que eu lhe destinava uma missão muito importante e levantou o peito para executá-la.

— Pode perguntar — disse, agora com voz firme.

— Quando viu sua irmã pela última vez?

— Anteontem à tarde. Ficou de passar aqui ontem à noite, mas me telefonou dizendo que algo tinha acontecido e que não poderia vir.

— A que horas passaria?

— Quase sempre, vinha às nove horas e ficava cerca de duas horas.

— E a que horas telefonou para a senhora?

– Devia ser por volta das seis.

Portanto, às seis horas já tinha decidido transmitir a notícia-bomba e adiou a visita à irmã. Se já tinha decidido às seis, por que não apareceu no jornal das oito e meia, que era visto por um número maior de pessoas? Por que esperou pelo jornal da meia-noite?

– Sra. Andonakáki, o que a senhora sabe a respeito das relações de sua irmã com Petrátos?

– Com Petrátos? – Confusa, ela repetiu o nome por não saber o que fazer. – Como o quê?

– Sua irmã tinha um relacionamento amoroso com Petrátos e o abandonou. Isso não é segredo, todos sabem. Yanna falou alguma vez com a senhora sobre este relacionamento?

Ela hesita e diz, tensa:

– A única coisa que posso dizer é que não era um relacionamento como o que o senhor ou eu teríamos.

– O que era? – perguntei surpreso.

– Isso só ela mesma poderia dizer. – Começou num ímpeto, mas, subitamente, pisou no freio e passou a procurar palavras mais apropriadas. – Não tinha o menor respeito por ele. Ria dele, enganava-o. "É uma besta", dizia. Desculpe-me a expressão, mas era como ela falava. "Não sabe para onde vai." E quando eu lhe dizia, "mas como é possível que um diretor de redação de um canal de televisão seja uma besta?", ela começava a rir. "Subiu na carreira porque é um puxa-saco e escravo", respondia. "Corre como um cachorrinho atrás do Delópoulos e diz sim a tudo que ele quer." – Ela tomou fôlego e suas palavras, agora, saíam com maior dificuldade. – E quando fazia amor com ele, tinha ânsias de vômito, ele a enojava. "Um homem de 40 anos e ainda não aprendeu a fazer amor", dizia. "Tenho que pegá-lo pela mão e levá-lo passo a passo, como os bebês na praça."

– Se não o queria, por que ficava com ele? – perguntei, embora soubesse a resposta.

– Porque o usava. Digo-lhe assim friamente porque assim me dizia ela própria. Começou a namorá-lo e entrou no Xélas Channel com um alto salário. Fechava os olhos e dormia com ele para que lhe desse o lugar que ela queria e para conseguir acesso direto a Delópoulos. E, assim que conseguiu tudo isso, expulsou-o. Lembro-me como se fosse hoje, foi depois de sua vitória contra Kolákoglou, quando Delópoulos lhe disse: "De hoje em diante, Yanna, você tem minha garantia de poder colocar no jornal tudo o que quiser." Ela pulava de alegria quando me disse que, já no dia seguinte, Petrátos ia perder seu lugar.

Minha mente estava no mascarado da fotografia. Ela o desenhara exatamente como o via, tirava-o da gaveta, olhava-o e agradecia.

– Qual é o primeiro nome de Petrátos? A senhora sabe?
– Acho que é Nestor. Nestor Petrátos.

Muito bem, não era Nikos, nem Notis, nem Nikitas, e sim Nestor. O desconhecido N da fotografia. A sorte sorria para mim, mas sorria rápido demais. Controlei-me para não cair em sua armadilha.

– Não lhe escondi nada – continua Andonakáki – porque nem a própria Yanna escondia. Contava-me tudo, com todos os detalhes. – Deixou escapar um suspiro. – Mas não era apenas com Petrátos. Minha irmã tinha nojo dos homens em geral, Sr. Comissário.

– Por que tinha nojo deles?

– Não sei dizer. Dizia que todo o mal que nós, mulheres, sofremos neste mundo é culpa dos homens, os quais, entretanto, são covardes e viciosos, fazem de nós o que querem. Que devemos ficar com eles apenas enquanto servem a nossos objetivos e, depois, nos desfazermos deles como se fossem meias furadas. "Você sabe o que me entristece?", me dizia às vezes. "É não poder ser lésbica." E eu ficava de cabelo em pé.

Diante de mim apareceu Yanna Karayióryi com seu sorriso pretensioso, a expressão arrogante, pronta a me gozar. Entenderam?, eu estava na mesma categoria de Petrátos e Delópoulos, da massa. Muito bem, não era lésbica, talvez não tivesse caído exatamente nesta categoria, mas estava muito próxima.

– Em uma determinada época, queria que eu me separasse do meu Vasso – continuou Andonakáki. – Dizia que ele não prestava e me torturava para que eu o deixasse. Mas o meu Vasso não tem nada a ver com Petrátos. É um bom marido, bom pai e se mata de trabalhar no mar para nos sustentar, a mim e a Anna. "Não se preocupe", eu lhe dizia, "um dia você vai encontrar um homem para você e, então, vai ver que as coisas não são assim."

Com esta última frase, descontrolou-se e o choro voltou. Mas, desta vez, lembrou-se do lenço, que colocou sobre o nariz, em vez de fungar. Não me lembrei de consolá-la porque minha mente estava colada na relação de Karayióryi com Petrátos. Em Yanna e no mascarado Nestor.

— Vamos, já chega. Você está chorando desde a manhã. Até a polícia você trouxe a seus pés, em vez de correr até lá para saber o que aconteceu. Você acha que vai mudar alguma coisa chorando desse jeito?

Voltei-me e vi uma moça de pé no vão da porta. Devia ter a mesma idade da minha Katerina, talvez um pouco mais moça, eu a olho de boca aberta.

— Anna, minha filha — ouvi a voz de Andonakáki.

Era como se visse diante de mim Yanna Karayióryi vinte anos mais moça, mais ou menos na idade que tinha quando tirou a fotografia para a carteira de identidade. Uma moça alta e magra, com a mesma beleza severa e o mesmo olhar pretensioso de Yanna. Parecia que a natureza gostava de brincar, pegou toda a aparência da irmã e deu-a à sobrinha. A filha não usava luto. Estava vestida simplesmente, com camiseta, jeans e tênis Adidas. Virou os olhos até onde eu estava, um olhar frio e orgulhoso. Subitamente me veio o desejo de ignorá-la, assim como ignorava a tia. Não por arrogância ou oposição, mas porque, no fundo, tinha medo de me chocar com ela. Preferia a mãe, que queria falar para relaxar.

— Sua irmã lhe disse alguma coisa sobre uma notícia-bomba que ia dar?

— Não. Yanna nunca falava de seu trabalho.

— A senhora sabe se alguém a ameaçava? Se tinha medo de perder a vida?

A filha responde antes da mãe:

— Tinha — disse. — Sempre teve. Dizia que um dia desses alguém ia querer a sua cabeça. Ela o dizia rindo mas, no fundo, acreditava nisso. Minha tia era uma pessoa difícil. Quando tomava uma decisão, não se importava com mais nada, lançava-se e o mundo que se danasse.

— Anna, o que você está dizendo? – gritou, amedrontada, a mãe.
— Estou dizendo a verdade. – Virou-se para mim com todo o sangue-frio. – Minha tia gostava de arriscar, de desafiar. Ela se divertia com isso, mas tinha medo. Quando, numa determinada época, eu quis ser jornalista, me fazia os maiores sermões até que conseguiu me fazer mudar de idéia. Desfilava para mim tudo o que havia de ruim: que a profissão estava corrompida, que agora você tinha ou de puxar o saco de alguém, ou ser ruim a ponto de todos quererem te fuzilar. E que ela tinha espalhado tanto mal que, toda manhã, deveria cuspir em sua própria imagem no espelho. Finalmente me convenceu e eu fui para a medicina.
— Anna, por favor! Não permito que você ofenda a memória da Yanna!

A moça se voltou para a mãe e lançou-lhe um olhar frio e furioso. Mas, de repente, percebi que esse olhar era apenas uma máscara e que o rosto que escondia estava a ponto de romper em lágrimas.

Minha dor de cabeça tinha piorado de novo. Mantinha minha cabeça erguida com dificuldade. Um imenso cansaço me dominou, e eu me sentei. Aliás, não me vinha nenhuma outra pergunta à cabeça.

— Muito obrigado. Se precisarmos de alguma informação complementar, telefonamos.

A mãe me cumprimentou com a cabeça porque tinha recomeçado a chorar e não conseguia articular nem uma palavra. A filha levantou-se sem nenhuma expressão no rosto e me acompanhou até a porta. Eu tinha aberto a porta da rua quando ela me deteve.

— Senhor comissário.
— Sim.
— Nada – disse rapidamente, como se estivesse arrependida.
— Você queria me dizer alguma coisa?
— Não. Se quisesse lhe dizer alguma coisa, eu diria.

Fechou-se e demonstrou inimizade para me cortar. Percebi que não devia insistir. Talvez ela tivesse se apressado, talvez precisasse de tempo para pensar.

– Em todo o caso, se você quiser falar comigo, sua mãe tem o meu telefone – disse sorrindo-lhe amigavelmente. Ela me lançou um olhar neutro e fechou a porta.

Da rua Xrisipou, saio de novo na avenida Papandreou e pego a descida da Oulof Palme. Meu pensamento estava na relação de Karayióryi com Petrátos. Andonakáki me disse que tinham rompido imediatamente após o caso Kolákoglou. Entretanto, as cartas de N começaram em 1991, cerca de um ano após o caso Kolákoglou. Se o remetente era Petrátos, então a relação continuava de uma outra forma e acabou em ameaças. Eu tinha que achar um meio de conseguir uma amostra da letra manuscrita de Petrátos para comparar com a do desconhecido N. Um outro fato estranho que estava me torturando era por que Karayióryi não se apresentou no jornal das oito e meia, por que preferiu o jornal da meia-noite?

Da avenida Imitou, virei na rua Ifikratous e procurei lugar para estacionar entre as ruas Protesilaou, Aroni e Aristokléous. É lógico que não encontrei e comecei a fazer a mesma coisa que faço toda tarde: dar voltas no quarteirão até ver alguém sair de uma vaga e me jogar em seu lugar.

Começou a chover, uma chuva fina como neblina, minha cabeça doía e eu xinguei, quando meus olhos caíram sobre Atanásio, que, na esquina da rua Tzabela com Aristokléous, andava de um lado para o outro com pequenos passos lançando rápidos olhares ora para uma rua, ora para a outra. Parei ao lado dele e abaixei o vidro da janela.

– O que houve? Aconteceu alguma coisa? – perguntei preocupado. Para que tivesse vindo até aqui, só podia significar que alguma coisa de muito sério tinha acontecido. Ele abriu a porta e entrou no carro. Sem uma palavra, sentou-se a meu lado e me olhou.

– Por que você não foi lá em casa, por que ficou andando na rua e se molhando?

– Porque queria falar com o senhor a sós.

Ele respirou fundo. Outro que respirava fundo. Todo mundo que encontrei naquele dia ou chorava ou suspirava. Não podia ficar na curva. Acelerei e comecei a dar outra volta no quarteirão.

– Ontem à noite, estive com ela. É por isso que queria falar com o senhor a sós, não queria falar isso diante de outras pessoas.

Fiquei petrificado. Meu pé inconscientemente pisou no freio. O Mirafióri deu um tranco e parou, enquanto o motorista do carro de trás buzinava como um louco, mas não ouvi nada. Meu olhar estava sobre Atanásio. Ele evitou meu olhar e olhava fixo pelo pára-brisa.

– Foi o senhor que me mandou lá – disse-me. – Eu não queria ir. Foi o senhor que me mandou lá.

Entendi perfeitamente o jogo dele. Se, hoje ou amanhã, alguém soubesse que ele estava com Karayióryi pouco antes de ela ser morta, ele diria que eu o tinha mandado lá, que cumpria ordem minha. É lógico que eu tinha esclarecido antecipadamente a ele que tomava sobre meus ombros a responsabilidade, mas, pelo sim, pelo não, lembrava-me disso para poder colocar a cabeça no travesseiro e dormir. Ele podia declarar todas as manhãs, às nove horas, que era uma besta, mas, quando se viu apertado, apelou para a besta que é e se livra de toda responsabilidade. Entretanto, no fundo, dou-lhe razão. Eu, no seu lugar, faria a mesma coisa. Se Atanásio fosse envolvido no assassinato de Karayióryi, daria margem a um escândalo tão grande que Guikas poderia chegar ao ponto de me deixar em disponibilidade. Só de pensar nisso, senti tonteiras.

– Aonde vocês foram? – perguntei para retomar o rumo das coisas, para ver quem poderia tê-los visto juntos.

– Em um pequeno bar-restaurante em Psirí, perto da praça Santo Anaryiron.

Por isso ela telefonou para a irmã dizendo que não iria. A causa não foi a notícia-bomba, foi porque tinha combinado com Atanásio.

– Alguém viu vocês?

– Apenas um casal de conhecidos dela, mas ela não me apresentou a eles. Não tinha nenhum conhecido meu, estou certo disso porque era um desses pontos de encontro para pessoas elegantes que fingem ser da classe baixa e circulam entre Psirí, Gazi e Mataksouryío.

– Vocês se encontraram lá?

— Não. Na praça Santo Anaryiron. Fomos em carros separados. — Pensou um pouco e completou: — A única possibilidade de alguém nos ter visto foi quando eu esperava em frente da igreja enquanto ela procurava um quiosque para comprar cigarros. Mas, mais uma vez, não acho provável.

— Que horas eram?

— Nove e qualquer coisa. Tínhamos marcado às nove, mas ela se atrasou cerca de quinze minutos. — Completou: — Não se preocupe, não me encontrei com ela do lado de fora, esperei-a dentro do carro. Para todos os efeitos, tomei cuidado.

— Vocês saíram separados?

— Sim. A... — Ia dizer o nome dela, mas ele ficou preso em sua garganta, por isso parou. — Ela saiu por volta das onze. Eu paguei e saí uma pouco depois.

Tirou o recibo do bolso e me mostrou. A conta foi de 11.800 dracmas. Seis mil por pessoa para comer em uma espelunca de Psirí. Em todos os quadrantes do mundo, as pessoas inteligentes afiam seus cérebros nos colégios e nas universidades. Na Grécia, o afiam na imbecilidade. Quanto mais imbecis houver, maior o número de inteligentes.

— Vou ficar com o recibo. E, quanto a seu encontro com Karayióryi, você não vai dizer nada a ninguém. Você não a viu nem falou com ela. Senão, vamos ficar, os dois, numa situação muito difícil.

— Muito bem.

Coloquei o recibo no bolso, tirei minha carteira, contei doze mil dracmas. Enquanto lhe dou o dinheiro, penso que estou apostando meus *points* em um cassino ilegal. Mas, pelo menos, em toda essa confusão, existem dois pontos que me trazem um certo alívio. O primeiro é que muito provavelmente ninguém viu Atanásio com Karayióryi. E o outro é que agora sei exatamente o que Karayióryi fez entre as nove e as onze da noite, mais ou menos a hora em que foi morta.

Atanásio já está saltando, mas eu o paro.

— Karayióryi deu algum telefonema enquanto vocês estavam juntos?

– Sim, logo antes de sair. Para ser exato, telefonou e saiu imediatamente depois. – Ele me lança um olhar curioso. – Por quê?

– Ela telefonou para uma colega, Martha Kostarákou. Disse-lhe para ver o jornal da meia-noite porque iria dar uma notícia-bomba. Disse-lhe também que, se acontecesse alguma coisa com ela, queria que Kostarákou continuasse com a investigação.

– Que bomba era essa?

– Kostarákou disse que não sabe. Entretanto, pode ser que a esteja escondendo para lançá-la no ar e fazer o seu sucessinho. Ela disse a você que estava correndo perigo ou que estava com medo?

– Não – ele respondeu rapidamente. – Se me tivesse dito algo assim, eu lhe teria reportado imediatamente. Ao contrário, estava de bom humor e implicou comigo em relação à polícia.

Subitamente lembrei por que tinha mandado que ele ficasse colado na Karayióryi.

– Diga-me, Atanásio, e aquela história das crianças, você soube de alguma coisa? – Não que isso me interessasse particularmente, mas pelo menos para saber para que tinha pagado 12 mil dracmas.

Ele sorriu.

– Durante todo o tempo que passamos lá, volta e meia eu tocava no assunto, mas ela escapava como uma enguia. Por fim, disse que primeiro queria transar comigo, e, se eu fosse bom de cama, ela me diria.

Havia poucas horas, a moça me dissera que a tia lhe tinha dito coisas horríveis e que, depois, tinha querido cuspir em si mesma. Ninfomaníaca e insaciável, mas com remorsos. Eis onde caiu Robespierre. Os revolucionários passam por essas coisas. Fazem merda na revolução, mas ficam numa boa com as amantes.

# Capítulo 15

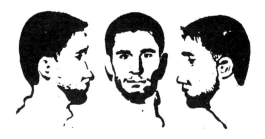

Fechei a porta e fiquei esperando ouvir o tira urrar ou a juíza choramingar, mas não ouvi nada. A sala estava às escuras e a televisão desligada. Na cozinha, encontrei uma panela com arroz de espinafre. Adriana tinha desaparecido. Estranhei e me perguntei aonde poderia ter ido, uma vez que quase nunca saía à tarde. Porém, de repente, compreendi que tinha a casa só para mim e isso me fez ficar de bom humor.

Peguei o *Dimitrákou* e caí na cama de roupa e tudo. Tirei apenas os sapatos. Não queria dar motivo para Adriana reclamar porque, com o meu estado de espírito, estava pronto para descarregar no primeiro que aparecesse, e podia ser ela a premiada. Abri, por acaso, o dicionário no M e o folheei. *Máscara* = sujeira de fuligem, tinta ou qualquer outra substância de cor escura. E mais embaixo: *Mascarado* = o que porta, o que tem máscara, ou que tem o rosto sujo de fuligem, tinta ou qualquer outra substância de cor escura. Vamos ao casamento do mascarado. Casamento, nem uma palavra sobre casamento. Karayióryi logo logo lhe deu o fora. Pelo jeito, na época do *Dimitrákou*, não se conhecia nenhuma brincadeira na qual se sujasse o rosto de alguém com fuligem. A brincadeira era entre Karayióryi e Petrátos? Ela sujou-lhe o rosto de fuligem, isto está claro. Mas e ele? O que ele queria dela e por que a ameaçava? E aquela primeira carta, o que significava? Por que dizia que se surpreendera em vê-la, já que a via todos os dias na emissora? Num lugar onde não esperava vê-la? Que pedisse para vê-la porque queria conversar com ela, era lógico. Não poderia ter um encontro com ela na emissora, queria vê-la em outro lugar.

— Você está aqui? — Por cima do dicionário, vi Adriana de pé no umbral da porta sorrindo para mim. — Muito bem, você tirou os sapatos — completou satisfeita.

— Onde você estava?

— Você vai ver, tenho uma surpresa para você.

Saiu rapidinho. Ouvi barulho de sacolas plásticas, de caixas sendo abertas, de papéis sendo rasgados. Daí a pouco, entrou de novo, mas suas mãos estavam vazias, não estava segurando nada.

— O que você acha? Caem-me bem?

Ela esticou a perna como uma bailarina aposentada, e só naquele instante vi as botas. Eram altas, chegavam quase até o joelho, marrom-escuras e muito brilhantes.

— E então, o que você tem a dizer? — insistiu impaciente.

Esperou que eu manifestasse meu entusiasmo e, por falar nisso, as botas bem que mereciam. Porém, fui tomado por uma inexplicável e miserável irritação. Pensei nas 35 mil que tinha pegado e, como se isso não fosse o bastante, arrancara do bolso outras 12 mil para o pagamento do restaurante de Atanásio. Logo, em dois dias, tinha gastado 50 mil, dinheiro jogado fora. Fiquei furioso comigo mesmo pelo fato de ter demonstrado tanta boa vontade dando a Adriana a quantia necessária para a compra das botas pois, se tivesse seguido o estabelecido, teria gastado apenas as 12 mil e ela ainda estaria me pedindo.

— São bonitas — disse de má vontade e voltei ao meu *Dimitrákou*.

— Bonitas? É só o que você tem a dizer?

— O que mais posso dizer? Afinal de contas, são apenas botas como quaisquer outras.

— Absolutamente, não são botas como quaisquer outras. Estas são botas do Petridi.

— Muito bem, as botas do Petridi são diferentes. E, por causa disso, você paga 35 mil por elas, enquanto, em outro lugar, custariam 20.

— O que você quer dizer com isso? Que jogo dinheiro fora para esnobar?

— Não, não estou dizendo isso. De qualquer forma, ficam muito bem em você. Aproveite-as.

Meu elogio saiu com dificuldade e não a satisfez de jeito nenhum.

— Enfim, você sabe acabar com a alegria dos outros – disse com tristeza. – Você é especialista nisso.

— Não seja mal-agradecida – gritei, e o *Dimitrákou* voou para o pé da cama. – A alegria que lhe dei com as 35 mil não é o bastante para você?

— E como, agradeço a você do fundo do coração. Porém, sabe o que diz a minha mãe? Sua palavra me sacia, não preciso do seu pão. Coma-o. – Voltou-se e saiu do quarto antes que eu pudesse responder, para ter a última palavra.

Fiquei furioso comigo mesmo porque queria relaxar e acabei irritado. Peguei de novo o *Dimitrákou*. Tinha caído de qualquer jeito e algumas de suas folhas estavam amarrotadas. Enquanto estava tentando endireitá-las, meus olhos caíram na palavra *imbecil*. Fiquei pensando que esta palavra expressava exatamente o que eu era e comecei a ler o verbete para encontrar as minhas raízes. "Imbecil, do latim *imbecille*, o idiota, o tolo, o covarde, o pusilânime, o estúpido. Aquele de quem se zomba, o ridículo, o bebê, o burro." Muito bem, o ridículo dera as 35 mil para Adriana e, além disso, ouviu seus comentários sobre ele. O bebê quis saber exatamente por que a querida Karayióryi brincava com palavras que sugeriam a existência de crianças, tendo já embrulhado o caso com papel autocolante. E o burro tinha envolvido Atanásio no caso para descobrir o que queria saber. Seria assim que Guikas iria me catalogar, se soubesse o que eu havia pedido a Atanásio: cabra tosquiada, ridículo. Ele vai me tosquiar com máquina fina. Meu pai me chamava de asno. Na época, eu não sabia o que significava, nem ousava perguntar para que ele não pensasse que eu o estava gozando e me desse uma bofetada. Foi a primeira palavra que fui procurar assim que um dicionário caiu em minhas mãos. "Asno = 1) jumento, designação comum a diversos mamíferos do gênero *Equus*; 2) indivíduo pouco inteligente, burro." De asno a ridículo, esta foi a estrada descendente da minha dignidade. Não me queixo. Este é o destino dos homens. Nove entre dez começam garanhões e acabam como asnos.

As vozes na televisão me despertaram e me lembraram de que tinha que ver as notícias. Olhei meu relógio, só me restavam dois minutos. Tinha certeza de que Karayióryi seria citada logo na primeira notícia. Abandonei o *Dimitrákou* em cima da cama e corri para a sala. Adriana estava sentada na poltrona, em seu lugar de costume. Seu olhar estava colado na tela, me ignorava ostensivamente para acentuar seu amor-próprio ferido.

Tinha acabado de me sentar no sofá quando apareceu a primeira chamada.

— Investigação do Xélas Channel descobre desdobramentos ignorados do assustador assassinato de Yanna Karayióryi.

Felizmente eu estava esperando que eles tirassem um coelho da cartola e pude enfrentar a situação com sangue-frio. A tristeza escorria do rosto do apresentador, como catarro das narinas. Se ele não tirar agora o lenço para enxugar suas lágrimas, não vai tirá-lo nunca mais. No entanto, não tirou o lenço do bolso. Talvez por ter compreendido que a hipocrisia tem seus limites.

— Queridos telespectadores, a escuridão continua cobrindo o brutal assassinato de Yanna Karayióryi. A teimosia da polícia em não abrir suas cartas provoca inquietação. Nossa emissora recebeu hoje uma enxurrada de telefonemas. Nossos telespectadores pedem desesperadamente uma informação e reclamam da indiferença da polícia para com a opinião pública. Em primeiro lugar, continua sem resposta uma importante pergunta: qual era a notícia-bomba que Yanna Karayióryi queria dar durante o nosso jornal da meia-noite? Mas o melhor é ouvirmos o que tem a dizer Martha Kostarákou.

Martha Kostarákou apareceu e falou sobre o telefonema que recebeu de Karayióryi. Falou somente o indispensável, sem o molho. Talvez fosse por isso que parecia tão sem graça ao lado do apresentador.

— Por que Karayióryi telefonou para Martha Kostarákou? E por que lhe pediu que levasse adiante a investigação, se alguma coisa lhe acontecesse? De quem Yanna Karayióryi tinha medo? – O apresentador olhou diretamente para a câmera, parecia esperar que os telespectadores solucionassem o mistério. – Nossos repórteres procuraram a resposta para esta pergunta e fizeram uma terrível descoberta. – Fez uma pequena pausa, levantou os olhos como se olhasse cada telespectador separadamente, e perguntou: – Senhoras e senhores, os senhores se lembram deste homem?

A imagem mudou mais uma vez e nos levou à vizinhança dos tribunais, à rua Evelpidon. A câmera parou sobre um homem baixo e magro. Ele estava usando um terno escuro, camisa branca e gravata, parecia um banqueiro ou diretor do banco nacional. Mas essa impressão foi rapidamente anulada porque ele estava com algemas nas mãos, e dois policiais, em roupas civis, o seguravam pelos braços e o empurravam para retirá-lo do círculo de jornalistas. Reconheci-o imediatamente. Era Petros Kolákoglou.

A imagem mudou de novo. Uma voz feminina falou atrás de um mosaico, desses que são colocados quando querem esconder o rosto de alguém. A voz que fazia as perguntas era de Karayióryi.

– E depois, o que ele fez com você?
– Me acariciou – respondeu a voz feminina atrás do mosaico.
– Onde ele acariciou?

Seguiu-se uma pausa. Depois, a garota começou a chorar.

– A cena que vamos apresentar agora, senhoras e senhores, dispensa comentários. Ela fala por si mesma. – De novo, o apresentador. Sua expressão mudou, agora ele era todo sorrisos. O sucesso expulsara o luto. Choramos a tia, mas chegou a hora da herança e esfregamos as mãos.

Atrás, a rua Evelpidon. Kolákoglou, ainda acompanhado pelos dois policiais, vai para a cadeia. Tem a cabeça baixa e não olha em volta. Enquanto vai se aproximando da cela, uma turma de repórteres se lança sobre ele com os microfones estendidos como baionetas. Na frente de todos, Yanna Karayióryi.

– O que o senhor tem a dizer sobre a decisão do tribunal, Sr. Kolákoglou? – pergunta.

Kolákoglou levanta rapidamente a cabeça. Seu olhar se fixa nela.

— Você me queimou, sua sem-vergonha! – disse com raiva. – Mas você vai me pagar por isso! Você vai me pagar caro! – Não pôde continuar porque os policiais romperam o círculo e o empurraram para a cela. A câmera continua sobre Karayióryi, que está atrás de Kolákoglou e sorri satisfeita.

A cena foi cortada e apareceu de novo o apresentador.

— Petros Kolákoglou, senhoras e senhores, foi antecipadamente libertado por bom comportamento há um mês. O caso Kolákoglou era uma idéia fixa de Yanna Karayióryi. Ela o considerava uma pessoa altamente perigosa. Tinha mesmo publicado um livro cujo tema era Kolákoglou, e temos motivos para acreditar que tenha continuado com sua investigação e era isso o que Kolákoglou temia. – Olha para a câmera com uma expressão séria, deixando em aberto todas as possibilidades. – Procuramos Kolákoglou, mas não o encontramos em lugar nenhum. Ou ninguém sabe onde está, ou ninguém quer falar.

A partir desse ponto, perdi o contato com a tela. As imagens corriam diante de mim, mas eu não as via. Agora todo o país acreditava que o assassino de Karayióryi era Petros Kolákoglou. A partir de amanhã, os repórteres de todos os canais iam dar a largada para a caça a Kolákoglou. E aquele que o descobrisse primeiro seria o prato do dia do canal.

Nem meio minuto tinha se passado e eu já me certificava de ter razão em pelo menos uma coisa.

— Graças a Deus temos jornalistas que trazem algumas coisas à luz. Porque, se esperarmos pela polícia... – ouvi a voz desdenhosa de Adriana e me fechei ainda mais porque, em primeiro lugar, é a polícia que nos alimenta, nos veste, paga o colégio de nossa filha, e ela lhe cospe em cima. Não se cospe no prato em que se come. E, em segundo lugar, porque ela o faz de propósito, porque eu não me expressei com o devido entusiasmo sobre suas botas.

— O que você sabe sobre as investigações da polícia para dar uma opinião, sua barulhenta? – gritei fora de mim.

— Como ousa me falar nesse tom! – Ela se pôs de pé de um salto de tanta raiva.

– Como você vê os policiais? Como aquela besta que você vê urrando toda tarde na televisão? Eles são produzidos assim para impressionar algumas cabeças de galinha como você!
– Não permito que você fale comigo desse jeito!
– Cale a boca, não tenho que lhe pedir licença. Ande, coloque suas botas e vá aprontar minha comida!
– Vá aprontá-la você mesmo, seu animal! Bárbaro!

Saiu, tremendo toda, exatamente no momento em que joguei a mesinha no meio da sala e ela caiu de pernas para cima. Parecia com a mesinha da sala de Andonakáki, só que a nossa tinha um vaso de flores, que encharcou o tapete.

Encontrei uma válvula de escape, e tudo o que tinha engolido durante o dia joguei em cima dela. E fiz isso com um objetivo: queria cortar-lhe as asas. Sabia muito bem o que me esperava. Ela iria me encher o saco. Todas as bobagens que ouvisse na televisão sobre o assassinato de Karayióryi ia querer checar e me pedir detalhes das investigações. E eu não tinha disposição para dois relatórios por dia, um para Guikas durante o dia e outro para Adriana à noite. Agora ela ia ficar sem falar comigo durante duas semanas. E eu poderia me deitar em companhia do dicionário no maior sossego.

Desliguei a televisão e tentei colocar ordem nos meus pensamentos. Era lógico que o Kolákoglou tivesse sido libertado, pois cumprira três quintos de sua pena. Ele ameaçara Karayióryi publicamente, quanto a isso não havia a menor dúvida. Durante os três anos de prisão, viveu dominado pela idéia da vingança. Nesse meio-tempo, Karayióryi publicou o livro sobre ele, o que fez seu sangue ferver. Um mês depois de libertado, mata-a. O fato de ter desaparecido da face da terra, assim com o medo de Karayióryi de perder a vida, são dados que aumentam as suspeitas contra ele. Soube que Kolákoglou tinha sido libertado, por isso estava com medo. Toda essa construção me agradava muitíssimo porque deixava Petrátos de fora. Você pega um pedófilo, que passou três anos e meio na prisão, e o prende de novo, desta vez com prisão perpétua, e todos ficam contentes, principalmente Guikas, que me dá crédito de mais vinte *points*.

Tudo bem até aqui, mas havia um espinho em todo esse caso. Por que Kolákoglou correria o risco de entrar na emissora para matar Karayióryi? De ser reconhecido a qualquer momento? Não seria mais fácil e mais seguro se a tivesse esperado, uma noite qualquer, em uma esquina qualquer e a tivesse matado? Vamos imaginar que ele tivesse corrido o risco e entrado. Não teria levado uma faca para furá-la, ou uma corda para estrangulá-la? Ele teria jogado com a sorte esperando encontrar o tripé de luz para fazer o trabalho? Não simpatizo nem um pouco com Kolákoglou, com muito gosto o mandaria de volta para a prisão. Mas isso era uma coisa, outra coisa era agarrar o primeiro que aparecesse diante de nós. Além disso, havia as cartas com as ameaças, encontradas entre os papéis de Karayióryi. Kolákoglou se chamava Petros. Como combinar Petros com o N da assinatura das cartas? E, como não combinava, existia mais alguém que ameaçava Karayióryi, além de Kolákoglou.

Tudo isso me irritava porque a boa solução que tinha encontrado, deixando de fora Petrátos, afinal de contas, não parecia tão boa assim. Peguei o telefone e liguei para a emissora. Pedi à entediada telefonista que me ligasse com Petrátos.

– Alô – ouço uma voz cortante.

– Comissário Xaritos, Sr. Petrátos. Vi sua reportagem no noticiário sobre o assassinato de Yanna Karayióryi e gostaria de conversar com o senhor. Por favor, não saia daí, já estou chegando.

Era a oportunidade de evitar também o dilema do jantar, ou de prepará-lo eu mesmo, ou de me humilhar diante de Adriana. Pensei também que, na volta para casa, podia comer um ou dois *souvlakis* com tudo o que tenho direito, de que eu gosto muitíssimo, em vez de comer arroz com espinafre, que detesto. E tem mais, vou feder a alho a 50 metros de distância, e Adriana não vai poder fechar o olho a noite inteira por causa do cheiro.

# Capítulo 16

Finalmente, vi o mascarado como uma autêntica carta de baralho. Era um homem de 40 anos gordo, com bochechas redondas, cabelo cortado curto nas têmporas e cheio no alto da cabeça – um verdadeiro gorducho. Evidentemente, jogava em duas frentes: severo diretor de redação, com terno cinza-escuro, mas também um jornalista muito à vontade de suéter de gola rulê, sem gravata nem formalidades.

Estávamos no cubículo, escritório de Petrátos, e eu não estava sentado exatamente à sua frente, mas em diagonal. Diante dele, sentava-se o apresentador do jornal com o terno de cerimônia e o lenço no bolsinho. Os dois sorriam para mim. Um sorriso cheio de compreensão para o pobre tira que viera prestar homenagem a eles. Eu me fiz de bobo porque me interessava.

– Kolákoglou é um caso interessante – disse eu muito amigavelmente. – É lógico que ainda é muito cedo para afirmarmos que é ele o assassino. É preciso fazer outras investigações.

Fizeram um intercâmbio de sorrisos e Petrátos levantou os ombros.

– Nós já fizemos a nossa investigação – disse. – Investiguem os senhores também. No fundo, a investigação é trabalho dos senhores.

– Foi por isso que vim aqui falar com o senhor. Será que os senhores têm novos elementos que ainda não descobrimos e que poderiam ajudar em nossa investigação?

– Nós não escondemos cartas na manga, senhor Comissário – interveio o apresentador. – Todo e qualquer elemento que temos colocamos às claras para a opinião pública tomar conhecimento.

Petrátos apoiou os cotovelos na mesa e fechou os dedos.

– Vamos falar abertamente, Sr. Xaritos. Ontem, o Sr. Delópoulos lhe propôs um trabalho conjunto. O senhor nos daria prioridade nas informações sobre o processo da investigação e nós lhe daríamos todo e qualquer elemento que tivéssemos. Hoje de manhã, mandei Kostarákou lhe procurar. E o senhor não apenas não lhe disse nada como, ainda por cima, a interrogou. E agora vem nos pedir que lhe passemos informações. Essas coisas não combinam, e o senhor sabe.

– Não passei nenhuma informação à Sra. Kostarákou porque não tinha o que lhe dizer. Ainda procuramos em meio à escuridão. Os senhores se encontram um passo adiante de nós. – Aparentemente estou lhes puxando o saco, mas não é puxa-saquismo, é uma manobra tática. Não do tipo FBI. – Por isso vim pedir a ajuda de vocês. A partir de amanhã, os telefones não vão parar de tocar. A cada três minutos, alguém vai nos dizer que viu Kolákoglou. Não sabemos onde essa histeria coletiva vai jogá-lo. Assim, temos que encontrá-lo rapidamente.

– Também nisso não estamos de acordo, Sr. Xaritos. – Sua expressão me dizia que eu era um excepcional a quem ele ensinava a ler. – Seria bom se o mundo se interessasse tanto pelo assassinato de Yanna Karayióryi a ponto de, amanhã de manhã, sair pelas ruas para procurar seu assassino. Isto não seria apenas uma imensa vitória jornalística, como também um reconhecimento de tudo o que Yanna nos deu.

– E se o criminoso for outra pessoa qualquer? Muito bem, existem indícios que incriminam Kolákoglou, porém não temos certeza de que foi ele que a matou. Pode ser que seja inocente.

– Do que o senhor tem medo? – perguntou-me ironicamente o apresentador. – De que talvez manchemos a honra de um pedófilo que foi condenado a seis anos de prisão?

Em outras palavras, nós lhe damos o Kolákoglou, vocês correm para provar a culpa dele e, nesse meio-tempo, nós enchemos nossos boletins de notícias e ganhamos pontos de audiência.

— O senhor se preocupa sem razão – continuou Petrátos. – Há noventa por cento de chances de ser ele o assassino. Se não fosse Yanna, ele teria se livrado da prisão. É o único que tem um motivo.

— O senhor está errado – respondi calmamente. – Outros também tinham motivo. Até mesmo o senhor.

Ele ficou de boca aberta e a imagem do mascarado se completou. Não conseguia decidir se eu estava falando sério ou brincando. Por fim, preferiu a última opção e caiu numa enorme gargalhada.

— Eu? O senhor evidentemente está brincando.

Não respondi e me virei para o apresentador, que ainda tentava se recuperar da surpresa.

— O senhor poderia nos deixar a sós, por favor?

O apresentador ficou totalmente desnorteado, não sabia o que fazer. Mas entendeu o gesto de Petrátos e se levantou.

— Sua expressão não me agrada nem um pouquinho, Sr. Comissário – disse friamente.

— A sua, quando apresenta o noticiário, também não me agrada – respondi e deixei-o petrificado. Ele gostaria muito de bater a porta atrás de si mas, como era de alumínio, teve medo de que levasse junto todo o cubículo.

— Muito bem, Sr. Comissário, que motivo eu teria para matar Yanna Karayióryi?

— O senhor mantinha um relacionamento com ela. Ela o usou para subir e, quando chegou onde queria, abandonou-o.

Ele tentou manter o sorriso irônico, mas falhou porque o que ouviu não lhe agradou nem um pouco.

— Quem lhe disse isso?

— Perguntamos e descobrimos. Este é o nosso trabalho.

— O fato de termos tido um relacionamento e de termos nos separado – e acentuo isso, ela não me abandonou, nós nos separamos – seria razão para matá-la?

— Eu ouvi outra coisa, Sr. Petrátos. Vocês não se separaram, ela o abandonou quando conseguiu acesso direto ao Sr. Delópoulos e fazia o que queria, sem passar pelo senhor. Atingiu sua dignidade de homem e de profissional. O senhor gostaria muito de lhe dar uma lição, mas o Sr. Delópoulos dava cobertura a ela. O senhor não podia controlá-la, nem demiti-la. E, pelo que sei de Karayióryi, ela lhe lembrava isso a cada dia, o que o enfurecia. – Se, naquele momento, eu tivesse a fotografia do mascarado, teria lhe colado no focinho, mas a deixara no escritório.

Ele estava fervendo de raiva, mas tentava parecer indiferente.

– Tudo isso são deduções suas, não têm nenhuma base.

– Não são deduções. São resultado de depoimentos de testemunhas. O assassinato de Karayióryi tem todos os indícios de crime passional. E isso combina com Kolákoglou, mas também combina com o senhor, que lhe mandou várias cartas com ameaças.

Sua surpresa parecia sincera, tão sincera quanto pode ser um jornalista.

– Eu? – disse depois de uma hora. – Eu escrevi cartas para Yanna com ameaças?

– Nós as encontramos na gaveta de sua escrivaninha. Na última, o senhor a ameaçava abertamente, dizia que ela iria entrar pelo cano.

– E essas cartas estão assinadas por mim?

Foi minha vez de ficar apertado.

– O senhor as assinou apenas com um N. Isto é, Nestor, não é isso?

– Então, só porque o senhor encontrou algumas cartas com ameaças assinadas por um N, tirou a conclusão de que eu as escrevi? Nem sei o que dizer, a polícia deve se orgulhar muito do senhor.

Engoli a ofensa e disse muito calmamente:

– É fácil verificarmos quem está errado. As cartas são manuscritas. Dê-me uma amostra de sua caligrafia para que a compare com a letra de quem as escreveu.

– Não – respondeu furioso. – Se o senhor quiser alguma amostra de minha letra, leve-me para interrogatório na polícia e a obtenha oficialmente, em presença do meu advogado! Mas, se o senhor estiver errado, vou difamá-lo em toda a Grécia.

E junto comigo, toda a polícia. Do ministro para baixo. Vou ter muita sorte se conseguir escapar com uma transferência para o corpo da guarda.

— Em primeiro lugar, é preciso que o senhor prove que eu tive oportunidade de matá-la. Yanna veio para a emissora por volta das onze e meia. Eu saí às dez. Pelo menos quatro pessoas me viram sair.

— Viram-no pegar o elevador. Isto, obrigatoriamente, não significa que o senhor tenha saído.

— Onde me escondi? Em um armário de roupa ou em um armário de cozinha?

— Na garagem — respondi friamente. — O senhor desceu de elevador até a garagem, escondeu-se e tornou a subir antes do jornal da meia-noite.

Até aqui ele tinha se controlado bem, mas então perdeu todo o sangue-frio, deu um salto e gritou:

— Isso não vai ficar assim. O senhor não pode lançar acusações infundadas.

— Que acusações? — perguntei inocentemente. — O senhor não me pediu que fizéssemos intercâmbio de informações? Dou-lhe as que tenho. Não se queixe.

Até que compreendesse que tinha caído na armadilha, eu já havia deixado o escritório dele.

Enquanto atravessava a sala de redação, alguns jovens jornalistas, que ainda trabalhavam, voltaram-se e me olharam com curiosidade. Saí sem lhes dar a menor importância. Já tinha apertado o botão do elevador, quando vi Kostarákou chegando. Trazia, em uma das mãos, uma caneca de café fumegante.

— Como vai? — disse cerimoniosamente e passou por mim. Deixei o elevador e me aproximei dela.

— Você tem certeza de que Karayióryi não lhe disse mais nada ao telefone?

Ela se fechou imediatamente.

— Disse-lhe tudo o que sabia hoje pela manhã — respondeu friamente. — Não sei mais nada. Por sua causa, Petrátos está aborrecido comigo.

— Você contou a Petrátos sobre a fotografia que lhe mostrei?

— É lógico que não. Se tivesse contado, ele teria me demitido na hora de tanta raiva.

— Se Karayióryi lhe disse alguma coisa ao telefone sobre a investigação que estava fazendo, é melhor me dizer agora, antes que seja tarde.

Não se deu nem ao trabalho de me responder. Lançou-me um olhar raivoso, deu meia-volta e se afastou.

Saí do elevador e esbarrei no guarda. Continuava aumentando o espaço que ocupava mantendo pernas e braços abertos.

— De novo aqui? Temos novidades?

— Por que você fica sempre de pernas abertas, tem algum problema na pele? – perguntei, e fui comer os meus *souvlakis*.

# Capítulo 17

– Entretanto, o *profile* combina.

Este *profile* ele desenfornou pela primeira vez. Anotei-o para procurar no dicionário de Oxford. São nove e meia da manhã e eu fazia meu relatório para o Guikas a respeito de Kolákoglou. Ele desconfiou que eu não tinha entendido o *profile* e ficou esperando para ver como eu iria reagir. Eu, porém, desconfiava do que queria dizer – que Kolákoglou nos caía muito bem como assassino – e comecei, imediatamente, a desfilar para ele o que não colava. Não colava o fato de Kolákoglou ter entrado na emissora, já que corria o risco de ser reconhecido. Não colava o fato de ter ido sem nenhuma ferramenta assassina, uma vez que ia para matar. Lembrei-lhe ainda que Kolákoglou não era o único suspeito.

– Eu sei – diz. – Temos também o desconhecido N e suas cartas.

– O senhor sabe como se chama Petrátos? Nestor.

Olhou para mim em silêncio. Em sua cabeça, procurou adaptar o mascarado da fotografia ao Nestor da correspondência, e realmente combinava, assim como combinava comigo.

– Longe do Petrátos – disse. – Você só pode tocar nele se me trouxer indícios bastante fortes que me convençam. Não tenho nenhuma vontade de brigar com o ministro.

Sua expressão me interrompeu e não ousei contar-lhe sobre a conversa que tive com Petrátos ontem à noite. Se soubesse que pedi a Petrátos uma amostra de sua letra, me enforcaria.

– Encontre Kolákoglou logo e prenda-o.

É a maneira clássica do chefe falar com seu subalterno: "Muito bem, você já disse todas as besteiras que queria, agora faça o que é preciso fazer." Ele, assim como Delópoulos, Petrátos, o apresentador, todos, queria a solução mais conveniente. Nada de problemas, nada de intervenções ministeriais porque se mexeu com gente importante. A solução salvadora é sempre o marginal.

– O único indício a condenar Kolákoglou é o fato de ele ter ameaçado Karayióryi depois do julgamento. E se ficar provado que ele estava em outro lugar na hora do crime?

– O álibi de um pedófilo com uma pesada ficha policial não conta – respondeu. – Afinal de contas, tinha que ter passado seis anos na cadeia e escapou com a metade. Não vai acontecer nada com ele se voltar para o xadrez por uma ou duas semanas, ele já tem experiência.

Não fazia sentido discutir. Juntei tudo o que era meu e me preparei para sair.

– Você ainda não entendeu, hein? – Viu meu olhar atônito e continuou, sem esconder que estava se divertindo com a minha burrice. – Prenda Kolákoglou. Pode ser que ele seja o criminoso, pode ser que não seja. Vamos dizer que o prendemos para interrogatório. Nesse meio-tempo, eles vão lavar a roupa suja. Vão reviver o julgamento desde o início, vão bater na porta das meninas que foram violentadas para conseguirem entrevistas. E se no fim ficar comprovado que o assassino é Kolákoglou, dizemos que devemos nossa vitória à preciosa colaboração dos jornalistas e ficamos todos satisfeitos. Mas se não for Kolákoglou, apresentamos o verdadeiro assassino, e eles não terão tempo de fazer nada. E, nas duas circunstâncias, saímos ganhando.

Muito bem, cara! Agora entendo por que foi ele o escolhido para diretor e eu para ser um simples subalterno dele. Muito poucas vezes conseguiu me arrancar um sorriso de admiração mas, desta vez, ele mereceu. Ele percebeu e deu uma gargalhada satisfeita.

– E quanto a Petrátos, você pode investigá-lo, mas muito discretamente – disse generosamente, isto queria dizer que estava de bom humor. – E procure saber o que significa *profile*. Daqui a uns dois anos, todos nós vamos utilizá-lo.

Eu tinha medo da gozação das armadilhas inglesas e, quando acaba, ela me veio do Guikas. Abri a porta e saí com meu moral em frangalhos.

O rebanho dos repórteres tinha se reunido no corredor e esperava. Como, no dia anterior não tinham tirado nada de mim, hoje bateram na porta do meu tutor para ver se conseguiam alguma coisa. Entre eles estava a Kostarákou, mas ela não se juntou ao olhar provocador que me lançaram os outros. Ela evitou me encarar.

Pedi a Atanásio que viesse. Não nos falávamos desde a tarde de ontem, e ele me lançou um olhar amedrontado. Pensou que eu iria comentar sobre seu encontro com Karayióryi. Assim que lhe disse que queria uma investigação completa sobre o Kolákoglou, com distribuição de fotografias, mensagens às patrulhas e a todas conexões, ficou tão aliviado como se tivesse se esvaziado depois de dez dias de prisão de ventre. Ele era bom nas coisas administrativas. Bastava tirá-lo do escritório para fazer o contrário do que se esperava dele, ou por incapacidade, ou por falta de sorte, como no caso de Karayióryi. Disse-lhe ainda para descobrir onde morava a mãe de Kolákoglou e preparar uma patrulha com escolta.

– O senhor quer um mandado de busca?

– É lógico, como não precisar de um mandado de busca para uma busca na casa de um pedófilo? Só nos faltava essa.

O croissant ainda estava em cima da minha mesa, dentro do celofane. Abri-o e dei uma dentada. À noite, *souvlaki*, de manhã, croissant. Quando será que vão nos dar *souvlaki* embrulhado no croissant, com *tzatziki*, tomate e cebola. Lembrei-me de uns quadros onde apareciam os chefes de armas da corte de Othon vestidos de fustanela e fraque na parte de cima. O *profile* se ajustava, como diria Guikas.

Mordi o croissant e peguei o pacote com os documentos. Comecei pelo relatório de Markidi. Não dizia nada de novo, além do fato de Karayióryi ter comido cerca de duas horas antes do crime, o que confirmava o que Atanásio havia dito na véspera. O assassinato ocorreu entre onze e meia-noite. Isso também eu sabia. Deixei de lado o relatório do médico-legista e passei aos arquivos do computador de Karayióryi. Nem aqui encontrei algo que despertasse meu interesse. Artigos, entrevistas e idéias para matérias. Não havia nada sobre o Kolákoglou. Nem em seus papéis. Que diabo, fez uma investigação e não tomou nota de nada? Tinha chegado ao fim do pacote quando o telefone tocou.

— Xaritos.

— Xaritu — ouvi uma voz de mulher dizendo o meu nome rindo e reconheci a voz de Katerina.

Os telefonemas de Katerina eram raros porque ela não tinha telefone na casa onde morava e porque nós não podíamos telefonar para ela. Era ela quem nos telefonava toda semana, geralmente à noite, em casa. Muito raramente telefonava quando eu estava no escritório. É por isso que, cada vez que me telefona, fico inquieto, será que aconteceu alguma coisa com ela?

— Quais são as novidades, papaizinho? — Sua voz estava alegre, despreocupada.

— Como você sabe, minha garotinha. Correndo sempre... O que houve para você me ligar de manhã? Aconteceu alguma coisa? — Era melhor eu me certificar.

— Não aconteceu nada, estou ótima. Liguei primeiro para mamãe, e soube que vocês brigaram de novo.

Se Adriana estivesse na minha frente, eu lhe teria dado uma bronca daquelas. Por que envenenar a vida da garota? Quando se está longe, tudo parece pior do que realmente é.

— Ora, papai. Você a conhece. Está sozinha, também eu saí de casa. Ela está sempre com os nervos à flor da pele. Explode por qualquer coisa.

— Eu sei, mas às vezes me tira do sério com sua ingratidão.

— É um pouco melindrosa, mas deixa pra lá. Procurem fazer as pazes. Não suporto saber que vocês estão zangados e não se falam.

— Tá bom, vou tentar. — Disse isso de má vontade porque tinha montado toda uma estratégia para ficar tranqüilo no meu canto e agora tinha que bater em retirada desordenadamente. Porém, não podia dizer não a Katerina.

— Você é um doce — gritou com entusiasmo e eu me derreti. — E porque você é o mais doce papai do mundo, vou te dizer mais uma coisa. Sismanis, o professor de Penal, me propôs ficar aqui para o doutorado. E, além disso, me disse que vai desencavar uma quantia de qualquer lugar para eu trabalhar no departamento, e ganhar.

– Muito bem, minha boneca! – Eu queria gritar, mas, com a emoção e a admiração que sinto por ela, minha voz ficou presa na garganta.

– Eu guardei isso para o fim para te deixar alegre. Vou desligar agora para não gastar o dinheiro do almoço neste telefonema. Pano manda lembranças.

Nunca falamos sobre isso, mas ela sabia que eu não engolia esse búfalo em forma de gente que ela arrasta onde quer que vá. Mas me dizia sempre que ele me mandava lembranças. É o jeito que encontrou de me dizer que ainda está com ele.

– Obrigado, para ele também – disse aparentemente delicado, mas na verdade forçado.

Ouvi o telefone sendo desligado e desliguei o meu também. Não pensei mais em nenhum deles, nem em Karayióryi, nem em Kolákoglou, nem em Petrátos, todos sumiram, ficou só Katerina. Afinal de contas, o que ela era? A filha de um policial, que começou como guarda na rua e precisou de 25 anos para chegar a chefe do Departamento de Homicídios, e que nunca conseguiu aprender os artifícios que lhe permitiriam dar o grande salto. Não tinha muito dinheiro, nem foi para bons colégios, cursou o ensino médio no colégio das redondezas, sem nenhum cursinho por perto, e isso apenas no terceiro ano, antes do vestibular. E eis que, de repente, alguém lhe propunha um doutorado, antes mesmo de receber o diploma. Olha só, o que faço agora, disse para mim mesmo. Rebaixo-me, humilho-me para aumentar minha alegria, para admirar-me ainda mais.

Tentei aterrissar de novo porque estava pronto para cercar o cão sarnento, o mascarado e o pedófilo. Chamei Atanásio. Pedi-lhe que fizesse uma investigação sobre Petrátos. Quem fazia parte de sua corte na emissora, com quem não se dava bem, quais eram os seus amigos, que lugares freqüentava. E, sobretudo, a que horas tinha saído da emissora na noite do crime, se alguém o tinha visto sair e onde tinha ido depois. Porém, tudo feito com muita discrição, sem que ele percebesse.

Quando Sotiris saiu, tomei subitamente consciência de que sempre tive que fazer tudo muito discretamente em minha vida, e me revoltei. Tinha que ser discreto com Petrátos porque Delópoulos podia saber e nos apertar. Tinha que ser discreto com Adriana porque senão Katerina ia ficar chateada. Tinha que ser discreto com Guikas porque senão ele cortaria meus *points*. Felizmente Atanásio veio me avisar que a patrulha estava pronta e parou ali mesmo a minha queda.

# Capítulo 18

Não estava chovendo, mas o céu e eu compartilhávamos o mesmo sentimento, ele estava coberto de nuvens e eu de mau humor. A mãe de Kolákoglou morava em Kalithéa, na rua Argonaftón, paralela à rua Daváki. Pedi ao motorista que ligasse a sirene porque, até que cruzássemos a Vasileos Konsdandinu, saíssemos na Amalias e tomássemos a Thiséos, iríamos perder uma hora. Graças a Deus, a Thiséos não estava muito cheia e pudemos desligar de novo a sirene porque ela sempre me irritou. Chegamos facilmente na rua Daváki. Dali até a rua Argonaftón não era mais do que cinco minutos.

A mãe de Kilákoglou morava no segundo andar de um edifício de quatro andares. Era uma construção pobre que já começava a descascar. As varandas tinham grades e gerânios. O construtor fizera economia nas grades e os locatários nas flores. Disse ao policial que me acompanhava para tocar a campainha de outra porta qualquer, mas não a da casa dele. Não por achar que Kolákoglou estivesse em casa, mas nunca se sabe. Poderíamos alertá-lo sem querer e ele fugiria.

O segundo andar tinha quatro apartamentos. O da mãe de Kolákoglou era o que ficava ao lado do elevador. Ela abriu imediatamente a porta, parecia até que estava nos esperando. Era uma senhora enrugada, com cabelos brancos e vestida de preto. Talvez estivesse de luto pelo marido. Podia ser até que estivesse de luto por causa da infelicidade que caíra sobre ela há quatro anos. Ela não me conhecia mas, assim que viu os outros, que estavam de uniforme, ficou petrificada. Empurrei-a para o lado e entrei no apartamento.

– Procurem – disse para os outros com uma expressão selvagem. – Ponham o apartamento de cabeça para baixo!

Entretanto, o que botar de cabeça para baixo? Era um apartamento de três cômodos, uma sala, dois quartos, cozinha e banheiro, no máximo 70 metros quadrados. O primeiro quarto era da mãe; o segundo, do filho. Entrei no segundo. A cama estava arrumada com colcha e almofada bordada. Sobre a mesa-de-cabeceira, um despertador, um radinho de pilha e uma caixa de pílulas Ipnostentón. Abri o armário embutido. Três ternos, nada luxuosos, mas limpos e passados, e cinco camisas que Sotirópoulos nunca vestiria porque não eram Armani, tinham cheiro de fábrica. Todas penduradas por tamanho, com um espaço entre elas para que não amassassem. A meticulosidade da boa dona de casa.

– Não está aqui. Juro aos senhores. – Ouvi sua voz chorosa atrás de mim.

Dou uma súbita meia-volta.

– Onde ele está? – perguntei quase gritando.

– Não sei.

– A senhora sabe e está nos enganando.

– Não, juro para o senhor. Estou muito preocupada porque não sei onde ele está.

– Se a senhora quiser o bem dele, diga-lhe que não se esconda porque ele vai entrar pelo cano. Vai ser rapidamente condenado a prisão perpétua.

– Por que prisão perpétua? O que ele fez?

Não respondo porque não sei o que responder.

– Qual foi a última vez que o viu?

– No dia em que mataram a... – Não conseguia pronunciar o nome de Karayióryi. – No dia em que a mataram. Ele esteve fora desde a manhã. Esperava-o à noite, mas não voltou. Telefonou para mim e disse que estava bem e que eu não me preocupasse.

— A que horas telefonou?
— Por volta de uma da madrugada. Eu tinha ido dormir e ele me acordou.

Viu o documento de Sperantzas e resolveu desaparecer. Ou porque matou Karayióryi ou porque ficou com medo do que ouviu na televisão e correu para se esconder.

— Onde poderia se esconder? Ele tem amigos, parentes?
— Não temos ninguém. Todos nos fecharam a porta. Ficamos como dois cucos solitários. — Seu corpo enrugado se encolheu na cama e ela começou a chorar. — Não ficou nem um mês em casa. Saí de nossa antiga vizinhança e vim para cá, onde ninguém o conhece, para que ele mudasse de ambiente e esquecesse. E, em um mês, ei-lo de novo perseguido como um animal selvagem.

— Antigamente, onde vocês moravam?
— No Keratsini. Mas lá me apontavam o dedo e tive que sair.

O policial entrou na sala e me fez sinal dizendo que não encontraram nada. Não esperavam mesmo encontrar. Era só um artifício. Se algum jornalista lhe perguntasse, ela diria que tínhamos vindo e procurado por ele. Assim, eu fechava as bocas, como dizia Guikas.

— Diga a seu filho para não se esconder. Mais cedo ou mais tarde, vamos encontrá-lo. Assim ele só consegue piorar a situação.

— Se me telefonar, eu digo a ele — ela respondeu, chorando sem parar. Mesmo que ela faça isso, ele vai seguir a lei da prisão, que ensina que você deve se esconder, seja culpado ou inocente.

Quando voltei para o escritório, encontrei Sotirópoulos em pé na frente da porta, esperando.

— O que você está fazendo aqui a esta hora? Não tem nenhuma reportagem para fazer? — De modo geral, depois de uma hora da tarde todos os repórteres desaparecem, vão para suas emissoras preparar suas reportagens.

Ele riu e entrou na sala depois de mim.

— Agora foi a minha vez de descobrir uma notícia-bomba.

Sentou-se e esticou as pernas com prazer. Fiz de conta que não ouvi o que ele disse e fiquei folheando os documentos que tinha lido pela manhã, como se recordasse minhas lições.

– Diga logo porque estou morrendo de curiosidade.
– Cá entre nós, muito sinceramente, você acredita que Kolákoglou a matou? – perguntou.
– Não sei. Estamos tentando localizá-lo. Quando o encontrarmos e interrogarmos, eu te respondo.

Riu de novo.

– O senhor vai perder o seu tempo. Tudo isso é besteira do Petrátos. Apenas um burro como Petrátos colocaria no ar uma besteira como esta.

– Não é besteira absolutamente. Ele ameaçou publicamente Karayióryi, você esqueceu?

– Que pena, pensei que você fosse mais inteligente. Kolákoglou é um insignificante. Vicioso, mas insignificante. Fez o seu trabalho com balas e chocolates. Você o imagina matando? E ainda por cima dessa maneira? Além disso, é bem possível que tenha sido a vítima.

– Vítima?

Conseguiu que eu prestasse atenção no que dizia. Atrás dos óculos redondos, seus olhos brilhavam de esperteza, assim como os de Hitler quando desencavava judeus escondidos no sótão.

– Você foi ao escritório contábil de Kolákoglou?
– Não. Nunca fui lá.
– É um enorme escritório de contabilidade. Eles estão nadando em dinheiro. E você sabe de quem é o escritório?
– De quem?
– Dos pais das duas meninas. Associaram-se e mantiveram o escritório. – Ele se calou e olhou para mim. Eu sabia que ia continuar e esperei. – Quem garante que não o acusaram para ficar com a loja? Kolákoglou gostava das duas meninas, nunca escondeu isso de ninguém. Não era difícil para os pais convencer os outros de que os presentes e os doces visavam outra coisa. Não é difícil doutrinar duas crianças pequenas. Não estou afirmando que as coisas tenham ocorrido dessa maneira, mas vale a pena uma investigação. As duas garotas estão terminando o ensino fundamental agora. Se conseguir falar com elas, pode ser que digam coisas totalmente diferentes das que foram ditas naquela ocasião.

Tudo isso de um só fôlego. Respirou fundo e olhou para mim cheio de orgulho. Fiquei pensando que, até que encontrássemos o assassino de Karayióryi, íamos deixar pelo caminho algumas dezenas de inquéritos, um ou dois suicídios, e muito mais.

– Se estiver certo, este será o tiro de misericórdia para Petrátos. Ele está por um fio.

– Quem? Petrátos?

– O que é isso? Você não sabia? Delópoulos queria demiti-lo, mas com o assassinato de Karayióryi ele temporariamente se safou. Foi por isso que armou toda essa confusão para Kolákoglou. Quer desesperadamente uma vitória para manter o seu lugar. Mas, nesse ponto, cometeu um erro. – Assumiu, de novo, sua expressão de esperteza e me olhou. – Dizem as más línguas que Delópoulos tinha designado Karayióryi para o lugar dele.

– Por que você não me disse tudo isso ontem? – perguntei com severidade.

– O que iria te dizer? Ontem, não existia Kolákoglou. Isso nos foi oferecido à noite. – Ele percebeu que me deixou atônico, e seu rosto brilhou. – Não lhe disse nada ontem porque não sabia nada. Hoje, que sei, vim lhe dizer. Isso só vem provar minha boa disposição. – Levantou-se, mas não foi embora. Ficou de pé me olhando. – Você está me devendo esta – disse vagarosamente.

É lógico que não tinha a ilusão de que ele havia me contado tudo isso por generosidade.

– Tudo bem, mas só posso te dar cheques pré-datados. Quando eu souber de alguma coisa, te conto.

– Vamos lá. O que lhe disse a mãe de Kolákoglou? – perguntou com cara de quem sabia de tudo.

– Nada. Ele desapareceu no dia do assassinato e não voltou mais para casa. Só telefonou para dizer que estava tudo bem. Pelo menos é o que diz a mãe.

Olhou-me cheio de suspeitas. Não acreditou em mim, mas isso não lhe importava muito porque tinha outro objetivo. Queria tornar Petrátos suspeito, e conseguiu. Por que Petrátos estava sempre aparecendo na minha frente? Sem saber, Sotirópoulos me fornecera um dado adicional. Karayióryi queria ficar com o lugar de Petrátos, assim, ele tinha mais uma razão para odiá-la. Que homem não odiaria a namorada que, inicialmente, se aproveitasse dele, e que depois o descartasse para, por fim, ficar com o seu lugar?

Quando Sotirópoulos foi embora, chamei Atanásio e disse-lhe para mandar uma mensagem para os distritos policiais de Keratsini, Perama e Nikea para que procurassem Kolákoglou. Evidentemente ele não iria para um lugar onde todos o conhecessem mas, neste trabalho, muitas vezes encontra-se a solução onde menos se espera.

# Capítulo 19

Como toda tarde, encontrei-a diante da televisão com o controle remoto na mão. Tinha a intenção de ir diretamente para o quarto e me acomodar com o meu dicionário mas, lembrando-me da promessa que tinha feito a Katerina, entrei na sala.

– Boa tarde.

Ela não respondeu, tampouco virou a cabeça para me olhar. Apenas levantou imperceptivelmente a cabeça enquanto esticava o maxilar inferior – como dizia Markidis. – Sua mão apertou o controle remoto, sinal de que me ouvira, mas estava decidida a me ignorar. Eu sabia que, para ela, não era suficiente que eu desse o primeiro passo com um boa-tarde. Queria que eu me sentasse a seu lado e que começasse com as bajulações enquanto ela se aproximaria e me diria que não agüenta mais os meus modos bárbaros, e eu teria que lhe dizer que ela tem razão e que a culpa é da enorme tensão que sofremos no trabalho. E quando tivéssemos comido, depois de uns 15 minutos, fazendo um grande esforço, ela se renderia dizendo que esta seria a última vez que cedia, quando, na realidade, era sempre a antepenúltima – a última nunca chegava. Mas entrou pelo cano porque o meu boa-tarde me liberou da promessa feita a Katerina e eu não tinha a menor intenção de dar mais nenhum passo além desse. Para minha grande alegria, continuei com meu plano inicial. Se Katerina me telefonasse, iria dizer-lhe que tentara, mas Adriana continuava a me virar a cara. Ela que convencesse a mãe.

*Produce... Profess...* estou deitado confortavelmente na cama e procuro no *Oxford English-Greek Learner's Dictionary* o *profile* de Guikas. Não tirei os sapatos de propósito, para colocar a Adriana em situação difícil: ou gritaria comigo e, é lógico, falaria comigo, ou continuaria a me virar a cara. Enquanto ela não falasse comigo, continuaria a me deitar na cama de sapatos. Eilo, chegamos lá onde queríamos. *Profile.* 1. contorno, perfil. 2. retrato, breve biografia. Era isso o que ele tinha querido me dizer. Antigamente o nome era perfil, agora se transformou em *profile*. O perfil do Kolákoglou combinava com o do assassino de Karayióryi. Mas será que combinava? Além da ameaça, que é qualquer outra coisa menos perfil, não combinava de jeito nenhum. Sotirópoulos tinha razão. Vamos transformar Kolákoglou, que enganava as criancinhas com balas e chocolates, em um assassino frio. Além da possibilidade de apresentar algum álibi e nos fazer de bobos, existia ainda uma outra coisa. De acordo com o relatório do médico-legista, o assassino era alto e forte. O que Markidis pessoalmente me disse na noite do crime, está escrito em seu relatório. Kolákoglou é um baixote enrugado, igualzinho à mãe. Como teria força para um golpe tão forte em Karayióryi? Muito bem, se ficasse comprovado que o assassino tinha sido mesmo Kolákoglou, não seria a primeira vez que a medicina legal daria um fora.

O *profile* – ia continuar dizendo *profile* para me acostumar com a palavra, pois, cedo ou tarde, iria ter que usá-la – combinava muito mais com Petrátos. Inicialmente, ele tinha a estatura necessária. Tinha cerca de 1,80m e era corpulento. É verdade que parecia sedentário mas tinha a força necessária para enfiar a haste do projetor no peito de Karayióryi. Isso explicava por que não utilizara nem faca, nem pistola ou outra arma qualquer. Ele decidiu na hora, viu a haste e a enfiou nela. Tinha motivo, pois Karayióryi tinha cavado sua sepultura. Mas motivo Kolákoglou também tinha, já que ela o queimara há três anos. Além disso, Karayióryi conhecia os dois, não teria se espantado se eles aparecessem diante dela. Certo, ela seria mais cuidadosa com Kolákoglu, pois ele a tinha ameaçado, mas tinha tanta autoconfiança e tanta segurança que poderia não ter lhe dado importância.

Uma batida na porta me tirou de meus pensamentos. Surpreendi-me porque Adriana não tinha me acostumado com essas gentilezas. Quando a porta abriu, vi Atanásio que me olhava com um sorriso hesitante.

– Desculpe, mas sua mulher me disse que o senhor não estava dormindo.

Pulei da cama.

– O que aconteceu?

– Nada – respondeu tranqüilamente. – Apenas estava aqui por perto e pensei em lhe informar sobre Kolákoglu.

De vez em quando, fazia essas coisas. Mostrava um zelo enorme em me agradar, mas com toda segurança, quando tinha certeza de que isso não ia se traduzir em correrias fazendo-o perder o seu conforto.

Levei-o para a sala. Adriana percebeu que estávamos indo para lá e desligou a televisão. É toda doçura e gentilezas para com Atanásio. Perguntou-lhe como ia, como estavam passando seus pais, ofereceu-lhe café e doce. Comigo não gastou nem um olhar, muito menos café.

– Estamos em apuros com Kolákoglu – disse Atanásio quando terminaram os rapapés de Adriana. – Até as seis, já tínhamos dado trinta telefonemas. Vinte e cinco locais, dois para a Salônica, um para Lárisa, um para Kastoriá e um para Rodes.

– O que você estava esperando, não baterem o martelo para ele? Temos alguma novidade?

Ele se calou e olhou para mim. Era evidente que tinha um trunfo na manga, que ele achava ser um ás e se preparava para tirá-lo para mim.

– Um funcionário da bilheteria do ônibus intermunicipal de Kifisó o reconheceu.

– Quando?

– Ontem. O bilheteiro disse que ele comprou uma passagem para a Salônica. – Isso era tudo. Não era um ás, era um sete de espadas. Mas ele não percebeu e continuava irresistivelmente. – Muito provavelmente os telefonemas da Salônica eram os corretos.

– E o de Rodes – respondi imperturbável. – Da Salônica pegou um avião e foi passar as férias em Rodes.

Só então ele percebeu que tinha alguma coisa errada com o seu raciocínio e tornou a assumir o *profile* de besta.

– Vocês falaram com o fiscal que controla os bilhetes do ônibus? – perguntei.

– Nenhum fiscal se lembra dele, mas isso não tem muita importância. Os fiscais não olham para os passageiros, olham para os bilhetes. Se tivesse escondido o rosto com um jornal, o fiscal não teria percebido.

– Não imaginou que talvez ele não tenha entrado no ônibus? Que tenha comprado o bilhete apenas para nos enganar? Ou que tenha entrado e descido numa parada intermediária para embaralhar as coisas?

– O senhor acha que ele é tão inteligente assim?

– Todos os marginais que estiveram presos aprenderam várias formas de sobrevivência. Apenas esse tipo de inteligência é suficiente para eles. Ele tem parentes ou amigos na Salônica?

Minha pergunta deixou-o pouco à vontade.

– Não sei, ainda não investigamos.

– Isso deveria ser a primeira coisa a ser investigada porque, se não tiver ninguém em que possa confiar, onde irá se esconder? Nós o encontraríamos onde quer que fosse. Posso te dar a minha opinião? Ele está aqui mesmo, está em Atenas. Aqui ele pode se entocar melhor do que em qualquer outro lugar. E se aqueles merdas, os jornalistas, o encontrarem antes de nós, quem vai aturar Guikas?

Subitamente, me lembrei de que estava na hora do jornal e apertei o botão do controle remoto. Atanásio olhava para mim nervoso e inquieto. Eu, sinceramente, esperava que Sotirópoulos e companhia não o tivessem encontrado. Ele podia dizer o que quisesse, mas eu estava certo de que o procurava nem que fosse para tirar a comida da boca de Petrátos. Ele era o único que podia encontrá-lo. Kostarákou não me convencia.

Foi por isso que sintonizei primeiro o Órizon, o canal onde Sotirópoulos trabalhava. Ele estava num escritório e, com o microfone na mão, falava com uma mulher de cerca de 40 anos, morena e alquebrada. Eu não sabia quem era porque não tinha me envolvido no caso Kolákoglou. Pelas perguntas, percebi que era a mãe de uma das garotas, aquela que ficou com metade do escritório de contabilidade. Sotirópoulos tentava arrancar dela a explicação de como ela e o pai da outra garota vieram a se tornar co-proprietários do escritório de Kolákoglou. A mulher estava furiosa, negava-se a responder, mandou-o embora, mas, intrépido, ele insistia. Por fim, a mulher ameaçou chamar a polícia, já que somos o desentupidor que desobstrui todos os buracos. A pobre não percebeu que era exatamente isso o que Sotirópoulos queria: mostrá-la nervosa, amedrontada e hostil.

A imagem mudou e Sotirópoulos apareceu no corredor de um edifício, em frente da porta fechada de um apartamento. Mostrava a porta e falava para a câmera.

– Neste apartamento mora a outra família cuja filha foi molestada por Kolákoglou. Infelizmente, negaram-se a nos conceder entrevista. Certamente é compreensível, senhoras e senhores, que essas pessoas queiram apagar o passado, queiram esquecer os momentos trágicos que viveram, não apenas eles como também suas filhas. Entretanto, por outro lado, existem algumas perguntas realmente importantes que continuam sem resposta; isto é, como as vítimas encontraram a força psíquica necessária para comprar a empresa do bandido, do homem que molestou suas filhas? E como, já que queriam esquecer o passado, vivem e trabalham num lugar que lhes lembra, diariamente, esse passado? São perguntas que precisam ser respondidas.

Sotirópoulos era esperto como o diabo, não dizia nada sobre suas suspeitas de que Kolákoglou podia ser inocente e que os pais das duas meninas provavelmente maquinaram para ficar com o seu escritório. Ele simplesmente jogava um pouco de lama nos pais das crianças. Mas na justa medida. Jogava o veneno e deixava que ele fizesse o seu trabalho. Quando, amanhã ou depois, aparecesse para dizer que Kolákoglou podia ter sido vítima de uma jogada armada, uma parte do público estaria pronta a aceitar, nem que fosse como uma interpretação dos fatos.

Assim que mudei de canal e fui para o Xélas Channel, percebi que tinha acertado. Martha Kostarákou sacrificava a mãe de Kolákoglou, que estava de pé na frente da porta do seu apartamento. Fazia as mesmas perguntas que eu fizera e recebia as mesmas respostas. Pensei em sugerir-lhe que trocasse de lugar comigo, uma vez que tínhamos o mesmo trabalho. Ela poderia vir para o meu lugar e eu iria para o Xélas Channel fazer faxina por 600 mil por mês.

– A senhora sabe que a polícia está procurando o seu filho?

– Eu sei. Eles vieram hoje pela manhã e puseram tudo de cabeça para baixo. – Felicitei a mim mesmo. Acontecera exatamente aquilo que eu tinha previsto. – O que ele fez para estar sendo procurado? – continuava a mãe de Kolákoglou. – Já não basta o que sofremos? Deixem-nos em paz. – A raiva dela contra nós se voltava contra Kostarákou.

– A polícia acredita que seu filho matou Yanna Karayióryi. O que a senhora tem a dizer sobre isso?

Dei um pulo como se tivessem enfiado um alfinete em minha bunda. Quando tínhamos dito que Kolákoglou era o assassino de Karayióryi? Eles queriam acusá-lo de assassinato e nos usavam como escudo. Subitamente, vi uma outra Kostarákou. Ela tentava imitar Karayióryi, mas lhe faltava a inteligência e a audácia natural da outra. A única coisa que conseguia era se tornar mais dura e mais desumana do que ela. A velha começou a chorar. Era um choro silencioso, como um lamento.

– Meu filho não matou ninguém. O meu Petros não é assassino. Não chega ele ter apodrecido durante tantos anos na prisão sem motivo? Agora vocês estão colocando ainda mais coisas sobre o seu ombro?

Kostarákou a olhou surpresa.

– O que a senhora quer dizer com isso, Sra. Kolákoglou? Seu filho foi condenado à prisão injustamente?

– Vá perguntar àqueles que o mandaram para lá e tiraram o seu trabalho. E quanto àquela que o denunciou, não fiquei contente com a sua morte, mas existe o julgamento divino. – Ela disse e fez o sinal-da-cruz, enquanto as lágrimas corriam de seus olhos.

Será que Delópoulos e Petrátos tinham percebido que estavam fazendo o jogo de Sotirópoulos? Era como se tivessem adivinhado o que Sotirópoulos ia fazer em sua reportagem e estivessem chamando a atenção para o silêncio dos pais de forma a torná-los suspeitos. Eu não devia chamá-lo de Robespierre, mas sim de Rasputin.

– É assim que eles vão encontrar Kolákoglou? – perguntou ironicamente Atanásio, que estava assistindo ao jornal sentado ao meu lado no sofá.

– Você não entendeu? – perguntei de volta. – Eles não querem encontrar Kolákoglou. É muito conveniente que ele continue desaparecido para poderem jogar mais lenha na fogueira.

Olhou para mim como se eu tivesse dito a coisa mais inteligente do mundo, a qual ele tentava analisar.

– Você ainda está aqui? – eu disse enfaticamente. – Volte ao escritório para continuar a busca. Procurem nos cafés, nos bares, em todos os lugares aonde costumam ir os marginais. Não é impossível que ele durma durante o dia e só saia à noite. – Ele ficou de pé de um salto, despediu-se de mim e saiu rapidamente. Sotirópoulos podia estar certo, mas havia Guikas. Vamos segurá-lo primeiro, depois veremos.

A mesa da cozinha estava posta só para uma pessoa. O fogo estava acesso e uma panela fervia em fogo baixo. Abri-a e vi o nosso arroz com espinafre de cada dia. Afinal de contas, não me livrei dele. Coloquei um pouco no meu prato e sentei-me para comer, sozinho. Enquanto comia, pensava que a caça a Kolákoglou tinha sido iniciada por Petrátos. Se ele era o assassino de Karayióryi, essa caçada tinha sido premeditada, servia para atrair nossa atenção para o outro e para o deixarmos sossegado. Tudo bem, seja como for, o arroz com espinafre sempre me provocava vômito.

# Capítulo 20

Atanásio jurou por tudo o que há de mais sagrado que coordenou a busca até às duas da manhã. Mandou mensagens para as patrulhas recomendando passarem a pente fino os cafés, os bares, todos os pontos que os atuais amigos de Kolákoglou poderiam freqüentar. Nenhum resultado. Era impossível localizá-lo. Nem vendo sua fotografia alguém se lembrava de alguma coisa. Alguns, que se lembravam de tê-lo visto durante o julgamento, nunca o tinham visto pessoalmente. Era, pelo menos, o que diziam. Era previsível. A prisão era uma espécie de caixa de assistência, uma vez que se passava por lá, sempre se encontrava alguém para ajudar. E apenas o fato de estar sendo procurado pela polícia já garantia a Kolákoglou um lugar para dormir e amigos para ajudá-lo. Disse a Atanásio que continuasse com a busca e que me chamasse Sotiris.

Sotiris veio imediatamente e me listou sua produção. Realmente, os jornalistas tinham visto Petrátos sair às dez horas. Entretanto, ninguém o vira sair da emissora. É verdade que poderia ter pegado o carro na garagem e saído. Como lhe tinha dito para agir com discrição, Sotiris não quis verificar, sem minha autorização, se alguém tinha visto o carro de Petrátos na garagem depois das dez. Meia hora depois da meia-noite, Petrátos apareceu em um bar freqüentado por jornalistas, atrás do estádio do Panathinaikú. O barman se lembrava perfeitamente de quando ele chegou e de quando saiu, pouco depois das duas. Logo, das dez até a hora em que chegou no bar, perdemos sua pista, ninguém o viu entrar ou sair de casa. Sotiris guardou a informação mais importante para o fim: Karayióryi tinha telefonado para a emissora quando terminou o jornal das oito e meia e pediu que fosse reservado um tempo para ela no jornal da meia-noite.

— Ela pediu a quem? A Petrátos?
— Não. A Kondazi, uma moça que trabalha na redação. Pediu-lhe que avisasse a Sperantzas que queria um minuto no jornal da meia-noite.
— Sperantzas não sabia de nada. Soube por Karayióryi.
— Sim, porque não tinha chegado ainda. Para ficar sossegada, Kondazi falou com Petrátos e foi embora.
— Logo, Petrátos deveria saber que Karayióryi iria lançar uma notícia-bomba no jornal da meia-noite, mesmo que não soubesse de que bomba se tratava – eu disse Sotiris. E não disse nada a Sperantzas, nem tampouco lhe deixou um bilhete. Levantou-se e saiu. Por quê? Por indiferença ou com segundas intenções? Começo a avaliar os dados trazidos por Sotiris quando o telefone corta o meu barato.

— Xaritos.
— Venha agora ao meu escritório! Agora!
— Guikas está me chamando. A gente se fala depois. – Só por sua expressão, percebi que Guikas estava prestes a explodir e que eu estava correndo o risco de ser perseguido como um cão danado.

Estava com uma cara furibunda e me jogou na cara:
— Quem te disse para mandar Vlassópulos investigar Petrátos?
Vlassópulos é Sotiris. Evidentemente, eu deveria ter previsto que, por mais discreto que Sotiris fosse, alguém de boa vontade iria soprar para Petrátos o que ele estava fazendo. Tentei colocar isso dentro da rotina.

— Não era investigação. Apenas uma checagem de rotina para verificarmos os movimentos de todos que tiveram ligação com Karayióryi.
— Você **não** está sendo sincero. Anteontem à noite, quando foi falar com Petrátos sobre Kolákoglou, você lhe disse que também

era suspeito! E ainda por cima lhe pediu uma amostra de sua letra para verificar se ele tinha mandado as cartas para Karayióryi!

Comecei a calcular quantos *points* iriam custar as minhas iniciativas e me senti como se estivesse jogando fora meu salário no cassino de Párnitha.

– Eu lhe disse que o nome de Petrátos é Nestor e começava com o N de quem assinou as cartas.

– Isso você me disse! Mas quanto à amostra da letra, soube agora! – O escoamento dos *points* continua.

– De todo modo, tenho a informação de que Delópoulos queria demitir Petrátos e colocar Karayióryi em seu lugar.

– E você chegou à conclusão de que Petrátos matou Karayióryi para manter o seu lugar? – perguntou sarcasticamente.

– Não tirei nenhuma conclusão. Mas, a partir do momento em que existe um motivo; na realidade, três, a decepção amorosa, mais o interesse, mais as cartas, sou obrigado a investigar.

– Logo, não era uma checagem de rotina, como você quis que eu acreditasse – disse, e eu me calei, enquanto ele atacava de novo. – Há pouco, telefonou-me o próprio Delópoulos e me fez um sermão de meia hora. E sabe o que me disse? Que era inconcebível suspeitarmos de um alto funcionário do Xélas Channel, que pretende protestar pessoalmente com o ministro e condenar nossos métodos inaceitáveis, que quando se encontrou com você na noite do assassinato constatou que você mantinha uma atitude hostil em relação à emissora e que não se mostrou nada cooperativo, que, além de Petrátos, a Kostarákou também tinha se sentado no banco dos réus e que tudo isso visa a transformar as vítimas em assassinos. Pediu-me que lhe tirasse da investigação e que colocasse outra pessoa.

Tudo isso ele disse num só fôlego, e agora, está tão ofegante como quando fazia jogging no FBI. Quanto a mim, meu sangue começava a ferver.

– Está bem, vamos devagar, sem barulho, mas existem indícios muito fortes de que ele pode ter sido o criminoso.

– Tínhamos decidido que você iria pegar Kolákoglou. Você o encontrou?

– Ainda não. Ele desapareceu.

– Delópoulos me disse a mesma coisa. Disse-me que, como você está se mostrando incapaz de prender o verdadeiro culpado, torna as águas turvas para mostrar que faz alguma coisa.

– Estamos procurando Kolákoglou há apenas 24 horas. O senhor esperava que o encontrássemos em apenas um dia? Só se tomasse café no Kolonaki!

Não se apressou em responder. Olhou para mim e disse vagarosamente para que eu digerisse:

– Você vai falar com Delópoulos agora. Ele está esperando. Quer que você lhe preste, pessoalmente, explicações. De outro modo, ameaçou ir falar com o ministro. Você entende o que isso significa. Eu posso lhe dar cobertura mas só até um certo ponto. Vai com calma com ele e procure prender Kolákoglou, só assim vou ficar sossegado.

Assim que terminou, pegou um papel que estava em cima da mesa e fez de conta que o estava estudando. Em outras palavras: vá tirar a serpente do ninho e me deixa em paz porque tenho que tratar de coisas sérias.

Durante todo o trajeto para o Xélas Channel, tentava me acalmar e pensar friamente em como enfrentar Delópoulos. A diferença que existe entre mim e Guikas é que eu o conheço porque já fiquei cara a cara com ele, enquanto Guikas, como apenas falou com ele por telefone, não sabe com quem está lidando. Delópoulos está representando para me chantagear. No início, mostrou-se amável para me levar para o seu lado mas, em seguida, percebeu que eu estava investigando o seu pessoal, Kostarákou e Petrátos, e se enfureceu. Aliás, ele não era burro, sabia que se Kolákoglou não fosse acusado do assassinato, ele iria entrar pelo cano porque tudo o que Sotirópoulos e o canal Órizon estavam dizendo iria se confirmar. Decidiu, então, jogar toda a sua fúria sobre mim porque sou o último da fila, o mais fácil de ser atingido. Se realmente ele fosse falar com o ministro, Guikas iria colocar o rabo entre as pernas e me deixar a descoberto. Não restava dúvida de que eu tinha que botar água na minha fervura, o chato é que ainda não tinha achado a dose certa e temia que, no fim, a fogueira se apagasse.

Assim que disse meu nome à secretária, ela se levantou de um salto e abriu a porta para me fazer entrar nos três cômodos de Delópoulos. Petrátos estava com ele. Estava sentado em uma das duas poltronas situadas ao lado mesa de Delópoulos, e me olhava como a aranha observa a mosca que se prendeu à sua rede.

— Sente-se — disse Delópoulos friamente, e me indicou a outra poltrona. Não deu tempo nem para a minha bunda tocar o couro, e atacou: — Que bom que o senhor nos deu a honra de vir pessoalmente, que não mandou nenhum subalterno. — Sua postura era imponente atrás da mesa e seu olhar severo me lembrou o olhar de Kostará antes de começar um interrogatório, cheio de ironia e de desdém.

— Receio que tenha sido dada uma importância muito grande a uma simples checagem de rotina, Sr. Delópoulos. Pode ser que tenha sido culpa do policial Vlassópulos. Entretanto, somos obrigados a checar os movimentos de todos que tiveram contato com a vítima. O senhor entende, também tenho superiores e tenho que fazer relatório de minhas atividades. Não quero que, um dia desses, digam que não fiz direito o meu trabalho.

— O Sr. Guikas me afirmou que não tinha dado ordem para investigarem o Sr. Petrátos. Que foi iniciativa sua.

— O Sr. Guikas é o chefe de polícia e enfrenta, quotidianamente, milhares de problemas. Ele nunca daria conta do trabalho se fôssemos informá-lo sobre cada providência de rotina que tomamos. Porém, se amanhã aparecer algum buraco na investigação, o senhor pode estar certo de que ele vai me cobrar por isso.

Eu me encolhi e representava o pobre tira, apenas uma peça da engrenagem, que fazia tudo de acordo com as regras e que tremia diante de seus superiores. Mas acho que não os convenci porque agora era Petrátos quem atacava.

— Não acredito em nem uma palavra do que o senhor está dizendo, Sr. Xaritos. Na noite em que veio ao meu escritório, o senhor mesmo disse que me achava suspeito. E realmente chegou a ponto de pedir uma amostra de minha letra.

— Nunca lhe disse que o considerava suspeito. Simplesmente, uma vez que o senhor insistia em dizer que o único suspeito era

Kolákoglou, quis lhe mostrar que, teoricamente, existiam outros suspeitos, entre eles o senhor. O senhor tinha uma relação com Karayióryi e ela o abandonou assim que o Sr. Delópoulos lhe garantiu completa autonomia. Porém, me referi a isso apenas como um exemplo. Foi o senhor que o tomou ao pé da letra.

Ele foi tomado por um grande embaraço, não sabia como reagir. Delópoulos lançou-lhe um olhar aborrecido e se virou para mim.

– Quem lhe disse todas essas bobagens? – disse severamente. – O Sr. Petrátos nunca teve qualquer problema em relação à autonomia de Karayióryi. Na verdade, foi o próprio Petrátos quem permitia que ela agisse sozinha porque, assim, os resultados eram melhores.

Ele não percebeu que, com essas palavras, tornava ainda mais delicada a situação de Petrátos. Se fosse verdade, isto significava que Petrátos lhe dava plena liberdade, e que ela, como agradecimento, deu-lhe um chute.

– Ouça, Sr. Delópoulos. O Sr. Guikas me recomendou que eu lhe dissesse toda a verdade e que não escondesse nada do senhor.

A introdução lhe agradou. Encostou-se na poltrona e pôs os cotovelos na mesa, dobrou os dedos das duas mãos e esperou minha capitulação final.

– Nosso trabalho nos obriga a investigar toda e qualquer informação, todo e qualquer rumor, por mais impossível que possa nos parecer. Circulam rumores entre os jornalistas de que o senhor queria despedir o Sr. Petrátos e colocar Karayióryi em seu lugar.

Petrátos pôs-se de pé em um salto. Todo o seu corpo tremia de raiva e de indignação. Delópoulos também parecia estar furioso. Abandonou sua posição cômoda, bateu com a palma da mão na mesa e gritou:

– Eu nego categoricamente. Tenho completa confiança no Sr. Petrátos e garanto ao senhor que o lugar dele nunca foi ameaçado por Karayióryi.

– Tudo isso é apenas para desviar nossa atenção – gritou Petrátos, tremendo. – O senhor não consegue encontrar Kolákoglou, que é o verdadeiro assassino, e tenta jogar poeira em nossos olhos.

— O que os senhores têm em relação a Kolákoglou? – perguntou Delópoulos, que parecia pronto a me jogar no lixo.
— Nada ainda.
— Ah! – interveio Petrátos triunfalmente.
— Até agora tivemos apenas uma informação de um funcionário que trabalha na bilheteria dos ônibus intermunicipais, em Kifisó. Ele se lembra de tê-lo visto comprando um bilhete para Salônica.
— E por que o senhor não nos disse nada? Em nosso primeiro encontro, disse-lhe que queria que tivéssemos prioridade nas informações. E o Sr. Petrátos o repetiu. Entretanto, o senhor continua a nos deixar na sombra em relação a um caso que interessa diretamente a nossa emissora.
— Eu não queria que a informação fosse divulgada e que Kolákoglou fugisse. Quando se persegue alguém, não se diz onde ele foi visto para não ajudá-lo a escapar. Mas asseguro-lhe de que não temos mais nenhum dado.
— Sou levado a acreditar que o Sr. Petrátos tem razão – disse Delópoulos. – O senhor é um incompetente. E estou pensando seriamente em pedir ao ministro que o substitua. Tudo depende apenas do senhor. Se...
Não cheguei a saber o que dependia só de mim porque o telefone tocou. Ele atendeu, disse um seco sim, e me estendeu o fone.
— Para o senhor – disse.
— Alô. – O Xaritos era só em serviço. Do outro lado da linha ouvi a voz inquieta de Sotiris.
— Martha Kostarákou foi encontrada morta em casa, comissário.
Levei um certo tempo para me recuperar e poder pensar.
— Quando você soube?
— Há pouco. Recebemos um telefonema anônimo. Mandei uma patrulha. Estou saindo neste instante, mas imaginei que o senhor também quisesse vir. Ela mora na rua Iéronos, 21, em Pangrati.
— Tudo bem, estou indo.
Delópoulos, que estava esperando que eu desligasse, continuou resolutamente.
— Como dizia, depende só do senhor se...

Entretanto, chegou placê, como Rommel na batalha do deserto, e perdeu a supremacia.

– Tenho que lhes dar uma informação em prioridade, Sr. Delópoulos, há pouco Martha Kostarákou foi encontrada morta em casa.

Eles ficaram petrificados, incapazes de articular uma só palavra e, subitamente, vieram-me à mente as palavras da mãe de Kolákoglou: não queria que a moça morresse, mas Deus está lá em cima julgando.

# Capítulo 21

— Você pode me dizer a hora?

Markidis se levantou devagar, após o exame do corpo. Não respondeu imediatamente. Olhou o relógio e fez seus cálculos.

— Agora é meio-dia. Devem ter-se passado cerca de 17 horas, portanto, ela foi morta entre seis e oito da noite de ontem.

Muito bem. Exatamente na hora em que eu estava ouvindo o relato de Atanásio sobre Kolákoglou, alguém matou Martha Kostarákou a dez quarteirões da minha casa.

Ela estava caída de barriga para baixo na minha frente, ao lado do sofá. Uma de suas mãos estava embaixo, enquanto a outra, a esquerda, estava estendida ao lado do corpo. Era como se, muito embriagada, ela tivesse escorregado e caído no chão. Estava usando calça jeans, suéter e tamancos, que se pareciam com os holandeses.

— Foi estrangulada, não é?

— Sim, com arame ou fio elétrico.

Inclinou-se e afastou o cabelo dela. A cabeça estava virada de lado, como se olhasse para a mão. Uma ferida, como um risco, atravessava o lado esquerdo do pescoço. O pouco sangue que perdeu estava coagulado.

— Isto é ferida provocada por arame — disse Markidis. — Corda ou cordão não fazem uma ferida assim. Ela foi estrangulada de pé e, quando morreu, deixaram que o corpo escorregasse.

— Era forte?
— Sim, como o assassino da outra. Provavelmente estamos falando da mesma pessoa.

Sabia o que isso significava, o que não me agradava nem um pouquinho. Se o assassino a tivesse estrangulado com um lenço que ela estivesse usando, ou com fio, teríamos as mesmas circunstâncias verificadas na morte de Karayióryi. Não viera para matar, decidira na hora, pegara o que tinha à mão e a matara. Mas agora ele havia se preparado. Se realmente fosse o mesmo, como achava Markidis, então tinha começado com um crime impetuoso, decidido na hora, e se encaminhou para um outro com premeditação. Isto é, foi de mal a pior.

Aliás, o apartamento falava por si só. O criminoso o virara de cabeça para baixo. Gavetas totalmente abertas, papéis atapetando o chão. Os livros da estante embutida estavam espalhados pelos quatro cantos do cômodo. Estava procurando desesperadamente alguma coisa que Kostarákou tinha, foi por isso que a matou, disse para mim mesmo. Os homens que tinham vindo na patrulha encontraram a porta de entrada do apartamento meio aberta, mas a fechadura não tinha sido arrombada. A própria Kostarákou deve tê-lo feito entrar. Assim como Karayióryi, que se sentou para conversar com o assassino antes de ser morta. A teoria de Markidis se confirmava. Tratava-se do mesmo criminoso, conhecido pelas duas. Portanto, deveria ser alguém de seu círculo. Petrátos? Mais uma vez, era ele que aparecia. Afinal de contas, pode ser que seu relacionamento com a Karayióryi fosse mais complicado do que a gente pensava. Karayióryi poderia ter descoberto algum segredo dele enquanto estavam juntos, e o estava chantageando. Mas por que Petrátos pensaria que Karayióryi tinha contado seu segredo para Kostarákou? Ele sabia que as duas não se toleravam. Em todo caso, o que se sabe é que Kostarákou sabia mais do que tinha me dito. Naquela tarde, quando saía do escritório de Petrátos, eu lhe disse que entraria pelo cano se não me contasse tudo o que sabia, mas ela não me ouviu.

Agora, a carta que encontrei na escrivaninha de Karayióryi assumia uma outra importância. Se quem a ameaçava por escrito era Nestor Petrátos, então a carta gritava. Soube por Kostarákou do telefonema de Karayióryi, mas não acreditou nela. Estava certo de que encontraria na casa de Karayióryi aquilo que queria, e matou-a para consegui-lo. Por isso não arrombou a porta. Kostarákou não hesitou em abrir a porta para Petrátos. Porém, se o N não fosse Petrátos, estaríamos em maus lençóis, porque teríamos um terceiro suspeito.

Sotiris saiu do quarto e me tirou dos meus pensamentos.

– Dentro está a mesma bagunça. Depenou até a gaveta da cozinha.

– Vocês encontraram alguma coisa?

– O que poderíamos encontrar? Por acaso sabemos o que estamos procurando?

– O telefonema anônimo que vocês receberam era de homem ou de mulher?

– De mulher, mas não telefonou para nós, telefonou para o Socorro Urgente.

– Devia estar com muita presa, senão teria visto que não tinha fechado bem a porta de entrada.

– Não é impossível, mas improvável. Se fosse alguém que tivesse a chave, como, por exemplo, a faxineira, teria gritado, chamado os vizinhos. A mulher que a achou não devia conhecê-la. A porta estava aberta, ela entrou, viu-a morta e fugiu sem fazer barulho. Depois, telefonou e nos informou, sem dar o nome, para evitar problemas.

Sotiris me olhava pensativo.

– Quem poderia ser? – perguntou. Estava confuso porque não podia pensar em ninguém.

– É muito provável que tenha sido uma dessas moças que fazem pesquisas ou campanhas publicitárias, e fugiu para não perder o seu ganha-pão. Vocês encontraram algum pedaço de arame ou de cabo de eletricidade?

– Não.

– Foi com um dos dois que ela foi estrangulada. Vocês falaram com os vizinhos?

– Sim. Tanto os vizinhos de cima como os de baixo estavam em casa, mas não ouviram nada.

Se os vizinhos não ouviram nada, isto quer dizer que Kostarákou não reagiu. Foi morta da mesma forma que Karayióryi. Assim, de repente, quando não esperavam. As duas o conheciam e não suspeitaram de nada, por isso foram pegas desprevenidas. O assassino fez o trabalho, depois colocou o arame no bolso e saiu numa boa.

– Será que eles viram alguma cara estranha entrar ou sair, o assassinato ocorreu entre as seis e às oito e meia.

– Eu perguntei, mas eles não viram ninguém. Porteiro, não tem. O dono da loja do outro lado da rua disse que o prédio é grande e que muita gente entra e sai. Não viu ninguém que lhe tivesse chamado a atenção.

– Como o assassino teria chamado a atenção, Sotiris? Não está escrito na testa que é assassino.

Eu estou zangado e desconto nele, embora não tenha culpa nenhuma. Ele percebe e se cala.

– Vou falar com Guikas – disse batendo amigavelmente em seu ombro.

– Ele deve estar esperando um relatório. Se você tiver alguma novidade, telefone para mim no escritório.

Kúla estava me esperando. Assim que me viu entrar no hall, correu para mim.

– Meu Deus, o que é isso de novo? – perguntou tentando fazer com que sua curiosidade parecesse ansiedade. – A morte caiu sobre os seus?

– Sobre os meus? Desde quando trabalho na televisão?

– Não foi isso o que eu quis dizer – respondeu e me jogou um daqueles seus sorrisos brincalhões que guardava para quebrar Guikas. – Mas, com esse toma-lá-dá-cá de vocês, acabaram se tornando íntimos. Muito bem, agora estão lá embaixo e o esperam. – Fez um sinal com a cabeça na direção do escritório de Guikas. – Ele não quis nem vê-los e os mandou para o senhor.

O Bom e o Mau samaritano. Ele era o mensageiro das boas-novas, aquele que transmitia as notícias agradáveis e se fazia de importante. Eu era o Mau samaritano, aquele que tirava a serpente de sua toca e quebrava a cara.

– Posso entrar? – perguntei.

— E o senhor ainda pergunta? Ele não consegue ficar sentado de tanta impaciência.

Aparentemente Kúla tinha razão, pois encontrei Guikas de pé atrás de sua mesa. Indicou-me uma poltrona e sentou-se na outra extremidade.

— E então? — perguntou impaciente.

Passei para ele todos os dados, um a um, inclusive a hipótese do Markidis de que estivéssemos lidando com o mesmo criminoso. Ele me olhou pensativo.

— Você também acredita que seja o mesmo criminoso? — perguntou por fim.

— Todos os indícios nos levam a isso.

Suspirou como se tivesse perdido a loteria por um número.

— Então, a hipótese Kolákoglou fica mais difícil. Vamos dizer que ele tivesse posto em ação sua ameaça e tivesse matado Karayióryi. Mas ele não tinha nenhum motivo para matar Kostarákou.

Com grande esforço consegui me conter para não dizer — eu não disse? — mas ele me tirou o doce da boca.

— Pela mesma razão, é impossível que Petrátos tenha matado as duas — acrescentou, sem esconder sua satisfação por me ter feito passar por imprestável. — Sem nenhuma razão, você me meteu em confusão com Delópoulos. Vamos imaginar que Petrátos tenha matado Karayióryi porque ela o tinha abandonado e ameaçava tirar o lugar dele. Parece um tanto forçado, mas aceito. Mas Kostarákou, por que a teria matado?

— Ele teria uma razão, se ela o chantageasse.

— Chantageá-lo? Kostarákou? — Parecia-lhe impossível.

— Vamos supor que ela tivesse algum dado que o incriminasse como o assassino de Karayióryi. Não me conta, quando a interrogo, mas vai até Petrátos e o chantageia. Achou que seria uma oportunidade para tirar alguma coisa para si. Não podemos nos esquecer que ele a tinha colocado de lado para ajudar Karayióryi. Petrátos telefona-lhe dizendo que vai passar por sua casa para conversarem. Vai armado com o arame e a estrangula. Depois, vira o apartamento de cabeça para baixo. Procura o dado condenatório. Karayióryi estava sentada e conversava com o criminoso. Não conversaria com

Petrátos? Kostarákou abriu-lhe a porta. Provavelmente não teria aberto para Kolákoglou, mas para Petrátos? As duas vítimas receberam o golpe sem suspeitarem de nada. Teria passado pela cabeça delas que estariam em perigo com Petrátos? O *profile* combina perfeitamente.

Ele guardou até o fim o seu *profile*. É a cerejinha em cima do bolo. Ele a retirou pensativo e mudo.

– Tudo isso poderia se sustentar como hipótese – respondeu cuidadosamente –, sob a condição de que Petrátos não tivesse um álibi. Se, por exemplo, ele estivesse na emissora na hora do crime, toda a sua teoria iria por água abaixo.

– Ele foi para a emissora às sete e meia, uma hora antes do grande noticiário. Eu verifiquei antes de vir falar com o senhor. Markidis diz que o crime ocorreu entre seis e oito. Se a tivesse matado às seis, tinha ainda uma hora e meia para chegar, pela rua Iéronos, na Spáta. Com a pressa, esqueceu a porta aberta. Meu erro foi não tê-lo investigado mais cuidadosamente desde o início.

Era como se eu dissesse: errei porque tive medo do senhor – do senhor e do Delópoulos – e, apesar de ter razão, não fiz o que achava que tinha que fazer.

Ele engoliu como eu engolia o óleo de fígado de bacalhau que minha mãe me dava para eu ficar forte.

– Em outras palavras, encontramos o assassino? Deixamos de lado Kolákoglou?

Ele me deu corda tentando tirar mais alguma coisa de mim. Cuidado, Xaritos, não se solte, disse para mim mesmo. Uma vela para Deus e outra para o Diabo.

– Não, apenas levantamos hipóteses. Continuo a procurar Kolákoglou.

– Se tivéssemos a amostra da letra do Petrátos, isso nos esclareceria – disse com má vontade.

Com muito prazer eu voltaria atrás mas, quando tornei a pensar no assunto, meu entusiasmo esfriou.

– Em parte. Digamos que Petrátos escreveu as cartas. Isso obrigatoriamente não significa que a matou. E vice-versa. Karayióryi batia de todos os lados. Pode ser que outro a tenha ameaçado. Isso não exclui Petrátos. Temos uma série de outros indícios que o acusam. Deixe-me verificar onde Petrátos estava ontem no fim da tarde, entre seis e oito. Depois, vamos ver.

– Se supusermos que outra pessoa a tenha matado, aquele que a chantageava, como soube que aquilo que procurava estava com Kostarákou?

– Pelo noticiário. Fizeram o maior estardalhaço com o telefonema que Karayióryi deu para Kostarákou.

Assim que me viram entrar no corredor, correram ao meu encontro, parecia que eu estava voltando de uma longa viagem. Meu olhar procurou localizar alguma cara desconhecida entre eles, o novo repórter do Xélas Channel, mas todos os rostos eram conhecidos, e fiquei com minha dúvida.

– Compreendo a agonia de vocês e sei como estão se sentindo neste momento – disse-lhes com cara de luto. – É a segunda colega de vocês que é assassinada em questão de poucas horas. Mas, neste momento, só posso lhes falar sobre o assassinato.

E comecei a jogar tudo para eles, sem esconder nada. Eles seguravam seus microfones e me ouviam mudos. Terminei e eles continuaram em silêncio. O choque não permitia que exercessem a pressão costumeira para me arrancar alguma coisa mais. Apenas aquela metida de meia-calça vermelha, daí a pouco, perguntou:

– O senhor acredita que o assassino seja o mesmo, Sr. Comissário?

– De acordo com os primeiros indícios que conseguimos, provavelmente trata-se do mesmo criminoso.

Um outro toma coragem e faz uma pergunta, para lhe tirar o monopólio.

– Os senhores ainda acreditam que o assassino seja Kolákoglou?

– Neste momento, pesquisamos todos os dados. Não podemos informar nada.

Eu disse isso e dei um passo para ultrapassar a parede que formavam diante de mim. Talvez pela primeira vez, não tentaram me segurar. Afastaram-se mudos e me deixaram passar. Atanásio, que ouviu minhas declarações da porta de seu escritório, veio atrás de mim.

– O que vamos fazer em relação a Kolákoglou? – perguntou. – Continuamos a procurar?

Olhei para ele pensativo. A lógica dizia que devia parar a perseguição e deixá-lo sossegado. Agora nem mesmo Guikas faria objeção a isso. Por outro lado, a caçada a Kolákoglou jogaria areia nos olhos de Delópoulos e de Petrátos e me deixaria livre.

– Continue até que lhe diga para parar – disse-lhe.

– Mas o senhor realmente acredita que Kolákoglou tenha matado Karayióryi e Kostarákou?

Ouvi a voz de Sotirópoulos e me virei. Ele entrou sem fazer barulho. Apoiou-se na parede ao lado da porta e me lançou um olhar irônico.

– Pode ir, falo com você mais tarde – eu disse a Atanásio.

Sotirópoulos seguiu Atanásio com os olhos até que ele saísse, depois veio até onde eu estava e sentou-se na cadeira na minha frente, sem esperar convite.

– Petrátos morreu junto com Kostarákou – disse radiante.

– Por quê?

– Então você não percebe? Acusou Kolákoglou de assassino e agora tem que confessar que estava errado. Ele expôs a emissora ao ridículo e Delópoulos não vai perdoá-lo por isso. – Terminou de falar e me olhou. Atrás dos oclinhos redondos as duas contas sorriam. – Você viu minha reportagem de ontem? – perguntou.

– Vi.

– Hoje à noite vou forçar um pouco mais. Quem lucrou com a condenação de Kolákoglou? E quem continua a usá-lo como bode expiatório? De amanhã em diante, Petrátos vai passar para o departamento dos objetos não procurados.

– Por que você o odeia tanto?

Ele não esperava a minha pergunta e, inicialmente, ficou surpreso, depois, ficou sério e pareceu balançar.

– Tenho meus motivos, mas não vou lhe dizer, são motivos pessoais – disse finalmente. – Só posso lhe dizer uma coisa. Petrátos subiu pisando em cadáveres. Eu vou ficar muito satisfeito se o vir quebrando a cara.

– Você ficaria ainda mais satisfeito se ele fosse o assassino.

Olhou para mim e tentou adivinhar onde eu estava querendo que ele chegasse.

– Por quê? – perguntou – Você suspeita dele?
– O ódio sempre desperta suspeitas. E isso vale para todos.
Ele morreu de rir.
– O que você quer dizer com isso? Você suspeita até de mim?
Não respondi. Deixei-o curioso para obrigá-lo a falar mais. Mas ele continuou rindo.
– Confesso que gostaria de vê-lo de algemas e de colar o microfone no focinho dele para me dizer por que as matou. Mas isso são sonhos. Petrátos não as matou. Vocês devem procurar em outro lugar.
– Por quê? Você está me escondendo alguma coisa.
– Não, palavra de honra. Mas meu instinto me diz que, atrás desses dois assassinatos, tem algo escondido que ainda não imaginamos o que seja, nem você nem eu.
Levantou-se e foi até a porta.
– Você vai ver que eu tenho razão, meu faro não me engana – disse enquanto saía.
Voltei meus olhos para a janela e tentei adivinhar o que ele queria dizer. Será que me escondia alguma coisa? Esta era a hipótese mais provável.
Na varanda da velha, o gato tinha se enfiado entre dois vasos e olhava quem passava na rua com o focinho colado na grade. Já entramos em dezembro e, com exceção de dois dias gelados, do lado de fora as cigarras se arrebentam de cantar. É a própria doença, essa merda de tempo.

# Capítulo 22

Petrátos morava na rua Adimakopúlu, ao lado do Centro dos Jovens de Santa Paraskeví. É uma dessas novas construções para o pessoal de relações públicas, para os quadros de empresários e cientistas que ganham dinheiro dos programas da Comunidade Européia. Seus pilotis não são garagem, como é de costume, são jardins com plantas e flores. A garagem é separada, no subsolo. As campainhas estão conectadas a um sistema interno de televisão, para que se veja o rosto de quem toca e para, se não quiserem, não abrir.

Escolho um nome aleatoriamente e, quando vou tocar, vejo uma mulher de cerca de 40 anos que sai do elevador. Assim que abre a porta da rua, me enfio para dentro. Petrátos mora no segundo andar. Cada andar tem três apartamentos, dois, um ao lado do outro, e o terceiro isolado, em frente aos outros. Começo pelo terceiro, porque é o mais perto do elevador.

– *Yes?* – disse a filipina que abriu a porta para mim.

Os bons tempos passaram, tempos em que as famílias traziam garotas das aldeias para fazerem o serviço da casa e, além disso, educar o filhinho da mamãe. Agora, você toca a campainha e quem abre a porta é uma filipina. Esta que me abriu a porta tem um inglês macarrônico e o meu é quase nenhum, como podemos nos comunicar?

Assim que ouve a palavra *police* começa a tremer. Evidentemente, está ilegal.

— *No problem, not for you* — disse-lhe, e meu inglês perfeito imediatamente a acalma. Perguntei-lhe se conhecia Petrátos, se o tinha visto entrar e sair ontem à noitinha. A resposta à primeira pergunta foi *yes*, *no* para as outras e, com o segundo *no*, fechou a porta na minha cara.

Toquei no apartamento ao lado da casa de Petrátos e, desta vez, a sorte me sorriu. Abriu uma sessentona das nossas. Disse-lhe quem era, mostrei-lhe minha identidade e ela me fez entrar. Quando lhe perguntei sobre Petrátos, sua língua começou a destilar mel.

— O Sr. Petrátos? Mas é lógico que o conheço! Um ótimo senhor!

— A senhora por acaso sabe a que horas da tarde normalmente sai de casa?

— Por quê? — perguntou e, subitamente, ficou desconfiada.

Inclinei-me para a frente como se fosse lhe contar um segredo da maçonaria.

— A senhora deve saber que duas jornalistas do Xélas Channel, onde o Sr. Petrátos trabalha, foram assassinadas.

— Eu ouvi no noticiário. Eram jovens. Que tragédia, meu Deus!

— Como estamos tomando as providências necessárias para que não haja mais uma vítima, pusemos segurança nas casas de todos que trabalham no Xélas Channel. É por isso que queremos saber a que horas ele está em casa, principalmente à tarde e à noite. Ontem à tarde, por exemplo, a senhora o viu entrar ou sair?

— Por que o senhor não pergunta ao próprio?

— Os jornalistas são homens esquisitos, não querem a polícia atrás deles. Além disso, queremos ser discretos. Não queremos provocar pânico.

Parece que minha resposta a contentou porque pensou.

— Não sei o que dizer — por fim, disse. — Pela manhã sai por volta das onze, porque várias vezes, quando estou voltando das compras, nos encontramos no corredor. Na hora do almoço nunca o vi, porque, depois de comer, deitamo-nos por um tempo. À tarde, raramente o vejo.

— Geralmente a que horas?

— Por volta das seis e meia, sete horas. Entretanto, ontem não o vi.

Levantei-me para sair quando, de repente, lembrou-se de algo que eu preferia que tivesse esquecido.

– Anteontem esteve aqui um colega seu e fez perguntas – disse.

Os interrogatórios de Sotiris que deixaram Delópoulos e Petrátos furiosos.

– Sim, foi depois do primeiro crime. Tínhamos proposto ao Sr. Petrátos, e aos outros, vigiarmos suas casas, mas eles não quiseram. O resultado foi o segundo assassinato. Por isso decidimos segui-los discretamente, sem que o saibam, até que encontremos o criminoso. A senhora entende, se tivermos que chorar uma terceira vítima, todos vão cair em cima da gente.

– Ah, como é difícil o trabalho de vocês! – disse, mostrando compreensão.

Separamo-nos amigavelmente, mas saí com as mãos abanando. O mesmo aconteceu com os outros apartamentos. A maior parte dos vizinhos não me fez entrar em casa, mantiveram-me na porta. E as respostas seguiam o mesmo molde: "não sei", "vejo-o raramente", "pergunte a ele".

Quanto mais alto subo, mais baixo caem as minhas esperanças, mas era uma questão de honra para mim. De um lado, o assassinato de Kostarákou; de outro, meu choque com o trio – Guikas, Delópoulos, Petrátos –, e podemos acrescentar ainda Sotirópoulos, que faz propaganda de si mesmo. Tudo isso chicoteou minha dignidade. Queria levantar dados para chamar Petrátos para interrogatório e começar a apertá-lo.

Tinha chegado ao quarto andar e estava falando com uma mulher alta, magra, com lábios tão finos que, quando se maquiava, certamente o batom escorria para o queixo. Disse-me que só se interessava pela sua casa e nem um pouco pelo que faziam seus vizinhos. O sermão da virtude foi cortado por um galalau com os cabelos cortados no ponto e brinco em uma das orelhas, que a afastou para sair.

Com certeza ouviu a nossa conversa, porque se voltou para mim e disse:

– Porém, ontem, por volta das seis, quando tirei meu carro da garagem, não vi o dele.

– Não se meta – disse irritada a magricela.

– Que importância tem, mamãe? O homem perguntou, eu sei a resposta, respondi. Quando não sei as respostas na faculdade, você se zanga. Mas agora que sei, você se zanga também?

A magricela entrou e bateu a porta. Não me importei nem um pouquinho com a grosseria dela, era um favor que me fazia porque queria conversar com o galalau.

– Você tem certeza de que o carro dele não estava na garagem? – perguntei.

– Olha só, é o único do prédio que tem um carro Renegate. Gosto muito desse carro e, cada vez que o vejo, fico horas admirando-o. Tentei convencer o velho a comprar um para mim, mas ele não quer nem ouvir falar nisso. Qual é o problema com o seu Starlet, é um ótimo carro, diz o ignorante. Assim, tenho certeza de que, ontem, quando entrei com o Starlet, o Renegate não estava na garagem.

– Vamos até a garagem para você me mostrar onde ele fica estacionado. – Se fosse embaixo, eu gostaria de dar uma olhada.

– Mas lógico, vem – disse, solícito.

A garagem era grande, cabia confortavelmente cerca de vinte carros. A maior parte estava fora, ficaram apenas cinco, entre eles o Renegate de Petrátos. O carro que ficava à sua direita estava coberto por uma capa. O outro lado estava vazio.

– Aí está! – disse maravilhado o galalau. – Está ventando, hein?

Olhei o meu relógio, eram quase quatro horas. Parece que voltava tarde para o almoço, descansava e, por volta das sete e meia, ia de novo para a emissora. Não era impossível que a sessentona tivesse ligado para ele para contar tudo com todos os detalhes. Não estava nem aí. Deixe que telefone para o Delópoulos para dizer que eu ainda o perseguia. Dei uma volta em torno do Renegate, mas não vi nada de diferente por fora. Cheguei perto e olhei pela janela. No banco ao lado do motorista estavam espalhados videocassetes. No banco de trás, um monte de jornais e revistas. Mais nada. O galalau deixou de se preocupar comigo e se dirigiu ao Starlet.

– Você vai ficar? – gritou para mim.

– Não, estou indo.

Enquanto me dirigia para a porta da garagem, algo embaixo do carro coberto atraiu meu olhar. Abaixei-me e vi um pedaço de arame, enrolado.

– Venha cá! – gritei para o galalau.

Ele se voltou e me olhou de lado.

– Minha mãe tinha razão, não devia ter me metido com você – disse irritado.

– Cara, vem cá, estou dizendo! – Minha expressão não admitia oposição, ele se aproximou. – O que é isso embaixo do automóvel?

Abaixou-se curioso, pegou o arame e o tirou de lá.

– Um pedaço de arame – disse indiferente. Ele não podia saber que este arame talvez fizesse dele uma testemunha de acusação, que ele tivesse que ir ao tribunal depor sobre o que tínhamos encontrado ao lado do automóvel de Petrátos.

– Há quanto tempo está aí embaixo?

– Como você quer que eu saiba? Este carro é do Kalafáti. Desde que ele morreu, há três meses, está aí, abandonado. Por quê, tem alguma importância?

– Importância? É lógico que tem importância. Você não sabe que arame fura pneus? E você quer um Renegate. – Peguei o arame. Ele me lançou um olhar venenoso e se dirigiu ao Starlet. Ligou o motor, acelerou e se afastou. Saí, também eu, atrás dele enquanto a porta da garagem baixava devagar.

Sentei-me no Mirafiori e olhei o arame que tinha deixado no banco, a meu lado. Parece que tinha subestimado Petrátos. Talvez o último assassinato tivesse sido premeditado, porém a ferramenta assassina, mais uma vez, era produto da oportunidade, tinha sido encontrada por acaso, como no caso de Karayióryi. Ele viu o arame enquanto estacionava o carro, cortou um pedaço, estrangulou Kostarákou, colocou-o na bolsa e saiu. Se tivesse sido com faca ou uma pistola, poderíamos provar que era dele ou descobrir onde a tinha conseguido. Mas o arame? Pode ser encontrado em todas as casas, em todo lugar. Como provar que o assassinato foi efetuado com este arame específico que estava jogado ao lado do seu carro? Bastava um advogado estagiário para derrubar a prova. Estava jogado sob o carro do morto há três meses. "Se eu a tivesse matado, deixaria o arame lá? Não teria sumido com ele? O senhor acha que sou louco, Sr. Presidente?" "Está certo", diria o Presidente, "um assassino tão burro não se encontra nem por encomenda."

Levei cerca de quinze minutos da rua Santa Paraskevi até o Xélas Channel, em Spata. A sala da redação estava praticamente vazia. Encontrei apenas Sperantzas, que estava se preparando para o jornal das seis. Tinha perdido a expressão irritada e me olhou com um olhar inquieto, amedrontado.

– De quem é a vez agora? – perguntou. – A bola vai nos pegar a todos?

Não o tranqüilizei de propósito porque seu medo me era conveniente.

– Muito bem, ninguém se perguntou onde estava Kostarákou quando ontem à noite não apareceu na emissora?

– Por que apareceria? Ela veio, apresentou sua reportagem montada e saiu por volta das cinco. Só voltaria se tivesse aprontado alguma coisa urgente para o jornal das oito e meia. Nós não batemos ponto.

– Isto é, só Petrátos fica aqui direto?

– Nem ele, sai por volta das quatro e volta entre sete e sete e meia.

– Ontem a que horas voltou? – Ele me olhou com curiosidade. Não imagine coisas – disse-lhe. – Estou só tentando compor o quadro.

– Não sei. De qualquer maneira, às sete horas, quando saí, ele ainda não tinha chegado.

Não tinha mais nada a me dizer e o deixei terminando seu trabalho. Voltando de Spata, passei pelo laboratório da identificação e dei o arame para Dimitri. Ele o olhou e, quando o vi levantar os ombros, meus receios se confirmaram.

– Vamos examiná-lo – disse –, mas assim que o juiz o pegar, vai jogá-lo no lixo. É fácil provar que o assassino a estrangulou com um arame como este, mas quase impossível provar que o assassinato se deu com este arame que você encontrou na garagem.

– Eu sei – respondi com raiva. – Mas examine-o assim mesmo.

Estava ventando e a atmosfera cheirava a tempestade de outono. Enquanto voltava para o escritório, pensava que tinha um monte de indícios que levavam a Petrátos, mas nenhuma prova. Se ele fosse outro, eu o levaria para a Polícia Central e o torturaria até que confessasse. Mas, com Petrátos, precisava da aprovação de Guikas. E duvido que ele me desse.

# Capítulo 23

Corri para pegar o jornal das oito e meia. Certamente, o assassinato de Kostarákou seria a primeira notícia, e eu não queria perdê-la. Só tomei fôlego quando sentei na sala.

Adriana estava sentada no mesmo lugar com o controle remoto na mão. Passei diante dela para chegar à outra poltrona. Fez de conta que não me viu. Seu olhar continuava pregado na tela. Lancei-lhe um rápido olhar e me divertia porque sabia que estava louca para conhecer, em primeira mão, as novidades sobre Kostarákou, mas tinha que esperar o jornal como qualquer outro mortal. Tinha perdido sua vantagem, mas, confesso, aceitava a perda com dignidade. Mantinha-se firme e não deixava que a curiosidade reduzisse o seu amor-próprio a frangalhos.

A casa de Kostarákou. A sala onde foi encontrada morta. Tudo em volta, papéis espalhados, livros por toda parte, da forma como a encontramos. Apenas o corpo tinha sido retirado e, em seu lugar, havia um desenho a giz. O apresentador exibia sua clássica expressão tristíssima, porém, pela primeira vez, eu estava convencido de que era verdadeira. As palavras saíam de sua boca muito mais lentas, como se fossem um último suspiro. Mantinha as mãos no ar, na conhecida posição do desespero. Até seu paletó de gala lhe caía mal hoje, parecia largo.

– Infelizmente, até este momento, não temos outras informações, senhoras e senhores – disse. – A polícia acredita que os dois assassinatos estejam interligados e continua com suas investigações em ritmo acelerado, sob a supervisão direta do chefe de polícia de Ática, o oficial Guikas.

Como entrei em choque com Petrátos, Guikas me afastou para evitar o seu rancor. Desse dia em diante, assumia a responsabilidade por todas as iniciativas e eu estava sendo colocado de lado. Não que isso me tirasse prestígio, o que me aborrecia era o fato de que, a partir do dia seguinte, eu seria obrigado a lhe apresentar relatórios diários e a pedir seu consentimento para cada movimento que fizesse.

A notícia tomou conta de meus pensamentos, o que fez com que eu me desligasse do contato com o jornal. Recuperei-me ao, inesperadamente, ver Petrátos na tela, tomando assento ao lado do apresentador.

– Boa noite, Nestor – disse o apresentador. – Pela segunda vez em poucos dias, nossa emissora foi vítima de um imenso golpe. Depois de Yanna Karayióryi, hoje, Martha Kostarákou encontrou uma morte trágica pelas mãos de um terrível assassino, que continua solto.

– É verdade, como você disse – respondeu Petrátos –, nossa emissora, nos últimos dois dias, sofreu dois golpes mortais.

Antigamente, quando duas pessoas ficavam apenas confirmando o que a outra dizia, chamávamos de bajulação, dizíamos que estavam jogando confete uma na outra. Hoje, isso é chamado de jornalismo.

– Gostaria de ter sua opinião sobre o andamento das investigações, Nestor – continuou o apresentador. – Em quanto tempo podemos esperar algum resultado? Pergunto porque, como você sabe, a emissora recebe, a cada dia, milhares de telefonemas de telespectadores ansiosos por saber o que está acontecendo, e lhes devemos uma resposta.

– Olha, Paulo. – Petrátos fez uma pausa para mostrar que estava pensando. – Existe uma maneira otimista e uma pessimista de encararmos as coisas. A maneira otimista é nos concentrarmos no fato de que o chefe de polícia de Ática, o oficial Guikas, decidiu assumir pessoalmente a direção das investigações. Sinto ter que dizer, mas os interrogatórios tinham tomado um rumo totalmente errado e perdeu-se um tempo precioso. Não sei se as autoridades do ministério vão pedir contas por essa negligência, enfim, pelo menos, agora podemos esperar que as investigações tomem um bom rumo.

Adriana, subitamente, largou o controle remoto e, furiosa, saiu da sala. Ainda estava me fazendo cara feia, mas, com sua retirada, deixou claro que estava muitíssimo irritada com tudo o que tinha ouvido. Eu permaneci sentado no meu lugar. Pensava que deveria ficar satisfeito pelo fato de ter, finalmente, escapado de uma expulsão por motivos disciplinares.

— E a maneira pessimista? — perguntou o apresentador.

Petrátos suspirou, como se a resposta que tinha para dar o torturasse.

— Se o criminoso for Kalákoglou, e isto está sendo seriamente investigado pela polícia, então, estamos lidando com um assassino psicopata. Não odiava apenas Yanna Karayióryi. Odeia todos os jornalistas porque acredita que eles o prejudicaram, e mata para se vingar. Se você encarar o problema por este prisma, é natural que golpeie primeiro a nossa emissora, porque foi a que mais mal lhe causou. Não se esqueça de que o caso Kolákoglou foi uma de nossas maiores vitórias.

— Isto é, todos nós, os jornalistas, corremos perigo? — disse o apresentador como se Kolákoglou estivesse atrás dele, pronto para matá-lo.

— Foi por isso que disse que a polícia perdeu um tempo precioso. Deixou Kolákoglou circular livremente, embora soubesse, e isto desde a sua primeira prisão, que era um psicopata. Vamos esperar que, a partir de agora, comece a agir de modo mais metódico.

O apresentador agradeceu-lhe e Petrátos saiu de cena. Você o subestimou, Sotirópoulos, digo para mim mesmo. Tanto você quanto Karayióryi o subestimaram. Além de não ter se desculpado por ter dado um fora com Kolákoglou, promoveu-o a assassino psicopata. Deveria explicar às pessoas que um psicopata tem sempre a mesma maneira de matar, essa é a sua marca registrada. Não usa uma vez um tripé de luz; outra, um arame; e na terceira vez, uma serra elétrica. Enfim, Guikas tinha razão em uma coisa: tínhamos que pegar Kolákoglou e prendê-lo. Só assim teríamos sossego. Enquanto eu estava pensando que amanhã Atanásio iria receber sua dose de críticas, o telefone tocou.

– Você ouviu? – Guikas não se dá nem ao trabalho de dizer seu nome, tem certeza de que vou reconhecer sua voz.

– Ouvi – respondi secamente.

– Esteja no gabinete do ministro em meia hora para ouvir o resto – disse, e desligou.

Começo a me conscientizar de que as coisas são mais sérias do que tinha imaginado. Finalmente, Delópoulos ia conseguir me destruir. Iriam me mandar, em punição administrativa, para um distrito qualquer para investigar acusações de roubos, queixas de perturbações da ordem pública ou para solucionar brigas causadas por acidentes de trânsito. Ouvi Adriana botando a mesa na cozinha e, subitamente, fui dominado pelo desejo de falar com ela, de dizer-lhe aonde estava indo e o que me esperava. Porém, no último momento, alguma coisa me segurou. Talvez o meu orgulho. Não queria que pensasse que estava falando com ela por fraqueza, porque estava sentindo necessidade de algumas palavras de consolo, e de tomar um pouco de coragem. No entanto, era isso o que eu queria. Bati a porta atrás de mim para que percebesse que eu tinha saído.

Da avenida Imitú até a rua Eratosthenos, não encontrei grande movimento; entretanto, a Vassilís Konstandinu estava engarrafada. Na Mesoyiu, a fila de carros ia devagar quase parando, e os motoristas não tiravam a mão da buzina. Foi assim que cheguei meia hora atrasado ao Ministério do Interior, na rua Katexaki.

– Comissário Xaritos. Para falar com o ministro – disse ao sentinela.

Ele consultou o quadro que tinha à sua frente e, com um "Entre, Sr. Comissário", permitiu minha entrada.

Saí do elevador e atravessei o corredor apressadamente, como se um minuto a menos de atraso teria alguma importância. Provavelmente não corri porque estava atrasado. Tinha pressa de ouvir os sermões e dar o fora.

— Pode entrar imediatamente, ele lhe espera — disse-me a secretária, assim que ouviu o meu nome.

Comparado com o três cômodos do Delópoulos, o gabinete do ministro era um quarto-e-sala com hall. Assim que entrei, vi a Santíssima Trindade esperando por mim. O ministro, Guikas e Delópoulos — Pai, Filho e Espírito Santo. O ministro e Delópoulos estavam sentados lado a lado no sofá, como se quisessem me mostrar que eram amigos. Guikas estava sentado na poltrona, do lado do ministro, e todos os três tinham os olhos voltados para mim.

— Desculpem-me o atraso, mas o trânsito estava engarrafado.

— Sente-se, Sr. Comissário. — O ministro me indicou a poltrona vazia, mas sua expressão dizia que preferia me manter de pé.

A cena falava por si mesma. Delópoulos queria minha cabeça em uma bandeja, o ministro quer agradá-lo porque quer ficar bem com ele; quanto a Guikas, este tem ambições e não quer ir contra os outros. Eu não sabia qual seria o meu fim, mas certamente, lá de dentro, só sairia mutilado.

— Como vão as investigações sobre os assassinatos das duas jornalistas do Xélas Channel, Sr. Xaritos? — perguntou o ministro. — Ultimamente só escuto queixas do senhor.

Guikas queria evitar o meu olhar mas, como eu estava sentado na sua frente, não sabia para onde olhar. Por fim, voltou os olhos lá para cima, acima de mim, ali onde a parede encontrava o teto. Estava se sentindo desconfortável, e demonstrava isso. Delópoulos, ao contrário, tinha o olhar preso em mim e não escondia sua satisfação. Talvez esse ataque em massa tenha sido o seu maior erro porque, quando temos coisas importantes em jogo, vamos sempre devagar, fazemos retiradas estratégicas ou mesmo cerimoniosas. Mas quando você já está queimado, e tão chamuscado como eu estava, você se joga de corpo inteiro no fogo e vamos ver o que vai dar. Decidi dizer tudo, mesmo que me colocassem em disponibilidade. Pelo menos teria a compensação de uma retirada heróica.

— As investigações evoluem em ritmo lento, como normalmente ocorrem em casos como este, Sr. Ministro. Mas estamos avançando.

— Pelo que eu soube, estão indo na direção errada. O Sr. Guikas lhe deu ordem expressa para prender Kolákoglou, e o senhor a ignorou para se ocupar de outra coisa.

— Absolutamente, não a ignorei. Neste mesmo instante, toda a força policial está procurando Kolákoglou, que, quando na prisão, entrou em contato com gente que, agora, lhe dá refúgio.

— E, enquanto isso, o senhor permite que o assassino psicopata circule livremente e mate à vontade — interveio Delópoulos com ironia. Ou viu o noticiário junto com o ministro, ou entrou em acordo com Petrátos para acusar Kolákoglou de assassino psicopata, o que era perfeitamente possível.

Delópoulos se virou para o ministro.

— O senhor pode votar quantas leis quiser para o combate à criminalidade, meu caro. Se o Corpo Policial não tiver um quadro eficiente, suas leis não trarão nenhum resultado.

— Não são necessárias muitas leis para o combate à criminalidade, Sr. Delópoulos — eu disse muito calmamente. — Bastaria uma só.

— E qual seria ela? — perguntou o ministro.

— Obrigar os jovens a, depois que terminam seu serviço militar, fazer uma pós-graduação de seis meses na prisão. O senhor já viu soldado que deu baixa querer voltar para o quartel? O mesmo acontece em relação à prisão.

Guikas se virou rapidamente e olhou para a mesa de reuniões, que estava encostada na parede da frente. Queria rir, mas se controlava.

— Não o chamei aqui para ouvir sua opinião a respeito da criminalidade — ouvi a voz gelada do ministro. — Quero que o senhor me fale a respeito de Kolákoglou.

— Duvido muito de que Kolákoglou seja um assassino psicopata, Sr. Ministro. — E comecei a desfiar para ele todas as maneiras como agem os assassinos psicopatas; usam sempre a mesma arma, todos os seus assassinatos são exatamente do mesmo tipo etc. — Tudo isso o Sr. Guikas já deve ter-lhe dito — completei.

Guikas não sabia, mas eu tinha certeza de que não tinha dito nada porque é de seu interesse navegar nas mesmas águas deles. Entretanto, percebeu que não podia manter nada escondido.

— Isso que o comissário Xaritos está dizendo é basicamente verdade. Porém, é lógico que existem exceções – acrescentou, sempre em cima do muro. Gostaria de dizer-lhe que não é isso o que diz o FBI, mas deixei passar.

Delópoulos percebeu que estava perdendo terreno e passou ao ataque:

— Tenho seu consentimento para publicarmos tudo isso, Sr. Ministro? Estou curioso para ver como o público vai receber todas essas teorias.

Fez exatamente aquilo que eu temia. Jogou todo mundo contra Kolákoglou, fanatizou a opinião pública, e, se agora começasse a dizer que a polícia alegava ser impossível ser ele o assassino, todos se voltariam contra nós. O ministro, ao que parece, tinha a mesma opinião porque quase suplicou:

— Não se apresse, Sr. Delópoulos. Dê-nos mais alguns dias. Estou certo de que vamos encontrar Kolákoglou e que tudo vai se esclarecer.

— Que seja, respeito seu desejo – respondeu Delópoulos compreensivamente. – Aliás, tenho confiança no Sr. Guikas. E, para comprovar como nos damos bem, aqui está.

Tirou do bolso um papel dobrado e o entregou ao ministro. Este pegou o papel e olhou para ele.

— O que é isto? – perguntou surpreso.

— A amostra da caligrafia do Sr. Petrátos que seu subordinado queria. O senhor pode compará-la com a letra das cartas encontradas na casa de Karayióryi. Porém, sob uma condição, Sr. Ministro. O senhor tem que proibir o seu subordinado de se ocupar de novo do caso, ou, pelo menos, de nos aborrecer. Ele acusou injustamente um conhecido jornalista pelo fato de ele ter tido, há algum tempo, um relacionamento com Yanna Karayióryi e isso não pode ficar assim.

É isso o que vale a minha cabeça? Tanto quanto a amostra da letra de Petrátos? Delópoulos está tão certo disso que acha dispensável citar meu nome, me chama simplesmente de subordinado.

— Isso tinha valor até hoje de manhã, Sr. Delópoulos – eu disse, sempre muito calmo. Nesse meio-tempo, foram encontrados outros indícios.

— Que outros indícios? Agora era Guikas que perguntava.

— Inicialmente, certifiquei-me de que o Sr. Petrátos não estava em casa, nem na emissora, na hora em que Kostarákou foi morta.

— Como outros 5 milhões de cidadãos gregos – respondeu, ironicamente, Delópoulos. – Será que o senhor não pode, finalmente, colocar um freio em sua teimosia e em seus preconceitos?

— O Sr. Petrátos tinha à sua disposição algo mais que os outros 5 milhões não tinham. O arame com que foi enforcada a Martha Kostarákou.

— O que o senhor disse? – O ministro foi o único que não pulou do seu lugar. Delópoulos ficou me olhando. Isso lhe foi tão inesperadamente jogado que ele não sabia como reagir.

— Na garagem do edifício, ao lado do lugar onde o Sr. Petrátos estaciona o carro, encontrei um pedaço de arame igual ao que foi usado para enforcar Kostarákou. Tenho até uma testemunha ocular.

— Você tem certeza de que foi com este arame que enforcaram Kostarákou? – perguntou Guikas.

— Entreguei-o hoje à tarde ao Departamento de Identificação. Assim que tivermos o resultado do laboratório, vamos saber mais. O senhor vai receber meu relatório, por escrito, amanhã de manhã.

Os três ficaram calados. Entenderam perfeitamente bem o que significava o que eu tinha dito. Se me afastassem das investigações e, amanhã, ficasse constatado que eu tinha dito a verdade, algum jornalista poderia descobrir o meu relatório e os colocaria contra a parede.

— Muito bem. O senhor pode ir, Sr. Comissário – disse o ministro.

Cumprimentei a todos em geral, mas ninguém estava prestando atenção a mim. Estavam todos muito pensativos. Só nos lábios de Guikas percebi um leve sorriso e em seus olhos um brilho de esperteza. Parecia satisfeito, mas eu não ganhava nada. Ele jogava o seu próprio jogo.

Saí com a satisfação de que, pelo menos, nadara contra a maré. Não por ser um policial ridículo, mas sim por ser um ridículo policial.

# Capítulo 24

Eu segurava o croissant com a mão esquerda enquanto, com a direita, escrevia febrilmente. Queria mandar meu relatório a Guikas antes de ser colocado em disponibilidade ou que me transferissem para algum distrito do Lekanopediu. Tinha tomado a decisão de não me envolver mais de jeito nenhum, mas não tinha contado com Atanásio, que me esperava como cada manhã.

— Saia, tenho um trabalho a fazer — disse-lhe rispidamente para me livrar dele.

Mas ele não se mexeu. E não foi só isso, hoje não tinha nem a expressão característica de besta.

— Conseguimos alguma coisa com Kolákoglou.

Esta, então, era a razão. Se me tivesse dito isso ontem, eu ficaria satisfeito e ele teria recebido de mim alguma palavra doce. Mas, hoje de manhã, acordei decidido a me retirar do caso, havia me convencido de que não tinha mais nada com isso; Guikas, o atual responsável, que entrasse pelo cano. Por outro lado, eu não queria dar motivo para comentários prematuros, assim, perguntei muito naturalmente:

— O que conseguimos?

— Ele foi visto ontem de madrugada em um bar da Mixail Voda, junto com um outro cara. O proprietário o reconheceu e ligou para o 190, mas até que a patrulha chegasse, eles já tinham saído.

— Está vendo o que estava dizendo ontem? – Quando você apanha de todos os lados, mesmo uma tão insignificante vitória é um consolo.

— O proprietário conhece o outro cara. O nome dele é Surpi e é da praça. Um pouco receptador, um pouco agiota. Ele não sabe onde o outro mora, mas de vez em quando passa pelo bar para pegar alguma mulher da loja. De hoje em diante, vou botar algum dos nossos lá no bar. Assim que vir ou um ou outro, vai agarrá-lo.

— Muito bem. Faça um relatório de tudo isso.

— Um relatório?

Ele esperava ouvir um elogio, mas eu estava muito preocupado com a minha própria justificativa. Ia mandar o relatório dele para Guikas, junto com o meu, para que ele visse que eu não estava interessado apenas em Petrátos, que continuava a procurar Kolákoglou. Queria que ele entendesse que fora injusto comigo. Daqui para a frente, que fizesse o que bem entendesse. Atanásio continuava olhando para mim, surpreso. Ia dizer alguma coisa, mas engoliu e saiu da minha sala.

Mordi meu croissant sem vontade, muito mais por costume, e continuei a escrever. Perguntava-me se iria encontrar croissant na área para onde iriam me mandar ou se seria necessário me contentar com folheado de queijo. Provavelmente Adriana teria que preparar sanduíches que eu levaria embrulhados em papel-alumínio.

Ontem, quando eu voltei, ela fez de conta que estava dormindo. Mas encontrei a mesa posta e a comida em fogo baixo, no fogão. Uma outra maneira de me mostrar que, embora estivéssemos brigados, preocupava-se comigo. Não fechei o olho durante toda a noite. Ela sentia que eu me virava de um lado para o outro a seu lado, mas não disse nada. Quando me levantei de manhã, ainda dormia porque demorou a pegar no sono. Antes de sair, deixei o dinheiro para as despesas, em cima da mesa, e 5 mil a mais. Assim, de modo ambíguo: eu poderia ter feito isso de propósito ou ter contado o dinheiro errado, deixei que ela decidisse.

Tinha enchido duas páginas de correspondência e já estava nos finalmentes, quando Sotiris entrou na sala.

— Agora não – disse-lhe, sem levantar a cabeça, como o aluno que está fazendo prova.

— Aí fora tem uma moça que quer falar com o senhor.

— Quando eu terminar.

— Diz que é sobrinha da Yanna Karayióryi.

Parei no meio da frase. Anna Karayióryi era a última pessoa que eu esperava ver na manhã daquele dia.

— Faça-a entrar – disse.

Ela estava usando um *collant* preto que entrava pelo cano das botas de caubói, um pulôver cinza e, por cima, um casaquinho preto de couro. Trazia nas mãos uma sacola plástica. E, mais uma vez, fiquei impressionado com sua semelhança com a Yanna. A mesma expressão arrogante. A diferença é que ela era moça e ainda não tinha acrescentado ironia a seu olhar. Era simplesmente fria e mantinha os outros a distância. Ficou em pé ao lado da porta e me olhou. Perguntei-me se também herdara da tia a mesma aversão pelos homens.

— Entre, sente-se.

Sentou-se na ponta da cadeira e continuou a me olhar.

— Não sei se é certo o que estou fazendo – disse depois de alguns instantes.

Calou-se como se esperasse alguma coisa de mim. Talvez quisesse que eu facilitasse as coisas para ela. Entretanto, o que eu podia dizer? Não sabia nem por que tinha vindo, nem o que tinha intenção de fazer. Por isso deixei-a decidir sozinha.

— Quebrei minha cabeça durante toda a noite e não consegui dormir.

— Já que veio até aqui, quer dizer que decidiu falar comigo. Diga-me, pois, por que você veio e depois veremos.

Pegou a sacola plástica e tirou de dentro um envelope grosso com uma cordinha, como esses que tínhamos encontrado no apartamento de Karayióryi. Parecia que ia me dar, mas o segurou com toda a força.

— A tia me deu este envelope, sem que minha mãe o visse, e pediu que o guardasse. Disse-me que, se alguma coisa acontecesse a ela, que o desse para Martha Kostarákou.

Eis aí a explicação do misterioso telefonema de Karayióryi para Kostarákou. Queria que Kostarákou visse a reportagem com a notícia-bomba para tomar conhecimento do que se tratava, se o envelope chegasse às suas mãos. Nós procuramos no computador de Karayióryi e o quente estava nas mãos da sobrinha.

— Ontem, quando soube que Martha Kostarákou tinha morrido.

O "mataram" estava apertado em seu peito. Assim, foge dele com o "morrido", que é mais anódino – não sabia o que fazer.

— Tive medo de falar com a minha mãe porque ela se assusta à toa. Foi por isso que fiquei acordada a noite toda. Por fim, decidi dá-lo para o senhor.

Desta vez, empurrou decididamente o envelope na minha direção. Eu não tive pressa em abri-lo. Queria folheá-lo calmamente. A garota achou que sua missão tinha terminado e se levantou para sair.

— Por que você não deu o envelope para Kostarákou enquanto ela ainda estava viva?

A pergunta a surpreendeu, ela parecia perdida. Tentou se justificar.

— Eu o teria entregado, mas tive várias coisas para fazer, tive aulas na faculdade. Além disso, como poderia imaginar que alguém a mataria?

— Ontem de manhã, você foi procurá-la para dar-lhe o envelope, mas encontrou-a morta, e fugiu. Quando você se recuperou, ligou para o 190 de uma cabine telefônica e nos avisou sem dizer o seu nome.

Existem algumas idéias que, de repente, passam pela sua cabeça. Você não tinha pensado nisso, não tinha feito nenhuma associação, entretanto, você sabe que estão corretas. Eu sabia que a minha estava certa quando vi a expressão de Anna Andonakáki. Ficou pálida, perdeu a expressão fria e o medo se espalhou pelo seu olhar. Começou a gritar, mas seus gritos tinham um quê de histeria, como os de todos que começam a gritar para sair de uma situação ruim.

— O senhor está louco? Passei todo o dia de ontem na faculdade. Quanto a Martha Kostarákou, eu soube à noite pelo noticiário.

— Escuta, Anna — disse-lhe docemente. — Seria muito fácil para mim verificar se você foi à casa de Kostarákou. É só eu fazer o porta-a-porta, perguntar aos vizinhos com uma fotografia sua na mão, até encontrar alguém que te reconheça. O resto é uma brincadeirinha.

— Faça o que quiser — teimou. — A culpa é minha, quem mandou eu trazer o envelope para o senhor?

— Você fez muito bem em trazê-lo. Alguma coisa me diz que, por causa deste envelope, mataram sua tia e Kostarákou. Você não tinha nenhuma razão para matá-la, consequentemente, ninguém suspeita de você. A única coisa que quero é que você me diga a que horas encontrou Kostarákou morta. Isso tem muita importância para a investigação.

Ela se sentou de novo na cadeira e ficou imóvel. Olhava para mim, mas seu pensamento estava longe.

— Não quero confusão. Se os jornalistas souberem, vão preocupar minha mãe... Eu... não vou ter paz.

— Ninguém vai saber de nada. Não vou interrogá-la; por enquanto, isso vai ficar entre nós. Se for necessário que você deponha, você vem e depõe.

Continuou a me olhar desconfiada, mas o fato de que não seria interrogada lhe acalmou um pouco. Quando começou a falar, sua voz era um sussurro.

— Eu tinha telefonado para ela na véspera perguntando se podia passar por lá.

— A que horas você telefonou?

— Às nove e meia da manhã, mas ela ia sair e estava com pressa. Depois disso, nossos horários não coincidiram e combinamos que eu passaria no outro dia, antes de ir para a aula.

— Você se lembra que horas eram?

— Devia ser dez e meia, mais ou menos, porque eu tinha aula no Laico, em Gudí, às onze. Se eu tivesse tocado a campainha na entrada, ela não teria aberto e eu teria ido embora. Mas a porta de entrada estava aberta e eu entrei. Subi ao terceiro andar, toquei duas ou três vezes. Ninguém abriu. Estava pronta para ir embora, quando notei que as duas folhas da porta estavam apoiadas uma sobre a outra, mas a porta estava aberta. Empurrei a porta e entrei.

Comecei a chamá-la pelo nome, sem receber resposta. Por um momento, pensei em deixar o envelope e ir embora porque não queria chegar atrasada à aula. Porém, pensei que, para deixar a porta aberta, ela deveria estar por perto, assim, entrei na sala para esperá-la.

Parou e começou a tremer. Ia chorar, mas conseguiu se controlar. Sua voz, agora, saía com dificuldade, tropeçava em cada palavra.

– Subitamente vi-a diante de mim, caída no chão. Seus olhos estavam arregalados, presos na porta, ali onde eu estava. Era como se ela estivesse olhando para mim.

Não pôde mais se controlar. Cobriu o rosto com as mãos e começou a chorar convulsivamente. Deixei que ela desabafasse para relaxar.

– Como estava a sala? – perguntei depois de um tempo.

– De cabeça para baixo, como se tivesse havido um terremoto.

– Você tocou em alguma coisa?

– Não fiquei mais do que um minuto. Assim que passou o primeiro choque, fugi. Quando cheguei na rua, lembrei-me que tinha deixado a porta aberta, mas não ousei voltar. Aliás, eu a tinha encontrado aberta.

– De onde você nos avisou?

– Do hospital. Inicialmente, pensei em não avisar. Antes de entrar para a aula, subitamente, me conscientizei de que tinha que fazê-lo, e liguei para o 190.

– Muito bem, Anna. Terminamos. E não tenha medo, ninguém vai saber de nada. Você tem a minha palavra.

– Muito obrigada. – Enxugou as lágrimas e se levantou. Ainda estava com a sacola plástica na mão e não sabia o que fazer com ela.

– Dê-me. – Peguei a sacola e coloquei o envelope de volta. Era melhor que ninguém botasse o olho nele antes que o tivesse examinado minuciosamente.

Anna tinha chegado à porta, quando esta se abriu de repente Atanásio entrou.

– Estou lhe trazendo o relatório – disse.

Viu Anna e ficou petrificado. Olhava para ela e não conseguia descolar os olhos. Esta lhe lançou um olhar indiferente, jogou um tchau para mim e saiu.

– É a sobrinha de Karayióryi – disse-lhe, quando fechou a porta, para que se recuperasse da surpresa.

– Sobrinha dela?

– Sim. Chama-se Anna Andonakáki e é filha de uma irmã de Karayióryi. Você viu como se parecem?

Parecia que não estava me ouvindo. Seu olhar ainda estava pousado na porta. Por fim, aproximou-se e me deu seu relatório.

– Inacreditável – murmurou.

Continuou dizendo inacreditável enquanto saía da sala. Eu tinha sofrido o mesmo choque quando a vi pela primeira vez.

# Capítulo 25

O envelope estava diante de mim, amarrado pelos três lados com um duplo nó. A lógica dizia que eu deveria colocá-lo de lado e terminar meu relatório. Se eu mandasse para Guikas, junto com o relatório de Atanásio sobre o Kolákoglou e o envelope de Karayióryi, provaria que não estava perseguindo apenas Petrátos, que tinha dirigido a investigação simultaneamente para três frentes. O ministro e Guikas iriam morder a língua. Era isso o que dizia a lógica. Mas o instinto me mandava abandonar a lógica e pegar o envelope.

Puxei-o para mim e comecei a desfazer os nós. Em cima de tudo, havia um envelope da Kodak com negativos. Cristos Pilarinós era um desses empresários que germinaram na última década. Digo germinaram na plena expressão da palavra. Era um antigo esquerdista, tinha ido para as montanhas com Marco, o chefe da guerrilha comunista durante a guerra civil grega, e, com a rendição, acabou em algum país da Europa Oriental. Em 1976, de Praga, pediu o repatriamento. Apareceu uma manhã em Atenas e comprou uma agência de turismo que estava a ponto de falir. Em dez anos, abrira agências de turismo em toda a Europa, a Prespes Travel, com ônibus que percorriam as linhas normais do exterior. Mas não parou aí. Paralelamente, levantou a Transpilar, uma companhia de transporte internacional de mercadorias com uma frota de enormes caminhões fechados e caminhões frigoríficos. Hoje, era o primeiro nome no turismo e nos transportes terrestres.

Seguiam-se outros recortes da mídia diária, de jornais especializados em economia, e de revistas. A maior parte falava sobre o sucesso do grupo Pilarinós, parecia até time de futebol que tinha ganhado o campeonato.

Terminados os recortes, vi-me diante de um mapa. Era um mapa-múndi cortado de um atlas escolar. Alguém tinha sinalizado, com marcador vermelho, quase todas as cidades dos Bálcãs e da Europa Central, assim como da América e do Canadá. Elas estavam ligadas entre si por cores. Por exemplo, sete linhas verdes saíam de Amsterdã, de Frankfurt, de Londres, de Nova York, de Los Angeles, de Montreal e de Toronto e terminavam em Atenas. Três linhas amarelas uniam Tirana a Praga, Sofia a Varsóvia e Bucareste a Budapeste. Uma linha azul unia Tirana a Atenas.

Quebrei minha cabeça para entender por que Karayióryi tinha riscado o mapa. Muito bem, as cores diferentes levavam a diferentes atividades, isto era fácil de deduzir. A pergunta era: por que ela tinha concentrado todos esses dados em Pilarinós? O que ela tinha feito, alguma investigação? Ou será que havia outros no meio? Lembrei-me do que me dissera Sperantzas: que Karayióryi tinha relações com pessoas importantes. Será que ela mantinha relações com Pilarinós, ou colaborava com ele, ou, quem sabe, ele tinha o rabo preso e ela o chantageava? Se eu tivesse, agora, a sua agenda, talvez descobrisse alguma coisa. Inicialmente, pelos telefones. Ela deveria ter algum telefone das empresas de Pilarinós, é lógico. Mas qual dos telefones? O central? Ou o telefone de algum alto funcionário? Ou o telefone particular de Pilarinós? A partir daí, eu poderia tirar alguma conclusão.

Minhas esperanças de encontrar algum papel ou algumas anotações de Karayióryi que me esclarecessem acabaram, mas, quando já estava chegando ao fim do envelope, descobri uma folha de relatório, como a que eu mesmo utilizo, dobrada no meio. Abri-a e caí sobre uma lista manuscrita de chegadas:

| Data | De | Espécie | Data | De | Espécie |
|---|---|---|---|---|---|
| 20/6/91 | Tirana | Caminhão | 26/6/91 | Londres | Charter |
| 25/8/91 | Tirana | Caminhão | 30/8/91 | Amsterdã | Charter |
| 30/10/91 | Tirana | Caminhão | 5/11/91 | N. York | Excursão |
| 22/4/92 | Tirana | Caminhão | 25/4/92 | Amsterdã | Excursão |
| 18/7/92 | Tirana | Caminhão | 22/7/92 | Los Angeles | Charter |
| 25/9/92 | Tirana | Caminhão | 29/9/92 | Montreal | Charter |
| 5/11/92 | Tirana | Caminhão | 10/11/92 | Frankfurt | Excursão |
| 6/2/93 | Tirana | Caminhão | 10/2/92 | Toronto | Excursão |

Olhei a lista, mas não consegui tirar nada dela. A única coisa que, de certa maneira, combinava eram as datas: 20/6-22/6, 25/8-30/8... A maior distância entre duas datas da mesma linha é de cinco dias. Mas, e quanto às outras? Que relação existia entre Tirana e Londres, Amsterdã ou Nova York? E ia por aí. Isto é, como vinham turistas de Tirana em caminhões-frigoríficos e continuavam a excursão para Amsterdã ou Londres em vôo charter? Ou será que não eram turistas e sim mercadorias? Besteira! Pelo amor de Deus, os albaneses não possuíam uma rede de exportação como esta!

Mas, na improvável possibilidade de que fosse isso, então a declaração teria que registrar entrada e saída e não duas chegadas simultâneas. Não, o que quer que fosse que os caminhões frigoríficos tivessem transportado tinha por destino Frankfurt, Londres e outras cidades, é isso o que mostram as datas. Até aqui, tudo certo, só que a declaração não se refere ao que estava sendo transportado.

Vou para a segunda página do papel e caio sobre outras duas declarações que, ao invés de esclarecerem as coisas, confundem-me ainda mais.

| Data de saída | De | Destino | Espécie |
|---|---|---|---|
| 26/6/91 | Tirana | Praga | Ônibus |
| 16/8/91 | Sofia | Varsóvia | Ônibus |
| 30/10/91 | Bucareste | Budapeste | Ônibus |
| 5/1/92 | Tirana | Praga | Ônibus |
| 6/3/92 | Bucareste | Budapeste | Ônibus |
| 12/6/92 | Sofia | Varsóvia | Ônibus |
| 3/9/92 | Tirana | Praga | Ônibus |
| 5/12/92 | Tirana | Praga | Ônibus |

| Nome | Data | Destino | Meio |
|---|---|---|---|
| Yannis Emíroglu | 30/6/91 | Praga | Ônibus |
| ????? | ????? | Varsóvia | ?????? |
| Aléxandros Fotíu | 5/11/91 | Budapeste | Aéreo |
| Eléni Skaltsá | 12/1/92 | Praga | Aéreo |
| Spíros Gonatás | 15/3/92 | Budapeste | Ônibus |
| ????? | ????? | Varsóvia | ????? |
| Vassilikí Petássi | 12/9/92 | Praga | Ônibus |
| ????? | ????? | Praga | ????? |

Certamente, as duas situações estavam relacionadas, pelo menos em relação às datas. Em 25/6/91, um ônibus saiu de Tirana para Praga e, em 30/6/91, um certo Yannis Emíroglu também saiu para Praga. Em 30/10, mais um ônibus saiu de Bucareste para Budapeste e, em 5/11, Aléxandros Fotíu também saiu, de avião, para Budapeste. Entretanto, mais interessantes eram os ônibus que saíram em 16/8/91 e em 12/6/92 de Sofia para Varsóvia, assim como o que saiu em 5/12/92 de Tirana para Praga. Parece que isso a Karayióryi não conseguiu esclarecer e colocou pontos de interrogação. Mas eu ainda não conseguia perceber quem os gregos foram encontrar em Praga, em Varsóvia e em Budapeste. E por que os que saíram de Tirana ou de Sofia ou de Bucareste não vieram para Atenas, sendo necessário que os nossos transpusessem milhares de quilômetros para se encontrarem com eles?

Concluí que era necessária uma grande investigação para tirar algum sentido disso. Fosse qual fosse o segredo escondido aí, Karayióryi o levara junto com ela para o túmulo. Uma coisa era certa: se os crimes tinham relação com o conteúdo do envelope, o assassino matou para que Karayióryi parasse com a investigação e para que Kostarákou não pegasse o envelope. Já que ele queria tanto o envelope, por que não deu uma busca no apartamento de Karayióryi? Talvez não tivesse tido tempo para isso, ou então porque só depois descobriu que o envelope continha algum dado condenatório e quis pegá-lo.

Meu primeiro impulso foi chamar Sotiris e dar-lhe instruções para que começasse com as investigações, mas me contive. Era melhor dar o envelope para Guikas e deixar que ele decidisse. Normalmente, eu deveria estar satisfeito porque agora as coisas haviam tomado um outro rumo e parecia que eu ia, finalmente, sair de toda esta história sem me machucar.

Estava praticamente no fim quando caí sobre um outro envelope; este era fino, um desses envelopes azuis que os advogados usam. Assim que o abri, minha mão ficou no ar segurando a extremidade do envelope, e eu, petrificado, olhando seu conteúdo. Eram xerox de relatórios da polícia, uns nossos e outros de outros distritos, que tinham chegado até nós. O primeiro se referia ao desaparecimento de um bebê da maternidade na década de 90. Na época, uma enfermeira do berçário fora acusada, mas nada ficou provado contra ela e o caso foi arquivado. O segundo era referente a um caso de imigrantes ilegais búlgaros que tinham conseguido passar pela fronteira no caminhão de alguém da Salônica, em março de 91, mas foram pegos e mandados de volta. Entre eles, havia quatro mães com seus bebês. Este detalhe está sublinhado de vermelho, certamente por Karayióryi. Existiam ainda seis relatórios dentro do envelope e todos referentes a desaparecimentos ou comércio de crianças, que tinham sido arquivados. O mais recente era o meu relatório sobre o casal de albaneses e as 500 mil dracmas encontradas na caixa da descarga do banheiro deles. E isso também estava sublinhado de vermelho.

Agora eu estava entendendo por que Karayióryi teimava em me perguntar se os albaneses tinham filhos. Acreditava que o assassinato deles tinha relação ou com o comércio ou com o rapto de crianças, e queria me empurrar nessa direção. Encostei-me na cadeira, fechei os olhos e tentei relembrá-la. Era uma mulher misteriosa. Tinha Petrátos como amante e o desdenhava. Entretanto, confiava em mim, embora soubesse que eu antipatizava com ela e com Kostarákou, que tinha tudo para me odiar.

O N não era Petrátos. Estava quase certo de que seu tipo de letra não ia ser compatível. O desconhecido N era a pessoa que queria o envelope e que a ameaçava. Sem dúvida a notícia-bomba estava relacionada com tudo isso. Mas quem lhe dava os dados de nosso arquivo? Quem era subornado? Conhecia bem as conseqüências e não queria ter outras responsabilidades nos ombros. Até mesmo os meus *points* eram como minha conta bancária, três dracmas e sessenta centavos. Peguei o telefone e pedi a Kúla que me pusesse em contato com Guikas.

Ele me cumprimentou com um seco – sim.

– Preciso falar com o senhor imediatamente.

– Estou ocupado. Se for em relação ao seu relatório, mande-o para mim.

– Não se trata do meu relatório. É algo muito mais grave.

– Tem relação com o caso?

– Tem, mas também tem relação conosco. Alguém daqui era subornado para passar dados de nossos arquivos para Yanna Karayióryi.

Ele pensou durante um momento.

– Venha – disse e desligou.

Peguei o envelope de Karayióryi, coloquei-o na sacola plástica de Andonakáki e sai da sala.

# Capítulo 26

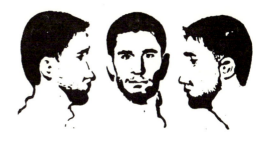

O arquivo estava aberto em cima da mesa dele. Do seu lado direito, as fotografias e as anotações de Karayióryi. À sua esquerda, as xerox de nossos arquivos. A atenção de Guikas estava voltada para o primeiro. Eu estava de pé diante dele e o observava. Tinha colocado o envelope da Kodak por baixo de tudo, para que ele visse primeiro os recortes.

— Pilarinós! – disse, e rapidamente puxou a mão, como se estivesse sendo queimada.

— Tem continuação.

Ele olhou para mim; ainda não decidira se devia se espantar ou se aterrorizar. Deu uma olhada para o volume que formava o envelope e, finalmente, se aterrorizou. Tomou uma decisão e começou a folheá-lo. Viu os recortes restantes, o mapa, as anotações de Karayióryi. Seu rosto se ensombreou.

— O que você pretende fazer com tudo isso? – perguntou. – Será que Petrátos não é o bastante? Temos agora também Pilarinós? Parece que tem culpa no cartório, mas isso não significa obrigatoriamente que tenha matado as duas moças ou que mandou alguém liquidá-las. Pode ser que os dois casos não tenham nenhuma relação. Então, o que você pretende fazer?

Eu sabia o que fazer, mas guardei para mim.

— O que o senhor me disser para fazer. O senhor é quem está coordenando as investigações.

Ele me olhou.

— Sente-se — disse.

Só então entendeu por que eu estava tão frio e formal. Inclinou-se para a frente tomando um ar de muita familiaridade, muito pessoal, como se fôssemos amigos de infância.

— Ouça, Kostas. Você é um bom comissário. Tem cabeça e disposição. Mas tem um defeito. É inflexível, não tem jogo de cintura, não sabe manobrar. Você mergulha de cabeça, cai na parede e quebra a cara. Quando precisamos lidar com pessoas como Delópoulos e o Pilarinós, temos que escorregar como um peixe, senão eles nos envolvem em papel de embrulho e nos jogam no lixo.

Eu fiquei calado porque sabia que ele tinha razão. Realmente sou inflexível e, quando tenho uma idéia na cabeça, persigo-a sem pensar nas conseqüências.

— Eu disse que tinha assumido pessoalmente as investigações para tirar a pressão de cima de você e defendê-lo. Ontem à noite, quando Delópoulos saiu, eu disse ao ministro que você era o único que podia esclarecer o caso. Bastava ser um pouco mais discreto e me informar periodicamente para que eu pudesse lhe cobrir.

Perguntei-me por que ele estava me dizendo tudo isso. Era porque realmente acreditavam nisso, ou porque queria me mostrar que sabia escorregar como um peixe? Ontem me batia, e hoje era meu anjo da guarda? Assim que viu que teria que se meter com Pilarinós, passou-me a bola e tirou o dele da reta.

— Diga, então. O que você pretende fazer?

— Vou mandar uma solicitação ao correio para saber o que transportavam os caminhões frigoríficos, aos quais se refere Karayióryi. No aeroporto, vou pedir que me digam se existe uma lista de passageiros de excursões e de vôos charter.

— E se não existirem?

— Não vou fazer nada por enquanto. Não quero pedir nada à empresa do Pilarinós porque vou levantar suspeita, e isso não me interessa. Vou mandar revelar o filme para ver que informações nos dá. E vou interrogar aqueles gregos que foram a Praga, a Varsóvia e a Budapeste. Quero saber por que eles foram.

– O problema é saber como vamos nos aproximar de Pilarinós sem fazermos marola.

– Conheço alguém que pode nos informar. Não é gente nossa, é relacionamento pessoal e não posso dizer quem é. Em todo caso, é uma fonte fidedigna.

Ele olhou para mim e sorriu.

– Muito bem. E com Petrátos, o que vai acontecer?

– Vou esperar os relatórios do grafologista e do laboratório sobre o arame. Entretanto, só entre nós, não tenho muitas esperanças. É um arame comum, vendido em qualquer lugar. E, quanto às cartas, já não acredito que Petrátos as tenha escrito. Foram escritas por alguém que queria o envelope de Karayióryi. Não é impossível que os dois casos não estejam relacionados, como o senhor mesmo disse, e que o assassino seja o Petrátos. Mas precisamos investigar mais.

Calei-me e olhei para ele.

– Tem mais uma coisa. Coisa boa.

Falei-lhe sobre Kolákoglou. Ele me ouviu e seu rosto se iluminou.

– Por que você não me disse antes? – disse entusiasmado.

Precipitou-se ao no telefone e disse a Kúla que ligasse para Delópoulos. Eu olhei para ele, estupefato. Ele percebeu e sorriu.

– Você está curioso, hein? – disse. – Agora você vai ver o que significa escorregar.

Quando Delópoulos atendeu, ele lhe contou tudo, menos o nome do proprietário do bar. Desligou o telefone satisfeito.

– Delópoulos está pulando de alegria. A partir de agora, vai se dirigir só a mim. Vai deixar você sossegado para trabalhar. E mais uma coisa. Quero os dois relatórios, o seu e o outro sobre Kolákoglou, para mandar para o ministro. Temos que fechar algumas bocas.

Seu olhar caiu sobre o outro envelope, o azul. Abriu-o e o folheou rapidamente. Levantou vagarosamente os olhos.

– Você sabe que sou obrigado a abrir um inquérito administrativo – disse.

– Entendo, mas gostaria que o senhor o retardasse.
– Por quê?
– De qualquer forma, Karayióryi está morta e não vai mais nos roubar relatórios. No entanto, aquele que os dava para ela pode estar mais profundamente envolvido. Agora dorme tranqüilo porque acha que não desconfiamos de nada. Se o senhor abrir o inquérito administrativo, vai acordá-lo antes da hora. Deixe que a investigação continue para vermos que outros dados podem aparecer.
– Muito bem – disse depois de pensar um pouco. – Vou informar verbalmente ao ministro e dizer-lhe que vou esperar um pouco. – Deu-me o envelope. – Tranque-o em sua gaveta. É melhor que ninguém mais saiba disso.

Eu estava tão ansioso para entrar em ação, que nem tive paciência de esperar o elevador. Desci a escada de dois em dois degraus. Quando cheguei no corredor, vi o habitual ajuntamento diante de minha porta.

– Se vocês querem alguma declaração, rapazes, dirijam-se ao Sr. Guikas. Como vocês sabem, ele assumiu pessoalmente o caso.

Eles sabiam e não insistiram. Começaram a percorrer o corredor em direção ao elevador. Sotirópoulos fez de conta que os seguia, mas voltou.

– Podemos falar só um pouquinho?
– Colocaram-me mordaça. Não me deixe em má situação.

Sorriu com compreensão e me deu uns tapinhas no ombro.

– É só uma tempestade, vai passar – disse com ar de consolação.

Peguei um maço de papéis e fiz umas cópias; em cima, as anotações sobre os caminhões frigoríficos, e embaixo, as anotações dos trajetos e dos charter. Em uma outra folha, copiei os cinco nomes da segunda relação de Karayióryi. Chamei Sotiris.

– Pergunte na alfândega o que esses caminhões frigoríficos transportavam. É bem possível que sejam da Transpilar, empresa do Pilarinós. E pergunte no aeroporto se eles têm a lista de passageiros dessas duas excursões de charter. Provavelmente organizadas por uma agência de turismo pertencente a Pilarinós. Quero que você interrogue pessoalmente estes cinco. Queremos saber por que viajaram.

Ele pegou os dois papéis, mas não saiu. O nome de Pilarinós despertou sua curiosidade e queria saber mais.

– Vamos, não perca tempo. Conto tudo quando chegar a hora. E chame Atanásio.

Até que Atanásio chegasse, continuei a fazer o meu relatório, mas não cheguei a terminar. Entrou em um minuto.

– Ligaram do laboratório – disse. – O arame é igual ao usado para matar Kostarákou, mas não podem afirmar se o pedaço utilizado pertencia ao mesmo rolo. Se o arame usado pelo assassino tivesse sido encontrado, talvez eles pudessem constatar se tinham sido cortados do mesmo rolo. Em todo caso, eles têm certeza de que o arame não foi cortado nem com tesoura, nem com alicate, e sim com a mão.

Isso era um dado. Se, por acaso, Petrátos tivesse visto o arame e resolvido utilizá-lo, furioso como estava, poderia tê-lo cortado com a mão. É lógico que qualquer pessoa que quisesse um pedaço de arame e estivesse com preguiça de ir buscar um alicate teria feito o mesmo.

– Petrátos dirige um Renegate. Quero que você passe a pente fino a área onde Kostarákou morava e verifique se, por acaso, alguém o viu por lá na hora em que ocorreu o assassinato. Acho difícil que alguém se lembre do número da placa, mas, pelo sim, pelo não, anote-a. É XPA-4318. E leve este filme ao laboratório para revelação.

Expulsei o Atanásio e mergulhei no relatório. Terminei em quinze minutos. Antes de entregá-lo, liguei para Politu, a juíza que assumiu o caso do albanês, e a informei sobre os acontecimentos recentes.

– Qual é a possibilidade de se tratar de comércio de bebês? – perguntou.

– Ainda não sei. Mas não é impossível que o albanês tenha matado o casal pelo motivo que Karayióryi desconfiava, e não pelo que confessou.

– Muito bem. Aviso-lhe assim que o chamar para interrogatório – disse-me e desligou.

Entreguei os dois relatórios a Guikas e, depois, desci até o subsolo onde se encontravam os arquivos. O encarregado se espantou ao me ver.

— Como o senhor se lembrou da gente, Sr. Xaritos?

Era um homem de uns 40 anos, sempre sorridente. Tivera a má sorte de, dois anos atrás, se meter com o filho de um ministro, que brigava em um bar e que tinha ferido gravemente um funcionário. O ministro pressionou alegando que seu filho teria agido em legítima defesa, mas o Yannis, com a coragem dos jovens, não voltou atrás. Por fim, o rapaz foi condenado a seis meses com suspensão de pena, e o Yannis passou a tomar conta dos arquivos.

— Yannis, quero que você me faça um favor pessoal.

— Se eu puder, com muito prazer.

— Quero saber que envelopes do nosso serviço foram solicitados ao arquivo no último ano e meio, e quem os pediu.

— Um ano e meio? – disse, evidentemente se apavorou.

Sabia que estava lhe impingindo um trabalho de carregador do cais do porto. Ele teria que procurar todas as solicitações, uma a uma. Mas não sabia o número dos envelopes e não queria pedi-los a ninguém do serviço para não abrir os olhos do colaborador da Karayióryi.

— O que posso fazer? Não posso lhe negar nada – disse. — Mas vai demorar um pouco.

— Por favor, o mais rápido que puder. – Apertei-lhe amigavelmente a mão para mostrar minha gratidão.

Começou a cair uma chuva fina. Entrei no Mirafiori e fui me encontrar com o Zissis. O amigo pessoal cujo nome eu não quis dar a Guikas.

# Capítulo 27

Lambros Zissis morava na rua Ekavis, em Nova Filadélfia. Se você saísse por volta de uma hora, como eu saí, precisaria de, pelo menos, uma hora e meia para deixar a avenida Galatsiu e entrar na Patisiu, para virar na Axarnon e, através da Três Pontes, pegar a avenida Dekelías. A rua Ekavis fica no meio da bifurcação entre as ruas Dekelías e a Pindu, e é paralela a uma outra rainha destronada, a Jokastis. Parece que as colocaram uma ao lado da outra para chorarem juntas e se consolarem mutuamente.

Conheci Zissis em 1971, na Bubulina, quando era guarda no presídio. Kostarás queria que estivéssemos sempre presentes durante os interrogatórios para aprender, como ele dizia. No fundo, não dava a mínima à nossa educação. Simplesmente se orgulhava de que, para ele, não existiam durões, ele quebrava todos e, para prová-lo, montou todo um teatro onde o público éramos nós, os recrutas.

Mas Zissis era ainda mais durão do que ele. Tinha começado sua carreira nos subterrâneos da SS, em Merlin, e continuou no Xaidari, formou-se em Makronísio e não dava a mínima para Kostarás. Sentava-se na frente de Kostarás, olhava-o firmemente nos olhos e não abria a boca. Kostarás ficava uma fera. Experimentou em Zissis toda a sua antiga tecnologia: surras; pancadas na sola dos pés; imagens de execuções; deixou-o, totalmente vestido, dentro de um barril de água gelada, durante horas; fê-lo subir ao terraço da Bubulina ameaçando jogá-lo lá de cima; até choque elétrico usou com ele, mas a única coisa que conseguia tirar dele eram gritos de dor, nem uma palavra saía de sua boca. Quando eu o levava de volta para a cela, tinha que segurá-lo pelas axilas, ou então arrastá-lo, pois ele não conseguia se manter em pé.

Inicialmente, pensei que fosse um bobo querendo mostrar coragem e que, mais cedo ou mais tarde, quebraria. Mas, à medida que se mantinha firme, eu, que era obrigado a ficar sentado lá dentro, mudo, observando a cena, para passar o tempo, comecei a apostar nele. Era como se existisse mais alguém ali para me dizer – hoje ele quebra – enquanto eu apostava em Zissis e pedia que ele não quebrasse para que eu pudesse ganhar a aposta. Acho que foi essa aposta que fez com que nos conhecêssemos. Ele ficava na solitária, não o deixavam sair nem para urinar. No turno da noite, quando eu estava sozinho na cadeia, tirava-o da cela para que tomasse um pouco de ar e se livrasse da dormência dos membros. Dava-lhe cigarro e, se Kostarás o tivesse colocado no barril, deixava que ele se apoiasse no aparelho de aquecimento para, quem sabe, se secar um pouco. Assim que ouvia passos, fechava-o de novo na cela. Dizia para mim mesmo que fazia isso para que ele se fortalecesse e eu ganhasse a aposta. Quando o levava para esvaziar o urinol, e ele derramava a urina porque não suportava o peso, ou quando o levava de volta do interrogatório, e ele se arrastava, pelo sim, pelo não, dava-lhe uma bofetada na frente de todo mundo para não parecer que eu estava tratando bem um comunista, e evitar problemas. Nunca expliquei nada disso ao próprio, nem ele nunca me disse um muito obrigado. Depois, ele foi levado para o Averof e o perdi de vista.

Tornei a encontrá-lo, totalmente por acaso, nos corredores da Central de Polícia, em 1982. Seus cabelos estavam embranquecidos; seu rosto, cheio de rugas; e ele andava curvado, como se estivesse cansado. Apenas o seu olhar continuava me desafiando a apostar nele. Ficamos nos olhando sem dizer nada. Sentíamos um embaraço mútuo, nenhum dos dois ousava dar o primeiro passo. De repente, Zissis me estendeu a mão, que eu apertei dizendo:

— Você é um bom homem. Pena que seja policial.

Não sei como me veio a idéia, mas disse:

— Você aceitaria que um policial lhe convidasse para tomar um café? — perguntei. Estava crente que diria não, mas ele começou a rir.

— Vamos logo a esse café, já que nós, agora, estamos dentro da lei, e vocês se tornaram democratas — disse. — Amanhã não se sabe o que pode acontecer.

Enquanto tomávamos o café, disse-me que tinha vindo até a central porque precisava de um documento para conseguir a aposentadoria que era dada aos antigos integrantes da Resistência, mas os nossos estavam retardando o processo. Prometi cuidar pessoalmente do assunto. Aí ele me disse que morava na casa que tinha sido de seus pais, na rua Ekavis, em Nova Filadélfia.

Naquela época, eu estava lotado no Departamento de Narcóticos, foi quando comecei a aprender o meu inglês cambaio. Um dia, tivemos um chamado do distrito de Nova Filadélfia. Tinham informações de que, na rua Mídia, havia um esconderijo de contrabandistas de narcóticos e pediam que investigássemos. Meu diretor mandou que eu fosse orientar a busca. Nesse meio-tempo, o documento de Zissis tinha ficado pronto e, como eu estaria perto, pensei em avisá-lo pedindo que passasse para pegá-lo. Não o fiz apenas para ajudá-lo, esperava que ele me desse algumas informações sobre a área.

Ele morava em uma dessas construções ilegais que, durante o período pré-eleitoral, entrou no plano da cidade. O pequeno jardim estava cheio de latas de azeite cortadas, pintadas em diversas cores, plantadas com gerânios, cravos, limoeiros e begônias. Ainda está assim hoje, não mudou nada. Recebeu-me sem grandes entusiasmos, mas me ofereceu café.

— Você não precisava se dar a este trabalho — disse. — Eu poderia passar para pegar.

Quando lhe expliquei por que tinha vindo, lançou-me um olhar desdenhoso e moveu tristemente a cabeça.

— Puxa, cara, vocês, os tiras, não mudam nunca. Estão sempre perseguindo o último da fila. O seu homem é o Harmans.

O dito Harmans tinha uma empresa de venda de máquinas que lhe servia de vitrine para encobrir o comércio de narcóticos. Isso era conhecido de todos, também o sabiam os policiais do distrito da área, mas o homem era um antigo general do exército e tinha as costas quentes. Zissis estava tão bem informado que estranhei.

— Desde que me conheço por gente, vocês me ficham — disse-me rindo. — Agora resolvi fichar alguns de vocês. Apenas para me vingar. Quem sabe, pode ser que um dia eu queira escrever um livro sobre tubarões e vou precisar dessas informações. — E sorriu maliciosamente.

Entretanto, quando lhe pedi que me mostrasse seus arquivos, ficou subitamente sério.

— Não vou mostrá-lo, nem vou dizer onde está. Acho que vocês são capazes de o confiscar.

No que dizia respeito ao Harmans, ele tinha toda razão. Prendemos o homem e foi uma de nossas maiores vitórias, pelo menos enquanto eu estava no Departamento de Narcóticos. No entanto, mais tarde, quando nos tornamos mais íntimos, confiou em mim e me mostrou os arquivos. Fiquei de boca aberta. Diante dele, nós estávamos nadando em águas turvas. O homem tinha fichado cerca de quinhentas pessoas, alguns conhecidos e outros cujo nome ouvia pela primeira vez. Parece que foi recolhendo dados pouco a pouco, durante anos, trabalhando como uma formiga. Daquele dia em diante, quando estava fazendo alguma investigação que tivesse qualquer relação com dinheiro sujo, procurava-o. Mantínhamos nossa amizade secreta, só nós dois a conhecíamos, ninguém mais. Isso absolutamente não o impedia de reclamar cada vez que eu lhe pedia informações, e a se fazer de difícil.

A mesma coisa agora. Estávamos sentados frente a frente tendo entre nós a mesinha com nossos cafés. A casa dele tinha uma decoração esquisita, era como se ele tivesse transportado a varanda para a sala. Quatro cadeiras de pano dobráveis e uma mesinha de ferro, também dobrável, de antigas cafeterias. Além desses, só tinha mais um móvel no cômodo, uma enorme estante que cobria toda a parede à minha frente, com base de tijolos e prateleiras de madeira com livros colocados de pé ou deitados e que iam até o teto.

— Você foi perseguido durante toda a vida e agora vive com a aposentadoria dos membros da Resistência. Onde arranja dinheiro para comprar tanto livro? – pergunto-lhe. Esta era uma dúvida que me atormentava já há tempos.

Ele chorou de tanto rir.

— Acorda, seu tira sem educação. As bibliotecas existem para serem roubadas – disse cheio de orgulho.

— Você rouba? Você?

— Na sociedade capitalista, ou você paga ou você rouba o conhecimento. Não existe outra maneira.

Eu quase lhe perguntei se ainda não tinha percebido que a educação, na Grécia, era de graça. Entretanto, lembrei-me de quanto me custava os estudos de Katerina na Salônica, e calei a boca.

Zissis ficou sério subitamente.

— Você não veio aqui para saber a história da minha biblioteca, alguma coisa você quer. No mínimo, vai me dar trabalho de novo.

Já que ele tinha aberto o jogo, não havia razão para me esconder.

— Pilarinós – disse. – Cristos Pilarinós. Este nome lhe diz alguma coisa?

— Por que você vem sempre me procurar? – disse, irritado. – Maldita a hora em que lhe disse que tenho um arquivo para uso pessoal. Vocês têm seus arquivos, têm o Serviço de Informações do Governo.

— Serviço Nacional de Informações – cortei-o. – É esse o nome agora.

— OK. Serviço Nacional de Informações. Mudou mas continua tudo como sempre. Mas o que eu tenho com isso? Não sou nem seu funcionário, nem informante para que você venha aqui me forçar a lhe dar informações.

— Ele é um ex-esquerdista – continuei impávido porque é sempre assim, sempre a mesma musiquinha. – Como você.

— Eu sei quem ele é – respondeu com um imenso desdém que não entendi se era dirigido a mim ou a Pilarinós. – Mas eu não sou ex, sou aposentado.

— Entretanto, ele é ex porque agora passou para o outro lado. Em dezessete anos, ficou milionário. Dinheiro ganho tão facilmente só pode ser sujo.

Ele exibia aquele sorriso malicioso que sempre aparecia quando sabia que ia ficar por cima.

— Quando você se formou?
— Em 68.

Balançou a cabeça.

— Vocês foram ensinados a odiar os esquerdistas, a persegui-los como cães danados, convenceram vocês de que nós os tornaríamos todos búlgaros... Mas não lhes ensinaram como os esquerdistas pensam, que métodos usam, que golpes maquinam. Quanto a isso, vocês estão numa escuridão de breu.

Calou-se e se concentrou em seus pensamentos. Já o conhecia e sabia que ele estava pesando o quanto devia me dizer e o quanto devia esconder.

— Pilarinós é um patife que queimou muita gente. Realmente está metido em outros golpes. O dinheiro sujo é como fogo para ele; queima, assim, nem o toca.

Olhamo-nos. Isso ficou em nós desde o tempo da Bubulina. Quando eu lhe dava bofetadas diante de todos, trocávamos um olhar cúmplice e concordávamos que tinha que ser assim para podermos sossegar nossa cabeça. A mesma coisa estava acontecendo agora. Naquela época, eu não lhe explicava. Agora ele não me explica, espera que eu entenda.

— Você ouvir falar de Yanna Karayióryi?
— Que a mataram? Li no jornal.
— Talvez Pilarinós tenha alguma coisa a ver com a morte dela.
— E por que você veio me procurar? — disse-me, chateado com a minha insistência. — Vocês têm todo um serviço de informações. Investiguem para descobrir.
— Se eu tivesse alguma coisa de concreto, poderia arranjar um mandado de prisão. Mas não tenho e nem posso investigar porque todos os grandes iriam cair em cima de mim, desde o chefe de polícia até o ministro, e iriam me atar as mãos.

– Você pode estar certo de que eles vão atar as suas mãos – disse com um súbito ataque de sinceridade. Deixou escapar um profundo suspiro e balançou a cabeça. – Naquela época, não acreditava que poderíamos assumir o poder. Mas se, quando nos conhecemos, você tivesse me dito que eu apodrecia na cadeia para que Pilarinós enriquecesse, eu cuspiria em você.

– Karayióryi tinha um enorme envelope com dados sobre ele. Foi por isso que fiquei com a pulga atrás da orelha. Muito provavelmente procurou-o para algum negócio sujo, mas não encontrei nenhum indício que o incrimine. A única solução é a ilegalidade. Por isso lhe procurei.

Olhou-me pensativo, mas agora seus olhos brilhavam. A ilegalidade se tornara sua segunda natureza, e assim que ouviu a palavra mágica, mergulhou de cabeça.

– O que você está fazendo comigo? – disse. – Logo agora que estava querendo pintar a casa porque a umidade está me matando. Agora, vou abandonar tudo e correr por aí à cata de informações.

Levantei-me.

– Quando devo ir?

– Passo para lhe pegar?

– Eu ligo para você.

– Você ainda não colocou telefone? Tudo bem, você detesta televisão, mas não colocar nem telefone?

– Não me irrite. Estou esperando há dois anos. E preciso dele. Do jeito que os seus amiguinhos me deixaram, posso ter alguma coisa e os vizinhos só vão me achar pelo cheiro.

Olhei para ele sem palavras. O que eu podia dizer? Entretanto, ele leu o meu olhar e ficou aborrecido porque não gostava que ninguém tivesse pena dele. Fez piada.

– Veja a que ponto chegamos – disse. – Agora vou investigar até antigos esquerdistas. Se eu fosse empresário, pelos menos diria que estava ampliando minhas atividades.

Lá fora ventava muito e a chuvinha que caía tinha se transformado em geada. O vento derrubou o limoeiro. Abaixei-me e levantei-o do chão. Até cerca de dez dias atrás, estávamos morrendo de calor e agora tremermos de frio. Que droga de tempo.

# Capítulo 28

"*Rodear* = 1) andar em volta de, contornar, voltear; 2) movimentar-se em torno de (...) formando órbita; 3) localizar-se em volta de, cercar; 4) ornar com círculo, coroar; 5) formar uma roda em volta de; 6) andar, deslocar-se; 7) ter convivência com, fazer companhia a, cercar-se de; 8) usar de subterfúgios a respeito de, tergiversar; 9) colocar em volta de si, chamar a si."

Maravilha de palavra! Possui nove acepções diferentes. O verbete, no Lidell-Scott, mais os exemplos, ocupam cerca de meia página. Onde posso colocar Guikas e eu mesmo? Quanto a Guikas, é relativamente fácil. O oitavo sentido cai-lhe como uma luva: "usar de subterfúgios a respeito de, tergiversar". Ele se movimenta em torno do ministro, de Delópoulos, dos jornalistas, dobra-se diante deles, dá voltas, até nos colocar, a todos, dentro de sua órbita. A mim cabe melhor o terceiro: "localizar-se em volta de, cercar", combinado com "andar, deslocar-se".

Já eram sete e meia quando cheguei em casa. A televisão estava no volume máximo, mas Adriana não se encontrava na sala. Quando se ocupava na cozinha, aumentava o volume para acompanhar a novela e não perder o capítulo. Só consegui respirar livremente na cama. A tensão do dia, mais as três horas no volante, tinham acabado comigo. Deitei-me para relaxar um pouco, usando o peito como apoio para o Lidell-Scott.

Enquanto lia, bateram oito e oito e quinze, mas eu não estava com vontade de ouvir as notícias. Já sabia tudo o que iriam dizer sobre Kolákoglou, e tudo o que sabia sobre Pilarinós, eles não sabiam, logo, poderia descansar aquela noite. Durante o dia inteiro, só comera a metade de um croissant e a fraqueza devorava as minhas entranhas. Levantei-me para dar uma olhada no que Adriana tinha preparado para o jantar. Quando passei pela sala, vi-a sentada em sua poltrona vendo o jornal.

A mesa da cozinha estava enfeitada com uma travessa cheia de tomates, pimentões e abobrinhas recheados. Recebi imediatamente o recado. Era a maneira que tinha de me dizer que chegara a hora de nos amarmos. Mantemos este hábito desde a nossa primeira briga. Na época, éramos recém-casados e nos pesava muito o fato de não nos falarmos. Mas nos mantínhamos firmes para checarmos nossa capacidade de resistência. Isso durou até que Adriana preparou-me um prato de tomates, pimentões e abobrinhas recheados. Ela sabia que este era o meu ponto fraco em matéria de comida, mas nunca os tinha preparado. Assim que os vi, me derreti todo. "Muito bem, está mais gostoso do que os que minha mãe faz!", disse-lhe. Era mentira, os recheados de minha mãe eram mais gostosos, mas, em primeiro lugar, estava buscando um motivo para falar com ela e, em segundo, estávamos casados havia apenas seis meses e já tinha três dias que eu não tocava nela. Daquele dia em diante, esse passou a ser o nosso código secreto. Cada vez que queria que nos amássemos, preparava tomates, pimentões e abobrinhas recheados para mim, eu lhe dizia o quanto estavam gostosos, e o gelo se derretia. A diferença é que, agora, não minto mais, realmente os recheados que prepara são mais gostosos do que os da minha mãe. A verdade precisa ser dita.

– Desta vez, você se superou. Benditas mãos! – disse-lhe.

Ela tirou os olhos da televisão e sorriu para mim.

– Você comeu?

– Cortei um pedaço para provar, mas vou esperar para comermos juntos.

Ela desligou a televisão e me acompanhou à cozinha. Serviu-me, botou um tomate recheado em seu prato e sentou-se na minha frente. Agora que olhava para ela num local iluminado, vi que seus olhos estavam vermelhos e inchados.

– O que você tem? – perguntei cheio de preocupação.
– Nada.
– Como nada! Você estava chorando!
– Tive muito medo ontem à noite. Ouvi aqueles dois ridículos durante o jornal, depois vi que você tinha saído transtornado e percebi que se tratava de algo sério. De manhã, acordei angustiada.
– Você se preocupou à toa. Apertaram-me um pouco, mas voltaram atrás.

Não pareceu se recuperar com o que eu disse. Continuou a me olhar cheia de amargura, até que me revelou o segredo.

– Katerina não virá passar o Natal conosco. Ligou hoje para me dizer.
– Por quê?
– Quer estudar durante as férias.
– E resolveu assim, de repente? A última vez que nos falamos, disse que viria.

Meu apetite acabou na hora. Empurrei meu prato. Se eu comesse o recheado, iria me pesar no estômago. Adriana tentou sorrir.

– Vou lhe dizer uma coisa – disse, com dificuldade –, mas você vai me dar sua palavra de que não vai dizer nada a ela. Ela não vem por causa do Pano.
– Por causa do Pano?
– É. Ele tem que entregar um trabalho depois das festas e ela vai ficar para lhe fazer companhia. Mas me prometeu que, na Páscoa, vem de qualquer maneira.

Assim que passou o meu espanto inicial, vi a imagem daquele búfalo em forma de gente com sua camiseta de malha e tênis Adidas e comecei a ficar zangado.

– Que trabalho tem que fazer um quitandeiro das ciências? Tem que estudar como as maçãs caem da macieira ou como podar as urtigas?
– Ele não é quitandeiro. O rapaz estuda engenharia agrícola.
– E o ignorante precisa de alguém ao lado para segurar-lhe a mão? – Se, naquele momento, eu o tivesse diante de mim, o teria enchido de bofetadas, mesmo que ele pudesse acabar comigo.

— É triste, eu sei, mas quando se ama alguém, a gente quer ficar ao seu lado. Vem sempre o momento em que os pais passam para segundo plano.

Normalmente, quando Adriana desenfornava alguma idéia filosófica que tinha ouvido de uma novela qualquer, eu ficava danado. Mas naquele momento não gritei com ela porque sabia o quanto estava sofrendo.

— Você quer ir passar as festas com ela?

Não sei o que me deu para dizer isso, talvez o fato de tê-la visto chorar de novo. Ela não esperava por isso e, por um momento, seus olhos brilharam entre as lágrimas. Porém, imediatamente após, ficou séria de novo, muito mais para poder se controlar do que para me impressionar.

— E deixar você passar o Natal sozinho? De jeito nenhum!

— Nem pense em mim. Esse caso da Karayióryi está tão complicado que duvido que possamos comer juntos no dia de Natal. Vou ter que correr atrás e nem sei se vou conseguir. E você vai ficar sozinha em casa e vai ficar deprimida.

— Mas isso vai nos custar um monte de dinheiro, não há razão para isso.

— Quanto nós vamos gastar? O bilhete do trem, o presente para Katerina, que aliás compraríamos de qualquer maneira, e suas despesas diárias. Oitenta mil dá e sobra.

O que eu tinha no banco, mais o décimo terceiro, daria para cobrir as despesas dela e o dinheiro de janeiro para Katerina. É verdade que não ficaria nada para colocar de lado, mas, tudo bem, eu me viraria. Agora que eu tinha facilitado as coisas para ela, Adriana começou a hesitar.

— Você acha que eu devo ir? — perguntou como se temesse que, se mostrasse como estava contente, eu me arrependeria e voltaria atrás.

— Imagine como Katerina vai ficar contente. Pode ser que ela esteja querendo fazer o que o mastodonte pediu, mas deve estar se arrebentando por dentro pelo fato de nos deixar passar o Natal sozinhos.

Estava fazendo isso, é lógico, por Adriana e por Katerina. Pelo menos elas iriam passar um bom Natal e ano-novo. Mas havia também uma outra razão, que tinha uma grande importância para mim: eu estava mandando Adriana sem que o besta soubesse. Ele tinha conseguido segurar Katerina na Salônica, mas, com a chegada de Adriana, não ia fazer de minha filha sua enfermeira particular. Não só não ia poder ficar sozinho com ela como, aonde fossem, teriam que levar a sogra junto. Adriana me deu um abraço apertado e seus lábios se colaram com força em minha bochecha.

– Você é um tesouro – sussurrou, quando libertou a boca. – Pode ficar de mau humor de vez em quando e dizer bobagens mas, no fundo, é um anjo.

Foi para meu bem que ela falou isso? Não sei mas, em todo caso, empurrou de volta meu prato com o tomate, o pimentão e a abobrinha recheados.

– Vamos lá, agora come – disse autoritariamente. – Vou ficar chateada se você não comer. Eu o preparei para você.

E me obrigou a comer. Ela tinha se superado, estavam tão gostosos que meu apetite voltou. Ela apenas beliscou enquanto me olhava satisfeita.

– E por que te apertaram ontem? – perguntou subitamente. – Não é um caso difícil?

– Deixa pra lá, eles entraram pelo cano porque acabaram admitindo que eu estava certo.

– Se eles tivessem um pouco de inteligência, deixariam você trabalhar e tirá-los da situação difícil em que estão metidos, ao invés de bancarem os sabe-tudo.

A ladainha tinha mudado. Naquele momento, tudo o que eu fizesse estaria certo, eu estaria sempre com a razão. Era-me muito agradável ouvir tudo o que ela me dizia, mesmo que eu o tivesse, por assim dizer, comprado. É sempre bom ser incensado. O esquisito era que não fora o incenso a razão de minha satisfação, mas sim o fato de ter levantado seu moral.

# Capítulo 29

Os recheados pesaram no meu estômago, o que me fez ter pesadelos. Inicialmente, os pesadelos eram com Guikas, que me havia posto em disponibilidade porque eu tinha prendido Kolákoglou. Prendi-o, dizia ele, para desviar as investigações do rumo certo, uma vez que eu estava sendo subornado por Pilarinós. Este tinha sido o molestador das meninas, e não Kolákoglou. Eu tentava convencê-lo de que tinha fortes indícios contra Kolákoglou e lhe propunha interrogá-lo em sua presença. Mas quando o traziam, não era Kolákoglou, mas sim Petrátos. Sentaram-no em uma cadeira diante de mim e eu comecei a gritar com ele: "Diga-me quem lhe deu o polígrafo para que você editasse os manifestos, eu vou estripar você, seu comunista de merda! Você só sai daqui morto!" E Guikas se transformara no Kostarás. "Muito bem, você está indo muito bem, você começou a aprender", me dizia satisfeito. Entretanto, Petrátos mantinha a boca fechada. Então, eu comecei a bater nele cegamente, loucamente, e foi aí que acordei molhado de suor.

Morrendo de sono, estava sentado ao volante do Mirafiori. Ainda sentia o estômago pesado e arrotava a todo momento. Tentava colocar em ordem na minha mente as informações que tinha juntado até aquele momento. Ainda não sabia se me encontrava diante de um ou de dois casos. Se os assassinatos de Karayióryi e de Kostarákou tinham relação com o envelope que Anna Andonakáki me entregara, então, o assassino era Pilarinós, ou algum capanga dele. Se essa relação não existisse, então Petrátos continuava sendo minha primeira escolha. Entretanto, um ponto continuava a me torturar. Por que o assassino tinha virado o apartamento de Kostarákou de pernas para o ar, e nem tinha tocado na casa de Karayióryi? Se ele procurava alguma coisa, não deveria procurar primeiro aí? A não ser que não soubesse desse detalhe quando a matou. Ouviu a notícia de que Karayióryi tinha telefonado para Kostarákou, ficou com a pulga atrás da orelha e fez-lhe uma visita. A outra pergunta tinha relação com a carta do desconhecido N. As cartas apontavam mais para Petrátos, do que para o Pilarinós, que se chamava Cristos. Se o tipo de letra de Petrátos não se adaptasse ao do emitente, então teríamos um terceiro suspeito. E o pior de tudo é que em relação a esse terceiro não tínhamos nenhum dado. Que droga!

De longe, vi Atanásio me esperando na entrada. Assim que me viu, se aproximou a 100 por hora.

– Liguei para sua casa, mas o senhor já tinha saído.
– O que está acontecendo?
– Encontramos Kolákoglou!

Sua expressão me disse que alguma coisa estava errada. Ele deveria estar cheio de si como um pavão mas, ao contrário, parecia inquieto e temeroso.

– Onde vocês o encontraram?
– Ele está morando, com nome falso, no Siti, um hotel na rua Nirvana, entre a Axarnon e a avenida Ionías. – Ele arrancava as palavras a saca-rolha. – Ele subiu no telhado do hotel com uma pistola apontada para a cabeça e ameaça estourar os miolos.
– Peça uma patrulha – disse-lhe secamente.

A sirene da patrulha empurrava os carros para o meio-fio. Descemos a Aleksandras sem parar nos sinais vermelhos, e entramos na Iulianú. Porém, aqui começaram as dificuldades, porque a rua é estreita e parávamos a todo instante.

– Quem avisou? – perguntei a Atanásio, que estava sentado ao lado do motorista.
– A equipe do Xélas Channel.

— E como a equipe do Xélas Channel se meteu nisso?

— Foram eles que o acharam — respondeu, e aí entendi por que estava com cara de cachorro sem dono.

Como toda manhã, mais uma vez, mantivemos nosso diálogo mudo, só que através do espelho do motorista. Sou uma besta, eu sei que você é uma besta.

Tentou mudar de conversa.

— Tenho notícias sobre o carro de Petrátos.

— Agora não, agora temos outros problemas.

Dois policiais com motocicletas cortaram caminho na altura da rua Vurdubá, onde se encontram a Três Pontes. O quarteirão entre a avenida Ionias, a Axarnon e as ruas Nirvana e Stefánu Buzandíu estava bloqueado por patrulhas, carros da polícia e equipes de televisão.

A fachada do hotel dava para a calçada esquerda da avenida Ionias. Saímos da patrulha e atravessamos a pé a ponte do Ilektrikú para passarmos para a outra margem. Quando estávamos abrindo o cerco, vi a van do canal Orizon, mas não vi, em lugar nenhum, a equipe do Xélas Channel. Minha dúvida acabou quando cheguei ao hotel. Ela estava parada diante da entrada. A avenida Ionias e a Nirvana estavam cheias de policiais de uniforme, repórteres e câmeras. Todos olhavam para cima, como se olhassem uma pipa durante a festa da segunda-feira depois do carnaval.* Eu também levantei a cabeça, para não parecer diferente dos outros.

As varandas dos edifícios próximos estavam vazias e as persianas abaixadas. Muito provavelmente, os nossos tinham afastado os vizinhos e estes acompanhavam tudo através das frestas.

— Vamos, acabe logo com isso para que possamos ir trabalhar! — gritou, do nada, um consciencioso empresário, que saía para o trabalho às dez horas.

Kolákoglou estava de pé na borda do terraço, imóvel, com a pistola encostada na têmpora. Vestido com paletó e gravata, parecia o dono de uma lojinha afundado em dívidas e pronto para dar um

---

* Na segunda-feira após o carnaval, na tradicional festa Kathari Deftéra, as pessoas se reúnem para soltar pipas.

tiro nos miolos. Embaixo estava uma confusão danada, porque os policiais e os repórteres gritavam todos ao mesmo tempo. Provavelmente achavam que, com todo esse barulho, iriam convencer Kolákoglou a descer.

– Comissário Xaritos. Quem é o seu supervisor? – perguntei ao policial que estava de pé a meu lado. Mostrou-me um homem de cerca de 45 anos, de uniforme, que tinha um megafone nas mãos. Aproximei-me.

– Comissário Xaritos, do Departamento de Homicídios.

– Quando a televisão apareceu, começaram os nossos problemas – respondeu chateado.

– Como ele chegou lá em cima?

– Vou lhe contar o que me disse o dono do hotel.

E me contou. Kolákoglou estava há três dias no hotel. Registrou-se com o nome de Spiros. Ninguém sabe como conseguiu entrar sem ser visto. Imaginava-se que o quarto tinha sido reservado por algum amigo e que ele tivesse entrado escondido na ausência do porteiro porque o dono do hotel jurou que nunca o tinha visto antes. Então, o hotel devia ter sido reservado pela mesma pessoa que estava com ele no bar. Ficou trancado no quarto durante o dia todo. Hoje cedo apareceram os repórteres do Xélas Channel. Acenderam uma vela para Deus e outra para o diabo. Em primeiro lugar, apavoraram o dono do hotel dizendo que se tratava de um perigoso bandido; em segundo lugar, o subornaram para que lhes mostrassem o quarto de Kolákoglou. Começaram a bater na porta. O outro não abriu. Por fim, o ameaçaram dizendo que o entregariam à polícia. Então, o outro apareceu diante deles com a pistola na têmpora. Começou a gritar que iria estourar os miolos, todos os outros hóspedes do hotel reagiram, e o dono, tomado de pânico, ligou para o 190. Quando Kolákoglou viu os nossos bloqueando a rua, fugiu para o terraço, sempre com a pistola na cabeça. Estava lá em cima, imóvel, há cerca de uma hora.

Enquanto o supervisor me contava tudo isso, vi Petrátos e o apresentador saindo do hotel.

– Desculpe-me, um momento – disse ao supervisor e me aproximei dos dois. Tinham tirado o terno e estavam usando casaco e suéter, uniforme de campanha.

– O senhor sempre chega depois e totalmente suado, Sr. Comissário – disse Petrátos, e sorriu com ironia.

Enfureci-me enquanto, por dentro, xingava Atanásio, que tinha ido embora.

– O que está acontecendo com os senhores? Estão sempre saindo em busca de furo e só fazem merda! – gritei para eles.

– O que o senhor não consegue digerir, Sr. Comissário – interveio o apresentador. – É que fazemos bem o nosso trabalho. Ao invés de nos agradecer pela ajuda, grita conosco.

– Se acontecer alguma coisa com Kolákoglou, vou carregar todos vocês para o xadrez, fiquem sabendo.

– Sob que acusação? – perguntou, sempre ironicamente, Petrátos.

– É a acusação que vai me impedir? Vou acusá-los de terem empurrado inutilmente Kolákoglou para a polícia e vou humilhá-los. Se tivessem nos avisado a tempo, nós, primeiro, o teríamos atraído para fora do hotel e, assim que saísse, o pegaríamos sem problema.

Queria lhes dizer mais alguma coisa quando, subitamente, fui interrompido por um grito angustiado. E, imediatamente depois, um lamento.

– Meu Petros querido! Largue a pistola! Não faça nenhuma loucura! Eu não vou agüentar!

Voltei-me e vi a mãe de Kolákoglou, como sempre vestida de preto. Todos os olhares aterrissaram nela. Chorava e se lamentava apoiada por Sotirópoulos. Era a reação de Sotirópoulos para fazer frente à ação de Petrátos.

– Por favor, largue a pistola e desça daí. Você não tem pena de mim?

Pela primeira vez, a imobilidade de seu filho foi rompida. Ele começou a baixar a pistola mas lembrou por que tinha subido no terraço e tornou a levar a arma à cabeça.

– Mamãe, vá embora! Você não tem nada a fazer aqui! – gritou.

Sotirópoulos, que continuava a segurá-la, se inclinou e sussurrou alguma coisa no seu ouvido. Não ouvi o que dizia, mas ela começou a bater de novo no peito:

– Por favor, meu garotinho! Por favor, meu coração! Sei bem o que você está passando, mas não faça isso! Não me faça sofrer tanto assim!

— Por que o senhor a trouxe? Leve-a daqui! – gritou Kolákoglou lá de cima. Com toda certeza, pensa que nós a trouxemos.

O supervisor aproveitou a oportunidade para falar com ele pelo megafone:

— Ei, Petros! Você não tem pena de sua mãe? Desça para terminarmos logo com isso! Ninguém vai lhe fazer mal! Você tem a minha palavra!

— Você está ouvindo, meu Petros? O Sr. Policial lhe dá a sua palavra de que não vai lhe fazer mal! – interveio a mãe cheia de esperanças.

— Mais de uma vez acreditei neles e paguei muito caro pelo meu erro! – Kolákoglou tinha a pistola firmemente apontada para a têmpora.

— Muito bem, já que você não acredita em mim, diga-me o que quer para descer daí de cima! – disse o supervisor através do megafone.

Kolákoglou não respondeu imediatamente. Estava pensando. Nesse meio-tempo, me aproximei do supervisor.

— Quero que minha mãe vá embora. Que os policiais também saiam do hotel. Que não fique ninguém. Quero que a rua fique livre desses bandidos desses jornalistas e das patrulhas. Só assim eu desço.

O supervisor abaixou o megafone e virou-se para mim.

— Diga-me o que fazer – disse.

— Quer que eu lhe diga?

— Eu não tenho motivo para prendê-lo. No máximo, posso acusá-lo por porte ilegal de arma. Você o estava procurando, você deve decidir.

Maldita a hora em que me meti com o Kolákoglou. Cheguei a ponto de ter pena dele, do patife. Estava quase certo de que realmente ele não estava metido no caso e, no entanto, o perseguíamos como se ele fosse Davelis, o chefe dos ladrões.

— Vocês esvaziaram o hotel? – perguntei ao supervisor.

— Sim. Dentro só tem os nossos.

— Faça o que ele está pedindo. – O supervisor me olhou indeciso. Não estava de acordo em bater em retirada, era isso o que sua expressão me deixava ver. – Ouça – disse-lhe. – Kolákoglou está na situação da fera acuada. A vinda da mãe o tensionou ainda mais. Não se sabe se, desesperado como está, não vai mandar uma bala na cabeça ou começar a atirar a esmo.

O supervisor não respondeu, apenas me deu o megafone. Levei-o aos lábios.

– Muito bem, Kolákoglou. Vamos fazer o que você pediu.

Kolákoglou ouviu imóvel. Todos os olhos se voltaram para mim. É isso, digo para mim mesmo. A partir de hoje, sou o tira cagão que suja as calças.

– Venha, Sra. Kolákoglou. Vai sair tudo bem – disse Sotirópoulos à mãe. Agora que estava tudo certo, perdera o interesse pela Sra. Kolákoglou. Entregou-a a um policial para não perder a continuação do filme.

O supervisor mandou um policial retirar todos os nossos do hotel. Outros policiais começaram a afastar os jornalistas, as vans e as patrulhas.

– Você está certo – ouvi uma vez ao meu lado. Voltei-me e vi Sotirópoulos. – Você sabe que não tenho nem muita simpatia, nem muita confiança em você. Entretanto, desta vez, tiro o meu chapéu. Ele foi injustamente preso uma vez, que não pague também com a vida, o pobre coitado.

Experimentei de novo a falta que sente o fumante que deixou de fumar e morre por uma tragada.

– Não tenho tempo para suas brincadeiras, Sotirópoulos – disse furioso. – E quanto à sua simpatia ou à sua confiança, o sentimento é recíproco.

Não tinha terminado com Sotirópoulos quando vi Petrátos chegando.

– O senhor vai deixá-lo fugir? – Ele estava espumando de raiva.

– O que mais me resta depois da merda que vocês fizeram?

– Felizmente tive a idéia de trazer a mãe dele e tudo se arranjou – disse Sotirópoulos lançando um olhar provocador a Petrátos.

Fiz um sinal a um policial.

— Leve esses senhores daqui! — Eles trocaram um olhar como se fossem dois galos e se afastaram, um para o Oriente e o outro para o Ocidente.

Os policiais começam a sair, um a um, do hotel. Por último, saiu o oficial.

— Saíram todos. Não tem mais ninguém lá dentro — disse ao supervisor.

Levei de novo o megafone aos lábios.

— Kolákoglou! Saíram todos! Você pode descer!

Kolákoglou se inclinou e olhou para se certificar de que eu estava dizendo a verdade. Começou a andar para trás, sempre com a pistola na cabeça.

Ficamos, o supervisor e eu, de pé, mudos, esperando. Daí a pouco, Kolákoglou apareceu na entrada do hotel. Segurava firmemente a pistola contra a cabeça.

— Não se aproximem dele! Deixem-no sair! — gritei pelo megafone para os nossos.

Kolákoglou se colou à parede do hotel e olhou em torno. Começou a se arrastar pela parede, virou na rua Nirvana e desapareceu. Os policiais me olhavam. Com certeza, esperavam que eu desse o primeiro passo. Não fiz nada. Fiquei imóvel no meu lugar.

# Capítulo 30

Na volta, o motorista da patrulha mudou de percurso. Saiu da rua Iakovaton e pegou a Patission.

– E pensar que aquele que procurávamos era freguês de um bar e que não lhes tenha passado pela cabeça perguntar nos hotéis das redondezas – disse Atanásio. – O último dos jornalistas trabalharia melhor. – Ele estava sentado ao lado do motorista e olhava para mim pelo espelho.

– É isso o que acontece quando planejamos uma busca pelo telefone, sentados na mesa do escritório, e não a supervisionamos pessoalmente – respondi, e ele se calou. Engoli o "você é uma besta", porque não queria expô-lo diante do motorista, que está abaixo dele.

Interiormente, eu tentava verificar se fizera o que era certo com Kolákoglou, ou se tinha me deixado levar por acreditar em sua inocência. Mas não via como poderia agir de outra forma. Afinal de contas, toda essa confusão teve uma coisa de bom. Mostrou que Kolákoglou ou não tinha um círculo de pessoas disposto a escondê-lo, ou tinha esgotado os seus recursos e estava sendo obrigado a se refugiar em hotéis com nome falso. Portanto, agora sabemos onde procurar e tornaremos a encontrá-lo facilmente. O único espinho é Guikas. Mais uma vez, não o informei de nada. Fiz o que me passou pela cabeça e estava em dúvida de como ele iria encarar tudo isso.

Atanásio não abriu mais a boca até chegarmos ao sinal da Aleksandras.

— O senhor quer que lhe diga agora o que foi descoberto a respeito de Petrátos? – perguntou enquanto esperávamos em frente ao Pedio tu Areos.

— Diga. – Preferia que ele me dissesse agora porque já estávamos na metade do dia e eu ia me afundar no escritório. E o pior é que tinha que fazer um relatório para Guikas.

— Falei com alguém que viu um Renegate estacionado duas ruas abaixo da casa de Kostarákou.

— A que horas?

— Às seis e meia. É um advogado e saía para o escritório. O carro dele estava estacionado em frente ao Renegate.

— Ele observou o número da placa?

— Não.

— Pergunte, no edifício onde mora Petrátos, se alguém notou se o Renegate estava fora da garagem depois das cinco.

— Já perguntei. Um dos moradores desceu até a garagem às quinze para as seis e tem certeza de que o carro de Petrátos não estava lá. – Satisfeito, ajeitou-se no banco porque tinha encontrado uma maneira de se recuperar um pouco de sua gafe com Kolákoglou.

— Está vendo como você consegue, quando se esforça? – disse-lhe com meu ar paternal. Ele considerou isso como uma reconciliação e sorriu aliviado.

Fui diretamente à sala de Guikas. Se eu tivesse me atrasado poderia ter piorado as coisas. Ouviu-me sem me interromper nem uma vez.

— Você tem certeza de que foram para o hotel sem nos avisar? – perguntou por fim.

— Sim. Não avisaram nem a nós, nem ao distrito da área.

— Existem testemunhas para confirmar?

— O dono do hotel, que telefonou para nós. E os policiais que os encontraram lá.

— Você fez muito bem em deixá-lo fugir – disse satisfeito. – Agora o pessoal da televisão não vai ousar falar de novo sobre Kolákoglou. Nós o perdemos graças a eles. – Olhou para mim e sorriu. – Ontem, você se espantou por eu ter me comunicado imediatamente com Delópoulos. Ele recebeu a informação, quis agir nas nossas costas e botou tudo a perder. Isso significa usar de subterfúgios. Brincar de gato e rato. Você joga o queijo e, quando ele vem mordê-lo, cai na armadilha.

Sorri para ele enquanto pensava que eu ficaria muito feliz se Guikas permanecesse ainda um ou dois anos no lugar que ocupa agora, pois eu certamente seria promovido graças aos golpes que aprenderia com ele.

— Já terminamos de falar das coisas agradáveis, ouça agora as desagradáveis – disse. — Recebi o relatório do grafólogo. Fracasso total. O talhe da letra não é absolutamente de Petrátos.

Por um lado, a notícia era indigesta, porém, por outro lado, bendisse meu instinto que me fez agir com cautela.

— Como lhe disse ontem mesmo. Mas, de qualquer maneira, isso não significa muita coisa. — E contei para ele o que soube a respeito do Renegate de Petrátos.

As coisas ficaram mais pretas com o relatório negativo do grafólogo e ele tentava imaginar como manipulá-lo.

— Deixa comigo – disse finalmente. — Vou tratar disso e depois lhe conto. Enquanto isso, tente descobrir alguma coisa sobre Pilarinós.

— Estou andando sobre carvão em brasa, por isso avanço devagar – disse-lhe. — Dentro de uns dois dias, vou ter informações para o senhor.

Eu absolutamente não me espantei pelo fato de que a costumeira multidão não se encontrasse no corredor. Naquele momento, estavam todos no estúdio montando os videocassetes e os cassetes com o som para apresentarem no jornal da noite. Tudo exatamente igual e todos com exclusividade.

Encontrei as fotografias do filme de Karayióryi sobre a minha mesa. Tirei a primeira e examinei-a.

Pilarinós, rindo, me oferecia o seu copo, como se quisesse brindar comigo. Era natural que estivesse de bom humor, já que estava se divertindo numa casa noturna, com outras três pessoas. Era gritante que dois dentre eles eram estrangeiros — alemães, belgas, holandeses, não sei –, em todo caso, pareciam ser da Europa Central. Um deles era magro, descarnado. Usava óculos de aros dourados, terno escuro, cabelos penteados para trás e colados na cabeça. Não parecia ser empresário, talvez diretor de qualquer setor de um ministério ou de um outro serviço público qualquer. Enquanto Pilarinós e seu vizinho morrem de rir, ele tem um sorriso amargo na boca, parece que ri por obrigação. Sua cara não me é desconhecida, mas não podia me lembrar de onde o tinha visto. A seu lado, senta-se o último da turma. Um homem corpulento com cara de lua e bochechas cheias. Seus cabelos estavam penteados ao contrário, de trás para a frente, e caíam ingenuamente na testa. Parece que o colocaram ao lado do outro porque tem o mesmo sorriso. Estava apostando que estes dois não estavam se divertido nada. Embaixo, à direita, a máquina de fotografia registrou a data 14/11/1990. Muito bem, em 14/11/1990, quatro homens se divertiam no Dioyénis. Um deles era Pilarinós, o segundo, conheço de algum lugar, e os dois outros são estrangeiros e totalmente desconhecidos. O que, em tudo isso, tinha importância? A fotografia, a data ou a relação entre elas?

Não consegui achar uma resposta e continuei. Na próxima fotografia, os dois do sorriso amargo estão sentados em uma cafeteria. Sua mesa é ao lado da janela. A fotografia foi tirada da rua e não posso distinguir a expressão deles porque o vidro brilha. A data, embaixo à direita, 17/11/1990. Três dias depois do Dioyénis, os dois do grupo que não combinam se encontraram para conversar separados dos outros. E por que esses dois encontros têm tanta importância a ponto de Karayióryi se dar ao trabalho de imortalizá-los?

Parece que, num dado momento, ela se cansou de fotografar pessoas e decidiu se dedicar aos veículos, porque as quatro outras fotografias eram de caminhões frigoríficos e ônibus das empresas de Pilarinós. Na lateral dos caminhões lia-se o nome Transpilar, com o endereço, o telefone e o fax da empresa. Na lateral esquerda dos ônibus, a que é mostrada na fotografia, liam-se as palavras Prespes Travel, o mesmo nome, telefone e fax. Fotografar pessoas, tudo bem. Evidentemente, ela tinha suas razões. Mas a frota de Pilarinós, por que a fotografou? Eu não conseguia entender.

Ouvi a porta se abrir e levantei a cabeça. Sotiris entrou rapidamente no meu escritório.
– O que aconteceu?
– Já mandei os ofícios ao correio e ao aeroporto. Estou esperando a resposta. O pessoal do correio me prometeu que vão telefonar assim que conseguirem a informação. Já se passaram dois anos e os documentos já foram mandados para os arquivos.
– E os nomes que lhe dei?
– Localizei-os todos. Dois voltaram mortos. Fotíu morreu seis meses depois de sua volta. Petássi viveu mais. Um ano. Morreu de Aids. O único sobrevivente é Spíros Gonatás. Ele está aí fora esperando para falar com o senhor. Eu achei melhor que ele mesmo falasse com o senhor.

Dos cinco da lista da Karayióryi, quatro estavam mortos. Começamos bem.

– Traga-o – disse-lhe impacientemente.

Abri a gaveta e tirei o envelope de Karayióryi. Dei uma olhada na relação. Gonatás foi o que viajou de ônibus para Budapeste em 15/3/1992.

A porta se abriu e o Sotiris fez entrar um casal.

– O senhor e a senhora Gonatás – disse enquanto lhes indicava cadeiras para sentarem.

Gonatás era um sexagenário, careca, com poucos fios de cabelo nas têmporas. A calça e o paletó eram de cores diferentes, não que fosse um conjunto esporte, eram dois ternos diferentes que estavam sendo usados meio-a-meio. O suéter era fechado até em cima, deixava apenas um pouco de espaço para o nó da gravata. Toda a sua aparência era de um pequeno comerciante – miudezas, papelaria, novelos de lã, essas coisas. A mulher que o acompanhava era um pouco mais moça do que ele. Vestia casaco cinza justo. Seus cabelos eram negros com alguns fios brancos espalhados aqui e ali. Duas pessoas simples que, agora, estavam sentadas na minha frente, tensas e preocupadas.

Mostro-me gentil para acalmá-los.

– Não se preocupem, não é nada de sério – disse-lhes. – Só quero lhes fazer algumas perguntas. – Vi que relaxavam e, exatamente nessa hora, o telefone tocou.

— Xaritos.
— Xarítu* — ouço a voz de Katerina, que sempre ri da brincadeira.
— Tudo bem? Como você está?
Pela inflexão da minha voz, entendeu imediatamente, porque, normalmente, me derreto todo com ela.
— Tem gente com você?
— Sim.
— Muito bem, não vou demorar. Liguei apenas para dizer que você é o mais doce papai do mundo.
— Por quê? — perguntei feito uma besta enquanto sentia meu sorriso se alargar indo de orelha a orelha.
— Você sabe por quê. Porque você está mandando a mamãe para passar as festas comigo.
— Você está contente?
— Sim, mas só meio contente.
— Por que só meio?
— Porque o outro meio é você. E você vai ficar em Atenas.
— Não queira tudo ao mesmo tempo — brinco com ela para esconder minha emoção.
— Não. Você me ensinou a me contentar com pouco. — Sei por que ela está dizendo isso. Porque lhe dava a mesada gota a gota para não ficar mal-habituada.
— Eu te adoro.
— Eu também te adoro, minha garotinha.
Tinha me esquecido do casal diante de mim e deixei escapar a expressão carinhosa. Ouvi o telefone sendo desligado e coloquei o fone no gancho.
— Minha filha — disse aos Gonatás. — Estuda na Salônica e ligou para me dar notícias.
Disse para, em primeiro lugar, não pensarem que eu estava falando com minha amante e, segundo, para quebrar o gelo entre nós.

---

* Em grego, quando os sobrenomes masculinos terminam em *os*, os femininos terminam em *u*. Daí a brincadeira.

Fui extremamente bem-sucedido com o segundo porque vi-os sorrindo compreensivamente.

– Sr. Gonatás. Em 15 de março de 1992, o senhor fez uma viagem a Budapeste.

– Sim, senhor.

– O senhor pode me dizer por que o senhor foi a Budapeste? Era uma viagem de recreio? De negócios? Que tipo de viagem era?

– Fui fazer uma terapia, Sr. Comissário. Fiz transplante de rim.

Então era isso. Eles tinham ido ao exterior para fazerem transplante de órgão. Isso explica a Aids da Petássi. Pegou por transfusão de sangue.

– Também são feitos transplantes na Grécia. Por que o senhor foi para Budapeste?

– Porque estávamos na lista há sete anos e já tínhamos perdido as esperanças, Sr. Comissário. – A mulher se lança na conversa. – Sete anos de puro inferno. Tínhamos que ir duas vezes por semana para fazer hemodiálise e não víamos nenhuma luz no fim do túnel. Que Deus a tenha, a mulher. Ela nos salvou.

– Que mulher.

– Uma tarde, quando saía da hemodiálise, uma mulher se aproximou de nós – disse Gonatás. – Foi em novembro de 1991.

– Não, foi em outubro. Lembro-me muito bem – corrigiu a mulher.

– Enfim, perguntou-me se queria fazer transplante no exterior. Em Budapeste, em Varsóvia ou em Praga. Três milhões. Cirurgia, hospital, hotel, passagens, tudo incluído, e pagos em dracmas na Grécia. Yitsa e eu pensamos muito sobre isso. Se ficássemos aqui, talvez tivéssemos que esperar outros sete anos. Não tínhamos dinheiro para ir para Paris ou Londres. Fizemos o sinal-da-cruz, dissemos sim e nos salvamos.

– Como se chama essa mulher?

Gonatás lançou um rápido olhar à mulher e os dois olharam para mim, de novo tensos e embaraçados.

– Os senhores acham que existe alguma coisa de ilegal no que fizeram? – perguntei com uma expressão ingênua.

– Pelo amor de Deus! – gritou a mulher. – O meu Spíros recuperou a saúde, isso é tudo! – Seguramente não sabia que os outros quatro tinham morrido, para entender que seu marido se salvou por milagre.

– Então por que os senhores não me dizem o nome dela? Nem os senhores nem ela têm nada a temer.

– O nome dela era Dúru – disse Gonatás. – Eleni Dúru.

Onde ouvi este nome? Não me lembro.

– O senhor tem o endereço dela? O telefone?

– Não temos nada – respondeu a mulher. – Ela tinha nosso telefone e se comunicava conosco. Nos trouxe as passagens junto com o voucher para o hotel, um papel para que o hospital nos recebesse, e a data em que deveríamos chegar a Budapeste. Todo o resto acertamos por intermédio da agência.

– Qual era a agência? – perguntei, embora soubesse a resposta.

– A Prespes. Fomos de ônibus e voltamos de avião. Assim saiu mais barato.

Calei-me e olhei para o casal sentado na minha frente. Foram para Budapeste, o marido recuperou a saúde, ficaram tranqüilos. E agora, eu venho e abro antigos cadastros e lanço neles o germe da dúvida.

– Muito bem, era isso. Os senhores podem ir para casa. Não há necessidade de voltarem.

A última frase os tranqüilizou de novo e eles se levantaram aliviados. Assim que saíram, chamei Sotiris.

– Anote um nome: Eleni Dúru. Quero falar com ela.

Peguei as duas relações que estavam na minha frente e as examinei. Em 26/6/91, um ônibus saiu de Tirana para Praga. Em 30/6/91, Yannis Emíroglu saiu de Atenas em direção a Praga. Em 30/10/91, um ônibus saiu de Bucareste para Budapeste. Em 5/11/91, Aléxandros Fotíu viajou para Budapeste. Spíros Gonatás, que saiu de Atenas em 5/11/91, tem alguma relação com um ônibus que saiu de Bucareste em 6/3/1992. Não era preciso muita perspicácia para entender o que estava acontecendo. Encontraram vários pobre-coitados albaneses, romenos ou búlgaros que venderam um dos rins. Os albaneses foram levados para Praga, os romenos para Budapeste e os búlgaros para Varsóvia. Depois disso, avisavam o doente na Grécia para que também viajasse. Lá, tiravam o rim do doador e o transplantavam no doente. O grego voltava para casa curado, e o albanês, ou o romeno, voltava com um rim a menos e com umas 50 dracmas no bolso. Muito bem, quatro entre os cinco morreram, mas esses transplantes não eram brincadeira. E quem não estivesse satisfeito, que apresentasse queixa em Praga, em Budapeste ou em Varsóvia. Na Grécia, não se podia fazer nada. Não existia nem mesmo exportação ilegal de moeda.

Até aqui, tudo bem, mas por que mataram Karayióryi e a Kostarákou, se é que foram eles que as mataram? E por que a Eleni Dúru não tinha deixado nenhum rastro? Pode ser que não quisesse ter problemas com os familiares, no caso de morte dos pacientes. Porém, por que Karayióryi pagou alguém para fornecer-lhe informações, tiradas de nossos arquivos, sobre os casos de comércio de crianças? Que relação tinham os transplantes com as crianças? Em algum lugar estava a ponta do fio de Ariadne, mas eu não conseguia achá-lo.

Subitamente, lembrei-me de onde tinha visto o nome de Eleni Dúru. Tirei de novo o envelope de Karayióryi da gaveta e procurei as fotografias. Na margem de uma delas, Karayióryi havia escrito: Eleni Dúru.

Telefonei para Andonakáki e disse que queria falar com ela.

– Tudo bem, mas não venha antes das sete, porque não vou estar em casa.

Lá fora, o vento rugia. Tinha derrubado dois vasos da varanda da frente. A velha saiu e os pôs de pé de novo. O gato estava dentro de casa e, da porta, seguia-a com os olhos. Sair com um tempo desses por causa de dois vasos, ela só podia ser louca.

# Capítulo 31

Ela me recebeu toda vestida de preto.

– Fui visitar o túmulo da Yanna – disse, como se quisesse se justificar por ter saído enquanto ainda estava de luto.

Sentei-me no sofá, no mesmo lugar da outra vez. Estava cansado e sem disposição para conversinhas.

– Sra. Andonakáki, a senhora ouviu alguma vez sua irmã falar sobre um certo Pilarinós? Cristos Pilarinós?

– Não é aquele que tem um escritório de turismo? Fizemos uma excursão organizada por eles.

– Quando vocês fizeram essa viagem?

– No fim de agosto ou início de setembro de 1990.

– E sua irmã foi com vocês?

– Sim. Yanna, eu e Anna, minha filha. Yanna tinha prometido a Anna que, se entrasse na faculdade de medicina, lhe daria uma viagem de presente. Fomos a Viena, a Bucareste e a Praga. A viagem durou dez dias. – Essa lembrança a perturbou. Fungou o nariz e seus lábios começaram a tremer de novo. – Essa viagem me é inesquecível. Além de nos servir de guia turístico durante o dia, Yanna quis que saíssemos à noite. Eu tentava contê-la não só porque estava cansada, mas também porque via que ela gastava demais. Mas minha irmã sempre fazia o que queria.

— Além dessa viagem, a senhora ouviu mais alguma vez sua irmã falar sobre Pilarinós?
— Não, nunca. Entretanto, sei que foi mais duas vezes depois da viagem que fizemos juntas.
— Quando?
— A primeira vez foi durante o inverno. Acho que em fevereiro. E a segunda em maio. Porém, não sei se essas viagens foram organizadas pela agência de Pilarinós.
— Durante a viagem que vocês fizeram juntas, aconteceu alguma coisa fora do normal?
— O que o senhor quer dizer com isso, fora do normal como o quê, por exemplo?
— Alguma coisa que tenha chamado a sua atenção.
— Não, absolutamente nada. Estávamos sempre juntas e nos divertíamos. — Parou como se lembrasse de alguma coisa. — Com exceção de duas manhãs em Praga, em que ela nos deixou para tratar de assuntos particulares.
— Que tipo de assuntos particulares?
— Não sei. Não me disse.
— E quanto a Pilarinós, nunca disse nada?
— Não, nunca.
— Muito bem, Sra. Andonakáki. Era só.

Enquanto dava a partida no Mirafiori, pensava que precisava procurar de novo a pasta dos recibos de Karayióryi. Queria ver se existia algum dado sobre essas viagens. Não era impossível que tivesse descoberto, totalmente por acaso, alguma coisa por ocasião da primeira viagem, e houvesse começado a investigar. Em novembro de 1990, descobriu que Pilarinós mantinha um tipo qualquer de relação com os dois estrangeiros da fotografia e fez mais duas viagens para completar suas informações. A chave era Dúru. Se eu a desencavasse, poderia começar a bater em Pilarinós.

Na sala, a televisão estava ligada e o mosaico aparecia na imagem. A voz por trás do mosaico era jovem, de uma garotinha. Ela tropeçava nas palavras, que saíam confusas, cortadas como se lhe fossem arrancadas uma a uma.

— Comprou roupas para mim...

— Que tipo de roupa?
— Blusas... sainhas...
— E depois?
— Levou-me para sua casa...
— E aí, o que vocês fizeram?
— Vestiu-me com as roupas novas...
— Não fez mais nada com você?
— Ele ficava me olhando.
— Só isso?
— Me dizia que eu era uma menininha bonita... Me acariciava...
— Onde ele lhe acariciava?
— Nos cabelos... nas mãos... às vezes nas pernas... Não sempre...
— Só isso?
— Isso.

O mosaico desapareceu e o rosto de Sotirópoulos apareceu na tela, pesado, inexpressivo. Apenas os olhos brilhavam, dois vaga-lumes atrás dos óculos redondos.

— Senhoras e senhores, um homem foi condenado a seis anos de prisão apenas com indícios fornecidos por uma investigação jornalística e as acusações dos dois pais — disse com uma expressão que falava sobre um enorme erro judicial. — Não estou dizendo que foi condenado injustamente, entretanto, certamente a acusação de atos lascivos contra menores deixa em aberto muitas perguntas. Assim como o fato de o escritório contábil ter passado às mãos dos pais das duas vítimas. Não sei se isso tem algum significado. Pode ser que sim, pode ser que não. Mas, em todo caso, Petros Kolákoglou, hoje, está sendo perseguido. Se não estivesse carregando o peso da acusação que fizeram contra ele, é quase certo que ninguém o estaria perseguindo agora. — Fez uma pequena pausa e acrescentou significativamente: — Nós, os jornalistas, mostramos um zelo exagerado que, muitas vezes, não leva em consideração as conseqüências.

O Robespierre é uma autêntica catapulta. Adriana não agüenta mais e aperta o controle remoto.

— O que ele está querendo? Tornar Kolákoglou uma pombinha inocente? — disse, furiosa.

— Não. Quer tornar inúteis tanto Kolákoglou quanto o canal concorrente.
— E essa é a melhor maneira de fazê-lo?
Preferi mudar de assunto. Não estava com disposição de falar sobre Kolákoglou, Petrátos ou Sotirópoulos dentro de minha casa.
— Falei com Katerina – disse.
— Pois é, você deveria tê-la ouvido quando eu disse que iria para Salônica. Parecia um bebezinho. – Olha-me e acrescenta hesitantemente: – Você não poderia ir também no Natal? Afinal de contas, este ano cai no fim de semana.
Mordi minha língua para não dizer sim.
— Não posso. Não posso me ausentar enquanto não terminar este caso. Alguma coisa pode acontecer e me carregar de volta. – Não era apenas o caso, era também a passagem e o hotel que eu teria que pagar, porque não cabemos todos na casa da Katerina. Não quero ter que pedir dinheiro emprestado para mandar para ela em janeiro.
Felizmente, diante de minha expressão firme, Adriana não insistiu. Antes que tivéssemos nos sentado para comer, o telefone tocou. Adriana atendeu.
— Um tal de Zissis – sussurrou e me passou o fone.
— Boa noite, Lambros.
— Preciso falar com você. Você conhece a Xará, a confeitaria que faz sorvete de Constantinopla, no fim da Patissíon?
— Sim, conheço.
— Vou te esperar lá em meia hora para você pagar um sorvete de nata para mim – disse e desligou.
Disse para Adriana que não ia comer porque tinha que sair de novo. De qualquer maneira, a fome ainda não tinha batido no meu estômago.
— Quem é esse Zissis?
— Um colega – respondi vagamente.

# Capítulo 32

Sentamo-nos numa mesinha ao lado da janela que dava para a rua Patissíon. Zissis tomava um sorvete de nata enquanto eu bebia uma soda limonada. Ele raspou o copo com a colherinha como se quisesse limpá-lo para não precisar ser lavado.

– Cristos Pilarinós – disse com um ar oficial – é filho de refugiados políticos. Nasceu em Praga, onde cresceu e estudou economia. Nunca se envolveu com partidos políticos. Assim que terminou seus estudos, entrou em uma empresa estatal. Acho que foi a Tche-Es-A, a empresa aérea da Tchecoslováquia, mas isso não pôde ser comprovado. É um homem competente e subiu rapidamente dos medianos aos altos cargos. Não pôde subir aos mais altos cargos porque eram ocupados pelos quadros dos partidos. No início da década de 1980, apareceu subitamente na Grécia e abriu uma empresa de turismo. A pergunta é: onde encontrou dinheiro para abrir uma empresa na Grécia?

Calou-se e me olhou com um sorriso malicioso. Não precisei quebrar a cabeça, entendi imediatamente aonde ele queria chegar.

– Os tchecos deram para ele.

– Exatamente. Todos os países socialistas abriram empresas como esta em países capitalistas porque precisavam de moeda estrangeira. Algumas foram abertas por intermédio de partidos irmãos dos países capitalistas, mas geralmente utilizavam testas-de-ferro. Pilarinós pertence à segunda categoria.

— E por que os tchecos confiavam tanto num refugiado político da Grécia? Como podiam ter tanta certeza de que ele não iria ficar com o dinheiro deles?

Zissis sorriu com condescendência, parecia querer dizer que eu era um retardado.

— Eles tinham todo um mecanismo de vigilância. Inicialmente, colocavam um membro do partido ao lado do testa-de-ferro para vigiá-lo o dia inteiro. Afora isso, o partido irmão do país onde funcionava a empresa exercia fiscalização e informava regularmente aos sócios do outro partido. Porém, além de tudo isso, eles mantinham alguém como refém.

— Que tipo de refém?

— O pai de Pilarinós morreu há muitos anos, mas sua mãe ainda vive. Voltou da Tchecoslováquia no início de 1990.

— O que você está dizendo? Que eles mantinham a mãe de Pilarinós como refém?

Zissis levantou os ombros.

— Não seria a primeira vez, mas, mais uma vez, não sei. A economia dos partidos era acompanhada por um círculo muito fechado de altos funcionários. Nem mesmo funcionários com cargos muito altos sabiam o que acontecia. Mas, não lhe parece estranho que o filho tivesse uma imensa fortuna na Grécia e a mãe vivesse de aposentadoria em Praga?

Não é só estranho, está na cara. Zissis move tristemente a cabeça.

— Vigilância, cobertura recíproca, aparelhos, eles tinham pensado em tudo. Só não pensaram numa coisa: que tudo isso se desmoronaria em 1989 como um castelo de cartas. E, subitamente, Pilarinós encontrou-se com uma imensa fortuna totalmente sua. O Partido Comunista da Tchecoslováquia se dissolveu, seus membros se espalharam, e aqueles que tomaram o poder não tinham como reivindicar essas fortunas. O mais provável é que nem soubessem que elas existiam.

— E, subitamente, de testa-de-ferro, Pilarinós se tornou empresário.

— Isso mesmo. — Inclinou-se para a frente e baixou o tom de voz. — Pilarinós é o pano vermelho que o toureiro sacode diante do touro. Apropriou-se do dinheiro de outros, de muito dinheiro. Não sou só eu que não o suporto, todos os membros do partido não o suportam. Com muita satisfação o veriam apodrecer na prisão, mas, se denunciarem o que ele fez, muita coisa vai começar a aparecer. Estou lhe dizendo tudo isso para que entenda que ninguém simpatiza com ele. – Ele mudou de posição. Recostou-se na cadeira, olhou para mim e disse com toda segurança: – É impossível que esteja metido em trabalhos sujos.

– Por quê?

– Pensa um pouco. Enquanto existia o regime socialista na Tchecoslováquia, ele não ousava se mexer. Fariam com que ele desaparecesse. Agora ele tem uma fortuna imensa, por que se meteria com dinheiro sujo?

– Escute, Lambros. Yanna Karayióryi era ambiciosa e não era burra. Tinha todo um arquivo a respeito dele com dados que nós levaríamos um ano para juntar. Para investigá-lo dessa forma, quer dizer que descobriu alguma coisa.

– Você tem certeza de que investigava Pilarinós e não outra pessoa de sua empresa?

De repente surgiram diante de mim as fotografias que Karayióryi tinha tirado. Aquelas dos homens no clube noturno e a outra com os dois conversando na cafeteria.

– Vamos dar um volta? – disse.

– Onde?

– Até o meu escritório. Quero lhe mostrar uma coisa.

– Nem pense nisso – disse como se uma serpente o tivesse picado. – Na Central de Polícia eu não ponho meus pés. Quase perdi minha aposentadoria porque fiquei pensando durante três meses que teria que ir lá pedir uma certidão, e ficava adiando.

– Vamos ficar no meio do caminho? – disse-lhe rindo. – Vamos até a entrada. Você fica dentro do carro e eu dou um pulo até a minha sala para pegar uma coisa que eu gostaria que você visse.

– Se for para eu ficar dentro do carro, está bem – disse e levantou-se imediatamente.

Já tinha passado das onze e o movimento das ruas tinha diminuído. A partir da praça Amerikís, que é onde a rua Patissíon fica mais larga, nenhum sinal vermelho nos parou e chegamos à central em vinte minutos. Durante o percurso, falamos de coisas sem importância. Ele pediu notícias de Katerina, como ela estava se saindo nos estudos. Ele nunca a viu, mas sabe que estuda na Salônica. Comecei a falar sobre minha tristeza de não tê-la comigo no Natal e, sem perceber, joguei todo o meu veneno sobre aquele búfalo em forma de gente. Zissis me ouviu sem interrupção. Ele percebeu que falar me fazia bem e deixou que eu desabafasse.

Ele ficou no Mirafiori enquanto fui até a minha sala pegar as duas fotografias de Karayióryi. Mostrei primeiro a do clube noturno.

– Este é Sovatzís – disse, assim que pegou a fotografia, e me mostrou o tipo de cabelo esticado e sorriso amargo.

– Quem é Sovatzís?

– O membro do partido que colocaram ao lado de Pilarinós para vigiá-lo.

– E os outros dois?

– Certamente são estrangeiros. Um deles não conheço, mas o outro, o que está sentado ao lado de Pilarinós, conheço de algum lugar, mas não me lembro de onde. – E seu dedo se colou sobre o homem que estava sentado ao lado de Pilarinós, e não sobre o outro, o cara de lua cheia. Subitamente, ele deu um salto no banco. – É lógico! – gritou entusiasmado. – É Alóis Xátsek! Nem era preciso esquentar a cabeça. Era o responsável pelo dinheiro do partido e veio à Grécia para vigiar Pilarinós. – Mostrei-lhe a data, embaixo à direita. Ele estranhou. – Quatorze de novembro de 1990 – falou consigo mesmo. – O partido se dissolveu e ele fez uma viagenzinha à Grécia?

Tirei a outra fotografia, a dos dois que conversavam na cafeteria. Ele olhou a data: 17/11/90. Colocou as duas fotografias uma ao lado da outra. Eu não disse nada, dei-lhe bastante tempo para pensar. Ele balançou a cabeça e suspirou.

– Você quer saber o que estava acontecendo em Atenas nessas duas datas? – perguntou. – Vou lhe dizer e não acho que vou dar um fora. – Parou para botar os pensamentos em ordem e continuou. – No fim de 1989, quando os regimes socialistas se dissolveram, os altos quadros dos partidos perderam tudo. O povo esfregava as mãos.

Era uma vez os postos, era uma vez as dachas, era uma vez as limusines, estavam todos sem trabalho. Porém, não era exatamente isso o que estava acontecendo. Como esses homens tiveram durante quarenta anos o monopólio do poder, eram os únicos que sabiam administrar, os únicos que mantinham relações com o resto do mundo, contatos, influência. E isso era necessário. De membros do partido, transformaram-se em empresários. Antigamente, falavam de política; agora, falam de business. Alóis Xátsek pertence a esta categoria. Evidentemente tem elementos que comprovam que o Pilarinós recebia dinheiro do Partido Comunista tcheco. Em novembro de 1990, veio a Atenas e se encontrou com Pilarinós. "O que você prefere?", disse-lhe, "que eu forneça esses dados ao novo governo para que eles reivindiquem a sua empresa, ou que sejamos sócios?" O que você faria se estivesse no lugar de Pilarinós? É cem vezes melhor colocá-lo como sócio do que perder tudo.

Meu olhar caiu sobre as fotografias, que estavam apoiadas no pára-brisas. Pilarinós olhava para mim com o copo levantado. Certo, não bebia à minha saúde, mas à saúde de sua sociedade com Xátsek, fazia votos de sucesso no trabalho.

— Mas havia uma cilada. — A voz de Zissis me trouxe de volta ao presente.

— Qual?

— Os outros dois. Eu lhe disse que o partido trabalhava com cobertura mútua. Como Sovatzís seguia Pilarinós, o outro, o que está sentado ao lado dele, seguia Xátsek. Os peões pagaram o pato. Ninguém precisava mais deles, assim, passaram para o departamento de não reclamados.

"Mas com Sovatzís e o outro as coisas não foram tão fáceis porque eles sabiam. O que faria Pilarinós com Xátsek? Deu-lhe alguma coisa para lambiscar e fechou-lhe a boca. O problema é que os outros dois não estavam satisfeitos. Olhe, o sorriso dele diz tudo. Durante anos, fizeram o serviço pesado e agora os outros ficavam com o filé mignon e a eles cabia apenas chupar os ossos. Assim, resolveram montar seu próprio golpe. Três dias depois, encontraram-se para conversar sobre o assunto. É isso o que diz a segunda fotografia."

— Que golpe era esse?
— Como posso saber? Descobrir do que se trata é o seu trabalho.

Olhei os dois homens sentados lado a lado. Um com o cabelo esticado para trás e o outro para a frente, mas os dois tinham o mesmo sorriso amargo.

— Duas empresas, uma dentro da outra – eu disse para Zissis. – A primeira, legal; a segunda, ilegal, que explora todo o equipamento da primeira, mais a segurança que lhe dá porque quem jamais vai pensar em investigar as empresas de Pilarinós?

— Foi isso o que pensou a jornalista – lembrou-me Zissis.
— Karayióryi...
— Karayióryi não investigou Pilarinós, investigou Sovatzís.

Subitamente me lembrei de onde tinha visto o rosto de Sovatzís. Nos recortes de jornais, atrás de Pilarinós. Todas as peças se encaixavam. As fotografias, onde sempre Sovatzís aparecia, os esboços, os relatórios, tudo. Desde o início, alguma coisa cheirava mal com Pilarinós. Eu pensava ser pouco provável que um empresário como ele tocasse em dinheiro sujo. Entretanto, o que não se encaixava em relação a Pilarinós, se encaixava perfeitamente em Sovatzís. Senti que um grande peso era retirado de minhas costas porque Pilarinós ficava de fora, e tudo, de repente, se tornava mais fácil.

— Será que você sabe qual é o nome de Sovatzís?
— Dimos.

Esta era a única peça que não se encaixava no quebra-cabeça: a carta do desconhecido N. Se Sovatzís se chamava Dimos, a carta não podia ser dele. Mas quem disse que a carta tinha relação com a investigação de Karayióryi? Podia estar relacionada a qualquer outra coisa.

— Eleni Dúru. Este nome lhe diz alguma coisa?
— Dúru?... Não. – Abriu a porta. – Muito bem, como esclareci tudo, posso ir dormir – disse satisfeito.

— Eu vou levá-lo em casa.
— Não é preciso você ir tão longe. Eu tomo um táxi.
— Por que pagar táxi? Deixa disso, num instantinho estamos lá.
— Você sabe quantas vezes fiz esse percurso a pé porque não tinha um tostão? – disse. – Pelo menos agora posso pagar.

Enquanto ele se preparava para descer, coloquei minha mão em seu braço.

– Por que você me ajuda, Lambros? – perguntei.

O que estava esperando que me respondesse? Que o fazia por amizade? Ou por gratidão?

– Quando você não acredita mais em nada, acredita na polícia – respondeu com um sorriso cheio de dor. – Vocês são o fundo do poço. Eu atingi o fundo do poço e nos encontramos. Isso é tudo.

Abriu a porta e desceu mas, subitamente, arrependeu-se.

– Se o faço é porque você é legal – disse.

– O que eu fiz para ser legal? – Minha mente vai à Bubulina.

– Ouvi no rádio a respeito desse Kolákoglou. Você é muito legal.

– Pelo pára-brisa vi-o se afastando rapidamente. Um pouco mais adiante, parou um táxi e entrou.

Balancei minha cabeça. Todos os antigos esquerdistas são assim. Pensam que nós, os policiais, somos feras que matamos o zé-povinho e depois festejamos. E quando conseguem alguém que sai um pouco da norma, espantam-se e alegram-se como se o tivessem colocado no partido.

O táxi arrancou e eu atrás dele.

# Capítulo 33

– Eleni Dúru não existe, não encontrei nada sobre ela em lugar nenhum – disse-me Sotiris no dia seguinte. – O endereço que tinha declarado em sua ficha de identidade era na rua Skopélu, 14, em Kipséli, mas mudou-se quando o marido morreu, há cerca de cinco ou seis anos. Ninguém sabe para onde foi. O telefone estava no nome dele e foi cortado há dois anos. Não existe telefone em nome dela. Não a encontro em lugar nenhum.

– Continue a procurar. É absolutamente necessário que a encontremos.

– Entretanto, tenho notícias da alfândega sobre os caminhões frigoríficos da Transpilar.

– Vamos lá, quais são?

– Transportavam mercadorias para empresas de gregos da Albânia. Voltavam vazios.

– Vazios?

– Sim. Entretanto, alguma coisa aqui cheira mal.

– Sotiris, não me faça explodir! Diga o que cheira mal!

– Todos os documentos de entrada da Albânia na Grécia foram assinados pelo mesmo fiscal. Um certo Leftéris Xourdákis. Não é esquisito os caminhões frigoríficos da Transpilar caírem sempre no mesmo fiscal?

Não é apenas esquisito. Fede a 100 quilômetros de distância.

– Entre em contato com a alfândega na fronteira. Quero falar com esse Xourdákis.
– Não está mais lá. Aposentou-se com pensão reduzida.
– Passe o aeroporto para Atanásio e procure Xourdákis. Quero que o encontre de qualquer maneira.

Era evidente que tudo tinha sido montado. Alguém avisava aos motoristas na Albânia e providenciava para que passassem a fronteira quando Xourdákis estava de serviço. Aposto que os motoristas também eram sempre os mesmos. Eu poderia pedir seus nomes na Transpilar, mas Pilarinós saberia e começaria a se perguntar por quê. Preferi esperar até que tivesse interrogado Xourdákis.

O telefone me tirou de meus pensamentos.

– Suba até aqui – disse Guikas em tom cortante.

O elevador, de novo, fez das suas. Subia-descia do terceiro ao quarto andares só para arrebentar com meus nervos. Abandonei o elevador e subi pela escada.

Kúla não estava em seu posto, a ante-sala estava vazia. Entrei na sala do Guikas sem bater. Já que ele tinha me chamado, eu não precisava fazer cerimônia.

Guikas estava sentado em sua mesa, diante dele estava Petrátos e um outro homem de cerca de 40 anos elegantemente vestido. Kúla estava sentada no fundo da sala com um bloco nos joelhos, pronta para tomar notas.

– Pegue uma cadeira e sente-se – disse Guikas. Peguei emprestada uma cadeira da mesa de reuniões e trouxe-a para o outro lado da escrivaninha, em frente de Kúla, para ficar de frente para Petrátos.

– Este é o Sr. Sotiríu, o advogado do Sr. Petrátos. – Guikas apontou para o homem de quarenta. – O Sr. Petrátos aceitou esclarecer nossas dúvidas.

Petrátos me lançou um olhar absolutamente venenoso.

– Antes de continuarmos – disse o advogado –, gostaria que o senhor me dissesse qual foi o resultado do exame grafológico da amostra da escrita de meu cliente.

Guikas se virou para mim. Mais uma vez reserva para si o papel do Portador de Boas-Novas, enquanto me deixa como o que traz as más notícias e, consequentemente, o que toma a iniciativa. Tudo bem, quem pariu Mateus que o embale.

— O resultado foi negativo — disse com todo o sangue-frio que consegui manter diante do sorriso de vitória de Petrátos, o que, para mim, era pior do que uma bofetada. — Mas isso, isoladamente, não significa nada.

— Significa muito, senão o senhor não teria insistido tanto na obtenção da amostra — me contradisse o advogado.

— Esta discussão é desagradável para todos nós — interveio Guikas. — Vamos passar ao que é realmente importante e acabar com isso.

Virei-me para Petrátos.

— Alguém viu o seu carro estacionado na rua Monís Séku, duas ruas depois da Iéronos, onde morava Martha Kostarákou, exatamente na hora em que ela foi assassinada. O senhor poderia nos dizer o que estava fazendo na hora do crime?

— O senhor tem certeza de que era o meu carro?

— Era um Renegate com placa número XPA-4318. Não é o seu carro? — Mentira. A testemunha não tinha visto o número da placa, mas joguei verde para colher maduro.

Petrátos olhou para seu advogado parecendo perdido, mas este não parecia nem um pouco preocupado. Ao contrário, incentivou o seu cliente com um sorriso cheio de autoconfiança.

— Diga a verdade, Nestor. Você não tem nada a temer.

— Não sei exatamente a que horas a Martha Kostarákou foi assassinada, mas eu realmente estava na área entre cinco e meia e sete e meia da tarde. Tinha ido visitar uma amiga.

— Quem é essa amiga? Nome e sobrenome? Endereço? Finalmente, começava a apertá-lo.

— Por que o senhor quer tudo isso?

— O que é isso, Sr. Petrátos — intervém Guikas com um sorriso que destilava mel. — O senhor sabe que somos obrigados a verificar tudo o que o senhor disser em seu depoimento. Não duvidamos de suas palavras, mas este é o procedimento.

O mal-estar de Petrátos aumenta. Hesita, pensa.

— Sinto muito, mas não posso lhes fornecer os dados dessa moça.
— Por quê?
— Existem razões que me obrigam a manter secreta a sua identidade — respondeu.

— Não temos razão nenhuma para expor a sua amiga, a não ser que sejamos obrigados.
— O Sr. Petrátos não é obrigado a responder. — O advogado outra vez.
— Eu sei, mas, se responder, vai facilitar as coisas tanto para ele quanto para nós. Senão seremos obrigados a aprofundar nossa investigação.
— Investiguem — respondeu o advogado com petulância. — Os senhores investigaram a amostra da letra dele e não encontraram nada. Nem agora vão achar coisa alguma, simplesmente porque não existe crime sem motivo. E o meu cliente não tinha motivo para matar nem Yanna Karayióryi nem Martha Kostarákou.
— O Sr. Petrátos tinha um relacionamento com Karayióryi. Ajudou-a a subir na carreira e ela o abandonou. Também sabemos que Karayióryi queria o seu lugar. Ele tinha, pois, todos os motivos para odiá-la.
Petrátos, subitamente, caiu na gargalhada.
— Pode ser que Yanna quisesse o meu lugar, mas não tinha a menor possibilidade de o conseguir. A menor, Sr. Comissário. Garanto-lhe. — Disse isso com tanta autoconfiança que, mesmo sem querer, balancei.
Sotiríu ficou pensativo.
— Creio que esta nossa discussão deve terminar aqui — disse. — Se o senhor tem tanta certeza de que o Sr. Petrátos é o assassino, só lhe resta prendê-lo. Entretanto, aviso-o que, perante o juiz, vou acusá-lo de tê-lo prendido sem indícios. E, ao mesmo tempo, vou levantar todo o mundo jornalístico e difamá-lo.
Fiz ainda uma última tentativa, mesmo sabendo que ia no vazio.
— Um pedaço do arame com o qual Kostarákou foi morta, foi encontrado sob o automóvel do Sr. Petrátos.
— Se o senhor quiser provar que o crime foi perpetrado especificamente com esse arame, vou provar-lhe que pode ter sido com o arame que tenho em meu jardim. — Voltou-se para o Petrátos. — Vamos, Nestor. Não temos mais nada a dizer — disse e virou-se para Guikas. — Meus respeitos, Sr. Chefe de Polícia. — Eu era tão insignificante que achou inútil se despedir de mim.
— O que tiramos de toda essa história? — perguntou Guikas quando ficamos sozinhos.

Tentei tirar leite de pedra.

– Primeiro, não sabíamos se o Renegate era realmente o de Petrátos porque nossa testemunha não tinha atentado para o número da placa. Agora temos certeza de que era o dele. Segundo, temos essa história da amiga. Ou é uma mentira lançada na tentativa de escapar, ou está encobrindo alguém muito conhecido. A segunda hipótese é a mais provável.

– E o que faremos agora?

– Vamos tentar localizar a moça para não deixarmos nada em aberto.

Pelo olhar que me lançou, percebi que não o tinha convencido. Mudei de assunto imediatamente e contei-lhe a história de Sovatzís, dos transplantes e dos caminhões frigoríficos da Transpilar. Depois do banho de água fria de Petrátos, ele se sentiu um tanto aliviado por eu não estar provocando outros incêndios com uma perseguição direta a Pilarinós.

Deixei a questão da alfândega para o fim.

– Este eu quero encontrar e bem rápido. O senhor está vendo? O mal desse caso é que não sabemos exatamente qual foi o motivo do crime e somos obrigados a examinar todas as possibilidades, a de Petrátos, a de Sovatzís, a dos transplantes e a dos caminhões frigoríficos, todas.

– Se conseguirmos solucionar este caso, vou acender uma vela das grandes para Nossa Senhora – disse desanimado.

Encontrei o Sotirópoulos me esperando diante da porta de minha sala.

– Você viu minha reportagem no jornal de ontem?

– Vi – respondi secamente.

– Não lhe digo nada. É só investigar mais um pouco para mostrar que o caso Kolákoglou foi todo montado.

– Se o pai da menina apresentar queixa contra você, nem te conto.

– Ele vai ter coragem? Ele será obrigado a apresentá-la no tribunal e os advogados vão dilacerá-lo.

Empurrei a maçaneta da porta para entrar na minha sala antes que começasse a vomitar, mas ele me segurou pelo braço.

– Tenho mais uma coisa para você.

– O quê?

Ele se inclinou e sussurrou confiantemente no meu ouvido.
– Petrátos foi dispensado. Delópoulos demitiu-o ontem à noite.
– Já ouvi isso antes.
– Mas desta vez é certo. Amanhã ou depois, a bomba vai estourar. Você está sendo o primeiro a saber.
– Por que você está tão contente?
– Porque agora ele virá bater na porta do nosso canal, mas vou vetá-lo e impedi-lo de continuar.

Ia fechar a porta no seu nariz, mas vi Sotiris se aproximando.
– Desculpe-me, tenho que trabalhar – disse secamente.
– Localizei Xourdákis – disse Sotiris, assim que ficamos sozinhos. – Ele tem uma casa de campo em Mílessi.
– Onde fica o Mílessi?
– Depois de Malakássa. Depois da curva que desce para Oropô.
– Muito bem. Prepare-se para sairmos.

Olhou para mim espantado.
– Não devo chamá-lo a vir aqui?
– Não. É melhor irmos ao seu encontro. – Achava que um pouco de ar puro nos faria bem.

Depois de Filothéni, o movimento em direção a Kifissiá diminuiu. Chegamos lá em meia hora. Mas, assim que saímos de Nova Eritréia e entramos na Ethnikí, a tempestade desabou. Ainda bem que a Ethnikí estava vazia e, mesmo rodando continuamente a sessenta, chegamos bem rápido em Malakássa. A cidadezinha estava vazia, não tinha ninguém nas ruas. Parei o carro em frente ao Departamento de Trânsito e mandei Sotiris perguntar se, por acaso, eles sabiam onde Xourdákis morava. Enquanto esperava, abri um pouco a janela para respirar o perfume dos pinheiros molhados, mas a chuva molhou completamente a minha manga esquerda. Fechei a janela xingando.

Sotiris voltou correndo e se jogou dentro do carro. Ninguém no departamento de trânsito sabia onde Xourdákis morava. Eles nos aconselharam a, chegando a Mílessi, perguntar na banca de jornal. Como é que eu não tinha pensado nisso? Tudo o que a polícia não sabe, o jornaleiro pode informar.

O caminho para Mílessi estava vazio. À nossa direita, vimos o campo, à esquerda, o quartel abandonado de Malakássa que, deixado à sua própria sorte, caía em ruínas. Depois de 2 quilômetros, o campo terminou e entramos em um bosque de pinheiros. A chuva tinha perdido a sua força e agora caía devagar, cansada. O caminho começou a descer. Assim que fizemos a curva, vimos a banca bem na nossa frente, ao lado da parada de ônibus. O jornaleiro disse para não continuarmos descendo, para pegarmos o caminho que passava na frente da banca. Era um caminho de terra estreito e o Mirafiori, por várias vezes, atolou na lama. Teríamos que voltar de marcha a ré pois não havia lugar para manobrar.

No fim do caminho, vimos, à nossa esquerda, uma enorme extensão de terra cultivável que subia pelos lados de um morro e que devia tocar a rua do Oropú por trás. No fundo, vimos a casa. A casa, isto é, uma enorme casa de três andares. A impressão que dava era a de que alguém tinha desmanchado uma torre do Mani, uma das casas tradicionais construídas em forma de torre por razões de segurança, transportando-a para o Mílessi. Eu não via o meu rosto no espelho mas, se minha expressão se parecia com a de Sotiris, certamente eu estava parecendo uma besta.

— Vamos entrar? — perguntou, assim que se recuperou da surpresa.

— Por quê? Para perguntar por que milagre ele estava sempre escalado cada vez que chegava um caminhão frigorífico da Transpilar? A casa fala por si. Percebe agora por que quis que viéssemos até aqui? Queria ver como era a casa onde ele mora.

Sotiris olhou para mim, mas não disse nada. Liguei e carro e comecei a sair em marcha a ré. Um pouco mais longe, o Mirafiori atolou e Sotiris saiu para empurrá-lo. Enquanto eu acelerava e Sotiris empurrava o carro pelo capô, uma das janelas da casa de Xourdákis se abriu e uma mulher apareceu. Ela ficou na janela apreciando a nossa desgraça.

— Amanhã você vai examinar toda a árvore genealógica de Xourdákis — disse a Sotiris quando, depois de muitas peripécias, chegamos à banca de jornal. — Do próprio, de sua mulher, de seus filhos, se é que os tem, de seus pais, se é que ainda vivem. Peça permissão ao juiz para termos acesso à conta bancária de toda a família. Quero saber quanto entra em suas contas, quando e quem deposita. Vamos falar com ele quando estivermos prontos para encostá-lo na parede. O que passei com Petrátos me serviu de lição e não quero me aproximar de Xourdákis sem que, primeiro, tenha juntado provas suficientes.

A chuva tinha parado. Quando entramos de novo no bosque de pinheiros, abri a janela e respirei seu perfume para limpar os pulmões.

# Capítulo 34

Na manhã seguinte, cheguei ao trabalho às oito e meia, meia hora mais cedo, e fui diretamente ao subsolo, aos arquivos.
– O senhor não morre tão cedo – disse Yannis, assim que me viu. – Estava me preparando para levar isto para o senhor.
– Você conseguiu?
– Examinei todos os relatórios um a um. Ninguém pediu esses envelopes desde o dia em que entraram nos arquivos. Pode estar certo disso.
– Muito obrigado, Yannis.
A pessoa que xerocava os relatórios para dar a Karayióryi o fazia enquanto ainda estavam conosco, antes de serem mandados para os arquivos. Conseqüentemente, alguém da central ganhava dinheiro leiloando nossos relatórios. Senti uma crispação no estômago. Os envelopes permaneciam no serviço por até seis meses. Nesse intervalo de tempo, qualquer pessoa poderia pegar um deles no armário, xerocar o que quisesse e colocá-lo de volta no lugar. Vá alguém encontrar quem molhava a mão!
Quando entrei no corredor, vi uma moça em pé diante da minha porta, me esperando. Seus cabelos eram louros e estavam amarrados atrás num rabo-de-cavalo. Apesar de usar mocassins, sua estatura deveria se igualar à minha, isto é, 1,75 m. Vestia um casaco preto de couro caríssimo e uma minissaia feita com muita economia porque cobria apenas sua bunda. De dentro da sainha, proje-

tava-se um par de pernas como os copos de pés da loja Kosta-Bonda. Quando me aproximei dela, vi que não deveria ter mais de que 25 anos.

– O senhor é o comissário Xaritos? – perguntou, quando cheguei perto dela.

– Sim.

Estava com o rosto lavado, tinha olhos azuis e um olhar tão frio que me provocou mal-estar.

– Eu sou Nena Delópoulos, filha de Kiriáko Delópoulos. Quero falar com o senhor.

Tinha ouvido dizer que o Delópoulos tinha uma filha, mas nunca pensei que ela podia ser tão interessante.

– Entre – disse-lhe e abri a porta enquanto tentava adivinhar o que de tão importante teria para me dizer a ponto de perder seu sono matinal para se encontrar comigo.

Ela sentou-se na cadeira e jogou uma das pernas sobre a outra. A minissaia foi expulsa até a parte de cima das pernas e me ofereceu a vista de suas pernas até a calcinha branca que brilhava sob a meia-calça preta. Também eu lancei uma das pernas sobre a outra, não para imitar o seu gesto, mas para, por bem ou por mal, obrigar o meu pênis a se manter sossegado. Recostei-me na cadeira para parecer à vontade, embora absolutamente não estivesse.

– Sou todo ouvidos.

– Nestor Petrátos me disse que o senhor viu o carro dele perto da casa de Martha Kostarákou e que o considerava suspeito dos dois assassinatos.

– Apenas lhe pedimos algumas explicações – respondi cuidadosamente. – Se o considerássemos suspeito, ele estaria preso.

– Nestor estava comigo na tarde em que mataram Martha Kostarákou, mais ou menos das cinco até às sete e meia. – Olhava para mim e acrescentou com uma imperceptível ironia: – Esteve continuamente a meu lado. Digo-lhe isto para tranqüilizá-lo

Então, esta era a amiga que Petrátos encobria. Foi por isso que não nos disse o seu nome.

– Onde a senhora mora?

– A galeria Erodiós, que fica na esquina da Ifikrátus com a Aristárxu, é minha. É uma casa antiga de dois andares. A galeria é embaixo e eu moro em cima. A rua Iéronos fica a duas ruas dali. Nestor não quis lhes dizer que estava comigo porque nossa relação é um pouco diferente. – Calou-se de novo e, mais uma vez, acrescentou com a mesma imperceptível ironia: – Ou melhor, era, até ontem.

Era diferente porque eles escondiam esse relacionamento de Delópoulos. Ela não queria confusão com o pai, nem Petrátos com o patrão. Olhei para ela e me lembrei de Katerina. Ela não é nem juiz, nem advogado mas precisa de, pelo menos, uma década para fazer uma carreira qualquer. Entretanto, esta aqui tem cerca de 25 anos e uma galeria que o papaizinho deu, se faz de importante e, ainda por cima, engana-o.

Nena achou que nossa conversa tinha terminado e se levantou.

– A senhora está pronta a prestar um depoimento por escrito do que acabou de me dizer?

Ela manteve a porta entreaberta e se virou.

– Eu estou com o meu pai a cada três meses, Sr. Xaritos. Ontem à noite, quando soube que pretendia demitir Nestor, disse-lhe que, se o fizesse, não me veria nem uma vez durante os próximos três anos. Isto o convenceu. Conseqüentemente, posso depor e assinar o que o senhor quiser. O número do meu telefone está no catálogo. Galeria Erodiós.

Ela saiu e fechou a porta atrás de si. O que diz o dicionário? Ridículo, sim senhor.

Paradoxalmente, meu primeiro pensamento foi para Sotirópoulos. "Entraste pelo cano, Robespierre", disse comigo mesmo. Você achava que ele estava riscado, mas ele amarrou bem amarradinho o seu cavalo.

Depois, me conscientizei de que não era só Sotirópoulos que estava perdido, também eu junto com ele. O capítulo Petrátos estava definitivamente encerrado. Como estava com Nena Delópoulos, não foi ele quem matou Kostarákou. E, como não matou Kostarákou, também não matou Karayióryi. Os dois crimes fazem parte do mesmo conjunto. O advogado dele tem razão. No fim, comprova-se que o Petrátos não tinha motivo para matar. Por que ele odiaria Karayióryi se era amante da filha de seu patrão? E por que teria medo de perder o lugar? A prova é que não o perdeu. Não sei se lamento ou se me sinto aliviado pelo fato de Petrátos sair branco como a neve. Assim, minhas mãos foram atadas para que me dedicasse exclusivamente a Sovatzís. Tenho que informar Guikas, mas isso não tem pressa. Antes de qualquer coisa, devo elaborar um plano de ação para me aproximar de Sovatzís. O modo mais seguro de aproximação é através do fiscal da alfândega, Xourdákis. Assim que Sotiris reunir as informações de que preciso, vou passá-lo na peneira.

Mas, de repente, veio-me uma idéia. Procurei e achei a xerox da carta do desconhecido N, que encontrei na escrivaninha da Karayióryi.

*Há muito tempo faço o que você me pede e sempre espero que você mantenha a sua palavra, mas você sempre me engana. Já me convenci de que você não tem a menor intenção de me dar o que quero, mas me deixar para sempre esperando para que você possa me chantagear e obter o que quer. Porém, agora, chega. Desta vez não vou mais dar para trás. Não me force porque você vai se dar mal e a culpa vai ser toda sua.*

Será que o N é de Nena Delópoulos? Mas, o que será que fez a Karayióryi para que esta a enganasse? Será que falou com o pai para promovê-la? E que a moeda de troca foi Petrátos? Mas Karayióryi não o deixou e Nena a ameaçava, evidentemente, com demissão. Até que Karayióryi, que não queria sacrificar a carreira, cedeu-o a ela. Seria muito conveniente para mim se as coisas tivessem acontecido dessa maneira, porque fecharíamos as lacunas sem precisar nos impingir um outro suspeito.

O telefone me tirou dos meus pensamentos. É Politu, a juíza.

– O senhor se lembra do Séxis? Aquele albanês que o senhor pediu que interrogássemos em relação ao comércio de crianças?

– Lembro-me. Tinha intenção de ligar para a senhora, mas a senhora ligou antes.

– Tinha programado o interrogatório dele para depois de amanhã, mas tive que cancelar porque o mataram ontem à noite.

A notícia me derrubou.

– Quem o matou? – perguntei quando me recuperei.

– Um compatriota. Esfaqueou-o dentro do banheiro.

– A razão?

– O assassino afirma que Séxis o roubou. Ele pediu seu dinheiro de volta, e como Séxis negou dever-lhe, o outro deu-lhe cinco facadas na barriga. Levaram-no imediatamente para o Presídio Geral de Nikea, o processo parou e o caso vai ser arquivado.

– Obrigado por me informar – agradeci formalmente, e desliguei.

Quebrei a cabeça tentando entender o significado do assassinato do albanês. Num primeiro momento, parecia não significar nada. Dois albaneses brigam e um esfaqueia o outro. Era um fenômeno cotidiano, dentro e fora das prisões. Mas não era uma coincidência o terem matado quando a juíza Politu o chamou para interrogatório? Mais uma vez me vem à cabeça a imagem de Karayióryi e sua insistência em relação às crianças dos albaneses. Chegou até mesmo a pagar para conseguir o meu relatório. Tinha certeza de que o albanês não tinha matado o casal porque gostava da moça, e sim porque estavam todos metidos em um círculo de comércio de crianças. Nesse caso, Séxis tivera a mesma sorte que Karayióryi e Kostarákou. Assim que souberam que ele tinha sido chamado para o interrogatório complementar, mataram-no para fechar-lhe a boca. Mas como eles souberam? A informação foi vendida pela mesma pessoa que era subornada por Karayióryi para pegar os relatórios? Mas, com quem falou? Com o Xourdákis? É o único nome que circula no serviço.

A única solução era ir até o Koridalô e me informar *in loco* sobre o que tinha acontecido. Só de pensar no percurso, sentia vertigens, mas tinha que ir.

Da avenida Aleksándras até a estação Larissis avancei a passo de cágado, mas avancei. Porém, quando entrei na avenida Constantinopla, encontrei uma fila de carros de um quilômetro que parava a cada 10 metros. Os carros paravam nos cruzamentos e fechavam a passagem dos que vinham das ruas transversais, que buzinavam como loucos – um caos. Até chegar na rua Petru Ráli, meu cérebro tinha começado a se desmanchar como se fosse uma couve-flor podre. Tinha esquecido o Sovatzís, o albanês, e mesmo as pernas de Nena Delópoulos. O Mirafiori não agüentava tamanho esforço e eu receava que ele me deixasse no meio da rua.

Na rua Petru Ráli, a situação se abrandou um pouco e o Mirafiori começou a rodar. Na rua Grigori Lambráki, o movimento dos carros diminuiu mais ainda. Em 15 minutos, cheguei na entrada da prisão.

Quando expliquei ao diretor o que me trazia ao Koridalô, ele levantou os ombros em sinal de embaraço.

— Não sei o que dizer. Tudo leva a crer que se tratou de uma dessas costumeiras discussões, que terminou em facada.
— O senhor tem certeza de que não existe nada escondido por trás disso?
— Como posso ter certeza? Entre eles, falam sempre na sua língua. Os nossos não querem negócios com eles. O criminoso, fora daqui, era chefe de uma gangue que matava e roubava seus conterrâneos. É evidente que queria alguma coisa da vítima e, como o outro se fez de difícil, matou-o. Depois, inventou a desculpa do roubo.
— E onde encontrou a faca?
— Disse que a roubou da cozinha. — Seu riso mostrou bem que não acreditava nessa história. — Nós o mantemos na solitária. O senhor quer falar com ele?
O que ele iria me dizer? Mesmo que fosse um espião, não mudaria em nada suas declarações. Assim como Séxis.
— Não. Entretanto, quero dar uma olhada nos objetos pessoais da vítima.
— Venha.
Levou-me ao depósito onde estavam guardados os objetos pessoais do albanês. Quando os vi, fiquei de boca aberta. Roupas de baixo novas, calças novas, duas camisas novas, um par de sapatos, provavelmente sem uso, e um casaco novinho.
— Onde ele achou tudo isso? — perguntei ao diretor. — Quando saiu da central, usava um casaco velho e uma calça jeans remendada.
— Vamos perguntar, talvez algum visitante lhe tenha trazido tudo isso.
— Vocês não encontraram nenhuma carteira? Dinheiro?
— Não, mas se ele tinha dinheiro, deve estar na Prisão Geral de Nikéias, junto com a roupa que vestia.
O diretor voltou de sua investigação dizendo que o albanês não tinha recebido nenhuma visita durante todo o tempo em que esteve preso.
Tomei de novo a rua Grigóri Lambráki, que estava mais tranqüila do que quando vim. As roupas novas fortaleciam minha opinião de que o mataram para que não falasse. O fato de esse vagabundo ter dinheiro para comprar um guarda-roupa completo significava que alguém o tinha pago por um trabalho realizado. E seu único

trabalho foi matar o casal. A questão de, como recebeu o dinheiro, uma vez que não teve visitas, era simples. Foi-lhe enviado através de algum carcereiro. No primeiro interrogatório, não me preocupei porque ele tinha me convencido de que havia matado por causa da moça. Alguém lhe pagara para poder ficar sossegado. Porém, quando a juíza chamou-o para o interrogatório complementar, alguém teve medo e liquidou-o, para não deixar furo.

Como estava distraído, perdi a curva da Crisostómu Smírnis. Fui obrigado a pegar de novo a Pétru Ráli e voltar pela Fivon.

O médico que fez a necropsia no albanês já tinha ido embora, mas encontrei uma auxiliar muito solícita e prestativa. Ela mesma me levou até o depósito. As roupas do albanês estavam em um grande saco de lixo. Retirei-as do saco e examinei-as uma a uma. Ele vestia o mesmo casaco que usava quando estava na central, mas a calça jeans era nova. Porém, mais uma vez, não encontrei dinheiro.

– Ele não tinha dinheiro? – perguntei à auxiliar, que ficou comigo para me ajudar.

– Se tivesse, agora está na contabilidade.

O encarregado da contabilidade estava se preparando para sair e não escondeu sua insatisfação pelo atraso que eu lhe impunha. Abriu o cofre e me deu uma carteira. Era de plástico barato com uma imagem dourada da Acrópole na parte de cima. Podia ser comprada em qualquer lojinha da praça Omónia. A carteira estava cheia e fechava com dificuldade. Abri-a e tirei de dentro um maço de notas de 5 mil mais 3 mil. Contei as notas de 5 mil, eram 25. O desgraçado carregava consigo 128 mil. Somando-se a isso o que gastou com o guarda-roupa novo, ele deveria ter cerca de 200 mil. O resto eram algumas cartas em albanês, que não entendi o que diziam, mas que pareciam documentos de serviço público. Por último, abri a carteirinha de moedas. Não encontrei moeda nenhuma e sim um papelzinho dobrado, que abri. Alguém tinha anotado com letras albanesas e em maiúsculas:

KUMANÚDI 34 GIZI

Olhei o papel com curiosidade. Coloquei-o no bolso e sai.

# Capítulo 35

Forrei o estômago, mas o café e o croissant me enjoaram. Ontem, tinha ficado, até tarde da noite na cozinha. Nem dicionário, nem jornal das oito e meia, nem nada. Adriana cozinhava para deixar comida pronta para mim quando estivesse viajando, e eu lhe fazia companhia. Leitão cozido, vagem com azeite, almôndegas, comida que não precisava ser esquentada. Eu olhava para ela e chorava o meu dinheiro porque, assim que ela saísse, iria me jogar de cabeça no *souvlaki*. Adriana me proibia de comer *souvlaki* porque dizia que eram preparados com carne podre e com gordura, o que aumentava o colesterol. Mas eu não estava nem aí, era assim mesmo que gostava deles. O problema era, será que vou comer duas vezes dessa comida que ela está preparando? Na véspera de sua volta, iria jogar tudo no lixo para que ela não encontrasse tudo intacto na geladeira e começasse a reclamar.

— O que você fez com os nomes dos passageiros que Sotiris lhe deu? — perguntei a Atanásio, que olhava para mim com a expressão de todas as manhãs.

Ele levantou as mãos.

— Foi impossível conseguir alguma coisa do pessoal do aeroporto. Perguntaram-me se os vôos eram regulares ou charter, e eu não sabia. Perguntaram-me qual tinha sido a companhia aérea e o número dos vôos. Também não sabia. A única coisa que eu sabia era que vieram através da Prespes Travel, mas isso não era suficiente. Mandaram que eu consultasse as companhias aéreas que fazem essas linhas, mas nem elas conseguem nada se não lhes fornecemos maiores detalhes. A única possibilidade é consultar a Prespes Travel diretamente.

Eu sabia disso, mas não estava na hora ainda. Assim que fiquei só, liguei para Kúla.

– Tenho que falar com o chefe. É urgente.

– Espere um pouco. – Manteve-me na linha enquanto se entendia com ele. Depois, disse que eu podia ir porque ele estava livre.

Desta vez, o elevador me tratou bem e chegou rápido. Guikas ouviu toda a história do albanês sem me interromper. Mostrei-lhe também o papelzinho com o endereço em Guízi.

– Quando eu posso ter uma equipe do Grupo Antiterror na rua Kumanúdi, 34?

– O que você quer com o Grupo Antiterror?

– Não sei o que vou encontrar e quero estar preparado para tudo.

Ele telefonou para o chefe do Grupo Antiterror e discutiu o assunto com ele.

– Eles vão lhe avisar assim que estiverem prontos. Ele acha que dentro de 15 minutos.

Voltei para o meu escritório para ver o que Sotiris tinha feito.

– Xourdákis tem mulher, filho e sogra. Todos eles têm conta em banco. Ele, no banco Nacional; a mulher, no banco do Comércio; a sogra, no Pisteos; e o filho, no Citibank. Já fiz a requisição para a juíza. Assim que tivermos a decisão do Conselho, vou abri-las.

– Force a barra porque estamos com pressa.

Não peguei o Mirafiori, fui com o pessoal do Antiterror. Estacionamos uma rua antes, na Sútsu, para não chamar atenção. Enquanto o pessoal do Antiterror cercava o quarteirão, fui até o número 34 e examinei os nomes ao lado das campainhas. Eram cerca de 15 apartamentos, a maioria habitados por famílias, com exceção de um consultório dentário, uma empresa comercial e uma campainha que tinha ao lado um nome que não dizia nada: As Raposinhas.

— Vamos começar por aqui — disse ao pessoal do Antiterror que tinha vindo comigo.

Toquei a campainha da empresa comercial, e eles abriram a porta. Verificamos os andares, um a um, As Raposinhas ficava no terceiro. O pessoal do Antiterror se colocou dos dois lados da porta e eu toquei a campainha.

— Quem é? — perguntou uma voz feminina. Apenas por essas duas palavras, percebi que era estrangeira.

— Abra! Polícia!

Não respondeu, nem abriu a porta, mas ouvi uma correria lá dentro, passos que se afastavam.

— Vamos arrombar a porta? — perguntou um dos homens do Antiterror. — É um chute e estamos dentro.

— Espere um pouco. Talvez abram.

— Não é certo esperar — ensinou-me. — Se estiverem armados, damos tempo para que se organizem.

Ouvindo nossas vozes, vários vizinhos abriram a porta. Em uma das portas, apareceu um casal de aposentados e, na outra, uma mulher de cerca de 30 anos segurando um garotinho pela mão.

— Entrem todos e tranquem as portas — gritou-lhes o homem do Antiterror.

A mulher de 30 puxou o garotinho e fechou a porta, mas a velha gritou apavorada:

— Não, moço! Dentro tem crianças!

Acertamos em cheio, disse para mim mesmo, enquanto, de dentro do apartamento, uma outra voz, feminina e grega desta vez, perguntou:

— Quem é?

— Vamos lá, minha senhora, não nos atrase. Polícia, abra! — disse com uma voz de tira de saco cheio.

— Com quem os senhores querem falar?

— Você vai abrir a porta, ou teremos que arrombá-la? — perguntou o homem do Antiterror que estava apenas querendo um motivo para fazer de conta que era um dos durões de Miami.

Uma mulher alta, magra, com cerca de 40 anos, apareceu na porta. Seus cabelos, sem tintura, começavam a embranquecer nas têmporas. Os homens armados do Antiterror esconderam as armas para não impressioná-la.

– A quem o senhor procura?

Afastei-a da entrada sem responder. Atrás de mim, entrou o pessoal do Antiterror, que fechou a porta. Ficamos em um pequeno hall retangular diante de uma porta de correr de vidro fosco.

– Com que direito os senhores invadem a minha casa? Exijo uma explicação! – O tom de sua voz se tornou grave, mas manteve o sangue-frio.

Mais uma vez, não respondi. Abri a porta de correr e vi dois cômodos contíguos. O primeiro era meio sala de visitas, meio parque infantil. Diante de mim, vi duas poltronas num canto com uma mesinha entre elas. O piso estava forrado com carpete grená. Sobre ele brincavam quatro criancinhas, um garotinho e três garotinhas. Pareciam ter a mesma idade, por volta de 2 ou 3 anos, e estavam vestidas com roupas pobres, mas limpas. Em torno delas, bonecas, carrinhos, cubos, todos feitos de um plástico barato. Pareciam comprados em uma exposição infantil ou na feira.

Sentei-me diante de uma garotinha que brincava com uma boneca, cruzei as pernas e perguntei:

– Como você se chama? – A garotinha não respondeu, mas me mostrou sua boneca. – Você gosta de sua boneca? – A garotinha, mais uma vez, não respondeu mas moveu a cabeça afirmativamente. Um dos garotinhos arrancou-lhe a boneca das mãos e ela rompeu a chorar. Começaram a brigar numa língua que eu não entendia, mas que parecia ser albanês.

– O senhor vai me dizer, finalmente, o que significa tudo isso? – Meu silêncio e indiferença pareciam arrebentar os nervos dela e ela começou a gritar. E eu não estava nem aí, continuava a ignorá-la.

No meio do outro cômodo, havia um grande cercado. Dentro, engatinhavam dois pequeninos e um terceiro se mantinha de pé agarrado na rede. Dei uma olhada e voltei ao hall. A mulher, que me seguia, convenceu-se de que não ia ter nenhuma resposta da minha parte e se voltou para um dos homens do Antiterror.

– Quem é o senhor? Poderia me dizer, por favor? – Os homens do Antiterror fizeram de conta de que não tinham ouvido.

– Não me resta mais nada além de ligar para a polícia e perguntar quem são os senhores e quem lhes deu ordem para invadirem minha casa! – disse ameaçadoramente, mas não concretizou a ameaça.

À direita do hall tinha um corredor e, na parede direita do corredor, uma cozinha. Ao lado da cozinha, uma porta fechada, provavelmente o banheiro. Dei uma olhada na cozinha. Uma moça de cerca de 20 anos estava sentada com as mãos apoiadas na mesa. Olhou para mim, todo o seu corpo tremia de medo. Diante de mim, vi o terceiro cômodo do apartamento. Quando olhei pela porta aberta, vi dois moisés. Entrei e vi mais três, cinco no total, colocados lado a lado e com bebês entre seis e nove meses. Eram crianças de todas as idades e para todos os gostos.

A mulher se cansou de me seguir, ficou no hall me esperando. Dei meia-volta e me aproximei dela.

– Como você se chama? – perguntei-lhe, dando à minha voz uma entonação de cão raivoso.

– Eleni Dúru.

– Além de intermediar transplantes de rins, você também cuida de crianças, Sra. Dúru?

Ela se espantou, mas possuía um impressionante sangue-frio.

– Sou pedagoga diplomada, minha creche é legalizada e tem licença do Ministério do Bem-Estar Social.

– E de que tipo de crianças você cuida?

– Qualquer uma cujos pais possam pagar o que eu peço. Não tenho preconceitos.

– Quero o registro dos pais das crianças com todas as informações sobre eles: nome, sobrenome, endereço e telefone.

– Para que o senhor quer isso?

– Não quero perguntas. Aqui quem faz as perguntas sou eu. Dê-me os registros.

Pela primeira vez, ela perdeu sua segurança e hesitou.

– Vou lhe dar, mas seus pais estão viajando para o exterior.

– Todos?

– Todos.

— Para onde exatamente?

Ela pensava rapidamente tentando encontrar uma resposta convincente.

— Não sei ao certo. Eles viajam por um certo tempo... por semanas... por meses... e, como não têm onde deixar os filhos, cuido das crianças até que voltem.

Tinha um telefone em cima da mesinha da sala de visitas. Liguei para Atanásio.

— Mande imediatamente uma policial para a rua Kumanúdi, 34, no Guízi, terceiro andar. E ligue para o Ministério do Bem-Estar Social para que eles mandem, agora, um de seus assistentes sociais para o mesmo endereço. Rápido, é urgente.

— O que significa isso? — perguntou Eleni Dúru, assim que desliguei.

— Significa que você e a moça irão comigo para a Central de Polícia.

— O senhor vai me prender? Sob que acusação? — Cada vez que se sentia ameaçada, recuperava o sangue-frio e a ousadia.

— Por enquanto, quero lhe fazer algumas perguntas. Quanto ao resto, vamos decidir depois.

Eu queria pular de alegria, mas Dúru era esperta, assim, controlei-me para não me trair. Preferi deixá-la na ignorância para que sua insegurança e sua agonia crescessem.

— Sente-se — disse-lhe. — Assim que a policial e o especialista do ministério chegarem, nós vamos embora.

Ela hesitou por um instante. Depois, resolveu fazer de conta que estava totalmente à vontade. Sentamo-nos, sem uma palavra, nas duas poltronas, com as crianças brincando a nossos pés. De vez em quando, uma se aproximava de Dúru e mostrava-lhe seu brinquedo. Esta a acariciava e falava com ela. E, quando duas crianças brigavam, pegava uma delas no colo para acalmá-la. Fiquei impressionado com o carinho que demonstrava com as crianças. Os dois homens do Antiterror estavam de pé na minha frente. Baixaram as armas e as mantinham discretamente ao lado do corpo. Assim que voltarem, vão me ridicularizar perante toda a força de segurança dizendo que levei comigo homens do Antiterror para prender bebês.

Depois de meia hora de espera, chegaram a policial e a moça do ministério. Dei ordens aos homens da primeira e a Dúru informou à moça do ministério sobre quando alimentar as crianças, quando trocar as fraldas dos bebês, enfim, todas as orientações de que precisava.

– Vamos – disse-lhe quando terminamos e chamei o homem do Antiterror pedindo-lhe que trouxesse a moça que ele vigiava na cozinha.

A moça tinha um olhar de animal torturado.

– Não tenha medo, não é nada – disse-lhe Dúru em grego, mas parece que não conseguiu acalmá-la.

Enquanto esperávamos o elevador, a moça subitamente se soltou do homem do Antiterror e se lançou escada abaixo. O homem do Antiterror a alcançou no terceiro degrau e a trouxe de volta.

As varandas e janelas dos edifícios vizinhos estavam cheias de gente que observava a cena. Um bando de repórteres e cinegrafistas fechava a rua em frente do edifício. Assim que me viram, lançaram-se sobre mim com os microfones apontados para a frente, como se fossem baionetas. Falavam todos ao mesmo tempo e eu não entendia o que diziam.

– Nenhum comentário – disse a todos, e me dirigi à van que os homens do Antiterror tinham trazido e que agora estava parada em frente à porta. Os repórteres correram atrás de mim e continuavam a perguntar, mas eu nem os via, nem os ouvia.

Enfiei Dúru e a moça na van e arrancamos para a Central de Polícia.

# Capítulo 36

– Fale! Onde você encontrou essas crianças?
– Onde as creches encontram as crianças? Seus pais as trouxeram.
– E onde estão os pais?
– Já é a terceira vez que lhe digo. Estão viajando para o exterior.
– Nomes, endereços, telefones, para que possamos nos comunicar com eles.
– Mas já lhe disse que estão no exterior. O senhor não vai encontrar nenhum deles.

Estávamos na sala de interrogatório. Eleni Dúru estava sentada, ereta, em uma cadeira na cabeceira da mesa. Apoiava as mãos cruzadas sobre a madeira e olhava para nós perfeitamente calma, com uma expressão que se aproximava do desafio. Eu estava sentado à sua direita e Guikas, na minha frente. Esta foi uma das poucas vezes que deixou seu escritório para assistir a um interrogatório, provavelmente para sublinhar sua importância.

– A senhora acho que somos burros, Sra. Dúru? – perguntou Guikas num tom tranqüilo. – Digamos que os pais tenham deixado os filhos com a senhora e ido viajar. Com quem a senhora entraria em contato no caso de as crianças precisarem de alguma coisa? A quem avisaria se adoecessem?

— Eu tinha um pediatra que vinha examiná-las. E, se fosse alguma doença grave, levava-as para o hospital. Eu assumia tudo e seus pais ficavam tranqüilos para viajarem.

— E que coincidência é essa de serem todas albanesas, de não ter nenhuma criança grega entre elas? Não queira nos enganar, Sra. Dúru! Essas crianças entraram ilegalmente na Grécia! — Como de costume, eu represento o papel do mau.

Ela balançou os ombros como se não tivesse nada a ver com isso.

— Eu não sei como os albaneses ou os búlgaros entram na Grécia, nem me interessa saber. Tudo o que sei é que os recebi de seus pais.

— Certo, Sra. Dúru — interveio de novo Guikas com sua voz suave. — Dê-nos os endereços dos pais para conferirmos o que a senhora está nos dizendo e liberá-la.

Silenciosamente, tiro meu chapéu para Guikas. Indiretamente disse a ela que, se não nos desse a informação, não sairia daqui. Parece que Dúru recebeu o recado, porque percebi sua hesitação.

— Não tenho endereços, mas posso dar-lhes um telefone.

— Um? — perguntei ironicamente. — Por quê? Todas as crianças têm os mesmos pais ou, quem sabe, pertencem à mesma associação?

Começou a se sentir acossada e ficou atenta para não dar nenhum passo em falso.

— O telefone que vou lhes fornecer é de Tirana. Os pais são albaneses que não podem dar uma boa educação aos filhos na terra deles. Lá eles não têm nem médico, nem remédios, nem mesmo alimentação adequada. Assim, trazem os filhos para a Grécia e os entregam a mim, que aceito a empreitada. Os pais vêm à Grécia a cada dois ou três meses, visitam as crianças e voltam de novo para a Albânia.

Zanguei-me de novo.

— Você está mentindo para nós, nada de bom vai tirar disso. Vou lhe dizer exatamente o que vocês fazem. Vocês compram as crianças dos pais, trazem-nas ilegalmente para a Grécia e as vendem para adoção. Vocês montaram uma verdadeira empresa de comércio de crianças.

— O que o senhor está dizendo? — gritou indignada. — Eu sou uma pedagoga diplomada. Minha creche funciona legalmente com permissão do Ministério do Bem-Estar Social. E o senhor vem me dizer que faço comércio de crianças? O que mais o seu cérebro doentio vai inventar?

— Já que é uma pedagoga diplomada, o que você tem a ver com transplante de rins? – perguntou-lhe Guikas.

Era evidente que esperava a pergunta porque, indiferente, balançou os ombros.

— Conheço alguns médicos e eles me propuseram mandar-lhes doentes da Grécia para transplantes.

— Que médicos são esses?

— Estrangeiros... Checos... poloneses... húngaros... Tenho conhecidos nesses países. Existe alguma lei que proíba os doentes de fazerem tratamento no exterior? – Não existe, e ela sabia. Também não podemos provar que os órgãos são comprados de alguns desesperados dos Bálcãs.

Peguei o bastão de Guikas.

— Qual é o seu relacionamento com o Ramiz Séxis?

Esta era a única informação digna de crédito que pude extrair de sua ajudante. Ela não reconheceu o casal de albaneses assassinado. Entretanto, assim que lhe mostrei a fotografia de Séxis, reconheceu-o imediatamente. Ele nunca tinha aparecido na creche enquanto ela estava lá. Porém, uma tarde que estava de folga, esqueceu a chave. Voltou para pegá-la e encontrou-o conversando com Dúru. Disse-me também que um certo Ramiz telefonava de vez em quando e pedia para falar com Dúru.

Pela primeira vez, Dúru pareceu não estar preparada para responder a uma pergunta.

— Quem é ele? – perguntou, mas já sem a segurança que demonstrava antes.

— Um albanês que matou dois compatriotas. Anteontem, foi morto por um outro albanês que estava preso com ele no Koridalô.

Coloquei a fotografia do Departamento Forense diante dela. Ela arriscou um olhar e a afastou.

— É a primeira vez que o vejo.

— Não é a primeira vez que você o vê. Sua ajudante o viu e o reconheceu.

— Como o reconheceu se estava morto?

– Pela fotografia. Quer que lhe mostre suas declarações?
– Não precisa. Mas eu o estou vendo pela primeira vez.
– Mas não é apenas a fotografia. Encontramos o seu endereço em um de seus bolsos. Como o seu endereço foi parar no bolso de Ramiz Séxis?
– Como é que o senhor quer que eu saiba? Algum dos pais pode ter-lhe dado para que me dissesse, ou me trouxesse, alguma coisa, o que ele não teve tempo de fazer.
– E confiou em um assassino?
– Todos os albaneses, mesmo sem o perceber, num momento qualquer, se tornam assassinos – respondeu com desdém.

Fizemos, ainda por meia hora, esse nosso joguinho de palavras do qual não tiramos nada. Quando saímos da sala, Guikas olhou para mim, preocupado.

– O que vamos fazer agora? – perguntei. Eu queria matar dois coelhos com uma só cajadada. Em primeiro lugar, pedia sua opinião para não me envolver demais. Se, amanhã, alguma coisa saísse errada com Pilarinós, eu não queria assumir sozinho toda a culpa, como tinha acontecido no caso de Delópoulos. Não era todo dia que a sorte me ajudava. E, por outro lado, ele era mais capaz do que eu em manobrar as situações, assim, queria deixar a iniciativa para ele.

– Como as crianças foram trazidas para a creche? – perguntou.
– A moça tinha folga uma vez por semana. As folgas não eram sempre no mesmo dia, era Dúru que decidia quando ela ia sair de folga. Quando voltava, sempre encontrava uma criança nova. De vez em quando, Dúru pegava uma criança para devolver aos pais.

Guikas riu.
– Ela não mentiu. Aqueles que ficavam com a criança eram os seus pais adotivos. – Ficou sério. – Veja o que você pode tirar de Xourdákis. Nesse meio-tempo, vamos comunicar a prisão de Dúru, mas não vamos nem tocar no nome de Sovatzís, nem no das empresas de Pilarinós. Vamos ver o que Sovatzís vai fazer. Depois, decidimos se vamos prendê-lo ou se falamos primeiro com Pilarinós.

Voltei para a minha sala e telefonei para o Ministério do Bem-Estar Social pedindo o endereço da inspeção das creches. A diretora me assegurou que As Raposinhas tinha tirado licença de funcionamento há dois anos e que estava legalizada. Sua ficha estava limpa. Perguntei-lhe se o supervisor tinha observado alguma coisa estranha na creche.

– Como o quê?

– Como o fato de todas as crianças serem albanesas, de não ter nenhuma criança grega.

– Se tem alguma coisa de estranho, Sr. Comissário, é o fato de metade da Grécia ser habitada por albaneses.

Ela me fechou a boca. Parece que a notícia da prisão de Dúru já tinha sido divulgada porque o Sotiris entrou todo airoso em minha sala.

– Então, conseguimos alguma coisa?

– Não sei, vamos ver.

– Se não for isso, entramos pelo cano, porque Xourdákis, ao que parece, é carta fora do baralho.

– Isto é...

– Tirei cópia de todas as contas bancárias da família.

– Tão rápido? – espantei-me.

– Convenci o juiz de que se tratava de algo muito urgente. Deu-me permissão e, posteriormente, vai ser coberto pelo conselho. Mas não existe nenhuma grande soma de dinheiro em nenhuma das contas. A maior soma é de 400 mil.

Colocou as cópias das contas na minha frente. Peguei-as e examinei os depósitos. Realmente, não existiam grandes somas. As contas de Xourdákis e de seu filho eram as que tinham o maior movimento. Vi depósitos freqüentes de 250 e de 300 mil, mas nada que ultrapassasse isso.

– Quantos anos tem o filho?

– Não sei ao certo, mas já é grande. Trabalha com computadores. Acho que é programador.

Certamente o filho tirava mais dinheiro que o pai. Entretanto, se Xourdákis tinha uma segunda fonte de renda de um outro lugar qualquer, eis o dinheiro. As contas da mulher e da sogra também tinham 200 e 400 mil, mas com depósitos menos freqüentes.

– Você tem razão. Numa primeira abordagem, não parece haver nada suspeito.

Sotiris balançou a cabeça preocupado.

– É por isso que lhe digo que Dúru é a nossa única esperança.

Olhei mais uma vez, sucessivamente, as contas dos Xourdákis. Tinha certeza de que algo estava me escapando, mas não conseguia atinar com o que fosse. Já eram sete horas, decidi encerrar o expediente e ir para casa. Tinha que tirar dinheiro do banco para Adriana. Queria procurar alguma coisa para comprar para Katerina.

Durante todo o trajeto de volta, minha mente ficou grudada nas contas dos Xourdákis. Enquanto esperava o sinal da Vassiléos Konstantinu para dobrar à esquerda na Spíros Merkúri, percebi o que estava me escapado. Fiz meia-volta e peguei de novo a direção da Vassilíssis Sofías.

Quando cheguei ao escritório, todo mundo já tinha saído. Coloquei as contas ao lado uma da outra. Primeiro, a conta de Xourdákis no Banco Nacional; ao lado, a conta de sua mulher, no Banco Comercial; a do seu filho, no Citibank; e, por último, a da sogra, no Banco de Crédito. As quantias maiores estavam divididas em duas categorias. Xourdákis depositava regularmente, a cada mês, algumas vezes 150 mil, outras, 200 mil. Devia ser sua aposentadoria. Seu filho depositava duas vezes por mês, às vezes, 150 mil, outras, 200 mil. Muito provavelmente, aquilo que recebia quinzenalmente. Entretanto, existia uma outra categoria de depósitos nas quatro contas, que tinha um fluxo curioso. Xourdákis depositou em sua conta, em 25/6/91, 200 mil. Dois dias depois, sua mulher também depositou 300 mil. Três dias depois, o filho também depositou 300 mil. E, por último, a conta da sogra, seis dias depois, recebeu um depósito de 200 mil feito por Xourdákis. Os depósitos se repetiram várias vezes e sempre seguindo o mesmo padrão. A cada vez, as quantias eram diferentes, às vezes Xourdákis depositava a quantia maior, às vezes era sua mulher, às vezes o filho e às vezes a sogra. Mas o resultado era sempre o mesmo: um milhão.

Destranquei minha gaveta e tirei o envelope de Karayióryi. Peguei o relatório dos caminhões frigoríficos da Transpilar e comparei as datas. Ao caminhão frigorífico de 20/6/91, descrito pela Karayióryi, correspondia o depósito de Xourdákis de 25/6/91, e do resto da família. A mesma coisa ocorria em 25/8/91. Desta vez, a mulher de Xourdákis depositara 200 mil em 30/8/91 e, em seguida, o resto da família, sendo que o último depósito foi feito pelo filho. A todas as datas descritas pela Karayióryi correspondia uma série de depósitos. Porém, entre os depósitos, existiam outros feitos da mesma maneira e que não estavam relacionados a nenhum caminhão frigorífico. Muito provavelmente Karayióryi não tinha localizado todos os caminhões frigoríficos, apenas alguns. Os transportes eram muito mais constantes e eu tinha certeza de que, se procurasse, verificaria que continuavam com algum outro fiscal.

Então, este era o golpe. Xourdákis levava um milhão de pagamento por cada caminhão frigorífico. Recebia em dinheiro e o distribuía em quatro contas. Quem examinasse cada uma das contas separadamente, não se veria diante de nenhuma quantia que chamasse a atenção. Apenas a combinação das quatro contas poderia dar o quadro real.

Deixei um recado para Sotiris dizendo que queria Xourdákis para interrogatório no dia seguinte e saí para os bancos.

## Capítulo 37

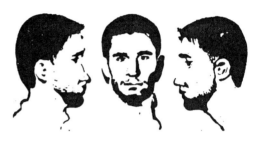

Na manhã seguinte, levei Adriana para a estação Larissis, junto com os três pesadíssimos baús. Na noite anterior, ao voltar para casa, encontrei-a diante de três malas abertas, colocadas em cima da cama, lutando para colocar todo o seu armário dentro delas. Tirava a roupa de uma mala, transportava-a para a outra, trazia o que estava embaixo para cima; nos cantos da mala, apertava os sapatos, embrulhados em sacolas plásticas... Por fim, cansei-me de olhar para ela, peguei o meu *Dimitrákou* e ancorei na sala de visitas. Quando terminou já passava da meia-noite. Tinha planejado fazer amor com ela, já que ia ficar ausente por duas semanas, mas eu tinha tido os meus problemas e Adriana estava morta de cansaço e não teve resistência nem para gritar fingindo um orgasmo.

Quando acabei de arrumar os baús no compartimento de bagagem, estava curvado que nem uma meia-lua.

— Diga a Katerina que estou mandando um milhão de beijos para ela.

— Você não tem condição de vir, tem? Nem que seja para o fim de semana? — Ela sabia a resposta, mas fez uma última tentativa, pela honra da firma.

— Você está brincando? Agora que começamos a nos encontrar no caso e quando ainda nem sei aonde vai nos levar?

Dei-lhe um beijo na bochecha direita, que ela retribuiu na minha bochecha esquerda e desci do vagão. Ela chegou à janela, mas eu não pretendia esperar a partida do trem. Estava com pressa de chegar no escritório.

– Liga à noite para me dizer se chegou bem.

O Mirafiori estava me esperando apertado em uma vaguinha na rua Filadélfia. Já eram mais de dez horas quando cheguei ao escritório e chamei Sotiris.

– O que você fez com Xourdákis?

– Nós demoramos e o perdemos. Está viajando.

Fiquei atônito.

– Viajando? Para onde?

– Para Macedônia-Trácia. É o que diz sua mulher.

– De carro?

– Não, de trem ou de ônibus, não sabe ao certo.

– Quero falar com a mulher dele. – Ele me olhou surpreso. – Não fique olhando para mim, vá. Quero-a na minha sala dentro de uma hora junto com o filho. E procure Xourdákis. Mande uma mensagem à fronteira Grécia-Albânia. Talvez esteja correndo para apagar rastros de coisas que não sabemos.

Um pensamento me passou pela cabeça e me imobilizou. Por que Xourdákis tinha viajado assim tão de repente? Seria coincidência? Assim como o assassinato do albanês antes do interrogatório? Xourdákis não sabia que o estávamos investigando, logo, alguém lhe avisou. Quem? Alguém do banco? Eu até acreditaria nisso se o caso do albanês não tivesse ocorrido antes. Ontem à noite, deixei o recado para Sotiris pedindo que o trouxesse para interrogatório, hoje ele desaparece.

Decidi contar a Guikas, para ficar dentro das regras. Eu lhe pedira que atrasasse o inquérito administrativo. Não estava querendo que estourasse alguma bomba e que eu tivesse que correr para juntar os pedaços.

Quando estava saindo da sala, dois homens me barraram. O primeiro, reconheci-o imediatamente. Era Dimos Sovatzís. Estava vestindo um terno cinza de casimira inglesa, camisa azul-escura e uma gravata clara. Os cabelos estavam esticados para trás, como na fotografia. Fiquei imaginando se ele se penteava todos os dias com brilhantina, ou se os tinha colado no crânio, de uma vez por todas, com alguma cola. O outro era um homem de cerca de 60 anos, gordo e careca, também muito elegantemente vestido. Atrás deles, estava Atanásio.

Tentei adivinhar a que devia a honra da visita de Sovatzís. Até agora não tínhamos nos aproximado nem dele, nem de Pilarinós. Conseqüentemente, não podia saber que estávamos atrás dele. Será que alguém lhe tinha soprado que tínhamos pegado Dúru? Quem? Aquele que pegava tudo o que via? A mesma pessoa que avisara Xourdákis? Porém, mais uma vez, por que sair à luz ao invés de ficar quieto e bancar o indiferente? Eu gostaria de ter tido uma resposta para todas essas perguntas para saber como lidar com ele, mas não tinha.

– O Sr. Sovatzís quer falar com o senhor – ouvi a voz de Atanásio.

Afastei-me e deixei que passassem. Entraram e sentaram-se nas duas cadeiras. Eu fui para minha mesa sem lhes apertar a mão.

– Aqui está o meu advogado, Sr. Starákis – disse Sovatzís. – Hoje de manhã, soube que o senhor prendeu a minha irmã, Sr. Comissário.

Eis a resposta à minha pergunta. Dúru era irmã de Sovatzís. Era a única resposta que jamais teria me passado pela cabeça.

Engoli-a devagar, da mesma maneira como as crianças tomam sorvete, para aproveitar todo o seu sabor.

– Nós a retivemos para interrogatório.

– Sob que acusação? – perguntou o advogado.

– Não lhe imputamos nenhuma acusação. Ainda. – Ainda não queria botar minhas cartas na mesa. – Simplesmente recebemos uma acusação de que, em sua creche, recebia crianças albanesas que entravam ilegalmente na Grécia e que se destinavam ao comércio.

– Quem fez esta acusação? – perguntou Sovatzís.

– Isso não posso lhe dizer.

– E o senhor prendeu uma pedagoga diplomada, que tem uma creche totalmente legalizada porque alguém fez uma acusação? – interveio mais uma vez o advogado. – Pode ser que a acusação servisse para outros objetivos. Antagonismo, ciúmes profissionais, maldade de algum pai. Qualquer coisa dessas.

— Pedimos à Sra. Dúru que nos fornecesse os nomes e os endereços dos pais que lhe tinham entregado as crianças. Até agora ainda não nos deu nenhum nome. Diz que os pais vêm à Grécia, deixam as crianças com ela e voltam para a Albânia.

— E o senhor acha isso estranho na época em que vivemos? — perguntou Sovatzís com ironia.

— Eu acho improvável. Nenhum pai abandona o filho sem deixar nem um telefone para comunicação em caso de necessidade.

— Telefone na Albânia, Sr. Comissário? — Sovatzís achou isso muito engraçado e riu. — Na Albânia não há telefone nem nos ministérios.

Agora o advogado também ria. Abri minha gaveta e retirei a fotografia que Karayióryi havia tirado dele com o amiguinho, conversando na cafeteria.

— O senhor conhece este homem? — perguntei enquanto lhe dava a fotografia.

O riso congelou em sua boca.

— Onde o senhor achou esta fotografia? — perguntou quando se recuperou.

— Não tem importância onde a encontrei. Este homem, o senhor o conhece?

— Como estou com ele, isto quer dizer que o conheço. — Recuperou seu sangue-frio. — É Gustav Krének, um amigo querido de Praga. Eu cresci e estudei na Tchecoslováquia. Tenho bons amigos lá.

— Sua irmã também conhecia este Krének?

— Sim, conheceu-o quando Gustav veio para a Grécia.

— Temos sérias suspeitas de que este homem se esconde atrás do comércio de crianças e que sua irmã trabalha com ele.

— O senhor está falando sério? — disse enquanto me devolvia a fotografia. — Gustav Krének é um empresário muito sério.

— Muitas empresas sérias servem de vitrine para outras atividades, tanto na Grécia como no exterior.

— O senhor não pode acusar alguém apenas com essas imprecisões e generalidades, sem ter nenhum indício concreto. Exijo que liberte minha irmã.

– Nós a liberaremos quando tivermos certeza de que não existe nenhuma acusação contra ela.

– Quando poderei falar com a minha cliente? – interveio o advogado. Ao que parece, minha expressão lhe havia garantido que não voltaria atrás.

– Agora. – Chamei Atanásio e disse-lhe para levar Dúru à sala de interrogatório.

– Também posso vê-la?

– Sinto muito, mas, enquanto não terminar o interrogatório, é proibido. Apenas o Sr. Advogado. – Virei-me para Starákis. – Em seu lugar, eu a aconselharia a falar para aliviar seu caso.

Assim que eles saíram, voltei à sala de Guikas.

– Está ao telefone – disse Kúla.

– Vai interromper – respondi secamente, e me lancei na sala dele.

Guikas estava com o fone na mão. Fez-me sinal para que me sentasse. Quando viu que eu continuava andando de um lado para outro, percebeu que estava queimando por dentro e decidiu desligar.

– O que está acontecendo? – perguntou, chateado por eu ter interrompido sua conversa telefônica.

Primeiro, contei-lhe sobre Sovatzís e, depois, sobre o desaparecimento de Xourdáki.

– A notícia sobre Sovatzís é boa. Agora sabemos que Dúru é sua irmã e que conhecia este... como é o nome dele?

– Krének.

– Sim, Krének. Já a notícia sobre Xourdákis é ruim. Eu preferia que tivéssemos seu depoimento antes de falarmos com Pilarinós, mas não podemos esperar mais. Deixe, eu vou ajeitar isso. – Disse-o como se eu tivesse colocado um enorme peso em suas costas.

– Ainda tem mais uma coisa.

– O quê?

– Primeiro, o assassinato do albanês logo antes de ser interrogado pela juíza Politu, e agora o desaparecimento de Xourdákis. Alguém pega e dá informações.

– Você quer que eu dê ordem para abertura de um inquérito administrativo? Foi você que pediu para esperar.

Pensei um pouco.

– Vamos esperar mais uns dois dias. Alguma coisa me diz que o caso vai ser esclarecido. Mas queria que o senhor soubesse.

Ele sorriu.

– Pouco a pouco, você vai aprendendo – disse e tornou a pegar o telefone.

Fora da minha sala, a policial que tinha sido mandada à creche As Raposinhas, me esperava.

– Vim para lhe contar uma coisa que aconteceu ontem. Passei por aqui hoje de manhã, mas o senhor não estava.

Vi sua expressão e comecei a me interessar.

– O que aconteceu?

– Por volta das seis horas, bateram na porta e apareceu um casal de estrangeiros. Falaram comigo em inglês e perguntaram por Dúru. Disse-lhes que ela não estava e me perguntaram quando ela voltaria. Não sabia o que fazer, assim, disse-lhes que ela voltaria amanhã para que, nesse meio-tempo, pudesse lhe avisar. Então, eles entraram no cômodo onde está o cercado e a mulher pegou uma criancinha nos braços. Brincava com ele e falava com o marido. Pelo que entendi com o pouco inglês que sei, lhe dizia o quanto era doce. Perguntei-lhes se queriam deixar o telefone e me disseram que não, que voltariam.

– Quando vierem, trate de segurá-los e me avise imediatamente.

– Sim, senhor.

– Muito bem – disse-lhe. – Você tem futuro. – Ela foi embora com um sorriso que lhe cobria o rosto inteiro.

Quando a policial saiu, caí sobre uma coleção que, pouco a pouco, devolveu-me o bom humor. Tirei do envelope de Karayióryi, o relatório das saídas. Saída, de Tirana, do caminhão frigorífico em 20/6/91, saída do charter, de Londres, em 30/10/91. Nova saída do caminhão frigorífico em 30/10/91. Seguia-se saída de uma excursão de Nova York em 5/11/91. A mesma relação se mantinha até o fim do relatório com diferenças de dois até cinco dias entre a saída do caminhão frigorífico e a saída do charter ou da excursão.

Liguei para a central telefônica e pedi que me colocassem em contato com o chefe da alfândega na fronteira da Grécia com a

Albânia. Pedi que ele me dissesse quais tinham sido as saídas mais recentes dos caminhões frigoríficos da Transpilar da Albânia em direção à Grécia. O último passara há quatro dias; o antepenúltimo, há uma semana. Com um dos dois chegou uma carga de crianças e, não por acaso, o casal de ingleses apareceu na creche de Eleni. Primeiro, traziam as crianças e, depois de alguns dias, chegavam, ou em vôos charter, ou em excursões, os casais interessados na adoção. Muito provavelmente, em seus passaportes declaravam ter um filho e, quando chegavam aqui, alguém da Prespes Travel se encarregava das formalidades. Como se tratava ou de charter ou de excursões, as formalidades alfandegárias eram feitas em conjunto e, na saída, ninguém se interessava em se certificar se alguma criança tinha ou não entrado. Pegavam uma criança aqui e iam embora numa boa. Foi isso o que Karayióryi descobriu e que cruzou com as declarações. Não podia deixar de admirar a demoníaca perícia organizacional de Sovatzís. Ele montara duas empresas ilegais – exportação de doentes para transplante e exportação de crianças para adoção – que foram totalmente absorvidas pelas empresas legais de Pilarinós. Pilarinós tinha empresas internacionais? Sovatzís também. Impecável.

E como Karayióryi desencavou tudo isso? Nunca vou saber, mas posso imaginar. Durante a excursão que fez com a irmã e a sobrinha descobriu, por acaso, a história dos transplantes e começou a investigar. Encontrou Dúru e caiu em cima da creche com os albanesinhos. Farejou o coelho e levou sua investigação mais longe.

Sotiris me tirou de meus pensamentos.

– A mulher de Xourdákis já chegou com o filho.

– Traga-os para cá.

A mulher de Xourdákis estava perto dos 50 anos. Era gorda e usava um casaco esverdeado que fazia com que parecesse ainda mais gorda. Estava enfeitada como uma árvore de Natal. Colares de ouro, pulseiras de ouro, brincos de ouro e, nos dedos, uma camada de anéis. Usava agora, todas juntas, as jóias que não pudera ter durante a juventude. O filho se situava no limite oposto. Embora eu esperasse um pequeno executivo de terno e gravata, ele era barbudo, usava um suéter grosso, jeans e tênis.

– Onde está o seu marido? – perguntei à mulher de Xourdákis.
– Viajou ontem. Já disse isso ao policial. – Ela parecia inquieta e assustada. Não conseguia ver a expressão do filho porque tinha o rosto escondido pela barba.
– Esta viagem estava programada ou foi decidida de repente?
– Não, ele tinha decidido há vários dias.
– E aonde foi?
– Macedônia... Trácia... Não me disse exatamente onde.
– Como você se comunica com ele?
– É ele que me telefona porque se desloca muito.

O filho acompanhava a conversa sem interferir. Apenas seu olhar pulava da mãe para mim e vice-versa.

– Ele se desloca constantemente e preferiu ir de transporte público e não de carro?
– Ele nunca pega o carro quando sai de Atenas. Não gosta de dirigir.

"A quem você quer convencer", pensei comigo mesmo. Não pegou o carro porque poderíamos localizá-lo imediatamente. Mas, usando transporte público, é mais difícil.

Finalmente, o filho resolveu intervir na conversa.

– Não estou entendendo, Sr. Comissário. Meu pai está proibido de viajar?

Peguei a cópia de sua conta bancária e passei para ele.

– Você pode me dizer de onde vem todas essas 200 e 400 mil? – perguntei.

Não sei se me ouviu porque se jogou sobre a conta.

– Como o senhor conseguiu isso? – perguntou como se não acreditasse que poderia ser a sua.

– Não vale a pena investigar. Abrimos legalmente sua conta com a permissão do juiz. Gostaria que você me falasse dessas quantias.

Ele se virou e olhou para a mãe, mas ela estava admirando seus anéis. Percebendo que, da parte dela, não iria conseguir nenhuma luz, virou-se para mim.

– As 250 mil são do meu salário. O resto são... extras.
– Que extras?

— Trabalhos extras que faço.

Peguei a conta da mãe e dei para ela.

— E essas quantias em sua conta, de onde vêm? De alguma casa de modas?

— É minha mãe que me dá – respondeu imediatamente. – Ela mora conosco e tem a sua parte das despesas da casa.

— Sua mãe coloca também 200 e 400 mil em sua própria conta, mas não vejo em lugar nenhum saídas regulares para transferência para sua conta.

Quando viram que eu tinha também a conta da sogra de Xourdákis, eles não souberam mais o que fazer e se calaram. Enfureci-me ainda mais.

— Pegue também a conta de seu marido e coloque-a ao lado da conta dos outros! – disse à mulher. – As quantias entraram nas quatro contas com alguns dias de diferença. Onde o seu marido achou tantos milhares, um fiscal da alfândega aposentado? Diga!

— Não vivemos de sua aposentadoria, Stratos tem outros negócios – murmurou.

— E quanto lhe rende esses negócios para que, de tempos em tempos, vocês coloquem um milhão no banco e que ainda tenham uma senhora casa em Mílessi? Diga-me a verdade porque senão vou acabar com vocês todos! – Virei-me para o filho. – Você vai ser denunciado e vai perder o seu trabalho, seus pais vão perder a casa e todos vocês vão ser presos!

Subitamente, o filho se voltou furioso contra a mãe.

— Eu avisei a ele! – gritou. – Eu disse que não queria que colocasse dinheiro na minha conta, mas ele é um cabeça-dura, não ouve ninguém!

— Cale-se – murmurou a mãe, envergonhada.

Mas o filho não estava disposto a sacrificar sua vida e sua carreira pelos belos olhos do pai. Preferiu contar tudo e ficar tranqüilo.

— Não sei onde o meu pai achava o dinheiro, Sr. Comissário. A única coisa que me disse é que iria colocar uma certa quantia na minha conta, que eu lhe devolveria pouco a pouco. O senhor pode ver que faço saques de 50 mil. São as devoluções. Fez a mesma coisa com a minha mãe e com a minha avó.

Peguei de novo as contas e examinei-as. Realmente, depois de cerca de dois meses, começavam a aparecer saques de 50 e 60 mil.

– Muito bem, você nunca perguntou a seu pai de onde vinha esse dinheiro?
– Não.
– Por quê?
– Tinha medo de perguntar – respondeu.

Não podia detê-los com os indícios que tinha. Digo à mulher para avisar a Xourdákis que eu queria vê-lo imediatamente em Atenas, e os mandei embora.

– Providencie um mandado de prisão contra Xourdákis – disse a Sotiris, quando ficamos sozinhos. Ele balançou afirmativamente a cabeça e se dirigiu para a porta. – Você não percebeu o golpe com as contas? – perguntei-lhe, quando se preparava para sair.

– Não, não pensei em comparar as contas.

Liguei para a cadeia e pedi para me mandarem Dúru. Estava totalmente desmazelada. Seu vestido estava amassado, os cabelos despenteados, parecia que tinha passado uma péssima noite. Apenas seu olhar continuava o mesmo, desafiador e frio.

– Mandei você vir para lhe dar uma informação – disse-lhe ironicamente. – Sua creche recebeu visitas.

Uma sombra de inquietação passou pelos seus olhos, mas manteve firme o olhar e me encarava cheia de suspeitas.

– Que tipo de visitas?
– Um casal. Dissemos que você tinha saído e eles se interessaram muito por uma das crianças que estava no cercado. Tomaram-na nos braços, acariciaram-na, brincaram com ela.

Tentava ler algum tipo de reação em meu rosto para entender aonde eu queria chegar, mas eu mantinha o rosto inexpressivo. Por fim, tomou uma decisão e sorriu.

– Devem ser os pais dela – disse. – Como lhe disse e repeti, vieram vê-lo.

– Parece que eram albaneses que estudaram em Oxford. Pelo que me disseram, pareciam ingleses.

– Eram albaneses – insistiu. – Mas, como os seus colegas falam um inglês de camponeses, pensaram que eram ingleses.

Ela não sabia, mas me ofendera pessoalmente com o que tinha acabado de dizer.

– Eleninha – disse com desdém, para devolver-lhe a ofensa –, acabou a brincadeira. Por que você não nos diz a verdade para resolvermos logo o caso? Enquanto você mantiver a boca fechada, nós investigaremos e, no fim, vamos colocar muito mais coisas sobre os seus ombros.

– Eram albaneses e eram os pais da criança. Vocês os assustaram e eles fugiram. O senhor está percebendo o que está fazendo comigo? O senhor está destruindo o meu negócio!

Provavelmente o casal estava instruído para falar apenas com ela e, como tinha certeza de que eles não voltariam mais, bancava a teimosa.

– Você falou com o seu advogado?
– Falei.
– E ele não disse que era de seu interesse falar toda a verdade?
– A verdade é uma só, esta que estou cansada de repetir. Disse a ele a mesma coisa.
– E quanto a seu amigo, Gustav Krének, o que você disse para ele?
– Não é meu amigo. É amigo do meu irmão. Eu o vi apenas uma vez, quando chegou na Grécia.

Recuperou sua autoconfiança. Levantei-me.

– Você quer que eu mande alguém pegar umas mudas de roupa para você?
– Por quê? – perguntou cheia de suspeitas outra vez.
– Porque acho que você vai ficar muito tempo aqui – respondi e saí.

Eu poderia juntar todos os casais de estrangeiros que estavam nos hotéis e passá-los pelo reconhecimento, mas sabia que Guikas não me daria permissão. Diria que estávamos procurando às cegas, sem termos indícios concretos. Nós ofenderíamos todas as embaixadas estrangeiras e prejudicaríamos o turismo.

# Capítulo 38

Estávamos os dois sentados em frente da mesa de Guikas. Pilarinós estava inclinado sobre os dois relatórios de Karayióryi, o referente aos transplantes e o referente aos caminhões frigoríficos e suas saídas. Ele colocou os dois um ao lado do outro, embora não existisse nenhuma relação entre eles, e os estudava. Seus cabelos eram brancos e ralos, vestia um terno listrado cinza-claro, camisa e gravata escuras. Eu estava sentado ao lado dele, com o envelope de Karayióryi aberto sobre os joelhos, e acompanhava suas reações.

Guikas combinara este encontro na noite anterior. Ligou para a minha casa às nove e meia, exatamente quando eu tentava matar meu tédio com um programa cômico, desses que lhe tiram a vontade de rir por uma semana. Normalmente, eu fujo deles como o diabo da cruz, mas era minha primeira noite sozinho em casa. Uma coisa é você estar brigado com sua mulher e não falar com ela, outra coisa é ficar sozinho. A primeira situação é uma brincadeira, contra a calma, bonança, serenidade, tranqüilidade, como diz o *Dimitrákou*. A segunda é mortal, principalmente quando você está casado há muitos anos, sem uma vida pessoal. E isso sem falar no fato de que eu estava pensando que, naquele momento, Adriana deveria estar conversando com Katerina, o que me fazia mergulhar mais fundo ainda no meu luto. Era um luto tão grande que me tirava até a disposição para abrir o dicionário. Plantei-me diante da caixa de loucos e assisti a todos os programas. Na primeira parte da novela, a juíza trocava xaropadas com o marido, o empresário. Felizmente, escapei da outra metade porque Adriana e Katerina telefonaram. Adriana, para me dizer que tinha chegado bem, e Katerina, para me dizer como estava alegre por ter a mãe ao lado. Depois, vi o jornal das oito e meia, que repetiu a reportagem da prisão de Dúru e a notícia da perseguição a Xourdákis. E, por fim, o programa cômico. Quando estava terminando o programa, Guikas telefonou para me falar que tinha marcado um encontro com Pilarinós para a manhã seguinte às nove e meia.

Pilarinós levantou vagarosamente a cabeça da leitura dos relatórios.

— O senhor tem fatos que comprovam suas afirmações, Sr. Oficial? — perguntou a Guikas, que olhou para mim. Aqui era necessário mais do que o sumário da questão descrito em cinco linhas, como quando de suas entrevistas à imprensa. Aqui era necessário um retrospecto do caso, e isso ele deixava para mim.

— Vou expor cronologicamente tudo o que aconteceu. Inicialmente, temos o caso do albanês que matou o casal. Em seguida, ele é assassinado dentro da prisão. A moça que trabalha na creche, o reconheceu pela fotografia. No bolso dele foi encontrado o endereço de Eleni Dúru, irmã de Dimos Sovatzís. Sabemos que todos os controles de seus caminhões frigoríficos que voltavam da Albânia eram feitos pelo mesmo fiscal alfandegário. Um certo Xourdákis. Quando o chamamos para interrogatório, desapareceu. Temos a creche de Eleni Dúru, onde encontramos apenas crianças albanesas. Temos o casal de ingleses, que visitou a creche e se interessou visivelmente por uma das crianças. E, por fim, temos isto aqui.

Tirei do envelope a fotografia de Sovatzís com o tcheco e dei para ele. Ele pegou a fotografia e a examinou.

— Um deles é Sovatzís. O outro, o senhor o conhece?

Ele tem uma imperceptível hesitação. Depois, diz categoricamente.

— Não, é a primeira vez que o vejo.

Patife, digo para mim mesmo. Gostaria de ver sua cara se lhe mostrasse a fotografia com vocês quatro na casa noturna.

— Trata-se de um certo tcheco, chamado Gustav Krének, que se declara empresário, mas suspeitamos que Sovatzís trabalha com ele. Olhe a data.

Só agora percebeu a data.

— 17 de novembro de 1990 — murmurou.

Você os levou à casa noturna e eles, três dias depois, conspiraram contra você.

— Tem algum significado para o senhor?

— Não — respondeu de novo, mas sem a segurança inicial.

Guikas me lançou um rápido olhar e, depois, virou-se para Pilarinós.

— Não temos nenhuma dúvida, Sr. Pilarinós, de que Dimos Sovatzís usa o lugar que ocupa em suas empresas para atividades ilegais.

— O senhor naturalmente deve ter percebido que eu não sabia de nada disso.

— Sabemos que o senhor não está metido nisso. Foi por isso que pensamos que seria oportuno que o senhor fosse informado, antes de falarmos com Sovatzís. Não queríamos fazer nada sem que o senhor soubesse.

Eu o conheço há três anos, entretanto, cada vez que o vejo manobrar, não consigo disfarçar a minha admiração. A forma como puxou o saco de Pilarinós. Era certo que ia chegar aos ouvidos do ministro com que habilidade e com que sensibilidade ele manipulara o assunto. É assim que se somam *points*, Xaritos!

— Existe a possibilidade de ser ele o assassino das duas jornalistas? — perguntou Pilarinós a Guikas.

— Ainda não temos certeza, mas ele certamente está envolvido.

Pilarinós olhou de novo a fotografia. Subitamente, apertou-a entre os dedos e jogou para cima, furioso.

— Patife! — disse com raiva. — Pago-lhe um salário astronômico, tem porcentagem nos lucros, e nada disso chega para ele! O malagradecido!

— Queremos sua ajuda, Sr. Pilarinós — disse Guikas. — É também do seu interesse que resolvamos este caso rápida e discretamente.

Acentua o discretamente, o que agradou a Pilarinós.

— Diga-me o que o senhor quer que eu faça.

Guikas virou-se para mim, mesmo porque eu assumi o comando do barco.

— Queremos os nomes e os endereços dos motoristas dos caminhões frigoríficos citados no relatório. Queremos também uma lista dos caminhões frigoríficos que foram para a Albânia nos últimos seis meses, assim como o nome de seus motoristas. Queremos a lista dos passageiros dos charters e das excursões citadas no segundo relatório.

— Os senhores terão tudo isso ainda hoje.

— Por favor, não diga nada a Sovatzís sobre o que foi discutido aqui — acrescentou Guikas. — Deixe que reunamos primeiro os indícios restantes. Não é improvável que seja ele o assassino.

— Isso vai ser muito difícil para mim, mas o senhor tem a minha palavra.

Devolveu-me a fotografia, coloquei-a de volta no envelope, que fechei. Pilarinós virou-se para Guikas. Falava com ele, mas se dirigia a nós dois.

— Senhores, agradeço-lhes do fundo do coração a gentileza de me informar de tudo isso.

Pelo menos era mais gentil do que Petrátos e Nena Delópoulos, digo para mim mesmo, enquanto ele se dirige à porta.

Guikas recostou-se na poltrona e deixou escapar um suspiro de alívio.

— Terminamos com ele — disse.

Ele tinha toda razão de estar satisfeito. Mas eu gostaria de ter agarrado Pilarinós, mesmo que quebrasse a cara.

# Capítulo 39

Estava sentado diante da televisão com uma sacola plástica sobre os joelhos. A sacola continha um *souvlaki* de carne de porco com tudo o que tinha direito, era um espetinho de tudo, mais uma porção de batatas fritas que, porque tinham sido colocadas ainda quentes na sacola, transformaram-se numa massa. Eu ia descolando uma a uma e comendo-as. Não peguei prato porque gostava de comer *souvlaki* como um cigano. Era assim que eu ficava satisfeito. Se Adriana tivesse me visto daquele jeito, teria me castigado com um corte de relações durante uma semana.

O jornal trazia uma porção de reportagens sobre Xourdákis. Sua origem, como começou a trabalhar na alfândega, que postos ocupou, tudo. Descobriram sua casa, mas a mulher e a sogra se trancaram e não saíam para nada. Assim, eles se limitavam a mostrar a torre de Mani que foi transplantada para Mílessi e expressavam a mesma dúvida que eu tive quando a vi pela primeira vez: onde um fiscal da alfândega conseguiu dinheiro para comprar uma casa como aquela? O filho, que eles conseguiram encontrar em seu caminho para casa, foi extremamente lacônico. Sim, ele tinha sido chamado pela polícia para dizer onde estava o pai, mas a única coisa que sabia é que ele estava viajando. Os repórteres lhe disseram que tinha sido emitido um mandado de prisão.

— Tenho certeza de que o meu pai vai responder a todas as perguntas da polícia, assim que voltar de viagem — disse com uma segurança que não demonstrou quando o interroguei. Dúru foi colocada de lado porque não havia nada de novo em relação a ela. Eles simplesmente disseram que continuava presa e que estava sendo interrogada. E quanto a Kolákoglou, este tinha desaparecido totalmente do noticiário. Ninguém mais se ocupava dele, nem mesmo Sotirópoulos, que queria descobrir o erro judicial e o reabilitar.

O *souvlaki* terminou ao mesmo tempo que o jornal. Estava entre continuar a ver televisão ou me refugiar nos meus dicionários, quando o telefone tocou. Era Atanásio.

– Nós os localizamos – disse triunfantemente. – Evángelos Miliónis está aqui lhe esperando. Cristos Papadópoulos chega esta noite em Patra com a balsa que vem de Ancona.

– Muito bem, estou chegando. Nesse meio-tempo, mande uma mensagem à Polícia de Patra para prenderem Papadópoulos e o mandarem para nós.

Pilarinós se mostrou coerente. Às cinco da tarde, já nos tinha fornecido todas as informações que tínhamos pedido. Miliónis e Papadópoulos são dois dos motoristas dos caminhões frigoríficos que tinham sido localizados por Karayióryi. Com a lista dos passageiros, as coisas eram mais complicadas. Os que vinham dos países da Comunidade Européia passavam apenas mostrando a identidade. Mandei ao aeroporto a lista dos passageiros dos Estados Unidos e do Canadá, mas as possibilidades de localizar quais tinham vindo com passaporte familiar ou tinham declarado filhos eram muito poucas. Depois do aparecimento do casal na creche de Dúru, não tive mais nenhuma dúvida quanto ao mecanismo que tinham montado; entretanto, sem o casal, era muito difícil provar. Minha única esperança era que Dúru, Xourdákis ou um dos motoristas falasse.

Na central, um homem de cerca de 30 anos, com bigode e uma barba de três dias, me esperava. Era o Evángelos Miliónis. Sua ficha criminal era limpíssima. Nenhuma condenação, tampouco detenções, nem mesmo acidentes. Era solteiro e vivia com os pais. Estava sentado na minha frente com as mãos cruzadas no peito e uma expressão de malandro que não está nem aí para o que está ouvindo.

– Você é motorista da Transpilar?
– Sim.

— E dirige caminhões frigoríficos?
— Frigorífico, de grande porte, o que me derem.
— Você faz frete para a Albânia?
— Não só para a Albânia. Vou para a Bulgária, para a Itália e para a Alemanha.
— Quando você vai para a Albânia, o que você transporta?
— Quando vou com caminhão frigorífico, carne congelada, peixe congelado e frios. Quando vou com caminhão de grande porte, desde conservas até roupas, o que passar pela sua cabeça.
— E o que você traz?
— Nada. Volto vazio.
— Em 25/8/91, 22/4/92, 18/7/92 e 5/11/92, você passou pela fronteira vindo da Albânia em direção à Grécia?
— Pode ser. Como lembrar? Faço tantas viagens!
— Com que carga você voltava?
— Eu lhe disse. Vazio.
— Estou sabendo de outras coisas. Sei que você transportava ilegalmente albaneses e crianças albanesas.

Lançou-me um olhar interrogativo mas, imediatamente após, deu uma gargalhada.

— Desde quando começamos a trazer albaneses congelados para a Grécia?

Dei um pulo da cadeira e colei meu rosto no dele.

— Deixe de gracinhas, Miliónis, porque vai lhe custar caro! — gritei em seu ouvido. — Eu sei que, em quatro viagens, você foi para a Albânia com uma carga de produtos e voltou com uma carga de crianças albanesas! Pegamos Eleni Dúru e ela vomitou tudo!
— Quem é ela?
— As Raposinhas não te diz nada?
— Não.
— As Raposinhas é uma creche no Guízi, de propriedade de Dúru. Era a ela que você entregava a carga de crianças albanesas.
— Eu não conheço Dúru nenhuma e nunca vi uma creche em toda a minha vida. Cresci nas ruas apanhando da minha mãe.
— Pode ser que a pancada lhe pareça útil, agora que você vai para a prisão.
— Deixa, primeiro, eu ir para a prisão — disse friamente.

— Você vai porque também pegamos Xourdákis.
— Quem é ele?
— O fiscal alfandegário que olhava para o outro lado para que você entrasse calmamente com o contrabando.

Ele levanta os ombros com indiferença.

— Nunca ninguém olhou para o outro lado quando eu passava. Eu ficava horas esperando.
— Você é burro, Miliónis. Você se faz de muito corajoso, seu imbecil, e vai carregar toda a culpa sozinho, e aqueles que realmente lucram vão esfregar as mãos porque encontraram um bode expiatório. Fala para aliviar a sua barra. Você recebia ordens de Sovatzís?
— Nunca falei com Sovatzís em toda a minha vida. Vi-o apenas uma vez, de longe, quando veio até a garagem. Falou com o encarregado do trânsito e nem se virou para nos olhar.
— Onde você estava no dia 27 de novembro? — Era o dia da morte de Karayióryi.
— Espera um pouco para eu me lembrar... No dia 20, saí para a Itália e a Alemanha. No dia 27, carreguei em Munique.

Certamente está dizendo a verdade porque sabe que posso verificar o que diz muito facilmente.

— E no dia 30? — O dia que mataram Kostarákou.
— Aqui, em Atenas.

Eu poderia investigar se estava ligado à morte de Kostarákou mas, como tinha álibi para a morte de Karayióryi, era inútil.

O interrogatório durou até as sete da manhã. Tornava a fazer as mesmas perguntas e obtinha as mesmas respostas, às vezes com maior agressividade da minha parte, às vezes com maior nervosismo da parte dele. Entretanto, não levou a nada. Miliónis era jovem e motorista de caminhão, estava habituado a passar a noite em claro no volante, e às sete da manhã estava tão inteiro quanto às dez da noite, quando começamos. Apostava em sua resistência e queria me liquidar. Percebi isso e mudei de tática. Eu o interrogava por cerca de meia hora a 45 minutos e, depois, mandava-o para Atanásio. Tomava um café, relaxava, reassumia meu turno e começava tudo de novo como se não tivesse acontecido nada, por uma outra meia hora a 45 minutos. Eu achava que, dessa forma, em primeiro lugar, iria acabar com seus nervos e, em segundo, iria me manter acordado por causa das muitas xícaras de café, porque, depois das três horas da madrugada, comecei a ficar sonolento.

Já estava no quinto café, recostado na poltrona de minha sala, e tinha fechado os olhos para descansar, quando o telefone tocou.

– Sr. Comissário, trouxeram um certo Papadópoulos para nós. É para o senhor – disse o policial de serviço na cadeia.

– Leve Miliónis da sala de interrogatório e traga Papadópoulos. Quero isolar esses dois. Eles não podem ter nenhum contato um com o outro.

Peguei as informações sobre Papadópoulos que estavam na minha frente e tentei me concentrar para lê-las. Papadópoulos era um homem de 50 anos, tinha mulher e dois filhos. A filha era casada e tinha um garotinho de 1 ano. O filho era soldado.

Deixei passar mais meia hora e voltei à sala de interrogatório. Vi-me diante de um homem careca, com uma barriga que se projetava do cinto. Certamente controlava o volante com a barriga e, se não usava mocassins, a mulher tinha que amarrar os seus sapatos. Assim que me viu, apoiou-se com as duas mãos na superfície da mesa, para levantar o seu volume.

– Por que os senhores me trouxeram para cá? O que eu fiz? Não briguei na rua, nem tive qualquer acidente, nada! Perguntei aos policiais que me trouxeram, mas ninguém me disse nada!

Ficou em silêncio para que eu pudesse falar, mas percebeu que não ia ter resposta nenhuma e começou a gritar de novo.

– Deixei o caminhão carregado em Patra, entregue a Deus! Se os pivetes notarem, vão esvaziá-lo, e a companhia vai cobrar de mim!

Queria que eu entendesse seu discurso como uma reclamação, mas provavelmente os gritos eram para vencer o medo.

– Sente-se – disse-lhe calmamente. Ele obedeceu imediatamente.

Comecei da mesma maneira como fiz com Miliónis. Obtive as mesmas respostas, porém com um estilo diferente. Sempre voltou vazio, não sabia nada sobre contrabando de crianças, o que é isso de que estamos querendo acusá-lo, são trinta anos de volante sem um único acidente. A diferença é que Miliónis era mais frio e indiferente, enquanto Papadópoulos grita, bate no peito, mas treme até o fundo do peito. A situação mudou quando chegamos em Xourdákis.

— Você conhece Xourdákis?
— Não conheço nenhum Xourdákis.
— Xourdákis é o fiscal da fronteira que ficava olhando os passarinhos nas árvores para que vocês passassem sem ser incomodados.
— Eu não sei os nomes dos fiscais. O senhor sabe por quantos fiscais já passei durante esses trinta anos no volante?
— Entretanto, ele conhece você. Ele também estava no golpe. Ele levava para deixá-los passar. Foi ele quem me deu o seu nome.

Ele tirou um lenço do bolso e enxugou o suor da testa. Olhou para mim e tentou adivinhar se eu estava dizendo a verdade ou se estava mentindo, mas não podia saber que Xourdákis estava desaparecido e que estávamos em seu encalço.

— Escute, Papadópoulos — disse-lhe calmamente, quase amigavelmente. — Sei que você é o último elo da cadeia, e que são outros os que põem a mão nas grandes quantias. São eles que quero pegar, e não você. Se você colaborar, dou minha palavra de que não vai pagar muito caro. Posso falar com o juiz e, muito provavelmente, ele vai relevar a sua pena, assim, vai sair e dizer que foi devorado pelas feras. Mas se você bancar o durão, vou te mandar para a prisão por cinco anos. Pense só no prejuízo que você vai causar para seu filho, que ainda está servindo o exército. À sua filha, que pode perder a casa. Você vai para a cadeia e vai apanhar que nem boi ladrão.

Eu me calei. Ele também não disse nada. Apenas nos olhamos e, subitamente, vi aquele volume cair no choro. Sua barriga se sacudia e encostava seguidamente na ponta da mesa, como pneu de caminhão que roçasse no meio-fio, as lágrimas rolavam com dificuldade por suas gordas bochechas, mas depois pegavam velocidade e chegavam até a mesa. Ele as deixava correr sem enxugá-las. A cena era tão triste que eu tinha vontade de virar o rosto para não ver.

— Foi pela minha filha que fiz isso — disse entre soluços. — Tinha prometido a ela um apartamento e não estava dando conta das prestações. Todo o dinheiro que eu ganhava ia para o apartamento da minha filha.

— Espera aí, vamos começar do início. Quem botou você no negócio? Sovatzís?

Seu choro parou subitamente e ele me olhou surpreso.

– Que Sovatzís? O nosso? O que Sovatzís tem com tudo isso?

Foi minha vez de ficar surpreso. Olhei para ele sem uma palavra e mordi a língua para não me trair.

– Então, quem foi? Dúru?

– Não, um estrangeiro.

– Estrangeiro?

– Por volta de junho de 1991, estava com uma carga em Tirana quando se aproximou um estrangeiro com um grego da Albânia. O estrangeiro falava com ele em italiano e o outro falava grego. Eles sabiam que eu ia voltar vazio e me perguntaram se eu queria transportar, às escondidas, a carga deles e receber, por cada carga, meio milhão. Eu lhes disse que não me metia nessas coisas, mas o estrangeiro insistiu. Disse-me que o pessoal da fronteira estava avisado e que eu não corria nenhum perigo.

– E você acreditou neles?

– Não acreditei logo. Eles se ofereceram a vir junto comigo na primeira viagem para que eu visse, por mim mesmo, que tudo estava combinado. E foi assim que tudo aconteceu. Ele veio comigo, passamos a fronteira à noite sem que ninguém nos fiscalizasse. Desde então, para cada viagem, levava uma carga junto com 500 mil para mim.

– E a carga eram albaneses e crianças albanesas?

– Só crianças. Os albaneses eram um casal que tomava conta das crianças. Era sempre a mesma coisa.

Começava a entender, mas não queria interrompê-lo, agora que tinha deslanchado.

– E onde você as entregava, em Atenas?

– Não as entregava em Atenas.

– Onde, então?

– A 10 quilômetros de Kastoriá, saía da Nacional e entrava em uma estrada secundária. Ali um caminhão fechado me esperava. As crianças e o casal eram levados para o caminhão e eu voltava, vazio, para Atenas.

Eis por que nem ele nem Miliónis conheciam a Dúru. Tudo era arranjado por Krének a partir da Albânia. Sovatzís não aparecia em lugar nenhum. Krének era o encarregado da seção de provisão, Sovatzís da seção de vendas e Dúru da armazenagem. O único elo eram os dois irmãos, Sovatzís e Dúru. Todos os outros se perdiam em algum lugar do caminho. Telefonei para Atanásio e pedi que ele trouxesse as fotografias do casal assassinado por Ramiz Séxis e as fotografias do próprio, tiradas pelo Departamento Forense.

– Onde você estava no dia 27 de novembro?

A data não parecia ter-lhe despertado qualquer sinal de perigo porque respondeu imediatamente, sem pensar.

– Aqui, em Atenas.

– O que você fez naquela noite entre onze e uma da manhã, você se lembra?

– Até a meia-noite, eu estava na casa da minha filha. Estávamos festejando o aniversário do meu neto. Depois, voltei para casa com a patroa. – A lembrança do neto quase o fez chorar de novo.

– Quem mais estava lá?

– A sogra da minha filha e a irmã do meu genro, com o marido. Por que o senhor está perguntando?

– Porque nessa noite uma jornalista que tinha relação com o caso foi assassinada.

– Eu não sou assassino! – gritou apavorado. – Tudo bem, minha filha ia perder o apartamento e me meti onde não devia, mas não sou assassino.

– Pode ficar sossegado, você não vai ser preso como assassino – disse-lhe.

Atanásio trouxe as fotografias. Mostrei-lhe, primeiro, a fotografia do casal. Deu uma olhada e virou o rosto para não ver.

– Você os conhece?

– São eles – murmurou. – Os que acompanhavam as crianças.

Puxei a fotografia antes que ele vomitasse na mesa.

– E este aqui, você o conhece?

– Sim. É o motorista do caminhão que me esperava fora de Kastoriá.

Então era isso. Os três roubavam algumas crianças e as vendiam por sua conta. Séxis matou-os porque eles não lhe deram sua parte. E foi por isso que achamos as 500 mil escondidas no depósito do barraco. Depois, alguém mandou o outro albanês para matar Séxis porque era o único atalho que levava a Dúru.

# Capítulo 40

– Então, onde chegamos? – perguntou-me Guikas. Tinha diante de si o depoimento que Papadópoulos havia assinado há pouco. Já é quase meio-dia, e eu estou batendo cabeça de sono.
– Existem os prós e os contras.
– Quais são os prós?
– Sabemos que todo o empreendimento foi organizado, da Albânia, por Krének. Pegamos os dois motoristas. Sabemos que Séxis recebia as crianças fora de Kastoriá e as entregava a Dúru. Até aqui, está tudo engatilhado, mas agora começam os contras. Não consegui encontrar nenhuma ligação com Sovatzís. Krének pode ter organizado tudo isso com Dúru sem que Sovatzís tivesse noção de nada. Nossa única esperança é Xourdákis. A menos que provemos que Sovatzís matou Karayióryi e Kostarákou.
– É impossível que Dúru as tenha matado?
– Na melhor das hipóteses, podemos acusá-la de autoria moral. Mas tudo indica que o assassino seja homem.
Ele me olha pensativo. É evidente que perdeu o bom humor.
– Não desanime – disse, mais para ele mesmo do que para mim. – Talvez a luz nos venha de outro lugar.
– De onde?
– De Dúru. Ela não escapa, com os indícios que temos. Quando o seu advogado lhe disser isso, pode se assustar e falar.

O telefone cortou nossa conversa. Guikas atendeu. Oficial Guikas. Sempre anuncia a sua patente, mas eu, que sou uma pessoa séria, digo só Xaritos e quem está do outro lado da linha pode pensar que sou um simples guarda.

– Muito bem, ele vai imediatamente. – Desligou o telefone e sorriu para mim. – Uma boa notícia. Xourdákis está lá embaixo lhe esperando.

Saí como um tufão de sua sala e desci as escadas de três em três degraus. A multidão estava reunida fora da minha sala liderada por Sotirópoulos.

– Vocês acharam Xourdákis? – perguntou de má vontade.

– Mais tarde – disse-lhe e tentei abrir o círculo. As perguntas caíam como chuva, se ele falou, o que nos disse, se realmente estava metido no caso, mas eu não lhes dei a menor importância. Entrei na minha sala e fechei a porta.

No meio da sala, vi dois homens de pé. Um deles tinha cerca de 50 anos, altura mediana, gordura mediana e cabelos medianos. Seu paletó estava aberto e, por dentro, usava uma camisa abotoada até o pescoço, sem gravata. Este devia ser Xourdákis. O outro tinha cerca de 30 anos, magro, vestido com um terno barato comprado em loja de departamentos e uma gravata tão usada que devia estar morrendo de solidão porque certamente não tinha companhia.

– Onde o senhor estava, Sr. Xourdákis? Estávamos procurando o senhor por toda parte. Fomos obrigados a incomodar sua mulher e seu filho – disse-lhe ironicamente.

– Eu estava viajando.

– Cristodúlos, advogado, Sr. Comissário – interveio o homem de 30. – Por favor, leve em consideração que meu cliente se apresentou por iniciativa própria, assim que soube que o senhor o estava procurando.

– Foi emitido um mandado contra ele e o teríamos encontrado de qualquer jeito, Sr. Advogado.

– Não é a mesma coisa.

Não tinha tempo a perder com o advogado, e me virei de novo para Xourdákis.

– Você sabe por que o estamos procurando – disse-lhe. – Queremos que nos diga quem lhe dava o milhão que você espalhava pelas contas bancárias de sua família para fingir que não via os caminhões frigoríficos da Transpilar.

Xourdákis não respondeu. Virou-se para o advogado.

– Quero que saiba que meu cliente veio aqui para ajudar as autoridades, Sr. Comissário.

– Ótimo. Levarei isso em consideração, se ele responder de maneira satisfatória às minhas perguntas. – E para Xourdákis: – Então, diga quem lhe dava o dinheiro.

– Não sei – respondeu.

– Escute aqui, Xourdákis. Já perdi muito tempo com você. Não me faça perder a paciência. Pegamos os dois motoristas, Miliónis e Papadópoulos. Pegamos Eleni Dúru, que ficava com as crianças. Sabemos de tudo. Diga-me quem lhe pagava para acabarmos logo com isso.

– Meu cliente está dizendo a verdade – interveio de novo o advogado. – Ele não sabe.

Olhei para eles e percebi alguma coisa errada.

– Como você recebia o dinheiro? – perguntei a Xourdákis.

– Vou contar-lhe desde o início. Uma tarde, quando voltava do trabalho para casa, encontrei um embrulho que me tinha sido enviado pelo correio. Era uma caixa simples, dessas de embalar vidros. Quando a abri, encontrei 500 mil dracmas. Pensei que fosse engano, mas o embrulho estava em meu nome e tinha sido mandado para o meu endereço. Estava quebrando a cabeça tentando descobrir quem poderia ter mandado, quando o telefone tocou e um homem me perguntou que eu havia recebido as 500 mil. Perguntei-lhe o nome, mas não me disse, disse-me apenas que daí a duas noites iria passar pela fronteira um caminhão frigorífico da Transpilar. Se eu o deixasse passar sem fiscalização, ele me mandaria outras 500 mil.

– Quando aconteceu isso?

– Não me lembro da data exata, mas acho que foi em maio de 91.

– E você deixou-o passar.

– Sim. Dentro de três dias, recebi as outras 500. Desde então, ele me ligava e me dava o número do caminhão frigorífico e eu o deixava passar sem fiscalização, e ele me mandava um milhão.

Simples assim. O primeiro caminhão frigorífico, que passou em maio de 91, certamente estava vazio. Se Xourdákis não tivesse entrado no jogo deles e fiscalizasse o caminhão, não encontraria nada. O que Sovatzís estava arriscando para submetê-lo à prova? Um salário, e talvez menos. Quando viu que Xourdákis mordera a isca, botou a empresa em funcionamento.

– Como lhe mandavam o dinheiro?

– Sempre num embrulho através dessas companhias que fazem entrega.

– E o remetente, quem era?

– Mudava de nome a cada remessa.

– E por que você parou, já que ia tudo tão bem?

– Os caminhões sempre chegavam à noite e eu tinha que mudar de turno para poder estar lá. No início, era fácil porque ninguém queria trabalhar à noite. Entretanto, num determinado momento, começaram a achar estranho o fato de eu querer sempre o turno noturno. Depois, ouvi uma conversa de que alguém estava fazendo perguntas a respeito dos caminhões.

– Quem?

– Alguém de Atenas, não sei. Nunca soube quem era.

Eu sabia. Karayióryi.

– Como já tinha completado o tempo mínimo, pedi minha aposentadoria.

Uma outra pessoa recebia agora o dinheiro dentro de um embrulho. Nós o encontraríamos, mas no Sovatzís eu não poderia botar a mão. Apenas se pegássemos Krének, mas ele já deveria estar na América do Sul.

Mas, apesar de tudo, mostrei a ele a famosa fotografia dos dois.

– Você conhece algum desses dois?

Olhou a fotografia e balançou negativamente a cabeça. Levei-o, e a seu advogado, até o arquivo fotográfico e mostrei as fotografias de Miliónis e Papadópoulos, de Dúru e de Séxis. Ele reconheceu imediatamente os dois primeiros, mas Dúru e Séxis lhe eram desconhecidos. Mandei-o para dar o seu depoimento oficial e, depois, para a cadeia.

Sotirópoulos tinha montado acampamento na frente da porta da minha sala e me esperava.

– O que aconteceu com Xourdákis? Fale!
– Guikas vai fazer uma comunicação oficial.
– Pelo amor de Deus.

Chamei-o para entrar comigo na sala e contei, em poucas palavras, o que Xourdákis nos tinha dito. Não lhe fazia nenhum favor especial porque Guikas ia dizer a mesma coisa para os outros.

– Sovatzís, irmão da Dúru, está muito envolvido no caso?
– O que você acha?
– Está, mas receio de que você não possa provar nada – disse e me lançou a moral da história. – Não há como pegá-lo. Sua única esperança é Pilarinós.
– Por que Pilarinós?
– Porque Sovatzís é o seu bastão. Se alguma coisa for descoberta, pode ser que ele o passe para vocês para ficar tranqüilo.

Eu não tinha pensado nisso, mas me agradou.

– O que você fez com Kolákoglou? – perguntei-lhe quando estava saindo.
– Com Kolákoglou? – virou-se e me lançou um olhar surpreso.
– Você não pretende provar que foi injustamente condenado?

Ele tinha se esquecido disso.

– Eu gostaria muito, mas não dá – disse, e suspirou. – Kolákoglou não é mais notícia. Ninguém se interessa mais por ele. Se eu fizer uma reportagem sobre ele, meu diretor de redação vai cortá-la.

Robespierre, funcionário do Ministério das Comunicações, subsidiado e aposentado. Já eram quatro horas e eu estava de pé há quarenta horas. Decidi fechar tudo e ir dormir. De qualquer maneira, já não tinha mais nada a fazer.

Antes de sair, chamei Sotiris e disse-lhe que não deixasse pedra sobre pedra até descobrir alguma coisa sobre Sovatzís.

# Capítulo 41

Eles vêm, um a um, fazer seu relatório. E, a cada relatório, minhas esperanças diminuem até que, por fim, desaparecem. Não encontramos ninguém que conhecesse Sovatzís. Nem no Xélas Channel, nem na rua Karadíma, onde os albaneses foram encontrados mortos, nem na área de Kostarákou. É desconhecido também na rua Kumanúdi. Ninguém o conhece, nem os moradores do edifício, nem os vizinhos. A raposa não se aproximava das Raposinhas para não despertar suspeitas.

Estou desesperado porque vejo todas as portas se fechando, uma atrás da outra. Finalmente, vou mergulhar. Vou fazer vir Sovatzís e vou apertá-lo. Tento achar a melhor tática: apertá-lo com as informações que tenho sobre ele e sobre Krének, ou assustá-lo com a ameaça de sua irmã ser condenada a vinte anos, quem sabe assim consigo metê-lo em brios. Não chego a nenhuma conclusão porque o telefone toca.

– Venha aqui em cima – disse Guikas com a voz cortante que usa quando tem visita e quer assumir o papel de chefe.

E eu tinha razão.

– Altas visitas – disse Kúla quando entrei.

– Quem é?

– Pilarinós.

Minhas esperanças se reacendem. Para que Pilarinós viesse até aqui é porque tinha algo de importante a nos dizer. Será que Sotirópoulos tinha razão e, finalmente, ele vai vender Sovatzís para reencontrar sua tranqüilidade?

Ele estava sentado na mesma poltrona que ocupava durante nosso encontro anterior. Entretanto, assim que me vê, levanta-se e estende cordialmente a mão para mim.

– Já dei meus parabéns ao Sr. Chefe de Polícia, mas queria cumprimentá-lo pessoalmente, Sr. Comissário. O senhor não sabe como me sinto aliviado pelo fato de o caso ter sido resolvido sem maiores conseqüências para as minhas empresas.

– O caso foi esclarecido em parte, mas ainda não terminou – corrigi-o. – O assassino de Karayióryi e de Kostarákou ainda circula livremente.

– Eu não sou policial, é verdade, mas, para mim, o culpado mais provável é um dos motoristas ou o fiscal alfandegário. Mataram-na para calar sua boca.

– O culpado mais provável é Sovatzís. Os outros têm álibi. E é impossível que Dúru seja a assassina. Os assassinatos foram cometidos por um homem.

Ele me olha.

– Confesso que isso me passou pela cabeça. Foi por isso que perguntei ao Sr. Oficial quando ocorreram os crimes. Como ele me disse, o primeiro foi no dia 27, e o segundo, no dia 30 de novembro. O Sr. Sovatzís saiu de viagem para o exterior no dia 25 de novembro e voltou no dia 2 de dezembro. – Tirou um passaporte do bolso e passou-o para mim. – O senhor pode conferir as datas do passaporte dele.

Peguei-o e o folheei. Realmente, em 25 de novembro havia um carimbo dos tchecos, em 29 de novembro outro carimbo tcheco e um alemão, e em 2 de dezembro, um carimbo alemão, do aeroporto de Viena. O patife, digo para mim mesmo. Combinou o assassinato de Karayióryi e tratou de sair para o exterior, para estar fora no dia do crime. Depois, deu ordens por telefone ao assassino para que ele também matasse Kostarákou.

– A acusação de autoria moral ainda vige – disse a Pilarinós. – Sovatzís é o único que pode nos levar ao assassino.

— Estou convencido de que o Sr. Sovatzís não está metido neste caso, Sr. Comissário — disse com uma expressão que não admitia oposição. — Estou envergonhado por ter, eu também, suspeitado dele no início. Os senhores fizeram um serviço magnífico, prenderam os culpados e fecharam o caso. Entretanto, de qualquer forma, para ficar totalmente tranquilo, tratei de transferir Dimos para outro lugar, sem maior importância.

Guikas não se conteve.

— Para onde o senhor o transferiu? — perguntou.

Pilarinós não respondeu na hora.

— Nomeei-o vice-presidente do conselho de administração — disse meio acanhado. E, acrescentou rapidamente, como se quisesse desfazer a impressão desagradável: — É um lugar totalmente decorativo. O vice-presidente não está diretamente ligado ao funcionamento da empresa. Manipula apenas os casos que lhe são passados pelo presidente, e este sou eu. É mais ou menos como o vice-presidente dos Estados Unidos, que tem o título, mas nenhum poder substancial. — Achou que disse uma piada, e riu.

Ficamos estupefatos olhando para ele. Ele se aproveita de nosso silêncio e se levanta.

— Senhores, mais uma vez, meus sinceros cumprimentos. — Vira-se para mim. — O senhor pode ficar com o passaporte para conferir as datas.

O que vou conferir? Ele se cercou de todos os lados.

— Não precisa — disse e lhe devolvi o passaporte.

Assim que Pilarinós saiu, fiquei de pé de um salto.

— Se o senhor e eu tivéssemos feito um por cento do que fez Sovatzís — gritei fora de mim — seríamos postos em disponibilidade e estaríamos preparando a nossa defesa. Ele teve promoção e aumento de salário.

— Nós também não sofreríamos nada se tivéssemos o ministro na mão — respondeu rindo.

— Isto é?

— Você não percebeu? Sovatzís sabe como Pilarinós se tornou empresário. E é possível que tenha provas. Ameaçou lavar a roupa suja e Pilarinós desistiu.

Certo. Por causa de toda a raiva que sentia, tinha me esquecido desse detalhe.

— Apenas — continuou o Guikas — estão jogando toda a culpa em cima de Dúru.

Levantei-me de um salto e corri para a porta, parecia até que Dúru estava fugindo. Mas esta era a única janelinha que ainda continuava aberta. Ao sair, disse a Kúla para ligar para a cadeia pedindo que trouxessem Dúru para interrogatório.

Encontrei-a no mesmo lugar, no canto da mesa. Entrei e sentei-me ao lado dela.

— Eleninha, tenho más notícias para você — disse-lhe afavelmente.

— Por quê? Quando você teve boas notícias para mim? — respondeu com ironia.

— Seu irmãozinho te vendeu, Eleninha. Provou que estava no exterior quando ocorreram os crimes. Disse que foi você quem planejou tudo. Ele não tinha a menor idéia de nada.

— Lógico que não tinha idéia de nada. Nem ele sabia de nada, nem eu planejei nada. Tudo isso é um conto de fadas que vocês estão montando.

— Acorda, imbecil! Será que você pegou a doença da imbecilidade dos albaneses? Pegamos os dois motoristas dos caminhões frigoríficos. Pegamos Xourdákis. Sabemos que os motoristas entregavam as crianças para Séxis, fora de Kastoriá, e que este as trazia, em caminhão fechado, para a sua creche. Sabemos de tudo!

— Como vocês sabem que traziam as crianças para mim? Os senhores viram com seus próprios olhos?

— Sua ajudante viu-o e o reconheceu.

— Ah, sim, a fotografia — disse ironicamente. — Tente provar por uma fotografia que este albanês tinha qualquer relação comigo.

— Não se preocupe, nós provaremos. Agora que seu irmãozinho colocou as manguinhas de fora, vamos acusá-la até da autoria moral dos assassinatos de Karayióryi e Kostarákou. Você vai ser condenada a, pelo menos, dez anos. Sua única esperança está em nos ajudar. Sabemos que você não está ligada aos assassinatos. Basta que nos diga quem mandou seu irmão matar as duas moças para que eu reduza sua pena à metade.

Ela olhou para mim e, pela primeira vez, não sabia o que dizer. Isso era um bom sinal. Provavelmente começava a balançar. Inclinei-me e cheguei mais perto dela.

– Estou vendo que vão jogar tudo sobre os seus ombros e isso é lastimável. Esse tipo de trabalho dura um certo tempo e, quando explode, cada um trata de salvar a própria pele. É isso o que faz o seu irmão. Por que você vai se sacrificar por ele?

Subitamente, como uma fera faminta, ela se levanta de um salto.

– Deixe meu irmão em paz! – gritou. – Você não sabe o quanto ele sofreu! Minha mãe estava grávida dele quando foi se encontrar com meu pai nas montanhas! Eu fiquei com minha avó. Cresci com medo de policiais como você! De vez em quando, batiam na nossa porta, viravam nossa casa de pernas para o ar, nos aterrorizavam! E, quando quis entrar para a faculdade de pedagogia, fizeram minha avó, uma mulher de 70 anos, tirar um atestado de ideologia. Você sabe quando vi Dimos pela primeira vez? Em 1978! Um dia, bateu na minha porta e me vi diante de um homem. "Você é a Eleni?", perguntou. "Eu sou Dimos, seu irmão." Eu sabia que meus pais tinham morrido num acidente um ano depois que Zaxariádis foi destituído. Mas não sabia nada a respeito do meu irmão. Dimos foi educado pelo partido. E eu, que era a mais velha, não podia nem ajudá-lo, nem mesmo escrever para ele. E agora você vem me pedir que assine, também eu, uma declaração para salvar a minha pele! Deixe meu irmão em paz! Ele não tem nada a ver com tudo isso! Ele é inocente!

Olhei para ela e minha mente foi até Zissis. Perguntei-me o que ele faria se tivesse ouvido tudo isso. Como reagiria. Ela tinha um sorriso de vitória nos lábios. Achava que tinha me calado.

Abri a porta e me lancei para fora da sala.

# Capítulo 42

"*Beco sem saída* = dificuldade insuperável; situação muito embaraçosa; grande aperto ou apertura."

O significado, descrito pelo Dimitrákou, serve como uma luva para mim. O Lidell-Scott, entretanto, acrescenta ainda outro: "impossível de atravessar, o inexperiente, Aristóteles, Física, 3.5.2." Portanto, segundo Aristóteles, o inexperiente pode ficar num beco sem saída. Isto é, eu, que estou num beco sem saída, estou rodopiando no espaço infinito perseguindo Sovatzís. Estou procurando agulha no palheiro.

São seis horas da tarde do dia de Natal e estou deitado na cama com os meus dicionários. Passei a véspera relativamente bem. Míxos, o primo de Adriana que trabalha na Companhia Telefônica, me convidou para almoçar. Eu não queria ir, mas Adriana e Katerina insistiram para que eu fosse. Não estava certo, diziam, dizer não; eles sabiam que eu estava sozinho e podiam interpretar mal. Afinal de contas, serviria pelo menos para passar o tempo. Ficou comprovado que elas tinham razão. Comemos peru, falamos bobagens e, por volta das sete, Rena, a mulher de Míxos, ensinou-me a jogar biriba. Meus conhecimentos em matéria de jogo de cartas começavam e terminavam na bisca, disse que jogaria com eles por educação. Num determinado momento, pensei ter aprendido, e eles me limparam. Já era meia-noite quando voltei para casa e caí duro na cama.

Na manhã seguinte, porém, minha mente encravou com a primeira mijada. Quebrava a cabeça para encontrar alguma saída, uma maneira de montar uma armadilha para ele, mas não via luz em lugar nenhum. Muito bem, tínhamos acabado com o mercado de bebês. Também sabia quem tinha ficado com o lugar de Xourdákis na alfândega, era um certo Anastasíu. Poderíamos enviá-los todos para o juiz. A possibilidade de o juiz aceitar a acusação de autoria moral contra Dúru era de cinqüenta por cento. A autoria moral não era de Dúru, mas sim do Sovatzís. Mas este continuava solto, assim como o assassino das duas jornalistas.

Adriana tinha razão. Eu deveria jogar tudo para o alto e ir para a Salônica visitar minha filha. Por volta do meio-dia, não agüentei mais, peguei o Mirafiori e comecei a rodar pelas ruas sem destino certo. Sem perceber, de repente me vi em Rafina. Saí do carro e dei uma volta à beira-mar. O ar marinho limpou meu cérebro e comecei a ver as coisas ainda mais pretas. Que Sovatzís? Corremos o risco de Dúru ser inocentada, se o depoimento de sua ajudante não convencer o tribunal. Eles são tão organizados que não lhes custa trazer cinco albaneses ao tribunal para dizerem que as crianças da Raposinhas eram seus filhos. Poderiam mesmo trazer os pais verdadeiros da Albânia. Quanto mais eu pensava, mais mergulhava no desespero. Entrei num café para espairecer. O barulho, as vozes dos que jogavam baralho, os dados do gamão, me fizeram bem e esqueci um pouco os problemas. Voltei para casa por volta das quatro e comecei a folhear meus dicionários.

Tentava decidir se ligava a televisão ou ia ao cinema, quando o telefone tocou. Atendi, era Zissis.

– Como você está vivendo a sua solidão? – perguntou.

– Muito bem. Estou me divertindo com ela.

Ele começou a rir.

– É sempre assim no começo. Tentamos convencer a nós mesmos que estamos muito bem sozinhos. Ficamos tranqüilos, não prestamos contas a ninguém. Entretanto, daí a pouco a solidão começa a sufocar e mergulhamos na escuridão. Pergunte a mim, que, depois de tantos anos, já me tornei um especialista.

Não respondi porque não queria confessar que ele tinha razão.

— Ontem botei um cabritinho no forno, mas não pude comê-lo todo sozinho. Por que você não vem para cá para acabarmos com ele?

Eu não estava preparado para isso e não soube o que dizer. Tudo bem, nós nos conhecíamos, de vez em quando nos ajudávamos mutuamente, mas ainda não tínhamos chegado aos comes e bebes. Estava para lhe dizer não, quando pensei em como devia ter sido difícil para ele convidar um tira para comer, mesmo que simpatizasse com ele.

— Tudo bem, estou chegando – disse.
— Em quanto tempo?
— No máximo em uma hora.
— Tenho também uma surpresa para você – disse. – Algo que se parece com presente. – E desligou imediatamente.

As ruas estavam vazias e cheguei na rua Ekávis quinze minutos mais cedo. Ele estava na porta me esperando. Não me deixou sair do carro, ao contrário, sentou-se a meu lado.

— Aonde vamos? – perguntei rindo. – Vamos levar o cabrito à padaria?

— Nós vamos para a surpresa mas, antes, você tem que me prometer uma coisa.

— O quê?

— Nós vamos nos encontrar com alguém. Mas você tem que me prometer que, quando terminar de falar com ele, vai deixá-lo ir embora. Dei-lhe minha palavra de que, enquanto estiver comigo, você não vai incomodá-lo.

Olhei para ele surpreso.
— Quem é? Sovatzís?
Ele começou a rir.
— Sovatzís? Por que você pensou nele? Não, não é o Sovatzís.
— E como você sabe que vou manter a minha palavra?
— Eu sei – respondeu com segurança.
— Aonde nós vamos?
— Ao estádio do AEK. Tome a rua Dekelías e dobre na Atálias.

O percurso era curto e o cobrimos em silêncio. Quando chegamos na frente do estádio fechado, disse-me para parar.

— Espere, não vou demorar. — Desceu do Mirafiori e se perdeu no bosque.

Tentava adivinhar quem ele iria trazer, mas estava curto de idéias. Daí a pouco, vi-o acompanhado de um homem. Estava escuro e não podia distingui-lo bem, mas, assim, de longe, pareceu-me conhecido. Quando se aproximou, reconheci Kolákoglou.

Abri as portas e eles entraram no carro. Zissis na frente e Kolákoglou atrás. Estava sem sobretudo e batia as palmas das mãos do lado do corpo para esquentá-las. Estava vestindo a mesma roupa que usava quando estava de pé no terraço do hotel com a pistola na cabeça. Olhou para mim com suspeita e medo.

— Muito bem, Petros. Não tenha medo – disse-lhe Zissis para acalmá-lo. – O Sr. Xaritos me deu a sua palavra de que, depois que vocês conversarem, vai deixar você ir embora.

— Por que você está se escondendo? – perguntei.

— Porque tenho medo – respondeu. – Tenho medo de que, se cair em suas mãos, vocês vão me mandar de novo para a prisão e, desta vez, por assassinato.

— Por que você iria para a prisão? Você matou Karayióryi?

Ele riu, a despeito do medo.

— Você acha que eu tenho cara de assassino?

— Isso não quer dizer nada. A maior parte dos assassinos não tem cara de assassino. O que tem importância é que, depois do julgamento, você a ameaçou. Você disse que ela iria pagar pelo que estava fazendo com você.

— O significado de minhas palavras era outro.

— Qual era?

Ele ficou em silêncio. Não tinha certeza de que seria bom se abrir comigo, e hesitava.

— Vamos, diga e vamos terminar logo com isso – disse Zissis. – Foi para isso que você veio.

— Karayióryi tinha um filho bastardo – disse.

Não sei o que eu tentava adivinhar enquanto esperava Zissis, mas nunca teria pensado nisso. Tentei pensar rápido que novo caminho essa nova informação abria.

— Você tem certeza? – perguntei.

— Tenho.
— E como você descobriu?
— Antes de abrir o meu próprio escritório de contabilidade, trabalhava como contador da Marinha. Um dia, deveria ser em abril de 1974, chegou uma mulher que queria acertar algumas contribuições. Vinha acompanhada de Karayióryi, que estava com uma enorme barriga. A criança deveria estar pronta para nascer.

Com toda certeza, a mulher era Andonakáki, sua irmã. Tinha ido por causa das contribuições do marido, que era marinheiro, e Karayióryi a acompanhava.

— Continue.
— Quando, depois de anos, se aproximou de mim já como jornalista, não me reconheceu, mas eu a reconheci imediatamente. Fora a gravidez, ela não tinha mudado nada. "Como vai o seu filho?", perguntei. Ela ficou extremamente confusa e olhou para mim surpresa. "O senhor está enganado. Eu não tenho filhos", disse. Então, disse-lhe que a tinha visto na Marinha e que, na época, ela estava grávida, mas ela insistiu dizendo que não tinha filho.

— Você tem certeza de que era ela?
— Tenho certeza absoluta.
— Pode ser que tenha morrido.
— Se tivesse morrido, ela teria dito que tinha morrido. Não diria que não tinha filho. Era isso o que eu queria dizer quando a ameacei. Que sabia o seu segredo e que o revelaria a todo mundo. Quando saí da prisão, a primeira coisa que fiz foi investigar. Queria desmascará-la para me vingar. Mas não encontrei nenhuma pista da criança. Era como se a terra tivesse se aberto e a engolido. Quando a mataram, abandonei tudo.

Ficou em silêncio por um tempo e olhou para mim. Depois, completou com raiva:

— Você entende como me sentia? Ela tinha se livrado da criança dando-a a algum pai adotivo, e me mandava para a prisão porque eu amava as crianças e as acariciava.

Subitamente, apareceram diante de mim as cartas que tinha achado na escrivaninha de Karayióryi. O desconhecido N não era Nena Delópoulos. Era o pai da criança. Queria ver o filho e ela o escondia.

— A única coisa que quero é refazer, como puder, a minha vida, e viver tranqüilo daqui para a frente – ouvi Kolákoglou dizer.

— Você não precisa se esconder. Vá para sua casa. Você não está sendo procurado e ninguém vai lhe incomodar. Se os jornalistas lhe incomodarem, feche a porta no nariz deles, mas eles não vão fazer isso. – Ele não é mais notícia. Disse-o o Robespierre.

Ele olhou para mim cheio de desconfiança. Tinha medo de acreditar no que estava ouvindo.

— Eu não lhe disse? – Zissis ria satisfeito. – Eu lhe disse que, se você dissesse ao Sr. Xaritos o que sabe, tudo se arranjaria. Vá, pode ir embora.

— Obrigado – disse a Zissis e lhe apertou o braço. Para mim, não disse nada, talvez porque tivesse medo de que, se falasse comigo, eu poderia me arrepender e prendê-lo. Abriu a porta e saiu, mas não foi para o bosque. Foi em direção à Dekelías, onde tinha uma parada de ônibus.

— Como você o desencavou? – perguntei a Zissis.

Estávamos sentados à mesa, em sua casa, comíamos cabrito ao forno com molho de limão e bebíamos *retsina*.

Ele riu.

— Fiquei surpreso por você tê-lo deixado ir embora naquele dia, no hotel.

— O risco era grande e não valia a pena.

— Não acredito que você o tenha feito apenas por causa do risco. No fundo, você acreditava que era inocente.

Eu não acreditava, eu sabia.

— Seja como for, tenho muitos conhecidos na área onde você o encontrou. Todos sabem que as forças de segurança me perseguiram durante anos. Isso facilitou as coisas para mim porque, quando dizia que queria ajudar Kolákoglou, acreditavam. Quem sabia de alguma coisa, me contava. Por fim, soube que uma prima longínqua, que morava entre a Petrúpoli e a Nea Liósi, lhe dava abrigo.

— Tudo bem em relação aos que estavam em volta dele. Mas como você convenceu Kolákoglou?

— Mostrei-lhe isto.

Botou as duas mãos dentro do cinto e levantou a roupa. Suas costas e seu peito estavam cheios de sinais de feridas antigas. Não me disse quem os tinha feito, nem eu perguntei. Nós dois o sabíamos muito bem.

– Queria ajudá-lo porque sei o que significa estar sendo perseguido – disse enquanto abaixava de novo a camisa e o suéter. – Afinal de contas, pagou. Por que tinha que se esconder como um coelho?

Observava-o enquanto lambiscava o cabrito bem devagarzinho para conservar o gosto na boca. Lembrei do que me tinha dito alguns dias atrás, no carro: – Vocês são o fundo. Eu afundei e nos encontramos. – Onde? A primeira vez, na Bubulina. Agora, com Kolákoglou a quem perseguíamos como pedófilo. Somos ridículos, os dois. Por isso nos encontramos.

# Capítulo 43

Já passava da meia-noite quando cheguei em casa. Geralmente, não agüento mais de três copinhos, e Zissis tinha me servido meio galão. Assim que caí na cama, senti o teto girar. Fechei os olhos e tentei encontrar uma posição em que me sentisse menos tonto.

Acordei com a cabeça pesada como chumbo. Preparei um café e engoli duas aspirinas. Depois, telefonei para Atanásio. Pedi a ele o telefone de Andonakáki. Liguei para ela torcendo que não tivesse ido passar os feriados fora. Felizmente, foi a própria quem atendeu ao telefone. Disse-lhe que precisava falar com ela.

— Pode vir, estou em casa.

— Eu preferia que ficássemos sozinhos para conversar.

— Nós vamos ficar sozinhos. Anna está numa excursão com uns amigos e só volta à noite.

Atenas estava vazia. Os que tinham saído em excursão ainda não tinham voltado. A maior parte só voltaria depois do ano-novo. Cheguei na rua Crisípu, no Zografo, em dez minutos. A porta foi aberta pela própria Andonakáki, que me fez entrar na salinha.

— O senhor quer um cafezinho?

— Muito obrigado, já tomei. Surgiram novos dados e gostaria de algumas informações complementares em relação à sua irmã.

— Sou toda ouvidos. — Sentou-se na minha frente.

— Em 1974, a senhora foi ao serviço de contabilidade da Marinha para acertar as contribuições do seu marido. A senhora estava acompanhada de sua irmã. Lembra-se?

— Fui diversas vezes ao serviço de contabilidade da Marinha. É difícil lembrar depois de vinte anos!

— A senhora deve se lembrar porque sua irmã estava grávida na época.

Seu rosto ficou como que congelado. Abriu a boca. Queria dizer alguma coisa? Queria gritar? Não sei, porque a fechou logo depois sem emitir uma só palavra.

— O senhor está enganado. Minha irmã nunca esteve grávida.
— Ela levou um minuto para articular a resposta.

— Sabe quem as atendeu, na época? Kolákoglou. Era funcionário do serviço de contabilidade da Marinha, antes de abrir o seu próprio escritório. Ele me disse que a sua irmã estava para dar à luz em 1974. — Eu me calei, ela também se calou. — O que aconteceu com a criança, Sra. Andonakáki?

Ela encontrou a desculpa mais fácil.

— Morreu.

— Se morreu, deve existir uma certidão de óbito. A senhora sabe onde está? Em algum cartório de Atenas?

— Morreu quando nasceu.

— Sim, de acordo. Quero o nome do obstetra e da maternidade para verificação.

Tinha esgotado toda a sua imaginação e me olhava muda.

— A criança pode estar ligada ao assassinato de sua irmã.

— Não! — Ela pulou da cadeira, aterrorizada. — Não tem relação nenhuma! Eu juro! Nenhuma!

Assumi minha expressão mais calma.

— Ouça, Sra. Andonakáki. A verdade é sempre a solução mais fácil. Se a senhora não me disser o que aconteceu com a criança, vamos começar a investigar. Vamos passar o pente-fino em todas as maternidades da Grécia. Nós vamos encontrar, pode ter certeza. Mas vai levar tempo. Enquanto isso, os rumores vão circular, os jornalistas vão dizer que Yanna Karayióryi teve um filho e o abandonou. Não é mais fácil me dizer a verdade, em vez de sujar o nome de sua irmã?

Mais uma vez, não respondeu, mas rompeu em soluços.
– O que aconteceu com a criança? – insisti, sempre com uma voz muito calma. – Onde ela está?
– Aqui.
– Aqui? Onde?
– Aqui, nesta casa. É a minha Anna.

Assim que me recuperei da surpresa, fiz as contas e vi que as datas coincidiam. Quando Kolákoglou as viu no escritório de contabilidade da Marinha, Mina deveria estar grávida, mas quem estava era Yanna.

– Vassilis e eu não podíamos ter filhos – disse entre lágrimas. – Os médicos diziam que a culpa era dele, mas ele não aceitava o diagnóstico de jeito nenhum. Dizia que eu é que era incapaz de ter filhos. Por fim, resolveu se separar de mim. Ele ia fazer uma longa viagem, alguma coisa como um ano e meio. Inicialmente, fazia isso para juntar dinheiro para comprarmos este apartamento. Depois, disse-me que contrataria um advogado para o divórcio e foi embora para ficar longe e podermos nos separar sem problema. Eu fiquei louca. Vassilis era a minha vida. Eu o amava desde criança. Se nos separássemos, eu morreria. Um dia, Yanna veio aqui em casa e me disse que estava grávida e que ia fazer um aborto. O senhor não tem idéia do que senti quando a ouvi dizer isso. Meu marido estava se separando de mim porque eu não podia ter um filho e ela, que tinha ficado grávida, queria jogar a criança fora! Comecei a gritar como uma louca, e batia nela. Ela esperou que eu me acalmasse e disse para eu dizer a Vassilis que estava esperando um filho. Não entendi aonde ela queria chegar. Foi preciso que me explicasse. Vassilis não poderia estar aqui para o nascimento. Ela teria o filho e o daria para mim.

Ela ria e chorava ao mesmo tempo.

– Foi tão simples – disse. – Ela foi para a maternidade com o meu nome e, quando Annula nasceu, nós a registramos em meu nome. Vassilis ficou felicíssimo. Ele adora a filha, faz tudo o que ela quer. Olha, ele vai voltar na véspera do ano-novo para festejarmos juntos e o senhor vai ver tudo o que vai trazer para ela.

– Quem mais sabe que a criança era de Yanna?

— Ninguém! O plano foi tão perfeito que ninguém ficou sabendo de nada. Mas, infelizmente, demos azar e esse pedófilo nos viu!

— Quem é o verdadeiro pai?

— Não sei. Yanna nunca me disse o nome dele.

De repente, voa de seu lugar e se senta ao meu lado no sofá, toma a minha mão e a aperta.

— Por favor, não diga a ninguém – disse chorando. – Se Annula e Vassilis souberem! O senhor tem uma casa, família, entende o que nos espera. Nossa família vai desmoronar.

Não sei aonde tudo isso vai me levar e sinto um aperto no coração.

— Ouça. Se a criança não tiver nada a ver com a morte de sua irmã, você tem a minha palavra de que ninguém vai ficar sabendo de nada. Mas se tiver, então, prometo discutir o caso com você antes de ir em frente

O que era mais importante? Encontrar um assassino ou não destruir uma família? Os dois, e este era o problema. "Você tem um azar danado, Xaritos", disse para mim mesmo. Mais um problema.

— Diga-me uma coisa. Você tem alguma lembrança de sua irmã?

— Que tipo de lembrança?

— Fotografias... cartas...

— Cartas, não tenho. Tenho apenas algumas fotografias.

— Quero vê-las.

Ela se levantou e saiu da salinha. Daí a pouco voltou com um pacote de fotografias. Olhei uma por uma, mas não descobri nada. A maior parte eram fotografias de Yanna e Mina ainda crianças, outras de Anna bebê nos braços de Yanna, algumas da viagem que as três fizeram juntas. E uma fotografia de Yanna falando, com fones no ouvido. Provavelmente foi tirada durante um programa radiofônico.

— Isso é tudo?

— Sim. Tem mais uma que Yanna deu para Anna e que está no quarto dela.

— Posso ver essa também?

Ela me levou ao quarto de Anna. Era um quarto simples, alegre, com cortinas floridas, uma escrivaninha, uma estante e apenas uma cama com uma mesinha-de-cabeceira. Em cima da mesinha, tinha uma fotografia num porta-retrato de madeira, virada para a cama.

– É esta – disse Mina. – Ela disse para Anna tê-la sempre por perto porque a amava muito.

Aproximei-me e olhei a fotografia. Via-se um grupo de jovens, rapazes e moças, no campo, em uma clareira. No meio da fotografia, reconheci Yanna. Estava deitada na terra e tinha a cabeça apoiada no joelho de um jovem que a mantinha abraçada pelo peito. Yanna sorria para a lente. A fisionomia do jovem me era conhecida. Inclinei-me para vê-la melhor e meu olhar se fixou nela.

– Você sabe quando foi tirada esta fotografia? – perguntei.

– Não, mas aqui Yanna devia ter entre 23 e 25 anos.

A desgraçada da Karayióryi. Conseguia me surpreender mesmo depois de morta. Dera para Anna uma fotografia para que ela visse o pai toda noite antes de dormir.

# Capítulo 44

Antes de sair da casa de Mina Andonakáki, liguei para o Xélas Channel e pedi para falar com o fuzileiro de Petrálona, o que estava no turno da noite quando mataram Karayióryi. Disseram-me que ele começava a trabalhar às quatro.

Já era meio-dia e meia, mas não estava absolutamente disposto a ir para a central. As duas aspirinas não tinham feito nenhum efeito e minha cabeça continuava pesadíssima. Briguei comigo mesmo porque tinha escolhido logo esse dia para maltratá-la, e agora que precisava ter as idéias claras, não podia. Decidi voltar para casa e me deitar. Precisava colocar ordem em meus pensamentos.

Sovatzís tinha escapado definitivamente. Agora que tinha ficado claro que não tinha matado as duas moças, nem tinha contratado ninguém para fazê-lo, não poderíamos pegá-lo de jeito nenhum. Dúru vai ser condenada apenas pelo comércio de crianças. A autoria moral vai para o departamento dos não reclamados. É lógico que, a partir do momento em que se trata de crianças albanesas, e não de crianças gregas, um bom advogado a livrará com uma pena ridícula. Os dois motoristas e Xourdákis vão pagar o pato.

Se eu não tivesse caído sobre o envelope com as informações sobre Pilarinós, talvez tivesse encontrado o assassino com maior facilidade. Foi o envelope que me tirou do rumo. Ele e o fato de que tinha deixado Kolákoglou ir embora. Mesmo que tivesse sido elogiado: capacidade, da parte de Guikas; humanidade, por parte de Zissis. Na realidade, o que eu merecia era uma grande banana. Está bem, o desvio de rumo teve seu lado bom. Desmontei a quadrilha. Pelo menos, uma parte. Os grandes chefes escaparam, mas assim como estão, trôpegos, vão me dar alguns *points*. Entretanto, não estou satisfeito. Penso no que está me esperando e meu espírito fica de luto.

Quando cheguei ao Xélas Channel já eram quatro e meia. O fuzileiro de Petrálona estava em seu posto. Reconheceu-me imediatamente e levantou-se. Disse-lhe que seria melhor irmos para um lugar tranqüilo para conversarmos. Levou-me para o posto de segurança, que estava vazio.

– Quero esclarecer alguns detalhes – disse-lhe quando nos sentamos. – Você me disse que, na noite em que mataram Karayióryi, ela tinha chegado na emissora às onze e quinze, certo?

– Certíssimo.

– E estava sozinha?

– Absolutamente sozinha.

– Você tem certeza?

– Certeza absoluta. Tenho uma memória de computador, já lhe disse.

– Muito bem. Já que você tem memória de computador, deve se lembrar de quantas vezes deixou o seu posto depois da chegada de Karayióryi.

– Já lhe disse. Apenas dois minutos quando um colega me disse que ela tinha sido encontrada morta.

– Estou falando antes. Antes de Karayióryi ser encontrada morta, quantas vezes você saiu do seu posto?

– Nenhuma – disse rapidamente.

– Deixa de besteira. Você não pode me enganar porque sei que você saiu. Você vai me dizer numa boa, ou devo levá-lo lá para dentro e te apertar? Se você se fizer de difícil, vou fazer com que te demitam, escute o que estou dizendo.

Seus músculos relaxaram e ele afrouxou.

– Havia um jogo de basquete aquela noite. Pouco antes de terminar, dei um pulo lá para ver o resultado.

– Que horas eram?
– Não me lembro exatamente. – Seu computador tinha parado. – Pouco depois de Karayióryi.
– E quanto tempo você ficou fora?
– Cinco minutos, no máximo.
– Vamos dizer, dez.
Ele solta um suspiro.
– Pode dizer – disse.
E, nesses dez minutos, o assassino entrou na emissora calmamente.
Permiti que voltasse a seu posto e desci, de elevador, até a garagem. Naquele momento, estava cheia de carros. Apenas um estava pronto para sair. Sentei-me e esperei. A porta foi aberta com cartão magnético. Marquei a hora, assim que começou a subir. Precisou de dez segundos para subir, permaneceu aberta por outros dez segundos, e levou mais dez para fechar. Total, trinta segundos. É possível que o assassino tenha saído pela porta principal. Mas, como não sabia que o segurança estaria fora de seu posto, teria medo de arriscar. Escondeu-se na garagem, esperou o primeiro carro sair e saiu atrás, antes da porta fechar.
O elevador parou no térreo e Petrátos entrou. Ficou surpreso em me ver. Lançou-me um olhar hostil e assumiu sua cara de bunda.
– Vim por sua causa – disse-lhe.
– Pensei que tivéssemos terminado.
– Vim para trabalharmos juntos. Você está me devendo.
– Por que você diz que estou lhe devendo?
– Porque, se você não tivesse sacudido o pano vermelho diante de Kolákoglou, ele não teria se escondido e nós teríamos prendido o assassino muito mais cedo.
– Foi ele, hein? Eu sabia! – disse com ar de triunfo.
– Você não sabe de nada – cortei-o.
Minha resposta tornou a atmosfera ainda mais hostil e, até chegarmos em sua sala, não trocamos uma só palavra. Enquanto passávamos pela sala de redação, os jornalistas nos olharam curiosos.

— Seja breve — disse friamente enquanto se sentava. — Esta é a hora em que preparamos o noticiário das oito e meia e estou cheio de trabalho.

— Quando Karayióryi começou a trabalhar como jornalista? — perguntei-lhe.

— Em 1975, se estou bem lembrado.

— Como começou?

— Como todos começamos. Em jornais e revistas. Depois, foi para a radiofonia aberta e, depois, para uma rádio. E, por último, para a televisão.

— Existe a possibilidade de ela ter trabalhado antes de 1975?

Ele pensa.

— Agora que você está falando, uma vez ela me disse alguma coisa sobre isso, que passou um tempo na televisão estatal ou no serviço de informação das forças armadas. Mas não me lembro quando foi.

— Ótimo, era isso o que eu queria saber — disse-lhe e me levantei.

Adriana e Katerina me telefonaram tarde naquela noite. Adriana estava entusiasmada com Pano. Que bom rapaz, como a tratava bem, como preparou, sozinho, a ceia de Natal e como cozinha bem! Ela ia tecendo elogios a ele e me reduzindo a um farrapo.

— Valeu a pena ficar em Atenas? — perguntou Katerina, quando chegou sua vez de falar comigo. — Você resolveu o problema?

— Resolvi, mas não estou satisfeito — respondi.

— Por quê?

— Deixa pra lá. Você vai saber, quando chegar a hora.

Minha cabeça não queria parar de doer. Eu queria ir dormir, mas não podia. Tinha que sair e ir onde me esperava um trabalho duro.

# Capítulo 45

Estávamos sentados em sua sala de visitas, que não se parecia nem um pouco com a de Andonakáki nem com a minha. Um sofá antigo, resíduo da década de 1950, uma mesa de fórmica com quatro cadeiras de plástico, dessas que os ciganos vendem por mil dracmas. A mesa estava coberta com uma toalha bordada à mão. A mesa e as cadeiras foram compradas por ele. O sofá e a toalha foram herdados.

Ele falava lentamente, com dificuldade. De vez em quando, passava a língua pelos lábios.

— Conheci-a quando trabalhava para o serviço de informação das forças armadas. Foi ali que começou. — Parou e tentou se concentrar. — Pode ser que o senhor não acredite, mas não me lembro do ano, esqueci.

— Em 1973. Verifiquei com o técnico do canal estatal, que se lembra do ano.

— É verdade. Era o ano de 1973. Ela trabalhava em um programa da polícia e a mandaram fazer uma reportagem sobre a academia. Ela interrompeu as aulas para nos fazer perguntas, a nós, os alunos. Quando a aula acabou, estava me esperando do lado de fora. Disse-me que queria me fazer mais algumas perguntas. Como não queria me meter em confusão, disse que não. Mas ela me tranqüilizou. "Não se preocupe, não há nada de censurável, de qualquer modo, vou cortar", disse rindo. Foi assim que nos conhecemos.

Deixou escapar um suspiro.

— E foram em frente.
— Saímos juntos umas duas vezes. Depois, apresentou-me a seus amigos, mas não disse que eu estava na academia de polícia. Apresentou-me como estudante de direito. Yanna e seu estudantezinho. Era assim que nos chamavam.

Estávamos sentados frente a frente na mesa e nos olhávamos, como nos olhávamos todos os dias de manhã. A diferença era que, agora, ele sustentava a cabeça com as duas mãos e me olhava diretamente nos olhos, nem um pouco acima, como era seu costume.

— Fale-me da criança. Quando aconteceu?
— Deve ter sido em agosto, quando saímos de férias juntos, porque me contou em outubro.

A lembrança o perturbou e sua voz ficou mais rouca.

— Disse-lhe para não abortar. Sou do interior e, na minha terra, quando alguém deixa uma garota grávida, casa-se com ela. Foi assim que aprendi. Mas não era apenas isso. Eu estava apaixonado por ela. Sei bem que, quando se tem 21 anos, a gente se apaixona muito facilmente. Entretanto, passamos três semanas juntos em Kufonísia e, quando voltamos, não podia ficar nem um minuto longe dela. Assim, disse-lhe para ficar com a criança e nos casarmos. Ela começou a rir. "Você está louco?", disse-me. "Eu, que quero fazer carreira como jornalista, vou carregar nas costas um bebê e um guarda de uniforme como marido? Impossível, vou me livrar da criança." Pedi-lhe que não o fizesse. Dizia-lhe seguidamente o quanto a amava e o quanto queria aquela criança. Minha paixão a assustou e decidiu se separar de mim. Fiquei louco. Da súplica, passei às ameaças. Então, ela desapareceu. Logo depois da revolta dos estudantes da Escola Politécnica contra a ditadura da junta militar, pediu demissão da emissora, mudou de casa, de telefone, e não pude encontrá-la em lugar nenhum. Fiquei tão desesperado que abandonei a academia.

Foi o momento em que decidiu ter a criança e dá-la para a irmã. Mas isso Atanásio não sabia.

— E subitamente, depois de tantos anos, vejo-a um dia na minha frente, no serviço. Fiquei estupefato. Ela me cumprimentou gentilmente e me convidou para um café. Fui tomar café com ela e, de repente, ela me disse: "Sua filha está ótima. Está agora com 19 anos." O senhor pode imaginar o que eu senti? Eu tinha lhe suplicado para não abortar, ela me abandonou porque queria se livrar da criança. Por causa dela, abandonei a academia e, de repente, depois de tantos anos, vem me dizer que não abortou e que a criança tem hoje 19 anos. Pedi imediatamente para vê-la, mas ela não queria nem ouvir falar nisso.

Parou para respirar. Molhou de novo os lábios. Agora falava sem olhar para mim porque escondeu o rosto com as mãos.

– De repente, veio-me uma vontade louca de ver a minha filha. Não me pergunte por quê. Não sei. Será que era porque eu quis muito essa criança? Ou porque ela tinha me enganado? Provavelmente pelas duas razões. Quando percebi que a insistência não surtia efeito, comecei a segui-la. Aí me certifiquei de que a minha filha não morava com ela. E não apenas isso, mas que ninguém que a cercava sabia que tinha uma filha. De tanto procurar, passei da insistência à loucura. Queria ver minha filha.

Mas como ela poderia mostrar, se a tinha dado para a irmã?

– Um dia, ela veio e me disse que me deixaria vê-la se eu lhe fizesse um favor. Queria que eu lhe desse todos os relatórios que vinham para o serviço e que tivessem relação com o comércio de crianças.

– E você lhe deu?

– Dei-lhe porque não achava que estava fazendo nada de mau. Todos os jornalistas conseguem, de algum lugar, as suas informações. Mas, quando lhe falava da criança, ela me deixava sempre na espera.

– Foi por isso que você começou a mandar-lhe cartas com ameaças?

– Sim.

– E por que você assinava com um N?

– Nassos. Era assim que ela me chamava. Não gostava do Atanásio, por isso me chamava Nassos.

De modo geral, a solução está diante de seus olhos e você não vê.

– Até que, um dia, pediu-me outro favor. Queria que eu investigasse quando os caminhões frigoríficos de Pilarinós passariam pela fronteira e quem seria o fiscal encarregado da fiscalização.

Foi ele que perguntou e assustou Xourdáki.

– E você investigou?

— Tudo. O nome dos motoristas, o nome de Xourdákis. Eu descobri tudo e passei para ela. – Ele suspirou e levantou os olhos. – A partir daí, começou a minha queda – disse.
— Por quê?
— Porque a Dúru se aproximou de mim.
— Dúru?
— Sim, Dúru. Telefonou para minha casa. Não sei onde encontrou meu telefone, mas disse que queria se encontrar comigo. E me propôs trabalharmos juntos.
— E você aceitou?
— Disse para Yanna que para mim chegava, que estava parando. Mas ela era endiabrada. Sempre encontrava uma maneira de me enrolar. Disse-me para fazer de conta que estava fazendo o joguinho deles para recolher dados e passar para ela. Quando a investigação terminasse, ela diria que tinha resolvido o caso graças aos meus conselhos e, assim, me tornaria famoso. E aí eu também poderia conhecer a minha filha porque a menina tinha sido educada de outra maneira e não poderia dizer a ela que seu pai era um simples tira.

Por que Dúru, até aquele momento, não tinha me dito que conhecia Atanásio? Provavelmente porque ainda negava sua culpa e mantinha um ás na manga. Ela faria a bomba estourar quando percebesse que não tinha como escapar.

— Eu aceitei, mas com uma condição. Que, antes de colocar no ar, ela passaria os dados para o senhor para que o senhor pudesse fazer as prisões. Ela concordou e continuamos. Toda informação que obtinha, dava para Dúru. Cada vez que iam fazer entrega de crianças, eu ficava por perto para afastar qualquer patrulha que passasse. Ao mesmo tempo, avisava Yanna. Quando vi Séxis no interrogatório, reconheci-o imediatamente. Tinha-o visto chegando com o caminhão para fazer a entrega. Eu os avisei de sua prisão. E, quando assinou sua confissão, dei-lhe 200 mil. Disse-lhe que era apenas uma entrada e que ele ganharia cinco vezes mais se mantivesse a boca fechada. O imbecil, o albanês, acreditou, e o mataram. Também avisei a Xourdákis. Ouvi Sotiris dizer que o procurava.

— Poxa, Atanásio, você está falando comigo, com Xaritos. Quer que eu acredite que fez tudo isso só para ver a sua filha?

– Você – dirigiu-se a mim com intimidade e inveja – acaricia sua filha há anos. E, a cada dois dias, fica infeliz porque está com saudades dela. E, quando ela telefona, você se baba todo.

Calado, Xaritos. Você não pode falar. Balançou a cabeça para acentuar o seu desespero.

– Estou lhe dizendo, ela tinha o diabo no corpo. E sabia como manter minha esperança sempre viva. A partir do dia em que aceitei entrar no jogo de Dúru, começou a se deitar comigo de novo. Não regularmente, de vez em quando. Sem me dizer diretamente, deu-me esperança de que poderíamos reviver aquilo que tinha havido entre nós há vinte anos. Poderíamos morar todos juntos. Eu, ela e nossa filha.

– Quando você acordou?

– Depois dos albaneses, quando lhe incutiu a suspeita a respeito das crianças. Você não sabia de nada, mas eu percebi imediatamente aonde ela queria chegar. Queria fazer com que você declarasse que estava procurando uma criança para, então, vir a público e contar tudo demonstrando que, enquanto a polícia apenas começava a desconfiar de alguma coisa e a procurar às cegas, ela já tinha todas as informações prontas, em pacote. Queria humilhar a todos, polícia e jornalistas, e se transformar em ídolo. Queria demonstrar que estava muito acima dos seus colegas homens. A única coisa que lhe faltava, e que nem eu poderia esclarecer, era o papel de Pilarinós em tudo isso.

Porque ele não tinha Zissis. Este era meu.

– E foi por isso que você a matou?

A pergunta iria ser colocada num momento qualquer, ele a esperava. Olhou-me durante um tempo. Passou-me pela cabeça que ele poderia negar, mas ele disse vagarosamente:

– De certa maneira, a culpa por eu tê-la matado também é sua.

– Minha?

– Foi você que mandou que eu me encontrasse com ela aquela noite. Eu não queria, mas você insistiu. Quando lhe disse que tinha percebido o seu joguinho e lembrei-lhe de nosso acordo, riu. Disse-me que respeitaria o acordo, mas com uma pequena mudança. Ela daria todas as informações, mas somente quando a polícia a chamasse para mostrar a todos que, sem ela, nós não conseguiríamos nada. Ameacei de contar tudo para você. Riu de novo e disse que não ousasse fazê-lo porque eu estava metido até os ossos e que, se eu estragasse seu furo de reportagem, ela me tornaria notícia para se ressarcir. Antes de sair, disse-me que queria dar um telefonema. Levei-a até o carro. De um certo modo, tinha esperança de que, no último instante, ela mudasse de opinião. Mas ela abaixou o vidro e me disse que aquela noite ela poria no ar uma pequena notícia para chamar a atenção do público e, que, no dia seguinte, soltaria a grande bomba no jornal das oito e meia. E acelerou imediatamente para que eu não tivesse tempo de dizer nada.

Grossas gotas de suor brilhavam em seu rosto. Ele tirou um lenço de papel do bolso e enxugou a testa. Subitamente, como sempre acontece com quem quer se livrar de uma grande tensão, jogou-se sobre algo totalmente sem importância.

— Desculpe-me, não lhe ofereci nada. Você quer um café?
— Não, não quero nada. Vamos, continue.

Ele percebeu que não podia escapar e se curvou à sua sorte.

— Não saí logo. Fiquei um pouco mais para me recuperar e pensar mais friamente. Então, percebi que tudo era mentira. Não queria que minha filha me conhecesse, nem me daria uma parte de sua vitória. Entrei no carro e corri atrás dela. Vi seu carro estacionado na rua diante da emissora. Não sei se já tinha decidido matá-la. Mas já devia ter decidido porque esperei que o segurança saísse e me esgueirei para dentro. Eu conhecia o local, ela mesma me tinha descrito. Encontrei-a retocando sua maquiagem na frente do espelho. Irritou-se quando me viu. Eu lhe disse que não tinha respeitado nosso acordo e, ou ela me dizia imediatamente onde estava a minha filha, ou me devolvia todas as informações que lhe tinha dado. Ela parou e sorriu. "Dizer isso numa hora como esta, você deve estar completamente louco para falar em acordo..." E foi aí que me disse que tinha dado a nossa filha a um casal que não tinha filhos e que eu não podia conhecer, nem ela ia me dizer onde estava.

Ele subitamente para e cai na gargalhada. Era um riso louco, paranóico.

— Eu não trazia revólver comigo, por isso não teve medo. Como podia imaginar que eu iria espetá-la com o tripé de luz? — Pára subitamente de rir e volta à situação anterior. — Retirei os documentos de sua bolsa e, pelo sim, pelo não, também a sua agenda. Entrei no elevador e desci até o subsolo. Escondi-me atrás dos carros e pulei para fora junto com o primeiro carro que saiu.

Ela tinha medo, não dele. Tinha medo de Sovatzís, de Dúru e da turma deles. Por isso telefonou para Kostarákou.

Ele se levantou e foi até um móvel em cima do qual estava a televisão. Enquanto a ligava, eu lembrava que não estava armado e que, se ele tirasse a pistola, eu estava perdido. Mas ele tirou um envelope amarelo e uma agenda de dentro do móvel, que me entregou.

– São esses, pegue – disse.

Deixei-os em cima da mesa, diante de mim, sem abri-los.

– Você não sabe o que senti quando você me apresentou a sobrinha de Karayióryi – ouço-o dizer. – Apenas com um olhar percebi que era a minha filha, mas já era muito tarde. O que lhe diria? Que sou o pai dela e que matara sua mãe?

– Mas por que você matou Kostarákou?

– Mais uma vez, foi você quem me empurrou. Você me disse que ela tinha telefonado para Kostarákou pedindo que continuasse com a investigação. Comecei a ter medo de que ela pudesse ter dado outras informações a Kostarákou, além das que tinha com ela. E se em alguma delas constasse o meu nome? Pensei. Não podia arriscar. Disse-lhe quem eu era e que tinha algo para ela deixado por Karayióryi. Ela me recebeu imediatamente. Tinha o envelope comigo. Enquanto ela o examinava, passei o arame no seu pescoço e a estrangulei.

Ele olhou para mim e riu de novo.

– Depois, fui diretamente à sua casa para fazer meu relatório sobre Kolákoglou – disse. – Você era o meu álibi. Vocês procuravam o assassino por todo o lado e o assassino estava sentado na sua frente.

Ele olhou para mim e continuou a rir. Penso que esta é a última vez. De amanhã em diante, vamos parar de nos olhar e, assim, não terei mais a oportunidade de virar as regras do jogo: olhá-lo nos olhos e dizer-lhe que sou uma besta, e ele me responder: eu sei que você é uma besta.

De repente, ficou sério.

– Agora tudo vai aparecer, hein? – disse e suspirou sob o peso de seus pensamentos. – Eu vou ser humilhado e minha filha vai se ver com um pai assassino.

— O que mais pode acontecer? — respondi. — Não existe outra solução.

— Você vai me prender?

— Depende de você. Eu vim apenas para conversarmos. Se você não quiser, posso mandar prendê-lo amanhã.

— Não se preocupe. Esta noite ou amanhã, dá no mesmo. De qualquer maneira estou perdido. Vamos esta noite para terminar logo com isso. Apenas, espere um pouco se você quer que leve comigo as coisas indispensáveis.

— Tudo bem, não estou com tanta pressa assim.

Ele se levantou e foi para o hall. Podia abrir a porta e fugir, mas não era isso o que queria, tiraria a pistola? Este risco sempre existia.

Abri o envelope de Karayióryi. Dentro havia um outro rolo de filme, um pacote de papéis tirados de uma impressora e quatro fotografias. As fotografias pareciam ser deste filme, que era mais recente. Tinha sido tirado do envelope para revelar. O que tínhamos achado era mais antigo. Uma das fotografias era de Dúru. As outras três foram tiradas à noite na rua Kumanúdi. Cada uma delas mostrava uma pessoa tirando uma criança do caminhão. Reconheço Séxis. Os outros dois deviam ser o casal de albaneses, mas não distingui bem na escuridão. Olhei as fotografias e tive vontade de rasgá-las. Se tivéssemos essas informações desde o início, teríamos encerrado o caso em poucos dias. E Karayióryi, assim como Kostarákou, estariam vivas. Eu sei, é besteira, mas não estou nada satisfeito de dizer que, mesmo contra a vontade, fui a razão da morte de duas pessoas. De qualquer forma, a Dúru não vai se livrar de jeito nenhum.

O tiro veio do outro cômodo e rompeu o silêncio. Lancei-me no hall e os papéis se espalharam pelo chão. O quarto ficava no fundo. Pela porta aberta, vi os pés de Atanásio na cama. Quando entrei, vi sua cabeça no travesseiro. Sua mão esquerda estava pendurada e se movia sem controle. Sua mão direita, a que segurava o revólver de serviço, repousava no colchão a seu lado. A cama estava desfeita e o sangue se espalhava devagarzinho, colorindo o travesseiro.

# Capítulo 46

Até que o médico-legista e o Departamento Forense tivessem terminado, já eram três horas. Coloquei Atanásio na ambulância que ia levá-lo ao necrotério e fui para casa. Não queria ir para o escritório porque, certamente, os jornalistas estariam reunidos em frente da minha porta e eu não saberia o que lhes dizer.

Assim que cheguei em casa, liguei para Guikas. Ele tinha ido passar as festas em Karavómilo, a cidade de sua mulher. O telefone tocou cerca de dez vezes até que ouvi uma voz feminina dizendo assustada:

— Alô.

— Comissário Xaritos. Por favor, o senhor chefe de polícia. É urgente.

Quando acabei de contar-lhe toda a história, estava tão desperto como se tivesse tomado três xícaras de café.

— O que vamos fazer agora? — perguntou. — O que vamos divulgar?

Eu tinha a solução, mas não sabia se ia lhe agradar.

— Paixão amorosa. O policial Nólis tinha uma relação amorosa com Karayióryi. Pelos dados que temos, suspeitamos que Karayióryi se relacionava com ele para obter informações. Num determinado momento, decidiu romper. Nólis sofreu muito. Na noite do assassinato, jantou com ela e pediu-lhe para reatarem, mas ela negou. Ele a seguiu até a emissora, entrou escondido e continuou a pedir que reatassem. Quando viu que Karayióryi estava inflexível, fora de si, matou-a. Uma vez que todos sabem como Karayióryi abandonou o Petrátos, vão engolir.

– E Kostarákou?

– Matou-a porque ela sabia de sua relação e teve medo de que ela falasse. Quando percebeu que estávamos no seu encalço, preferiu o suicídio. Digno de nota é que, com as informações de Karayióryi, que estavam em poder de Nólis, Dúru vai pegar uns dez anos.

– Maravilha! – ouvi Guikas falar do outro lado. – Nem o FBI teria montado um plano como este para defender o seu nome.

Eu estava cagando para o FBI. O que me interessava era esclarecer o caso, que Mina Andonakáki e a filha não aparecessem em lugar nenhum e que Atanásio se livrasse da difamação *post mortem*, como tira vendido. E com ele, toda a força policial.

Guikas me tirou de meus pensamentos.

– Não creio que seja necessário interromper minha folga. Você pode dar as informações. – E desligou.

Guikas não era louco de voltar. Ele anunciava apenas as coisas boas. As desagradáveis, deixava para mim. O mensageiro das boas-novas e o mensageiro dos desastres.

Não tinha mais forças nem para andar até a minha cama, assim, me enrosquei no sofá. Pensava que sempre me enganava em minha avaliação sobre Karayióryi. Nunca acertei no alvo. Pensei que ela fosse lésbica, mas ela simplesmente tinha nojo dos homens e os explorava. Via-a trocar olhares com Atanásio e achava que gostava dele, mas na verdade o conduzia como um cachorrinho. Mulher misteriosa. Por um lado, não abortou para dar o filho à irmã e salvar seu casamento. E, por outro, levou Atanásio ao crime e ao suicídio por corrupção profissional. Como pôde o coitado se meter numa dessas? Mil vezes Adriana com seus orgasmos fingidos.

Tinha sido bem melhor que Guikas não tivesse voltado porque, assim, livrei-me do relatório de primeiro ano do ensino médio, que teria que escrever para que ele decorasse e recitasse para os jornalistas. Melhor ainda o fato de Adriana estar fora. Ela simpatizava muito com Atanásio e me encheria de perguntas, choraria sua falta de sorte até o ponto de me irritar e começarmos uma grande briga. Por fim, cortaríamos outra vez nossas relações até o próximo prato de tomates, pimentões e abobrinhas recheados.

## TÍTULOS DA COLEÇÃO NEGRA:

*Los Angeles – cidade proibida*, de James Ellroy
*Bandidos*, de Elmore Leonard
*Procura-se uma vítima*, de Ross Macdonald
*Perversão na cidade do jazz*, de James Lee Burke
*Marcas de nascença*, de Sarah Dunant
*Noturnos de Hollywood*, de James Ellroy
*Viúvas*, de Ed McBain
*Modelo para morrer*, de Flávio Moreira da Costa
*Violetas de março*, de Philip Kerr
*O homem sob a terra*, de Ross Macdonald
*Essa maldita farinha*, de Rubens Figueiredo
*A forma da água*, de Andrea Camilleri
*O colecionador de ossos*, de Jeffery Deaver
*A região submersa*, de Tabajara Ruas
*O cão de terracota*, de Andrea Camilleri
*Dália negra*, de James Ellroy
*Rios vermelhos*, de Jean-Christophe Grangé
*Beijo*, de Ed McBain
*O executante*, de Rubem Mauro Machado
*Sob minha pele*, de Sarah Dunant
*Jazz branco*, de James Ellroy
*A maneira negra*, de Rafael Cardoso
*O ladrão de merendas*, de Andrea Camilleri
*Cidade corrompida*, de Ross Macdonald
*Assassino branco*, de Philip Kerr
*A sombra materna*, de Melodie Johnson Howe
*A voz do violino*, de Andrea Camilleri
*As pérolas peregrinas*, de Manuel de Lope
*A cadeira vazia*, de Jeffery Deaver
*Os vinhedos de Salomão*, de Jonathan Latimer
*Uma morte em vermelho*, de Walter Mosley
*O grande deserto*, de James Ellroy
*Réquiem alemão*, de Philip Kerr
*Cadillac K.K.K.*, de James Lee Burke
*Metrópole do medo*, de Ed McBain
*Um mês com Montalbano*, de Andrea Camilleri
*A lágrima do diabo*, de Jeffery Deaver
*Sempre em desvantagem*, de Walter Mosley
*O coração da floresta*, de James Lee Burke
*Dois assassinatos em minha vida dupla*, de Josef Skvorecky
*O vôo das cegonhas*, de Jean-Christophe Grangé
*6 mil em espécie*, de James Ellroy
*O vôo dos anjos*, de Michael Connelly
*Uma pequena morte em Lisboa*, de Robert Wilson
*Caos total*, de Jean-Claude Izzo
*Excursão a Tíndari*, de Andrea Camilleri
*Mistério à americana*, organização e prefácio de Donald E. Westlake

*Nossa Senhora da Solidão*, de Marcela Serrano
*Ferrovia do crepúsculo*, de James Lee Burke
*Sangue na lua*, de James Ellroy
*A última dança*, de Ed McBain
*Mistério à americana 2*, organização de Lawrence Block
*Mais escuro que a noite*, de Michael Connelly
*Uma volta com o cachorro*, de Walter Mosley
*O cheiro da noite*, de Andrea Camilleri
*Tela escura*, de Davide Ferrario
*Por causa da noite*, de James Ellroy
*Grana, grana, grana*, de Ed McBain
*Na companhia de estranhos*, de Robert Wilson
*Réquiem em Los Angeles*, de Robert Crais
*O macaco de pedra*, de Jeffery Deaver
*Alvo virtual*, de Denise Danks
*O morro do suicídio*, de James Ellroy
*Sempre caro*, de Marcello Fois
*Refém*, de Robert Crais
*O outro mundo*, de Marcello Fois
*Cidade dos ossos*, de Michael Connelly
*Mundos sujos*, de José Latour
*Dissolução*, de C.J. Sansom
*Chamada perdida*, de Michael Connelly
*Guinada na vida*, de Andrea Camilleri
*Sangue do céu*, de Marcello Fois
*Perto de casa*, de Peter Robinson
*Luz perdida*, de Michael Connelly
*Duplo homicídio*, de Faye e Jonathan Kellerman
*Espinheiro*, de Ross Thomas
*Correntezas da maldade*, de Michael Connelly
*Brincando com fogo*, de Peter Robinson
*Fogo negro*, de C. J. Sansom
*A lei do cão*, de Don Winslow
*Mulheres perigosas*, organização de Otto Penzler
*Camaradas em Miami*, de José Latour
*O livro do assassino*, de Jonathan Kellerman
*Morte proibida*, de Michael Connelly
*A lua de papel*, de Andrea Camilleri
*Anjos de pedra*, de Stuart Archen Cohen
*Caso estranho*, de Peter Robinson
*Um coração frio*, de Jonathan Kellerman
*O Poeta*, de Michael Connelly
*A fêmea da espécie*, de Joyce Carol Oates
*A Cidade dos Vidros*, de Arnaldur Indridason
*A 37ª hora*, de Jodi Compton
*O vôo de sexta-feira*, de Martin W. Brock
*Congelado*, de Lindsay Ashford
*A primeira investigação de Montalbano*, de Andrea Camilleri
*Soberano*, de C. J. Sansom
*Terapia*, de Jonathan Kellerman

Este livro foi composto na
tipologia Goudy, em corpo 11/14, e
impresso em papel off-white 80g/m$^2$,
no Sistema Cameron da Divisão Gráfica
da Distribuidora Record.